MINA TEICHERT

Mieze

UNDERCOVER

MINA TEICHERT

Mieze

UNDERCOVER

DIE *Daniela Katzenberger* KRIMI-EDITION

DER 1. FALL FÜR MIEZE MOLL

Eden
BOOKS

Inhaltsverzeichnis

Prolog
Wer macht denn sowas?

»Ist ja gut, mein Süßer, alles wird gut.« Gabrieles Worte klingen leise und beruhigend, ihre gummibehandschuhten Finger streichen rhythmisch über das kurze schwarze Fell, kraulen das Dreieck hinter dem linken Ohr. »Bald hast du es hinter dir.«

»Er kann Sie nicht hören.«

Manchmal fragt sich Gabriele, wie ein Mensch, der so gut in seinem Beruf ist, gleichzeitig so schlecht im Umgang mit Menschen sein kann.

»Sprechen Sie mit ihm, wenn er aufwacht.« Dr. Wilhelm nickt Silke zu, die ihm den Schweiß aus dem Gesicht wischt. Ihre Kollegin mochte er schon immer lieber als sie, das weiß Gabriele. Obwohl sie besser mit Tieren kann. Vermutlich hat es gar nichts mit ihr zu tun, sondern ist so ein grundsätzliches Typending. »So, jetzt haben wir's gleich. Schauen wir mal, was den Obstruktionsileus verursacht hat. Tupfer.«

Silke tupft, während Gabriele weiterkrault. Auch wenn der Hund sie nicht hören kann, so spürt er doch, dass jemand bei ihm ist, dessen ist sich die Tierarzthelferin sicher. Außerdem hat sie dem aufgelösten Frauchen versprochen, ihrem Liebling nicht von der Seite zu weichen.

»Bei Dr. Wilhelm ist er in guten Händen«, hatte sie der jungen Frau, kaum älter als zwanzig, versichert. »So einen Darmverschluss haben wir öfter mal.«

»Kann ich nicht bei ihm bleiben? Bitte!« Die Frau – wie heißt sie noch mal? Gabriele ist schlecht mit Namen, was nicht gut ist in einer Praxis, aber es ging halt alles so schnell – die Frau fasste Gabrieles Hände und blickte sie mit weit aufgerissenen Augen an. »Bitte, ich kann ihn nicht allein lassen, bitte!« Neue Tränen rannen ihr über die Wangen, und sie schluchzte laut auf. »Das habe ich doch nicht gewollt, bitte, bitte, Sie müssen ihn retten! Ich werde ihn nie wieder unbeaufsichtigt lassen, nie wieder! Bitte …«

»Sie dürfen nicht mit in den OP.« Mit sanfter Gewalt zog Gabriele das Frauchen von dem Labrador weg und bugsierte es durch den Flur zum Aufwachraum. »Sie können hier warten«, bot sie der Frau an. »Hier ist es ruhiger. Ich werde bei Ihrem Hund bleiben, versprochen. Setzen Sie sich, meine Kollegin bringt Ihnen einen Tee.«

Die Frau war auf dem Stuhl zusammengesackt, kaum dass sie die Sitzfläche berührte, hatte das Gesicht in den Händen verborgen und geweint, dass die Schultern bebten.

Armes Ding, hatte Gabriele gedacht, bevor sie in den OP-Saal eilte, um ihr Versprechen einzulösen. Als sie eintraf, hatte Silke den Hund bereits intubiert, während Dr. Wilhelm über den Ultraschallbildern brütete.

»Dass die Leute nicht aufpassen können, was ihre Hunde fressen«, brummte er vor sich hin. »Und wenn's dann schiefgeht, ja, dann ist der Katzenjammer groß. Und was sie dann nicht alles versprechen …«

»Das Frauchen wusste nicht, was es sein könnte?«, erkundigte sich Silke.

Dr. Wilhelm schüttelte den Kopf. »Nein. Mit der war ja kaum zu reden, so aufgelöst wie die war. Vielleicht war's eine von diesen Kaffeekapseln, das würde die Symptome erklären, von denen sie faselte.«

Schwester Gabriele erinnerte sich: Wie ein Wahnsinniger sei das Tier durch die Wohnung getobt, hatte das Frauchen zwischen heftigen Schluchzern gestammelt, nachdem sie mit dem zitternden Hund auf dem Arm in die Praxis gestürzt war – eine schier unmögliche Leistung für die zierliche Frau. Irgendwann habe sich das Tier im Wohnzimmer erbrochen und sei schließlich winselnd zusammengesackt.

»Na, was haben wir denn da?« Dr. Wilhelms grüne Finger halten ein kleines Tütchen in die Höhe, das er aus dem Darm des Hundes entfernt hat. »Sieht mir nicht nach einem Kaffeepad aus.«

Silke hält ein Tablett hin, auf das Dr. Wilhelm das Tütchen fallen lässt. Er beugt sich wieder über den Hund, vergräbt seine Finger in der blutigen OP-Wunde und fördert ein weiteres zu Tage. Und noch eines. Aus dem vierten rieselt kristallines Pulver heraus.

»Wer macht denn sowas?«, entfährt es Silke, und beinahe kippt ihr das Tablett aus den Händen.

»Gabriele, schauen Sie nach dem Frauchen und sorgen Sie dafür, dass sie im Aufwachraum bleibt.« Dr. Wilhelm atmet scharf ein. »Und dann verständigen Sie die Polizei.«

In diesem Moment springt das Alarmsignal des EKG-Geräts an und Dr. Wilhelm ruft: »Scheiße!«

1

Trautes Heim, Glück allein

»Schatz! Schaaaatz?! Wo sind denn meine beiden Liebsten?«

»Im Bad.«

Mein Mann! Mein Herz tut einen erleichterten Satz gegen meinen Rippenbogen. Endlich nicht mehr allein mit meinem desaströsen Tag. Ich höre Fabian die Treppe heraufkommen, dann steht er schon in der Tür.

»Ist denn schon wieder Haarwaschtag?«, will er wissen. Schön wär's!

Ich schüttle den Kopf und seufze: »Handyföhntag.« Ich halte mein tropfendes Smartphone hoch und werfe einen finsteren Blick zu Tochter Lou, die fröhlich gluckst und sich in Papas Arme wirft, als sei überhaupt nichts gewesen. Als hätte sie nicht gerade mein teuerstes Gerät in der Kloschüssel versenkt. Ihre Wangen glühen von leichtem Fieber – 38,2 Grad habe ich vorhin gemessen. Das ist nichts Halbes und nichts Ganzes: zu hoch, um sie in den Kindergarten zu bringen, zu niedrig, um sie schlafen zu legen. Den ganzen Tag über habe ich mein Bestes gegeben, die quengelnde Dreijährige zu bespaßen und nebenher den Haushalt zu schmeißen. Und das ist anstrengender, als den Kölner Halbmarathon zu laufen. Zumindest stelle ich mir diese sportliche Leistung nicht halb so schwer vor. Da bekommt man am Wegesrand immerhin mal eine Flasche Wasser oder 'ne Banane gereicht, und mühsame Diskussionen darüber, ob Socken bei einer Erkältung an den Füßen bleiben oder nicht, fängt da auch niemand an. Am Ende weint man ein paar Endorphin-Tränen, während eine Menschenmenge tobt und applaudiert.

Mich dagegen bejubelt keiner dafür, dass ich seit zwölf Stunden auf den Beinen bin und immer noch lächle. Im Gegenteil, mein Publikum, allein aus Lou bestehend, wird sogar ziemlich ungnädig, wenn ich es wage, auch nur ein einziges Mal das Wort »nein« in meine aufmunternden Sätze einzubauen. An der frischen Luft war ich heute auch noch nicht, und der Vitamin-D-Mangel macht sich gefühlt bemerkbar und drückt zusehends auf meine Stimmung.

Ich schaue mich um und sehe, wie Fabian schon mit unserer Kleinen kuschelt. Mir ist gerade auch danach, mich erschöpft in seine Umarmung fallen zu lassen, also drängle ich mich ebenfalls an ihn.

»Ich bin so froh, dass du endlich da bist«, sage ich, während ich mich an meinen Mann schmiege. Das nasse Handy stopfe ich in meine Gesäßtasche.

»Hast du geweint?«, fragt Fabian mit kritischem Blick auf meine geröteten Augen und setzt unsere Prinzessin auf den Boden, um einen Arm um mich zu legen.

»Das kann ja mal vorkommen«, antworte ich leicht verschämt und hole tief Luft. »Lou hat Fieber, kaum gegessen und keinen Mittagsschlaf gemacht. Dafür hat sie gequengelt und meine Nerven liegen blank. Als sie dann noch mein Handy ins Klo hat fallen lassen, gerade nachdem sie ... ihr Geschäft verrichtet hat ...« Ich schlucke gegen erneute Tränen an. Fabian versteckt sein Grinsen, indem er mich fest an sich drückt. Sein vertrauter Duft beruhigt mich.

»Süße, wegen eines Telefons musst du doch nicht heulen. Dann kaufen wir dir eben ein neues«, meint er, und ich nicke tapfer. Seine Hände streichen meinen Rücken hinab und wieder herauf, und ich würde jetzt gern einfach nur hier stehen und meinen Mann machen lassen.

»Aber ich will meine Fotos und Kontakte zurück«, murmle ich.

»Hast du …«

»Nein.« Ich schüttle den Kopf; ist ja klar, was er fragen will. Ist ja nicht das erste Handy, das ersetzt werden muss. Das letzte fiel einem Wutanfall zum Opfer, Gott, ich weiß schon gar nicht mehr, was der Auslöser war. Irgendein Update, das nicht funktionierte, oder eine App, die etwas anderes tat, als sie sollte. Oder vielleicht war es auch der Anruf von Dinkelkeks-Doro, meine Lieblings-Hass-Mutter aus dem Kindergarten, die mir mal wieder mal eben irgendwas Blödes überhalf. *Denkst du dran, dass morgen Elternabend ist und jeder eine Kleinigkeit mitbringt? Du machst doch wieder diese Gebäckstangen, ja? Ich würd's ja selbst machen, aber heute schaff ich das gar nicht, ich hab noch so viel zu tun, und du bist ja eh zu Hause, nicht? Danke, du bist die Beste!* So oder so ähnlich wird's gewesen sein, und nachdem Dinkelkeks-Doro aufgelegt hatte, bevor ich sie darauf hinweisen konnte, dass sie doch selbst den ganzen Tag zu Hause ist, überschlug sich das Handy dreimal auf dem Küchenfußboden, und das Display verabschiedete sich aus diesem Leben. Das Erste, das Fabian mich damals fragte, war: »Hast du ein Back-up gemacht?« Mal ehrlich, wer macht das schon? Von seinem Smartphone? Ich jedenfalls nicht.

Fabian seufzt. »Ich schaue mal, was ich tun kann«, verspricht er und küsst eine Träne von meiner Wange.

»Das war ein Unfall«, erklärt Lou plötzlich, die auf ihrem Bobbycar sitzt und uns ganz genau beobachtet. Sie zuckt ihre kleinen Schultern. Umständlich erhebt sie sich von ihrem Auto und watschelt auf uns zu. »Ich kann jetzt aufs Klo gehen, und dann: ups«, berichtet sie weiter, legt den Kopf schief und hebt bedauernd ihre Händchen. Das sieht so drollig aus, dass ich lächeln muss, während Lou ihre Arme um meine Beine wickelt.

»Ja, du Monsterchen«, sage ich zu ihr, hebe sie hoch und drücke sie in Fabians Arm. Papa ist doch die beste Medizin. Wie happy Lou jetzt ist, wo er zu Hause ist. Glücklich kuscheln wir uns zusammen, und ich vergesse mein blödes Handy.

Der Rest des Abends verläuft wie immer. Nach dem gemeinsamen Essen räume ich die Küche auf, während Fabian Lou bettfertig macht. Umziehen, Zähne putzen und im Bett noch eine Geschichte lesen. Und noch eine. Und noch eine. Nach dem dritten Pixi-Buch übernehme ich, weil Fabian, wie fast jeden Abend, noch ein paar E-Mails lesen und beantworten muss. Er kümmert sich um die IT-Sicherheit einer großen Firma, und das bedeutet viel Verantwortung.

»Feierabend auf Knopfdruck gibt's da nicht«, sagt er immer, wenn ich ausnahmsweise doch mal zu einer »Musst du wirklich«-Frage ansetze. Also lese ich unserer kleinen Prinzessin Büchlein vier bis sieben vor, bis ihr endlich die müden Augen zufallen. Jetzt heißt es Licht aus, auf leisen Sohlen den Rückzug antreten und die Tür schließen. Denn Supermutti – das bin ich! – hat jetzt Erwachsenenzeit. Ich freue mich auf einen gemütlichen Abend mit meinem Schatz, denn so voll wird sein Postfach doch wohl nicht sein, oder? Vielleicht ein Glas pfälzischen Riesling, ein schöner Film und eine Fußmassage ...

»Wo willst du denn hin?«, frage ich überrascht, als ich Fabian in Jacke an der Tür stehen sehe, wo er gerade nach seinem Autoschlüssel greift.

»Tut mir leid, Schatz. Softwarenotfall in der Firma«, entschuldigt er sich, während er etwas in sein Handy tippt. »Dauert maximal eine Stunde.« Er drückt mir einen Kuss auf die Stirn, und ich bin zu perplex, um noch etwas zu erwidern. Da gehen sie hin – adieu, Fußmassage und gemütlicher Abend.

Als Fabian viele Stunden später ganz leise zu mir ins Bett klettert, stelle ich mich schlafend. Dabei bin ich hellwach, und meine Gedanken rasen durch meinen übervollen Kopf. Ich war zu müde, um noch irgendwas mit mir anzufangen, zu lustlos, und schließlich bin ich einfach ins Bett gefallen, um zu schlafen. Das war jedenfalls der Plan, aber da lag ich dann, müde und doch wach, schlapp im Körper, nur das Hirn noch putzmunter. Und es ist ja nicht immer schön, was sich so ein Denkorgan einfallen lässt, wenn es nicht anständig beschäftigt wird. *Wenn dein Mann so eine super Arbeit macht, wie seine Kollegen immer sagen, wieso muss er dann ständig abends arbeiten?*, wollte mein Hirn zum Beispiel wissen. *Sollte doch alles perfekt funktionieren, wenn er sich schon den ganzen Tag darum kümmert.*

»Die Welt ist schlecht«, antwortete ich, »und mein Fabian rettet die Welt … also seine Firma vor den ganzen bösen Hackern da draußen.«

Fünfmal pro Monat? Oder waren es sieben Mal? Immer am gleichen Wochentag?

»Das stimmt nicht. Der letzte Notfall war an einem Montag … Moment mal, worauf willst du hinaus, du mieses Hirn?«

Tjaaaa …

Und da war er dann, der Gedanke, einmal gefasst und unwiderruflich zwischen meinen Schläfen gefangen. Schließlich kann ich die quälende Frage nicht mehr für mich behalten und lasse sie über meine Lippen kommen.

»Hast du eine Affäre?«, frage ich in die Dunkelheit des Zimmers und höre Fabians scharfes Einatmen.

»Bitte was?«

»Du hast mich schon verstanden. Bist du fremdgegangen?«

»Das habe ich gehört. Und nein, ich habe keine Affäre.«

Fabian knipst die Nachttischlampe an und sieht mich mit seinen braunen Augen fragend an. »Wie kommst du denn auf so eine Idee?« Er rollt sich auf die Seite, stützt seinen Kopf in die Hand und mustert mich lange.

»Du bist abends so oft weg, manchmal bis weit nach Mitternacht.«

»Ich bin in der Firma – du kennst meinen Job. Was ist heute bloß los mit dir, Mieze?«

Wenn ich das so genau wüsste. Ich recke trotzig mein Kinn vor. »Wir sehen uns kaum noch und haben nur noch selten ... Sex«, überlege ich laut. Fabian schaut mir tief in die Augen, sein Mundwinkel zuckt ganz leicht.

»Das können wir sofort ändern, wenn du willst«, meint er und küsst mich sanft. Erst kribbelt es wirklich in meinem Bauch, aber dann überfällt mich wieder die Unruhe, die mich die ganze Zeit schon ausfüllt wie ein leeres Gefäß.

»Jetzt nicht«, flüstere ich und schiebe ihn von mir. »Ich kann nicht.«

Fabian sieht enttäuscht aus, was auch ein bisschen schön ist, trotzdem muss ich jetzt erst mal mit ihm reden. »Tut mir leid, dass ich dich verdächtigt habe. Ich ... Es kommt mir einfach so vor, als wäre ich gestrandet«, sage ich. »Ich liebe es, Mutter zu sein, aber manchmal fühle ich mich inmitten dieser ganzen Aufgabe ... einsam.« So, jetzt ist es heraus. »Und ... na ja, und du bist eben viel weg, und ich sitze hier und habe nur mich und meine Gedanken. Und die sind nicht immer nett.« Fabian rückt an mich heran und hört aufmerksam zu, also fahre ich fort: »Du hast dein eigenes Leben, während ich in einem Dasein versinke, das sich nur noch durch Kleinkinderkram definiert. Ich komme kaum raus, bloß bis zum Spielplatz, bis zum Mülleimer und wieder zurück. Alles dreht sich um Bobo Siebenschläfer, Bastel- und Turngruppen und die Themen, die andere Mütter so zu bieten haben: glutenfreie Keksrezepte, Windel-Dermatitis, Zuckerersatzstoffe und das Jammern über fehlende Zeit für die eigene Körperhygiene.«

Ich drehe mich mit Schwung auf den Rücken, falte die Hände auf meiner Brust und rede weiter, gestehe Fabian und irgendwie auch mir selbst, wie sehr ich meine alten Freundinnen vermisse, die ich nicht mehr treffe, weil sie arbeiten, wenn ich frei habe (sprich, wenn Lou im Kindergarten ist und ich mich um den Haushalt kümmern sollte, manchmal dann aber doch um zwölf Uhr auf dem Sofa aufwache), und die frei haben, wenn ich beim Kinderturnen, Babyschwimmen oder Mutti-Stammtisch bin, wo ich hin muss, damit meine Lou kein Außenseiterkind wird und all die wichtigen Kompetenzen erwirbt, die sie im späteren Leben mal brauchen wird. Sich gegen Arschgeigen durchsetzen zum Beispiel oder wie man über schmale Bänke balanciert und durch Stofftunnel robbt. Braucht man. Ganz sicher.

Oh, wie sehr fehlen mir Gespräche ohne Kinderthemen, weil ich gezwungenermaßen die ganze Zeit mit anderen Müttern verbringe. Noch dazu mit Müttern, die alles jederzeit besser im Griff zu haben scheinen als ich selbst. Vollzeit-Vorzeigemütter, wie ich sie gern nenne. Mütter, die jede Mahlzeit selbst kochen, wohingegen ich die gekauften Gläschen kistenweise nach Hause schleppe. Bei denen alles bio ist – sogar das Haarwaschmittel – und die ständig mit einer App prüfen, ob eine Sonnencreme mit Hormonen belastet ist oder nicht. Bei denen ist sogar das Lammfell echt, auf das sie ihre Babys betten, während es sich bei Lous nur um ein Imitat aus Baumwolle handelt. Mütter, die keine Feuchttücher dabeihaben, sondern eine

Sprühflasche, falls mal was in die Windel ging. Warum? Weil sie der Feuchttücher-Industrie und deren Zusatzstoffen nicht trauen. Aber natürlich geht bei denen eigentlich lange nichts mehr in die Windel, weil deren Kinder selbstverständlich schon ewig trocken sind. Ganz im Gegensatz zu meiner süßen Hosenscheißer-Maus, die erst kürzlich damit begonnen hat, ihr Töpfchen nicht mehr als überdimensionales Trinkgefäß anzusehen.

Kurzum: Ich vermisse mein altes Leben. Meine alten Freundinnen, die wie ich einen gut gezogenen Lidstrich zu schätzen wissen. Meinen alten Job und mein altes Ich, das sich gern in der Welt dort draußen behauptete.

»Dann nimm dir Zeit dafür, für deine Freundinnen«, sagt Fabian, der mich ununterbrochen hat reden lassen und jetzt verständnisvoll und auch ein bisschen hilflos meine Hand drückt. »Triff deine alten Mädels, macht einen drauf. Geh aus, hab Spaß – ich kümmere mich um Lou. Dann komme ich abends halt mal etwas früher von der Arbeit.«

Ich blinzle ein Tränchen weg. »Das ist lieb von dir.« Ich schlucke. »Aber das hilft mir nicht weiter. Es geht nicht um *einen* Abend.«

Fabian sieht aus, als wäre ihm der Bus vor der Nase weggefahren. Ich bin sicher, dass er sich ein Seufzen verkneift. »Gut, dann nimm dir mehr Zeit. Ein Wochenende. Ich kann meine Mutter fragen, ob sie ein paar Tage zu uns kommt …«

Ich unterbreche ihn. »Du verstehst mich nicht. Ich will keinen draufmachen, ich will … ich will …« Ich brauche einen Moment, um zu formulieren, was ich eigentlich will. Und bevor ich es endgültig ausspreche, war es mir selbst nicht bewusst. »Ich will wieder arbeiten!«

Fabian starrt mich mit offenem Mund an und setzt sich im Bett auf. Ich tue es ihm gleich. Einige Sekunden gucken wir uns beide überrascht an.

»Aber warum das denn? Das haben wir doch gar nicht nötig«, sagt er schließlich, ohne dass ich seinen Tonfall deuten kann. Irgendwas zwischen Fassungslosigkeit und Resignation. Vielleicht auch Angst. Ich kann ihn nicht länger ansehen und studiere stattdessen das Karomuster unserer Bettwäsche. Nicht besonders stylisch, aber der Stoff ist superkuschelig. Und es war ein Schnäppchen.

»Das weiß ich«, murmele ich. »Ich möchte trotzdem gern wieder mein eigenes Geld verdienen.«

»Du kannst dir alles kaufen, was du willst, Schatz.«

»Ich liebe dich für deine Großzügigkeit, darum geht es aber nicht. Es fühlt sich einfach schöner an, wenn ich es mir verdient habe.«

Fabian lacht freudlos auf. »Du verdienst es dir ja, indem du unser Kind großziehst. Denkst du, ich weiß nicht, was für einen Knochenjob du jeden Tag leistest?«

Ich denke daran, dass er damals nicht lange überlegt hatte, als es um die Frage ging, ob er zwei Monate Elternzeit nehmen sollte, um den vollen Anspruch aufs Elterngeld zu bekommen.

»Unsere Lou ist wirklich eine Zaubermaus«, hatte er gesagt, »und ich verbringe so wahnsinnig gern meine Zeit mit ihr. Aber den ganzen Tag allein, nur sie und ich? Weißt du, das schaffe ich nicht.«

Er hatte mich angesehen mit einer Mischung aus Scham und Furcht im Gesicht, als würde ich ihm gleich vorwerfen, der mieseste Vater aller Zeiten zu sein. Dabei war ich gerührt gewesen von seiner Ehrlichkeit, die ich so wahnsinnig süß fand. Und Lou war noch so klein und finanziell waren wir nicht auf das Elterngeld angewiesen, also blieb ich freudestrahlend weiterhin zu Hause. Und blieb. Und blieb. Und da bin ich nun.

Natürlich hat Fabian recht. Das Geld reicht dicke, und ich muss ihn ja auch nicht fragen, wenn ich mir etwas kaufen möchte.

»Ich will meinen Kopf wieder mit etwas beschäftigen, das über Bauklötze stapeln, Puzzles machen und Kinderlieder singen hinausgeht«, sage ich jetzt, weil es stimmt und weil das vielleicht mehr zieht. »Ich will mich geistig anstrengen und mal wieder Kontakt mit Menschen haben, die nicht ständig Wörter wie ›Pipi‹ oder ›Kacka‹ verwenden. Menschen, die andere Sorgen haben als das Nicht-Durchschlafen, die Kein-Gemüse-essen-Phase oder die neuen Backenzähne ihrer Kinder. Ich will mich wieder mit Zahlen und Papierkram, mit Telefonieren und Organisieren außerhalb des Haushaltes beschäftigen.« Ich suche in Fabians Blick nach Verständnis. »Ich bin Bürokauffrau, verdammt noch mal, und ich wünsche mir, dass meine Leistung in schwarzen Zahlen auf meinem eigenen Konto zu sehen ist, anstatt immer nur in Form des süßesten Lächelns dieser Welt bezahlt zu werden.«

Fabian hat meine Hand inzwischen wieder losgelassen. Er gähnt. Dann dreht er sich auf die Seite und knipst sein Licht aus. »Oder«, er gähnt noch einmal, »ich kann dir einfach etwas mehr Haushaltsgeld überweisen.«

Ich beuge mich zum Nachttisch und schalte meine Lampe an. So leicht kommt er mir nicht davon! »Ich fürchte, mein Schatz, du hast mich nicht ganz verstanden«, sage ich gefährlich leise.

»Doch, doch«, meint Fabian ernst. »Es ist nur schon sehr spät, und vielleicht sollten wir erst einmal über diese fixe Idee schlafen.«

»Du willst nicht, dass ich wieder arbeite, hab ich recht?« Ich muss mich zusammenreißen, um nicht an seiner Schulter zu rütteln, damit er mich endlich wieder ansieht.

»Ich mache mir nur Sorgen wegen Lou.« Er zieht die Decke höher, verschwindet fast darin, sodass ich das Gefühl habe, mit seinem Haarschopf zu sprechen. »Ich meine, wer kümmert sich denn dann um sie?«

»Ich könnte nur halbtags arbeiten«, erkläre ich seiner Frisur. »Da ist Lou im Kindergarten. Das bekommt sie gar nicht mit.«

»Mmmh.«

»Mmmh, was? *Mmmh, ich schlafe jetzt gleich ein?*«

»Ich bin echt müde, Schatz.«

»Und mir ist das echt wichtig. Also, was hältst du von der Idee?«

»Nicht so viel wie du.« Fabian seufzt. »Aber wenn du denkst, dass du das tun musst, will ich dir nicht im Weg stehen.«

»Wirklich?«

Er dreht sich auf den Rücken und blinzelt mir mit einem Auge zu. »Natürlich!«

Zufrieden lösche ich das Licht und lege meinen Kopf auf seine Brust. »Danke.« Nun ist alles gut. Darauf kann ich ihn morgen festnageln.

»Es ist nur ...«, beginnt er nach einem Moment der Stille zögerlich. »Na ja, die Arbeitswelt hat sich ganz schön verändert. Und ich frage mich, ob du nach der langen Pause ...«

»Drei Jahre.« Plötzlich bin ich es, die ganz müde ist und herzhaft gähnen muss. »Ich war ja nicht ewig weg.«

»Das ist eine ganze Weile im digitalen Zeitalter. Ob du da so schnell wieder in alles reinkommst?«

»Das werden wir dann ja sehen«, murmele ich und klinge dabei sehr viel zuversichtlicher, als ich es eigentlich bin. Denn tatsächlich habe ich mich das auch schon gefragt. Aber wer einhändig Anträge für einen Kitagutschein nebst Einkommensnachweis ausfüllen kann (Mutterschafts- und Elterngeld muss man angeben, den Gewinn vom Flohmarkt darf man rausrechnen), während sie unter Lego-Beschuss steht und zugleich Gulasch kocht, die sollte keine Angst vor Excel, PowerPoint und Outlook haben, oder?

»Du musst wirklich wieder arbeiten? Warum das denn?«, fragt mich Ilka verdutzt und schiebt sich ihre Brille dabei höher auf die Nasenwurzel.

»Hattet ihr Streit?«, vermutet Charlotte und verschüttet Xucker, einen gesunden und natürlichen Süßstoff, neben ihrer Tasse. Das macht sie ständig, und einmal mehr frage ich mich, wie einer allein so schusselig sein kann.

»Er hat eine Affäre! Wie kann er dir das nur antun?!« Das ist Jasmin, die dritte im Bunde, in deren entsetztes Gesicht ich gucke. Sofort verschlucke ich mich an einem Stück zuckerfreien, heute besonders trockenen Bananenkuchen. Mama-Stammtisch, diese Woche bei Ilka, die absolut nicht backen kann, jedenfalls nicht lecker, nur öko.

»Unsinn!«, fahre ich auf. »Was ist denn bitte mit euch los? Schon mal daran gedacht, dass ich vielleicht wieder arbeiten *möchte?*« Ich blicke einer nach der anderen ins schockierte Gesicht. »Ich meine, fällt euch denn nie die Decke auf den Kopf? Sehnt ihr euch nicht nach etwas mehr Herausforderung?!«

Charlotte dreht beleidigt den Kopf zur Seite. »Mein Sohn ist mir Herausforderung genug«, murmelt sie in ihr übergroßes Hals- und Stilltuch, das sie nicht nur aus sentimentalen Gründen noch immer mit sich herumträgt.

»Ich wusste gar nicht, dass du dich langweilst«, schiebt Ilka hinterher und steht auf, um frischen Kaffee aufzusetzen. »Langeweile? Dagegen kann man was tun. Meine Fenster habe ich seit Wochen nicht mehr geputzt! Das kannst du gern übernehmen.«

»Ich hätte auch noch ein bisschen Bügelwäsche«, ergänzt Jasmin, und die drei brechen in Gekicher aus, das einer Teenie-Clique würdig wäre. Wie so oft kann ich nicht mitlachen. Nicht nur, weil der Witz auf meine Kosten geht – ich fühle mich so missverstanden.

Noch dazu, wo Ilkas Fenster blitzeblank aussehen, ganz im Gegensatz zu meinen eigenen, durch die man nach dem Putzen manchmal schlechter rausgucken kann als vorher.

»Ich rede nicht von Hausarbeit«, versuche ich, einfühlsam zu erklären – mal ehrlich, Mädels, wie empfindlich kann man eigentlich sein? »Ich habe seit Monaten keine Fenster geputzt und bin schon froh, wenn ich es schaffe, die Bügelwäsche in die Reinigung zu bringen und auch wieder abzuholen. Die Kindererziehung ist eine Riesen-Herausforderung, und ich schätze, Bombenentschärfen ist leichter, aber ich will einfach mal wieder meinen Kopf benutzen und mein eigenes Geld verdienen, das ich dann auch selber ausgebe.« Zu meiner großen Verwunderung kommt nicht sofort der nächste zynische Spruch hinterher, sondern langsam einsetzendes, zögerliches Nicken ... zumindest von Ilka.

»Ich versteh dich schon ein bisschen«, gibt sie zu. »Aber neben Kind, Mann und Haushalt könnte ich nicht auch noch arbeiten gehen. Ich meine, zeig mir eine Anstellung heutzutage, bei der man tatsächlich halbtags arbeitet. Alle müssen doch ständig Überstunden machen, um nicht rauszufliegen. Wer pünktlich geht, braucht gar nicht erst wiederzukommen. Außerdem sind unsere Kinder dauernd krank. Zumindest bei uns jagt ein Infekt den nächsten.« Die anderen beiden nicken zustimmend.

»Sie hat recht«, stimmt Jasmin zu. »Wir sind auch dauerkrank. Und arbeiten würde bei mir nur gehen, wenn Bernd stundenmäßig reduziert. Das können wir uns gar nicht leisten. Außerdem, mal ehrlich: Der Haushalt würde den Bach runtergehen, Luis verhungern, und Bernd wäre schon bald so unausgelastet, dass er auf blöde Ideen käme.«

»Wie meinst du das?«

»Keine Ahnung ... den ganzen Tag PlayStation spielen und Bier trinken. Vielleicht eine Affäre mit unserer Putzhilfe anfangen«, überlegt sie und dreht dabei manisch eine Locke um ihren Finger. Wir starren Jasmin entgeistert an. »Was? Jetzt schaut mich nicht so an. Ich glaube, Männer brauchen das ...«

»Brauchen was?«, fragt Ilka verwirrt nach. »Eine Affäre? Wenn ich dafür 'ne Haushaltshilfe kriege, ist mir das recht!« Sie halbiert das vorletzte Bananenkuchenstück und hebt es sich mit ernster Miene auf den Teller. War das ein Scherz?

»Nein! Der alleinige Ernährer sein ... ihr wisst schon.« Jasmin macht eine wegwerfende Handbewegung. »Das ist so 'ne Art Urinstinkt. Männer wollen die Beute schießen und nach Hause bringen.«

Ilka schenkt Kaffee nach und wendet sich wieder an mich: »An was hattest du denn gedacht? Willst du wieder als Bürokauffrau arbeiten?«

»Ich weiß nicht so genau ...« In Gedanken bin ich immer noch bei dem Neandertaler mit Keule und Beute. Ist Fabian deshalb so wenig begeistert von meiner Idee, wieder arbeiten zu gehen? Weil ich ihm das Privileg des Alleinernährers streitig machen würde? »Ich dachte, ich schau mich mal um, was es so gibt. Eigentlich kann ich ja alles. Bis auf bügeln. Und schlafen.«

»Oh, Schätzchen, täusch dich da mal nicht«, schießt Charlotte los. »Der Arbeitsmarkt ist anders geworden.« Boa, die auch noch!

»Du klingst schon wie Fabian«, stöhne ich und will mir einen Schluck Kaffee gönnen, verbrenne mir aber die Lippen daran. Autsch.

»Aber es stimmt! Du musst total fit sein, was den ganzen Computer- und Internetkram angeht. Social-Media-affin und son Zeug ...«

»Bin ich!«, sage ich überzeugt. Ob trockener Bananenkuchen bei Verbrennungen hilft? Hätte ich doch bloß ein Schälchen Sahne mitgebracht, wie sonst auch, um den Gesundheitswahn der anderen zu kompensieren, was mir zwar jedes Mal wütend-mitleidig-neidische Blicke einbringt, den Spaßfaktor von Vollwert-Kleiekeksen jedoch drastisch erhöht. Leider habe ich es heute nicht mehr in den Supermarkt geschafft, weil ich Lou zweimal umziehen musste, bevor wir das Haus verließen. Einmal wegen einer Apfelsaft-Dusche und das zweite Mal, weil die Entfernung zum Klo einfach kolossal unterschätzt wird. Von Lou zumindest.

Apropos ...

»Mamaaa!«, schreit es aus dem Kinderzimmer, und ich erkenne das zarte Stimmchen meiner Tochter, das es locker mit einer Sirene aufnehmen könnte. »Wir haben Fenster malt!« Mir schwant nichts Gutes ...

Als ich ins Kinderzimmer stürze, kann ich einen hysterischen Schrei nicht unterdrücken. Lou hat die Fensterscheiben im Kinderzimmer von Ilkas Tochter Lotta verschönert. Mit Textmarker. Wasserfest. Sieht so aus, als müsste ich heute tatsächlich etwas länger bei Ilka bleiben ... Endlich mal wieder Fenster putzen. Schade nur, dass es nicht wenigstens mal meine eigenen sind.

»Und? Gibt's schon was Neues von der Front?«, fragt Fabian. Wir sitzen im Auto, im Kofferraum stapelt sich der Wochenendeinkauf, zu dem ich am Vormittag mal wieder nicht gekommen bin. Was war es heute noch mal? Richtig, die Diskussion über angemessenes Schuhwerk. Kuschelpuschen und Nieselregen vertragen sich einfach nicht, aber erklär das mal einer Dreijährigen. Um es kurz zu machen: Wir blieben zu Hause und versöhnten uns mit einem Eis am Stiel. Es geht doch nichts über einen Flutschfinger!

Seit ich den Entschluss gefasst habe, wieder arbeiten zu gehen, ist bereits ein Monat vergangen. Ein Monat, in dem ich täglich Stellenausschreibungen gelesen und zig Bewerbungen losgeschickt habe.

»Wie war denn das Bewerbungsgespräch in dem Callcenter?« Während Fabian den Blinker setzt, schaue ich mich zu Lou um, die in ihrem Kindersitz mit ihren Füßen zur Radiomusik wackelt. Das soll *das Beste von heute* sein? Ganz schön deprimierend, denke ich, bevor ich Fabian antworte: »Das war seltsam. Ich muss da etwas Entscheidendes in der Stellenbeschreibung überlesen haben.« Ich schneide Lou eine Grimasse, sie lacht glucksend und versucht, mich nachzuahmen.

»Wie meinst du das? Also lief das Gespräch nicht gut?«

»Doch, doch. Es lief fantastisch.« Ich seufze. »Bis zu dem Moment, in dem ich gefragt wurde, ob ich ein Problem damit hätte, vor der Webcam nicht nur oben-, sondern auch untenrum ohne zu sein und auf Wunsch auch Hilfsmittel einzusetzen, die über das Headset hinausgehen. Da wurde ich stutzig.«

Fabian tritt etwas zu fest auf die Bremse, und Lou, die bis eben heftig an ihrem Schnuller saugte, spuckt ihr Heiligtum aus und reißt überrascht die Augen auf.

»Oh, oh, Papi muss sis besser aufs Fahren konsentiern«, zitiert sie mich zwitschernd. Gut aufgepasst, Süße! Den Führerschein wirst du in 15 Jahren spielend schaffen.

»Du hast dich bei einer Sexhotline vorgestellt?« Mein Mann ist fassungslos. Das Auto hinter uns hupt unfreundlich, weil er keine Anstalten macht, weiterzufahren.

»Na ja, ich wusste ja nicht, dass sie mit ›motivierte Mitarbeiterin im Unterhaltungsbereich‹ an so etwas dachten.«

Fabian lacht und fährt wieder an. Im Rückspiegel sehe ich den Fahrer hinter uns wild gestikulieren und ein paar unschöne Gesten machen. Ich drehe mich um und werfe ihm eine Kusshand zu. Lou hat sich unterdessen ihren Schnuller geangelt, schließt ihre Augen und nuckelt jetzt rhythmisch zur Musik. Ich denke kurz über die Gefahr von Zahnfehlstellungen nach und über die richtige Entwöhnungsstrategie. Dinkelkeks-Doro wüsste sicher, was zu tun ist. Trotzdem werde ich sie nicht fragen. Niemals!

»Lou, Mäuschen, wir sind gleich zu Hause.« Der Kopf unserer Prinzessin sackt verdächtig zur Seite, und ich kitzele ihr Bein. »Du musst jetzt nicht Heia machen.«

»Na, da wäre mir ja sogar die Stelle bei der Werbeagentur lieber gewesen.« Fabian schnalzt missbilligend mit der Zunge.

»Mir auch«, nuschle ich und denke an dieses besondere Vorstellungsgespräch als Empfangsdame einer Werbeagentur. Bis auf die Location – eine superschicke, sonnendurchflutete Agentur über den Dächern Kölns – kann man das ebenfalls als Katastrophe verbuchen. Mir war nicht nur dieser etwa zwanzigjährige CEO mit Hornbrille, Vollbart und Flip-Flops suspekt, sondern auch die Tatsache, dass er mir Smoothie-schlürfend erklärte, die ersten Monate könne ich selbstverständlich als Praktikantin angestellt und vergütet werden. Nämlich gar nicht.

»Immerhin hätte es Smoothies für lau gegeben. Und das jeden Tag. Quasi Job inklusive Vitaminschock«, überlege ich, und Lou lächelt, als ich sie erneut kitzle.

»Ruf sie doch an und sag ihnen, dass du es machst. Wer weiß, was für Möglichkeiten sich daraus ergeben«, meint mein Mann.

Mir klingeln die Worte des jungen Typen im Ohr: »Wir sind hier eine große Familie.«

»Noch eine Familie, die mich nicht bezahlt? Ich will ja nicht unbedingt reich werden, aber nein danke«, sage ich und beobachte entsetzt, wie Lou jetzt doch einpennt. Ihre Lider schließen sich und ihr Köpfchen sinkt nach hinten ins Kissen. Scheiße, scheiße, scheiße!

»Oh, nicht doch, Mäuschen. Wir sind wirklich gleich zu Hause«, jammere ich. Vergeblich. Ich bekomme keine Reaktion mehr von meinem Kind.

»Schläft sie etwa?«

»Ja«, grumpfe ich. »Tut sie.« Die Tragik hinter dieser Tatsache erschließt sich wahrscheinlich nur Eltern, denn erfahrungsgemäß sorgt so ein Managerschläfchen dafür, dass Lous Batterie wieder auf »full« gestellt wird. Und da es schon Abend ist, war's das mit der Elternzeit für Mama und Papa.

»Und wenn du doch wieder bei Giovanni anfängst?«

»Gott bewahre.«

Nach den ersten Absagen hatte ich mich vor lauter Verzweiflung beim Eiscafé um die Ecke beworben und wurde vom Fleck weg eingestellt. Nach einem halben Tag, den ich damit verbracht hatte, anderen Müttern und Kindern Spaghettieis zu servieren, wusste ich jedoch, dass auch das nicht das Richtige für mich ist. Zum einen bin ich fürs Hin- und Hertragen wirklich überqualifiziert – eine Tatsache, über die ich großzügig hinwegsehen würde, wäre das Trinkgeld nicht viel zu mies (Mütter sind knauserig!). Zum anderen kann ich mich, beziehungsweise meine schlanke Linie, nicht der Gefahr von 35 verschiedenen italienischen Eissorten aussetzen. No way! Noch dazu, wo ich zum Frustessen neige. Also gab ich Don Giovanni einen Korb, den er ums Verplatzen nicht annehmen wollte. Er folgte mir bis auf die Straße, rang die Hände und hielt einen theatralischen *Per cortesia!-Cara Mia*-Monolog.

Endlich fahren wir von der Schnellstraße und kommen der Heimat näher. Zu Hause angekommen schnalle ich Lou ab und hebe sie aus dem Kindersitz. Wie zu erwarten, fühlt sie sich in ihrem Schlaf gestört und protestiert lauthals.

»Püppi, du kannst gleich weiterschlafen. Nur eben umziehen«, versuche ich, sie zu beruhigen, doch meine eigene Unruhe schwappt auf sie über. Sie dreht und windet sich, heult und schreit. Wie ich es hasse, wenn sie sich so urplötzlich mit aller Gewalt nach hinten aufbäumt und ich Angst haben muss, dass sie von meinem Arm fällt.

Ungelenk schließe ich die Tür auf, stelle Lou im Hausflur auf ihre Beine und ziehe ihr die Jacke aus. Große Krokodilstränen laufen ihr über die Wangen und in den Kragen ihres rosa Kleides. Als Fabian endlich unsere Einkäufe aus dem Auto geladen hat und hinzukommt, habe ich sie vollständig gewaschen und umgezogen.

»Papaaahh!«, freut Lou sich über seinen Anblick und hört augenblicklich auf zu weinen, während sie ihre kleinen Ärmchen nach Fabian austreckt und er sie hochnimmt. Hmpf, war ja klar. Mama macht die Arbeit, Papa hat das Vergnügen … Ein flüchtiger Blick auf die Uhr verrät mir, dass gleich Krimizeit ist. Und Elternzeit. Und Entspannungszeit.

»Lou muss jetzt schlafen gehen«, erkläre ich den beiden, die gerade mit der Kindercreme herumexperimentieren. Hallo? Ich habe die Kleine gerade frisch umgezogen!

»Nein«, antwortet Lou in meine Richtung (ich muss dringend an meiner Autorität arbeiten!) und schmiert Fabian eine Ladung Creme ins Haar.

»Oh, oh, nicht doch, Prinzessin«, protestiert er halbherzig und drückt ihr einen dicken Kuss auf die winzige Nase. Sie lacht, während Fabian sie auf ihr Bett setzt. In Nullkommanichts ist sie wieder auf den Beinen und rennt durchs Zimmer. Ihre nackten Füße machen klatschende Geräusche auf dem Parkettboden und erinnern mich daran, dass ich noch einmal durchwischen wollte. Was soll's, übermorgen ist auch noch ein Tag.

»Komm schon her, meine Maus«, rufe ich ihr hinterher, während ich ein Paar Socken aufhebe, zusammenfalte und auf den Kleiderstapel lege. »Ab ins Bett jetzt!« Hoffnungsvoll breite ich die Arme nach ihr aus.

»Nein«, wiederholt sie mit leuchtenden Augen, macht eine Kehrtwende und flitzt davon. So viel zum Thema Power-nap im Auto.

»Ich glaube, ich will doch nicht wieder arbeiten«, sage ich sehr viel später zu Fabian, als wir vor der fünften Folge der neunten Staffel irgendeiner Krimiserie sitzen, der ich vor lauter Müdigkeit kaum folgen kann.

»Aha«, sagt er zufrieden und haucht mir einen Kuss auf den Hinterkopf.

»Ja. Irgendwie hab ich mir das einfacher vorgestellt, etwas zu finden. Aber alles, was ich bisher versucht habe, ging schief.«

»Ach, Mieze, mach dir nichts draus. Du hast es versucht. Und das zählt. Ich bin stolz auf dich.« Fabian legt seinen Arm fester um mich. Ich will ihm so wahnsinnig gern zustimmen, meinen Kopf einfach auf seiner Brust liegenlassen, den Krimi schauen und nicht weiter darüber nachdenken. Aber irgendwie geht das nicht. Es fühlt sich nicht richtig an. Soll ich mich etwa so schnell vor Charlotte, Jasmin, Ilka und dem Rest der Welt geschlagen geben? Und mich Bananenkuchen mampfend ins Hausfrau- und Mutterexil zurückziehen? Wenn er wenigstens lecker wäre …

Zwei Tage später klage ich meinem Paps mein Leid. Es ist Sonntag, Opa-und-Oma-Tag, was Fabian dafür genutzt hat, sich aus dem Staub zu machen, um einem Kumpel aus der Patsche zu helfen.

»Der hat irgendein Problem mit seinem Rechner«, sagte er und war verschwunden, bevor ich fragen konnte: »Wann hat mal nicht jemand ein Problem mit seinem Rechner? Du bist nicht Batman, weißt du?«

Während die Tür ins Schloss fiel, erkundigte sich Lou: »Wer ist Bettmän? Sowas wie das Sandmännchen?«

»So ähnlich, Schatz.«

Nun sitzt sie im Garten bei Opa auf dem Schoß und verlangt zum hundertsten Mal, dass Schotter gefahren wird – so viel Abraum, wie die beiden in der letzten Viertelstunde weggeschafft haben, kann es nicht mal nach dem Zweiten Weltkrieg gegeben haben …

»Ich hab das Gefühl, die wollen mich alle mürbe machen.« Sehnsüchtig ziehe ich meine Bewerbungsmappe aus der Tasche, die ich immer mit mir herumtrage, weil man schließlich nie weiß, wann man sie braucht. Oder wozu. Mein Lebenslauf eignet sich zum Beispiel ganz hervorragend als Mückenklatsche, wie ich gerade feststelle.

»Mama, nich' Tiere totmachen!«, entrüstet sich Lou, während mein Paps sie in eine scharfe Linkskurve legt, bei der sie fast von seinem Schoß kippt.

»Hab sie gar nicht erwischt«, brummle ich, während ich heimlich die Insektenleiche wegschnipse und dann wehmütig mein Bewerbungsbild betrachte, für das ich mich mit allem Drum und Dran besonders rausgeputzt hatte: Lidschatten, Mascara, Lipgloss, nicht zu aufdringlich natürlich, ganz dezent. Dazu eine ordentliche Haarkur, damit die Mähne luftig-locker auf meine Schultern fällt. Fabian war zwei Stunden mit Lou auf dem Spielplatz gewesen, und ich hatte das Bad ganz für mich allein. Keine Mini-Hand, die nach meinen Sachen greift, und kein »Will auch mal«-Krähen. Nur ich und meine Tuben, Tiegel und Pinselchen ... So in etwa stelle ich mir das Paradies vor.

»Vielleicht hat Fabian ja recht, und ich hab's einfach nicht mehr drauf«, sinniere ich vor mich hin und lasse meine Bewerbungsmappe auf den Terrassentisch fallen.

»Und am Schluss wird abgeladen!«, ruft Papa und lässt Lou einen Salto von seinem Schoß machen.

»Noch mal!«, kreischt sie.

»'Türlich hast du es noch drauf, Miezchen«, sagt Paps, und ich brauche einen Moment, bis ich registriere, dass das eine Antwort an mich war. »Owacht!«, ruft er im bestem Pfälzisch – er ist gebürtiger Ludwigshafener, siedelte aus beruflichen Gründen jedoch nach Köln um, als ich vier Jahre alt war. »Einsteigen, anschnallen, Schotter fahren!« Irgendwer sagte mal, dass mit Eltern zu reden so sei, wie sich mit jemandem zu unterhalten, der Tourette hat. Man muss einfach damit leben, dass ständig unsinniges Zeug ins Gespräch eingeworfen wird »Du findest schon was. Erst die kleinen, feinen Steine ...«

»Klar, Paps.« Klinge ich genervt? Macht nichts, er hört mir ja sowieso nicht zu. Seit Lou auf der Welt ist, spricht er fast nur noch mit ihr. Sei nicht so ungerecht, schelte ich mich selbst, immerhin müsstest sonst *du* den ganzen Schotter fahren. Ich stehe auf, um meiner Mutter in der Küche mit dem Riwwelkuche zu helfen. Eier köpfen oder Sahne schlagen vielleicht. Mir ist ein bisschen nach Gewalt ...

Der Zufall kennt Wege, da kommt die Absicht gar nicht hin – drei Tage später wird mein Wunsch nach krimineller Energie prompt erfüllt. Ich kann's kaum fassen: Eine Einladung zum Bewerbungsgespräch liegt in meinem Briefkasten, Absender ist der Revierleiter vom Polizeiabschnitt 43.

WHAT?!

... mit Interesse haben wir Ihre Bewerbung gelesen ... als Assistentin für den Kriminalhauptkommissar ... Wir freuen uns auf Ihren Besuch ...

Obwohl ich mich nie ganz von meiner Stilldemenz erholt habe, bin ich mir ziemlich sicher, keine Bewerbung zur Polizei geschickt zu haben. Wie zur Hölle ... Wie ein Lauf-Anfänger auf die Nase fällt es mir ein – Paps! Der alte Verhörspezialist! Bis er vor ein paar Jahren in den Ruhestand trat, war er Kriminaldirektor im Revier 42 und galt unter Kollegen als ausgebuffter Hund. Schon als Kind hatte ich darunter gelitten, dass er gern mal mit anderen Dingen beschäftigt wirkte, sodass ich mich traute, meine Finger nach den verbotenen Schätzen in den oberen Regalreihen auszustrecken – Papas geliebte und gehütete Angelköder, bunt, glänzend und schillernd, mit kleinen Haken und großen, mit Anhängern, Fransen und Federn. Und immer, wenn ich einen nehmen wollte, um ihn nur ganz kurz in meinen kleinen Händen zu halten und zu bewundern, kam von irgendwoher: »Finger weg, Mieze, die Haken sind spitz.« Jedes Mal erschrak ich zu Tode und stürzte halb vom Regal.

»Ich dachte, du liest Zeitung.« – »Ich dachte, du bist Schotter gefahren und hast mir gar nicht zugehört«, sage ich am Telefon.

»Ich hör dir immer zu, Mieze, das solltest du wissen.« Da Papas Stimme grundsätzlich knoddrig klingt, weiß ich nicht, ob er beleidigt ist. Das weiß man bei ihm nie. »Du hast deine Bewerbungsmappe vergessen. Ich hab sie dem Herbert gegeben.«

Der Herbert, das ist Papas Angelfreund und zufällig der Revierleiter von Abschnitt 43. »Der sucht 'ne Assistentin, und du kannst doch so gut mit Zahlen.«

Ich bin sprachlos und gerührt. »Danke, Paps.«

Einen Tag später stehe ich mit etwas zittrigen Knien vor der Tür zum Revier und hole mehrmals tief Luft. Dann zwinkere ich meinem Spiegelbild in der Glastür aufmunternd zu: »Komm schon, Mieze, rock' sie!«

2
Willkommen im falschen Film

»Guten Tag. Mein Name ist Mieze Moll, und ich bin die Frau, die Sie suchen!«, knalle ich raus, nachdem man mich vom Empfang durch einen hässlichen Flur in ein kleines Büro geleitet hat.

»Wirklich?« Der junge Typ mit Dreitagebart namens Lars Baum lehnt sich unbeeindruckt in seinem Chefsessel zurück. Sein dunkelblondes Haar fällt ihm verwegen in die Stirn, während er sich vorwärts rollen lässt und vom Tisch gestoppt wird. »Und wie kommen Sie darauf, dass Sie die Richtige für diesen Job sind, Frau Moll? Schon mal im öffentlichen Dienst gearbeitet?«

Will der mich einschüchtern? »Na, das bekomme ich auf jeden Fall hin! Ich denke, die freie Marktwirtschaft ist vermutlich härter.« Autsch! Ich beiße mir auf meine zu schnelle Zunge, als Herrn Baums rechte Augenbraue in die Höhe schießt. Paps hört solche Sätze auch nie gern …

»Ist das so?«

»Nein. Natürlich nicht. Das war ein Scherz, ich scherze gern.« Um Herrn Baum nicht ansehen zu müssen, lasse ich meinen Blick einmal durch den Raum schweifen und entdecke drei Pflanzen, die aussehen, als hätten sie regelmäßig Nahtoderlebnisse, viele Kaffeeflecken an den schlichten Möbeln und Papiere, die sich stellenweise stapeln oder aus Ablagen herausquellen. »Ich will nur sagen, ich bin Stress gewohnt und würde ganz sicher im Handumdrehen alles hier auf Vordermann bringen. Ich habe eine Familie und manage seit Jahren unseren Haushalt und alles, was dazu gehört. Und ich habe gehört, Sie brauchen schnell jemanden.« Ich setze mein gewinnendstes Lächeln auf und ziehe meine Referenzen aus der Tasche. »Ich bin sehr gut in meinem Job. Zuletzt war ich bei Mercedes Heinze angestellt, Sie wissen schon, das Autohaus. Ich hab mich dort nicht nur um die Statistik gekümmert, sondern auch um das Terminmanagement, die Koordination von ...«

»Ihre Bewerbungsunterlagen liegen mir vor.« Lars Baum wedelt mit einer Mappe, die identisch ist mit der, die ich in den Händen halte. Arroganter Schnösel!

Ich lächle breit. »Sie haben Glück – ich kann sofort anfangen.«

Einen Moment lang mustert mich Herr Baum, dann setzt er sich aufrecht hin und blättert durch meine Unterlagen.

»Das hört sich ganz okay an«, gibt er zu. »Haben Sie Vorstrafen?«

»Nicht, dass ich wüsste.«

Er lässt die Mappe sinken. »Wie kann man das nicht wissen?«

Der Typ macht mich echt nervös, Mann. »Selbstverständlich habe ich noch nie was angestellt und war immer ganz gesetzestreu.« Ich probiere es mit einem netten Lächeln und zwirble eine Strähne meines langen Haares. Natürlich so, dass es unbewusst und unschuldig aussieht wie bei Lou und nicht so tussimäßig wie bei Linda (Felix-Mama aus dem Kindergarten).

»So gesetzestreu, dass Sie Ihr Fahrrad einfach auf einen Behindertenparkplatz stellen?«, fragt Herr Baum.

»Wie meinen ...?«

»Na, Ihr Fahrrad steht vor dem Haus auf einem ausgeschriebenen Behindertenparkplatz«, erklärt er mir, und ich grüble. Der Fahrradständer war überfüllt, also habe ich mein Bike etwas weiter links ...

»Der ist doch riesig, und ich habe es an den Rand gestellt. Da können mindestens noch zwei Autos parken«, verteidige ich mich und kann mich beim besten Willen an kein Schild erinnern, das einen Rollstuhlfahrer gezeigt hätte.

»Ziemlich niedrige Moral, was?«

Oha, der hat aber Haare auf den Zähnen!

»Das kann man so nicht sagen, ich war lediglich etwas abgelenkt.«

»Mh«, brummt er und guckt eine ganze Weile an mir vorbei, als wäre ich gar nicht mehr da. Oder er überlegt gerade, wie er mir begreiflich machen kann, dass für eine Kleinkriminelle wie mich hier einfach nicht der richtige Platz ist ...

»Mein Vater ist Kommissar, er saß mal genau dort, wo Sie jetzt sitzen«, platzt es aus mir heraus. »Also, natürlich nicht genau dort, wo Sie sitzen, meine ich. In einem anderen Revier«, füge ich hinzu und grübele darüber nach, wie ich Herrn Baum nahebringen kann, dass ich Moral und Anstand quasi mit der Vater-, ähm, Muttermilch bekommen habe.

»Das ist mir bekannt, Frau Moll, es ist nur ...«, beginnt er, als plötzlich die Tür hinter mir aufschwingt und ein sonores »Hallihallo!« in den Raum dröhnt. Ich zucke zusammen und drehe mich um. Ein kräftiger Mann mit Halbglatze grinst mir entgegen, und ich erkenne ihn als Paps' Angelpartner Herbert Helmke.

»Ah, wie schön, Herr Baum. Sie kümmern sich schon um das junge Fräulein«, poltert er gut gelaunt und legt eine große Bäckertüte auf die Ablage, was Herr Baum mit einem genervten Blick quittiert. Die Fettflecken auf dem obersten Papier lassen zweierlei vermuten: Erstens, Herr Helmke macht das öfter. Und zweitens, das Papier liegt nicht erst seit heute unbearbeitet in der Ablage. Na also, Mieze, lobe ich mich selbst, schlussfolgern kannst du schon mal, da bist du hier genau richtig.

»Sehr schön, sehr schön«, murmelt inzwischen Paps' Angelfreund. Mit Schwung zieht Herr Helmke seinen Wollmantel aus und reicht mir die Hand. Ich springe sofort von meinem Stuhl auf, verliere fast einen meiner Pumps und knicke um. Herrn Baum entgeht mein Ungeschick nicht.

»Bewerbungsgespräche sind doch was Feines, nicht wahr?«, meint Herr Helmke und quetscht meine Hand zusammen.

»Moll. Mieze Moll«, stelle ich mich vor und muss mich doch wundern, wie sehr mich Herrn Baums abschätziger Blick ins Schwitzen bringt. Ich beschließe, ihn einfach zu ignorieren.

»Revierleiter Herbert Helmke – aber das wissen Sie ja. Freut mich wirklich sehr«, sagt Paps' Angelpartner, und mir fällt ein Stein vom Herzen. Jetzt wird alles gut.

»Mich auch. Sehr sogar. Ich habe schon viel von Ihnen gehört«, lüge ich. Paps ist alles andere als eine Plaudertasche. Das Babbeln überlasse er lieber den Weibern, wie er gern sagt. Und wenn er dann doch mal redet, wirft er am liebsten mit seinem pfälzischen Vokabular um sich, das Außenstehende nicht verstehen. »Das erspart eine Menge Dischbediere«, meint er.

»Mein Gott, Sie sind ja ein richtiger Sonnenschein in unserem grauen Laden hier«, sagt jetzt Herr Helmke.

Herr Baum grunzt, ich deute einen Knicks an, und endlich gibt Herr Helmkes freundliche Pranke meine Hand wieder frei. Während ich unauffällig meine Finger bewege und auf Funktionsfähigkeit prüfe, mustert mich der Revierleiter ausgiebig, aber nicht unangenehm, bis er sich viel schneller, als ich es ihm zugetraut hätte, auf dem Absatz umdreht.

»Mohnschnecke?«, fragt er, während er nach der Tüte auf der Ablage greift und mich und Herrn Baum hinter sich herwinkt.

»Immer doch«, antworte ich, da Paps mir vorher verraten hat, dass bei Herrn Helmke jede Form von Zuneigung durch den Magen geht. Herr Baum erhebt sich nur widerwillig. Sicherlich hasst er Vetternwirtschaft. Und Mohnschnecken.

»Wie Sie sehen, haben wir hier für eine junge engagierte Mitarbeiterin einiges zu tun. Unsere letzte Verwaltungskraft ist verfrüht in den Mutterschutz gegangen und seitdem stapeln sich die Akten, die dringend geschlossen werden müssen«, erzählt Herr Helmke im Plauderton und lotst uns aus dem kleinen Büro in den Flur. »Außerdem stecken wir gerade in sehr zeitintensiven Ermittlungen.«

Ich bewundere die hohen Decken und die Sprossenfenster in jedem Raum des Altbaus. Durch eine große Glasfront kann man in den öffentlichen Bereich des Reviers gucken, in dem sich Polizisten in Uniform aufhalten. Gott, ist das spannend! Schon als Kind habe ich es geliebt, meinem Papa, dem Kommissar Horst Kowalski, zuzuhören, wenn er von seinen Einsätzen erzählte. Leider kam das viel zu selten vor. Und mit den Jahren und dem steigenden Rang wurde es immer weniger. »Das ist nichts für dich, Mieze.« Gott, wie ich diesen Satz gehasst habe!

»Sie werden sich hauptsächlich hier im hinteren Teil des Reviers bei Herrn Hauptkommissar Baum, Oberkommissar Legert und mir aufhalten, Frau Moll.«

Nur Männer?, frage ich mich und bücke mich nach dem vertrockneten Blatt einer Yucca-Palme, die kränklich ihr Haupt neigt.

»Das hier ist Kollege Legert«, erklärt Herr Helmke und nickt kurz nach links. Ich lächle und winke einem jungen Mann in einem separaten Büro zu, der düster zu uns aufschaut. Bombenstimmung hier. Na ja, das kann ja nur besser werden.

»Und hier habe ich mein Reich.« Herr Helmke balanciert seine Bäckertüte vor sich her in einen Raum hinein, den man als den angenehmsten in diesem Haus bezeichnen könnte. Hell, mit bodentiefen Fenstern und einem wuchtigen Schreibtisch aus Eichenholz. Nicht wie die übrigen Möbel, die mich unweigerlich an Ikea erinnern.

»Baum, seien Sie doch bitte so gut und machen Sie uns dreien einen Kaffee, ja?«

Herr Baum nickt, dreht sich um und macht sich wortlos davon. Ich kann mir ein Schmunzeln nicht verkneifen.

Herr Helmke erklärt mir die Abläufe im Revier und erinnert mich mit seiner ruhigen und freundlichen Art an meinen Opa Helmut. Und wenn ich es mir genau überlege, sieht er ihm sogar ziemlich ähnlich: die eng zusammenstehenden Augen, das leichte Doppelkinn und die gerade Nase.

»Also sind wir uns einig?«, fragt er nach einer Weile und bietet mir noch eine Mohnschnecke an.

»Auf jeden Fall, ich kann es kaum erwarten!« Ich greife mir die kleinste der verbliebenen Gebäcksünden. Gut, dass Ilka, Charlotte und Jasmin das nicht sehen: zwei vollgezuckerte Mohnschnecken vom Mainstreambäcker innerhalb von zwanzig Minuten! Wenn ich hier wirklich anfange, brauche ich dringend eine Vermeidungsstrategie, sonst gehe ich in drei Wochen glatt als Zwillingsschwester vom Michelinmännchen durch.

»Ich bin entzückt«, sagt Herr Helmke, der sich seinerseits an einer Mohnschnecke gütlich tut. »Wir werden uns bestimmt gut verstehen. Ich kenne so viele Geschichten über Sie, da habe ich fast das Gefühl, Sie wären meine eigene Tochter.« Er greift nach einem Papier, das er mir zuschiebt. Mein Arbeitsvertrag – wow! »Übrigens, lustiger Name.«

»Moll?«

Er grinst – gutes Zeichen, er mag meinen Humor. »Nein: Mieze.«

»Ja, das höre ich öfter«, erkläre ich, während ich meine Unterschrift unter den Vertrag setze, ohne auch nur ein einziges Wort gelesen zu haben. »Du bist immer so leichtsinnig und gutgläubig«, höre ich Fabian in meinem Kopf sagen. Aber mal ehrlich, ich bin hier bei der Polizei, was soll mir schon passieren? »Ist natürlich nicht mein Geburtsname – den habe ich abgelegt, da konnte ich nicht mal richtig sprechen.«

Das zumindest erzählt meine Mutter gern. »Die Mieze«, sagt sie zu jedem, der nicht danach gefragt hat, »die wusste schon als Baby, was sie wollte und was nicht. Die Oma hat ihr zur Geburt so ein Stoffkätzchen geschenkt, weiß, mit einem schwarzen Ohr, das hieß Mieze, und die Mieze, also unsere Mieze, hat das Tier so geliebt, dass sie irgendwann auch so heißen wollte. ›Is Miese, is Miese‹, hat sie immer gesagt – und tja, da sind wir eben irgendwann bei geblieben.«

»So?«, macht Herr Helmke. »Verraten Sie mir denn, wie Sie wirklich heißen?«

Ich schaue dem Revierleiter einen Moment lang tief in die Augen, denke an Paps und an meinen Opa und daran, dass ich soeben einen echten Arbeitsvertrag unterschrieben habe und damit ab sofort nicht mehr Hausfrau und Mutter bin, sondern Hausfrau, Mutter und Bullenassi, und ein Strahlen legt sich auf mein Gesicht. »Nur unter Protest, Herr Helmke«, grinse ich.

Mit Mohnschnecke in der Hand betrete ich kurze Zeit später den Gemeinschaftsraum, zu dem mich Herr Helmke geschickt hat, um mir noch einen Kaffee zu gönnen, bevor ich wieder gehe – der Dienst beginnt erst morgen. Da entdecke ich Hauptkommissar Baum, der gerade eine Auseinandersetzung mit dem Kaffeeautomaten führt. Nicht gerade sanft rückt er das Gerät von der Wand ab und rüttelt daran.

Bekanntermaßen gibt es Männer in zehn verschiedenen Kategorien, und während ich ihm zusehe, wie er auf die verschiedenen Knöpfe einhackt, überlege ich, in welche Herr Baum wohl passen würde. Da hätten wir zum Beispiel den Heimwerker, der viel Lob braucht, genauso wie ständig neue Projekte. Den Schwätzer, der nie die Klappe hält und permanent fürchterlich flache Witze zum Besten gibt. Den Super-Dad, ein flexibles, belastbares und aufopferndes Geschöpf, wie Fabian eines ist (hach!). Dann wäre da noch der Briefmarken- oder heutzutage auch Pokémon-Sammler, ein scheuer Geselle, der die echte Welt als Bedrohung empfindet und gern zu Hause bleibt. Der Fitness-Freak, für den Kalorien und Körperoptimierung das A und O sind, oder der Softie, der zwar gern über Gefühle quatscht, aber eindeutig zu oft heult. Keiner von denen passt auf Lars Baum. Bleiben also das Arschloch, der einsame Wolf, die Sau, der Angeber oder der Ingenieur. Ich mustere Herrn Baum noch mal und tippe schlussendlich auf einsamer Wolf: beziehungsunfähig, nachtaktiv und immer muffelig.

»Kann ich helfen?«, frage ich und lehne mich an den Türrahmen. Er guckt so zornig, dass es gut ist, eine Fluchtmöglichkeit im Rücken zu wissen.

»Ich denke nicht, dass Sie das können«, antwortet er, ohne aufzuschauen. »Ist ein technisches Problem.« Ups, doch ein Arschloch?

»Was stimmt denn nicht?« So leicht lasse ich mich nicht unfreundlich abwimmeln.

Er seufzt. »Hier leuchtet eine Wartungslampe. Und wenn ich die Entkalkungstabletten einlegen will, geht gar nichts mehr«, murrt er mit in Falten gelegter Stirn, während er fleißig weitertüftelt. »Schätze, das Ding ist kaputt. Unsere letzte Schreibhilfe hat sich auch schon über dieses verdammte Ding beschwert und wollte sich eigentlich um ein neues kümmern.«

»Versuchen Sie mal, die Klappe zu öffnen, während Sie auf den Knopf dort drücken.« Ich zeige auf den oberen Teil der Maschine. Herr Baum gehorcht – immerhin. »Dann den Tab einlegen und die Klappe drei Sekunden gedrückt halten.«

»Okay.«

»Und jetzt warten, bis es blinkt und dann den anderen Knopf drücken.« Die Maschine röhrt einmal laut auf – und beginnt den Entkalkungsprozess.

»Wie kompliziert«, stellt Herr Baum fest und trocknet sich die Hände ab. »Haben Sie auch so eine?«

»Nö.«

»Woher wissen Sie dann ...?«

Ich deute auf ein Etikett, das hinten an der Maschine klebt. »Steht hier in der Kurzanweisung«, erkläre ich unschuldig und zucke die Achseln. Um mir ein Grinsen zu verkneifen, zücke ich meinen Lippenstift und frische das dezente Rot meiner Lippen auf.

Herr Baum schweigt und angelt in einem kleinen Hängeschrank mit alten Priel-Stickern nach Tassen. »Sie trinken einen Kaffee mit?«, fragt er schließlich, und ich bin mir nicht ganz sicher, ob er heimlich dafür betet, dass ich verneine.

Also sage ich: »Nein danke. Ich muss jetzt los.« Verträgt ja nicht jeder die volle Ladung Mieze gleich am ersten Tag. »Aber wir sehen uns dann ja morgen Früh.« Ich schenke ihm ein breites Lächeln, was ihn dazu veranlasst, sich durch sein welliges Haar zu streichen und mir beinahe verlegen die Hand zu reichen.

»Es war mir eine Lehre, Sie kennenzulernen, Herr Baum.« Offensichtlich kommt der Scherz nicht bei ihm an, denn er verzieht keine Miene, weshalb ich hinterherschiebe: »Ich bin mir sicher, es wird Möglichkeiten geben, wie wir uns gut ergänzen können.«

»Ja, ganz sicher«, antwortet er bemüht freundlich und bringt mich zur Tür.

Am nächsten Morgen bin ich überpünktlich und achte peinlichst genau darauf, wo ich mein Rad abstelle. Während ich vom Fahrradständer Richtung Revier-Eingang laufe, checke ich routiniert meine WhatsApp-Nachrichten. Jasmin schreibt, dass Luis sich seit dem frühen Morgen übergibt und Durchfall hat. Scheiße! Gestern Nachmittag waren Lou und ich noch bei ihnen, haben zusammen Möhrenkuchen gebacken und uns möglicherweise ein paar Viren to go mitgenommen. Ich hasse Magen- und Darmerkrankungen. Jeder hasst sie. Auch wenn Jasmin gern behauptet, sie sei nur noch einmal Norovirus von ihrer Traumfigur entfernt. Ich persönlich brauche nur an Kotze zu denken und mir wird schlecht. Das letzte Mal, als Lou gespuckt hat, musste ich mich allein aus Solidarität mit übergeben.

»Hoppla! Nicht so stürmisch, Frau Moll.«

Ich stoße einen erschreckten Schrei aus – vor mir steht Herr Baum, in den ich hineingestolpert bin, weil er so ungünstig versteckt im Hauseingang steht und eine Zigarette raucht, dass man ihn quasi übersehen *muss*. Ich schnappe nach Luft und trete zurück. Die Morgensonne spiegelt sich in der Glastür hinter ihm und blendet mich. Herrn Baums dunkelblondes Haar schimmert rötlich im Licht; ein toller Effekt, der mich daran erinnert, dass ich mir mal wieder die Haare tönen könnte. Wenn ich Zeit dafür hätte.

»Guten Morgen«, stammele ich und lasse mein Handy in meiner kleinen Umhängetasche verschwinden. Dabei fällt mir auf, dass noch Banane von Lous Frühstück auf meiner Jacke klebt. Unschön. Ich starre Herrn Baum etwas zu lang an, und er verengt misstrauisch die Augen.

»Sagen Sie mal, Sie sind doch Mutter, oder?«, will er nach einer Weile unangenehmer Stille wissen.

»Ja, wieso?«

»Na, sollten Sie da nicht eine Vorbildfunktion haben?«, fragt er, als wäre ich irgendwie minderbemittelt. Ich überlege angestrengt und komme zu dem Schluss, dass ich das totale Vorbild für Lou bin. Sie will den gleichen Nagellack wie ich haben, die gleichen Klamotten, die gleichen Handtaschen, und sie übernimmt immer mehr meine Redensart. Und das mit vollem Stolz.

»Wie meinen Sie das, Herr Baum?«, frage ich und trete von einem Bein aufs andere.

»Sie fahren ohne Helm – an Ihrem Lenker baumelt nur ein Kinderhelm. Das empfinde ich als unverantwortlich. Wahrscheinlich schnallen Sie sich auch beim Autofahren nicht an, oder?«

»Tue ich wohl«, protestiere ich halbherzig und klinge dabei wie Lou während ihrer schönsten Trotzanfälle, was mich zu der Frage bringt, was es bedeutet, wenn sie spricht wie ich und ich wie sie. Ich bin noch zu keiner zufriedenstellenden Antwort gekommen, als Herr Baum seine Zigarette an der Hauswand ausdrückt und sie in einem Sandeimer verschwinden lässt.

»Na, dann kommen Sie mal mit, ich werde Sie heute einweisen.« Ich korrigiere: Einsamer Wolf hin oder her – dieser Typ hat eindeutig Arschlochtendenzen. Und es sind keine Haare, die er auf den Zähnen trägt, das ist 'ne ganze Frisur – pro Zahn!

»Ab sofort gehören Sie zum Team meiner Ermittlungsgruppe in einem Drogenfall und unterstehen mir persönlich.« Na, das kann ja heiter werden! Herr Baum dreht sich über die Schulter zu mir um und wirft mir einen undefinierbaren Blick zu. Ich richte mich unwillkürlich zu voller Größe auf und folge ihm schnellen Schrittes in ein tristes Büro mit angeranztem Drehstuhl, schäbigem Schreibtisch und uraltem Aktenschrank, in dem Papierkram über- und unter- und kreuz- und querquillt.

»Schon mal Recherche betrieben?«, will Herr Baum wissen, während er mich an den Schreibtisch dirigiert, auf dem ein sterbender Kaktus sein trauriges Dasein fristet.

»Schon mal Pflanzen mit Wasser versorgt?«, stelle ich die Gegenfrage und befühle die staubtrockene Erde. Herr Baum verengt die Augen.

»Recherche, Frau Moll?« Ich schwöre, sein Mundwinkel zuckt. Ganz leicht.

»Sicher«, antworte ich und setze mich auf den knarrenden Stuhl aus dem Jahre Anno-Dazumal. Recherche, überlege ich. Natürlich habe ich schon mal recherchiert. Zum Beispiel wie viele Freundinnen ein Ex im Durchschnitt so hatte, wo es die besten Nagelstudios gibt und was der Unterschied zwischen Veganern und Frutariern ist. Im Nachforschen bin ich ziemlich gut.

Der uralte PC fährt hoch, und ich mache mir keine Sorgen mehr, dass ich während meiner Mutterschaftspause irgendwas verpasst haben könnte. Nicht ich lag im Dornröschenschlaf, sondern das ganze Revier hier.

»Für den Anfang möchte ich, dass Sie meine Memos abtippen und mir zur Unterschrift vorlegen«, erklärt Herr Baum. Er wirft einen flüchtigen Blick auf seine Armbanduhr. »Und wenn Sie damit fertig sind, brauche ich Informationen zu einer Person namens Irina Kaminski, geboren am 18. April '95. Und das im besten Fall, bevor Sie Feierabend machen.«

»Sehr gern, Herr Baum. Darf ich Ihnen vorher noch einen Kaffee bringen?«, antworte ich mit leichtem Sarkasmus.

»Das Angebot nehme ich gern an.« Er zwinkert mir grinsend zu. »Sehr nett von Ihnen. Wir werden uns gut verstehen.« Warum irritiert der Typ mich nur so?

Bevor er aus meinem neuen kleinen Reich verschwinden kann, fange ich mich wieder: »Da fällt mir ein Witz ein, den Sie bestimmt kennen: Was ist die häufigste Sehschwäche?«

»Sie werden es mir sicher gleich sagen.«

»Zuversicht«, sage ich viel zu schnell und halte gespannt die Luft an, da ich fürchte, dass der Scherz nach hinten losgehen könnte.

»Den merke ich mir«, sagt Herr Baum nur und lässt mich allein.

Zu meinem Glück stellt sich bald heraus, dass längst nicht alle in diesem Revier so wenig lachen wie mein neuer Chef. Die meisten mögen meine Scherze genauso wie meinen Kaffee, besonders Herr Legert, der Trauriggucker von gestern, der nur ein bisschen Aufmunterung nötig hatte.

Nachdem ich alle mit Koffein versorgt habe, vertiefe ich mich in die Strafakte eines ziemlich brutal aussehenden Typens namens Alex Herbig und wundere mich, wie jung man schon ins Gefängnis einziehen kann. Anschließend suche ich im Polizeilichen Fahndungssystem nach der 22-jährigen Irina Kaminski, die seit etwa zwei Wochen vermisst wird. Strafrechtlich ist sie lediglich wegen eines Ladendiebstahls vor etlichen Jahren und Beamtenbeleidigung in Erscheinung getreten. Nichts Wildes also.

Früher habe ich mich immer gefragt, wie es zu sowas Kuriosem wie »Beamtenbeleidigung« kommen kann, denn dafür muss man doch sicher schon etwas mehr auffahren als »Scheiß Bulle«. Seit ich Lars Baum kenne, habe ich jedoch eine ganz gute Vorstellung und fühle mich sogleich solidarisch mit Frau Kaminski. Über die Führerscheinstelle finde ich ihre letzte Adresse heraus und dass sie einen Hund steuerlich angemeldet hat.

Auf ihrem Führerscheinbild blickt sie so traurig in die Kamera, dass ich schwer schlucken muss, als mir eine Ungereimtheit auffällt. Ihre Fahrerlaubnis gilt seit dem fünften Juni 2011 – wie kann sie denn seit sechs Jahren den Führerschein haben, wenn sie erst 22 ist? Dann müsste sie ihren Lappen ja schon mit 16 gemacht haben. Schnell notiere ich den Fehler neben den anderen Informationen, die ich herausgefunden habe, und bin total zufrieden mit mir. Ich habe alles erledigt, was Herr Baum mir aufgetragen hat, und mir bleibt sogar noch Zeit, sämtliche Pflanzen zu versorgen. Was für ein herrlicher Tag.

Als ich die strukturierten, übersichtlichen Ausdrucke ordentlich auf Herrn Baums Tisch lege, sehe ich ihn draußen vor dem Fenster auf sein Mountainbike steigen.

»Na, sieh mal einer an«, sage ich zu mir selbst. »Wer fährt denn da ohne Helm?« Ich kann es nicht fassen, so ein Doppelmoralist! Paps hat recht: Polizisten und Richter sind die Schlimmsten. Er selbstverständlich eingeschlossen. Niemand kassierte in seinem Leben so viele Strafzettel wie Horst Kowalski (der sie hinterher heimlich aus dem Register löschen ließ).

Plötzliches Gedudel reißt mich aus den Gedanken. »Und ein Trottel ist Herr Baum auch noch«, knurre ich und schnappe mir sein Handy, das lärmend auf seinem Tisch liegt. Was für ein nervtötender, beknackter Klingelton. Den kenne ich! Das ist ein Stück von dem Album, das Fabian rauf- und runterhörte, als wir Lous Kinderzimmer gestrichen haben. Wäre fast ein Scheidungsgrund gewesen, denn das Lied klingt, als hätte man Lou und ihre Kindergartenfreunde in einen Raum voller elektronischer Instrumente gesetzt, ihnen Speed verabreicht und gesagt: »Nun spielt mal schön!«

»Was erwartest du?«, fragte Fabian, süße Farbkleckse im Haar, als ich ihm drohte, bis zum Ende der Schwangerschaft zu meinen

Eltern zu ziehen, wenn er nicht sofort die grauenhafte Musik abstellte. »Das Stück heißt *Elephant Talk* – Gespräch zwischen Elefanten.« Nee, ist klar, Schatz!

Und Herr Baum hört denselben Scheiß wie mein IT-Nerd-Ehemann? Holy Shit. Hektisch packe ich meine Sachen zusammen. Seitdem Lou auf der Welt ist, habe ich mich an Kickstarts gewöhnt. 'Ne volle Rindfleischgläschen-Windel beim Brautkleid-Shoppen mit der besten Freundin und kein Ersatz dabei? Zack, Handy raus, die nächste Drogerie gegoogelt und ab dafür. Im nächsten Augenblick bin ich schon hinter Herrn Baum her, um ihm seine Vergesslichkeit vorzuhalten.

Der Geruch von kaltem Zigarettenrauch schlägt mir entgegen, während das fahle Licht einer einzelnen Neonröhre meinen Teint ruiniert. Hinter mir fällt die schwere Tür ins Schloss, und ich schwitze wie ein Ferkel, das man über die Wiese gehetzt hat. Ich sollte wirklich an meiner Kondition arbeiten, dann würde mich mein neuer Vorgesetzter das nächste Mal nicht abhängen. Bin ich hier überhaupt richtig? Sein Rad lehnt draußen an der Hauswand, also bin ich davon ausgegangen, dass er hier rein ist.

Ich puste mir eine Strähne aus dem Gesicht und setze einen Fuß vor den anderen. Ich passiere ein unbesetztes Kassenhäuschen, Gold und Silber zieren die Wände und der Schriftzug *Moulin Rouge* wird von diffusem Licht in Szene gesetzt. Irgendwie schick, denke ich. Würde super zu meiner neuen Handtasche passen, die ich mir bei meiner letzten Shoppingtour gegönnt habe. Apropos: Warum haben Männer eigentlich keine Handtaschen? Vielleicht würden sie dann ihre Handys nicht überall vergessen, und ich müsste sie nicht hinterhertragen.

»Hallo?«, rufe ich und folge der Musik, irgendwas Wummriges, die von weiter hinten zu mir herüberdringt. Der Gang macht einen Knick, ich tauche durch einen schweren roten Samtvorhang und stehe plötzlich in einem … Etablissement. So nennt man das doch, wenn's mehr als zwielichtig ist. Hatte mich schon über die Silhouette einer nackten Frau gewundert, die sich draußen über die Fassade rekelt …

»Krasser Scheiß«, hauche ich und bekomme den Mund gar nicht mehr zu, während ich meinen Blick über die in Rotlicht getauchten Sitzgruppen gleiten lasse. In der Mitte des Raumes steht ein Podest mit Stange. Eine Pole-Tänzerin windet sich zur Musik und streckt mir ihren Hintern entgegen, auf den ich sofort etwas neidisch werde – klein und fest. Allerdings sieht die Tänzerin auch verdammt jung aus. Viel zu jung. Die Mutter in mir rebelliert augenblicklich, und ich möchte die Polizei alarmieren. Ha, ist ja gar nicht nötig, der folge ich ja schließlich gerade zwecks Handyübergabe. Oder etwa nicht? Sollte ich mich womöglich getäuscht haben, und Herr Baum ist doch in einem Nachbargebäude verschwunden und findet es nur irgendwie aufregend, sein Rad unter einer barbusigen Wandmalerei zu parken?

Das Mädchen zwinkert mir zu und schwingt die Hüfte. Ich weiche aus, umrunde eine verwaiste Tischgruppe mit lederbezogenen Sesseln und steuere auf die edel aussehende Bar zu, an der zwei Männer sitzen. Und – Überraschung – ich erkenne meinen neuen Chef. Meinen ach so korrekten, ganz schön bissigen Vorgesetzten. Dem ich scheinbar direkt durch den Personaleingang in eine Tabledancebar gefolgt bin. Ich Heldin. Nun gut, manche Situationen sind eben wie Türen – da muss man durch.

Schnellen Schrittes gehe ich voran, mein Ziel fest im Visier. »Bleib locker, Mieze«, mahne ich mich selbst. »Du gibst diesem

Moralapostel sein Telefon, geigst ihm die Meinung und verschwindest wieder. Ganz einfach.«

Herr Baum hockt auf einem Barhocker und nimmt gerade einen Drink von einem riesigen Typen in Schwarz entgegen. Gläser klirren, es wird auf Ex getrunken. Ich denke darüber nach, dass es erst früher Vormittag ist, und schnalze automatisch missbilligend mit der Zunge. Herrn Baums Begleitung hat Schultern so breit wie Lous Kleiderschrank, und der ist gar nicht mal so klein. Tätowierungen bis zum Hals und eine Glatze. Nette Gesellschaft, Herr Kommissar!

»Hallo zusammen«, sage ich mit fester Stimme und baue mich hinter den beiden Männern auf. Herr Baum dreht sich bedächtig zu mir um, Überraschung huscht über seine sonst so kontrollierte Miene. »Das ist ja hübsch hier«, begrüße ich ihn mit einer gehörigen Portion Sarkasmus. Niemand spricht so fließend ironisch wie ich – sagt Fabian.

»Blondi, was willst du?«, knurrt mich mein Chef an und nippt an seinem Glas.

»Ja, das ist natürlich eine sehr gute Frage …«, beginne ich, als ich bemerke, wie seine dichten Augenbrauen sich unheilvoll zusammenziehen.

»Du störst«, sagt er barsch und wendet sich einfach von mir ab. Oha. Netter geht's nicht. Er kann mich also wirklich nicht leiden.

»Also, hören Sie mal«, protestiere ich, breche dann aber ab, weil mich irgendwas irritiert. Es ist, als hinge etwas Dräuendes in der stickigen Luft hier drinnen. Ich kann nur nicht sagen, was. Der Typ neben Herrn Baum mustert mich jetzt interessiert. Ich habe das Gefühl, dass ich ihn schon mal gesehen habe. Aber das kann unmöglich sein, mit solchen Männern verkehre ich normalerweise nicht und die Papas im Kindergarten sind ebenfalls manierlicher. Der Whiskeygeruch, der die Luft schwängert, lässt meine Gedanken verschwimmen, und mir wird komisch. Seit ich mich als Teenager von so einem Gesöff in Omas Strickkorb übergeben musste, kann ich das Zeug nicht mehr riechen.

»Ich dachte ja nur, dass Sie vielleicht ...«, versuche ich es erneut, drehe Herrn Baums Handy in meinen manikürten Fingern – und werde wieder unterbrochen.

»Blondi, lass das Denken sein«, sagt er ärgerlich. Ich schnappe empört nach Luft. Ich fühle mich wieder wie fünf und möchte zu Papa gehen und eine Runde petzen: »Der Lars Baum ist ganz gemein zu mir!« Doch dann spricht mich der andere Typ an. »Wer bist du, und was genau denkst du dir?«, will der Schrank wissen. Seine eisblauen Augen sind stechend.

»Ich ...« – *bin die Neue im Revier 43*, will ich sagen, werde aber bereits beim ersten Wort von Herrn Baum abgewürgt: »Herrgott, Alex, kannst du deine Einstellungsgespräche nicht ein anderes Mal führen? Wir haben ja wohl Besseres zu tun, als Blondinen zu besichtigen.«

Einstellungsgespräch? Ich? Hier? Geht's noch?

In meinem Leben gibt es immer mal diese Situationen, die sich mit *HÄ?* ganz gut beschreiben lassen. Dies ist eindeutig so eine. Ich runzle die Stirn. Dann sehe ich die auffällig unauffällige Handbewegung an Herrn Baums Seite, die mir offenbar irgendwas signalisieren soll.

»Kennst du diese Tussi etwa?«, fragt der Schrank und verengt die Augen misstrauisch. Die Atmosphäre um uns herum verdichtet sich, während er die Gläser wieder füllt.

»Nein, ist nicht mein Typ«, antwortet mein Chef. Autsch.

»Willst du mich auf den Arm nehmen?« Mister Schrank lässt seinen kühlen Blick über meinen Körper wandern. Augenblicklich möchte ich meine Jacke enger ziehen und sie bis zum Hals schließen.

»Ich hab nicht ewig Zeit«, knurrt Herr Baum.

»Entspann dich, mein Freund«, antwortet der Schrank, lächelt wölfisch, und ich frage mich, in was für eine seltsame Situation ich da reingeraten bin.

»Na gut, dann geh ich wieder«, schlage ich vor und trete langsam rückwärts. Ich sollte lieber zusehen, dass ich hier wegkomme. Herrn Baum kann ich ja morgen immer noch die Meinung sagen, schließlich habe ich einen Arbeitsvertrag.

»Moment mal, nicht so schnell«, meint der Schrank plötzlich und steht viel zu schnell von seinem Hocker auf.

Hoppla.

Herr Baum fährt sich hektisch durch sein dichtes Haar und presst seine Lippen zusammen.

»Nein, nein. Ich will gar nicht stören. Machen Sie beide ruhig weiter ...«, ich wedle mit meiner freien Hand herum, »... mit was auch immer Sie gerade beschäftigt sind.« Ein dümmliches Lächeln schleicht sich auf mein Gesicht. Der Schrank-Typ schnappt sich mein Handgelenk und lässt mich eine unfreiwillige Pirouette drehen. Ich unterdrücke einen Aufschrei. Herrn Baums Miene ist unergründlich.

»Wie heißt du, Kleines?«

»Ähm, ich bin Mieze.« Normalerweise stelle ich mich ja eher nicht mit meinem Spitznamen vor, aber in dieser Situation habe ich zum Glück schnell geschaltet - wäre ja noch schöner, wenn diese Typen hier meinen richtigen Namen kennen würden!

»Na sowas?!«, lacht der Schrank und erinnert mich dabei fatal an die Hyäne, die Lou und ich letztens in einer Tierdokumentation gesehen haben. Lou hatte dieses durchaus hässliche Tier mit viel Interesse verfolgt und versucht, nachzuahmen. Heidenspaß!

»Wenn das mal kein passender Name für unseren Laden ist«, freut sich der Mann. Ich sollte aufhören, ihn mir als Hyäne vorzustellen. Und nicht so schief grinsen.

»Ja, oder?« Ich lächle in die Runde und sehe, wie Herr Baum seine auffällig unauffällige Handbewegung wiederholt, und plötzlich weiß ich, was er mir mitteilen will: *»Verschwinde von hier! Sofort!«* Ups. Und dann fällt mir auch das Gesicht wieder ein, Schranks Gesicht, beziehungsweise, wo ich es schon mal gesehen habe, vor bloß etwa einer Stunde. In einer Akte! Heilige Scheiße!

»Schnecke, ganz ehrlich«, nörgelt mich Schrank alias Alex Herbig an, »eigentlich ist doch am Telefon unmissverständlich geklärt worden, wann das Probetanzen stattfinden soll. Ganz helle bist du wohl nicht, was?« Er greift sich eine Haarsträhne von mir, und ich muss mich zusammenreißen, damit ich seine Hand nicht wegschlage. Könnte ins Auge gehen.

»Ich bin halt blond, was soll ich sagen?«, antworte ich und recke mein Kinn kämpferisch vor. Verbrecher hin, Verbrecher her, ganz ohne Reaktion kann ich seine Beleidigung nicht auf mir sitzen lassen. Ich trete ein paar Schritte zurück und erkenne dabei die Waffe Marke Gangster-Knarre, die unter dem Jackett des Typens hervorblitzt. Time to say goodbye. »Ich komme einfach ein anderes Mal wieder«, erkläre ich so ruhig wie möglich und spüre beinahe, wie Herr Baum die Luft anhält, als sein Kumpel seine Augen misstrauisch verengt.

Oh Gott, ich will hier raus. Ich habe Mann und Kind, für die ich sorgen muss. Der Haushalt macht sich nicht von allein, und auch Nahrungsmittelbeschaffung darf nicht unterschätzt werden, geschweige denn die Wichtigkeit von geputzten Fenstern. Ilka und ich haben doch neulich erst darüber diskutiert …

Während ich nach dem Ausgang schiele, fällt mir auf dem Tisch eines anderen Gastes ein kleines Päckchen ins Auge, das verdächtig nach Cannabis aussieht, und mein Herzschlag lässt einen Trommelwirbel los, als mir klar wird, dass ich mich mitten an einem Drogenumschlagplatz befinde. An einem Ort, an dem Verbrechen geplant und ausgeführt werden. Mir wird schwindelig, und ich wünschte, ich hätte mich nie über Bauklötze und Gespräche über die magenfreundlichste Konsistenz von Hirsebrei beschwert.

Der Typ, mit dem mein Chef sich seine Zeit vertreibt, umrundet mich wie ein Tiger. Er hat eine unangenehme Präsenz und mir drängt sich die Frage auf, was er wohl in seiner Freizeit tut. Rentner verprügeln würde passen.

»Also, Mieze, dann wollen wir mal. Ich gebe dir eine einmalige Chance.«

Meine Knie werden weich. Ich rechne damit, dass er seine Knarre zieht und sagt: »Lauf!« In rasanter Geschwindigkeit gehe ich die räumlichen Möglichkeiten durch, während der Flucht Haken zu schlagen wie ein Hase. Dort steht das Podest, sonst überall Tische, Stühle und breite Sessel. Mist.

»Wenn du meine Neue werden möchtest, dann will ich dich jetzt tanzen sehen«, erklärt Alex Herbig gedehnt, und ich atme auf. Obwohl, halt mal. Hat er gerade *tanzen* gesagt? Mein Blick wandert zu der Tabledancestange, an der sich immer noch das Mädchen rekelt.

»Schade, ist besetzt«, sage ich bedauernd.

»Das ist kein Problem«, meint Mister Schrank und lässt seine Finger knacken. »Chantal, mach mal Pause«, brüllt er durch den Laden. Das Mädel gehorcht wie ein gut dressierter Pudel und trollt sich. »Du hast gesagt, du hast eine Ausbildung an der Stange, also wirst du mir jetzt zeigen, was du so draufhast, Puppe«, stellt er unmissverständlich klar.

Mieze, denke ich noch. Ich heiße Mieze. »Ja, natürlich«, sage ich stattdessen brav und hole tief, sehr tief Luft.

Der Schrank nimmt seinen Drink und geht voraus zu einer Tischgruppe. »Das wird nett, das habe ich im Gefühl«, sagt er zu Herrn Baum, während er sich zu ihm umdreht. »Bring die ganze Flasche mit, Boris.«

Boris? Fuck. Dann ist das also ein Undercover-Einsatz? Und ich bin mitten reingeplatzt. Na bravo!

»Also, Blondi, dann versau es mal nicht«, wirft mir Herr Baum zu, als er sich zu Alex gesellt und Jim Beam auf den Tisch knallt.

Im nächsten Moment steht Chantal, das halbnackte Mädchen, neben mir und zupft an meinem Jackenärmel. »Komm mal mit, ich gebe dir was zum Anziehen«, trällert sie vergnügt. Ich will protestieren, denn schließlich habe ich ja schon was an. Meine Jeans, meine Bluse und die Jacke gefallen mir außerordentlich gut an mir. Mein Apfelpo kommt super zur Geltung und meine Wespentaille ... ähm, Hummelhüfte ist gut verpackt. Dann sehe ich Alex Herbigs stechenden Blick auf mir ruhen, lasse schnell Herrn Baums Handy in meiner Tasche verschwinden und wische mir die schweißnassen Hände an der Hose ab.

»Was schwebt dir denn so vor?«, frage ich naiv, während ich mich von dem Mädchen abführen lasse. »Sag mal, wie alt bist du eigentlich?«

»18«, antwortet sie und öffnet eine Tür.

»Und da arbeitest du hier?«

»Holler the wood fairy. Bist du meine Mutti, oder was?« Belustigt dirigiert sie mich in einen Raum mit unzähligen Spiegeln, drei riesigen Schränken, in denen man super Verstecken spielen könnte, und zwei Schminktischen. Mein Herz hüpft in meiner Brust, als ich all die feinen Dessous sehe, die hier so rumliegen. Einige von denen würde ich glatt zu Hause präsentieren, so viel Spitze und Glanz auf Bügeln und an Ständern aufgereiht ...

»Na gut, dann wollen wir mal«, verkünde ich für einen winzigen Augenblick beflügelt und greife mir Hotpants und einen Perlen-BH, der farblich zu meinem Nagellack passt. Ich betrachte die Sachen eine ganze Weile, bis Chantal mich anstupst.

»Ich geb dir 'nen Rat«, meint sie. »Lass Alex nicht so lange warten. Das kann er auf den Tod nicht ab. Und er kann fox devils wild werden.« Oh Mann, Leute mit Faible für Denglish gehen mir gehörig auf die Nerven. Weil ich jedoch das ungute Gefühl nicht loswerde, eine Verbündete gebrauchen zu können, schweige ich.

»Alex ist der Schrank ... ähm, Chef?«, höre ich mich fragen, während ich nach einer Umkleidekabine Ausschau halte.

»Ja, der, der dich einstellt, wenn du gut bist. Und du solltest lieber gut sein.«

»Und wenn nicht?« Will ich das überhaupt wissen?

»Than I see black for you«, sagt Chantal und verschränkt ihre dünnen Arme vor der Brust. Na toll. Also tanze ich jetzt um mein Leben, oder was? Ich atme tief durch. Und werde hier heile wieder rausspazieren. Komme, was wolle. Denn niemand trennt mich von meiner Tochter. Und meinem Mann, meiner Mutter und meiner Louis-Vuitton-Handtaschensammlung.

»Wo soll ich mich umziehen?«

Chantal sieht aus, als sei ich es, die unverständliches Kauderwelsch spricht. »Na, hier natürlich«, erklärt sie gedehnt und macht eine ausladende Handbewegung. Logisch. Mein Fehler, hier ist selbstverständlich kein Platz für Verklemmtheit. Also schiebe ich die Gedanken an meine Schwangerschaftsstreifen mühsam beiseite.

»Du brauchst dich nicht zu zieren. Wir sind hier alle ganz unkompliziert«, lässt sie mich schwesterlich wissen.

»Das ist schön. Du wirkst auch echt nett«, flüstere ich und beginne mich auszuziehen.

»Das täuscht«, antwortet die Kleine, und es klingt nicht nach einem Scherz. Hätte nie gedacht, dass ich mich mal nach der Gesellschaft von Dinkelkeks-Doro sehnen würde ...

Ich pelle mich aus der Jeans, schlüpfe in eine Perlonstrumpfhose und quetsche meinen Po in die Hotpants. Dann beeile ich mich, meine Möppis in dem entzückenden Perlen-BH zu verstauen, der leider ein bisschen klein ist, sodass ich Angst habe, beim Tanzen versehentlich einen Nippel-Alarm auszulösen.

»Kann ich doch was anderes anziehen?«, frage ich und bekomme als Antwort nur ein knappes Kopfschütteln. »Okay, dann muss das so gehen.« Ich werfe einen letzten prüfenden Blick in den Spiegel, bevor ich wie ein Lamm zur Schlachtbank gebracht werde. Wie kann es eigentlich sein, dass die meisten Leute in den Sonnenuntergang reiten, ich mich jedoch regelmäßig in die Scheiße?

»Na dann, much luck«, wünscht mir Chantal und schiebt mich auf die Bühne. Die Musik wird wie auf ein stummes Kommando lauter, und ich knicke in den fremden High Heels wenig elegant um.

Die beiden Männer nahe der Bühne unterhalten sich angeregt. Sehr angeregt sogar, denn sie bemerken zunächst gar nicht, wie ich langsam auf sie zu stöckle. Sehnsüchtig schaue ich zum Ausgang, der versteckt hinter dem roten Vorhang liegt. Vielleicht könnte ich einfach ... In diesem Moment blickt Alex Herbig zu mir auf. Grinst, lehnt sich zurück.

Okay, ihr habt es so gewollt!

Meine Hüfte beginnt sich zum Beat zu bewegen, und ich greife nach der Stange. Sie liegt kühl in meiner Hand und gibt mir Halt. Nun schaut auch Herr Baum hoch, direkt in mein Gesicht. Seine Augen weiten sich für einen Moment, und seine Gesichtszüge werden weich. Und dann lege ich los. Und zwar so richtig. Mein Haar wirbelt um mein Haupt. Ich tanze um mein Leben. Für meine Lou, für meinen Mann und meine Ehre. Als ich gekonnt in die Knie sinke, kann ich sie knacken hören, man wird ja nicht jünger. Das Gespräch der beiden Männer vor mir kommt gänzlich zum Erliegen. Ich habe ihre volle Aufmerksamkeit, und mein Herz flattert wie der Flügelschlag eines Kolibris. Acht Jahre Ballett zahlen sich aus, als ich mich um mich selbst drehe und die perfekte Balance halte. Aus den Augenwinkeln kann ich Chantal sehen, die mich skeptisch beäugt. In ihrem Blick liegt ein Hauch Verachtung. Echt jetzt? Ich bin saugut und überrasche mich sogar selbst!

Nun lehnt sich auch Herr Baum in seinem Sessel zurück, und in seinem Mundwinkel zuckt ein Lächeln, das sich schwer deuten lässt. Der Schrank sieht weniger begeistert aus. Er verzieht keine Miene und wirkt beinahe gelangweilt. Verdammt! Dir muss noch etwas einfallen, was sie vom Hocker reißt, etwas, das ganz klar sagt: Hier kommt Mieze, die Berufsstangentänzerin! Oder so ähnlich.

Ich hätte ja nie gedacht, dass Sportunterricht einmal meine Rettung sein könnte. Denn ganz ehrlich, wann kommt man schon in eine Situation, in der man denkt: Hey, jetzt kann nur noch ein Spagat helfen? Nun – jetzt! Ich ziehe mich an der Stange hoch, wirble herum, werfe mein Bein in die Gegend, lasse meinen Hintern kreisen, meine Hüfte schwingt, ich recke die Möppis raus. Scheiße, alles was im Fernsehen immer so leicht aussieht, ist eigentlich echt schwer. Ein bisschen an die Stange schmiegen, einmal an ihr hoch- und wieder runterrutschen, noch mal Hintern präsentieren, Haare wirbeln, Beine spreizen und endlich, endlich sinken lassen. Perfekt und anmutig. Meine Fußspitze zeigt direkt auf Herrn Baum, der den Mund nicht mehr zubekommt. Na also, geht doch. Endlich mal ein bisschen Anerkennung.

Die Musik wird leiser, Alex Schrank steht gemächlich von seinem Sitz auf und klatscht in die Hände. Baum versteckt ein Lächeln, indem er seinen Drink an die Lippen setzt. Ich stehe auf und schüttle meine Gelenke. Ich wette, ich habe mir sämtliche Gliedmaßen ausgekugelt, alle Sehnen überdehnt und diverse Fasern zerrissen und merke es aufgrund des ganzen Adrenalins, das durch meine Adern rauscht, nur noch nicht.

»Kann ich jetzt gehen?«, frage ich atemlos.

Alex Herbig lacht. »Du bist echt drollig, man möchte dich am liebsten mit der Hand füttern«, stellt er fest und zaubert ein Papierstück hervor. »Du bist eingestellt, Chat Noir. Gratuliere.«

Chat Noir? Schwarze Katze? Wie beknackt ist das denn?

»Wir sehen uns nächste Woche«, sagt Alex zufrieden.

Auch das noch.

3

Spagat und andere Akrobatik

Lars Baum nickt stumm, während Revierleiter Helmke verkündet, dass ich quasi ein neues Tätigkeitsfeld habe. Nämlich als verdeckte Ermittlerin in der Tabledancebar Moulin Rouge.

»Sie werden das großartig machen, das habe ich im Gefühl«, meint er und faltet seine Hände auf dem wuchtigen Tisch. Herr Legert stimmt ihm zu.

Ich selbst kann mich gerade nur darauf konzentrieren, dass ich zu spät zum Kindergarten komme, um Lou abzuholen. Meine Gedanken rennen alle quer durcheinander, während meine Finger am vertrockneten Blatt einer Pflanze herumfummeln. Herr Baum, der neben mir sitzt, mustert mich von der Seite. Immer wieder verändert er seine Sitzposition, und ich rutsche nicht minder nervös auf meinem Stuhl umher.

»Wenn Sie das sagen«, antworte ich dem Revierleiter, versuche mich an einem Lächeln und schaue zu Herrn Baum, der aussieht, als habe er herzhaft in eine Zitrone gebissen. Wenigstens Herr Legert lächelt zurück und rückt seine Brille auf der spitzen Nase zurecht.

»Sie beide, Lars und Mieze«, beginnt Herr Helmke feierlich, »werden ein hervorragendes Team abgeben.«

Ich spüre, wie sich die Luft in diesem Raum gerade abkühlt. Auf unter null Grad. Immer wieder muss ich daran denken, wie ich beinahe den Einsatz vermasselt hätte, den Herr Baum von so langer Hand geplant und eingefädelt hatte, wie er mir nach seiner Ankunft im Revier lautstark an den Kopf geworfen und mit den charmanten

Worten eingeleitet hat: »Sind Sie eigentlich völlig übergeschnappt, Sie Volldröse?« Was bitte?

Mir war nichts Besseres eingefallen als: »Ach, jetzt sind wir wieder beim Sie? Vorhin in der Bar hast du mich noch geduzt.« Ich wette, sogar die Kollegen im öffentlichen Bereich hinter der Glasscheibe haben Herrn Baums ausschweifende Antwort darauf mitgekriegt. Gerade als es mir gelungen war, seinen explodierenden Wortschwall mit einem »Aber wie ich getanzt habe, das hat dir schon gefallen« abrupt zu stoppen, kam Herr Helmke ins Zimmer und rief zu dieser außerordentlichen Dienstbesprechung.

»Super. Dann ist das ja beschlossene Sache«, meldet sich mein Undercover-Kollege jetzt zu Wort und schaut mich ernst an. »Na dann, Michaela Moll. Ein bisschen Nachtarbeit hier und da, bis in den frühen Morgen, das schaffen Sie schon, so als Mutter.« Er setzt sich aufrecht hin und reicht mir die Hand.

Moment mal, woher, verflucht, kennt der meinen Vornamen? Also den scheußlichen, der unvorstellbarer Weise in meinem Ausweis steht und überhaupt nicht zu mir passt? Zögerlich greife ich Herrn Baums Hand, unschlüssig, ob ich sie nicht einfach aus Rache für das »Michaela« zerquetschen soll. Sie fühlt sich warm und rau an. Ganz anders als Fabians, die so weich ist wie von einem Pianisten.

»Woher …«, beginne ich meine Frage, und er hebt eine Augenbraue.

»Wir sind hier bei der Polizei. Ich hab mir mal den Spaß erlaubt, deinen Vornamen bei der Führerscheinstelle zu erfragen. Ist doch hübsch.« Er grinst süffisant. »Ich bin Lars, willkommen im Team. Und bitte, lass dich nicht während meiner Arbeitszeit umbringen. Jetzt, wo wir per du sind.«

Er steht auf, sein Stuhl schabt laut über den Boden, und ich weiß gar nicht, wie mir geschieht. Hat er gerade »umbringen« gesagt? *So als Mutter?* Nachtschichten?

»Haha, Herr Baum ist ein ganz schöner Scherzbold.« Herr Helmke zaubert eine Bäckertüte aus seiner Schublade und überspielt die Situation mit einem Lachen. »Mohnschnecke?« Er hält mir die geöffnete Tüte entgegen. »Gleich am Montag werden Sie in alle Einzelheiten eingeweiht. Es gibt viel zu besprechen, auch was den Spagat zwischen dem Einsatz und ihrem bürgerlichen Leben angeht. Soweit ich weiß, ist das Moulin Rouge vormittags für exklusive Gelegenheiten buchbar, das ist das Besondere an Alex Herbigs Geschäftsmodell. Da können Sie sicher einen Deal bezüglich der Nachtarbeit aushandeln.«

Soll mich das beruhigen? Mit einer Handbewegung lehne ich die Mohnschnecken ab, die immer noch in ihrer Tüte vor meiner Nase baumeln. In diesem Moment fühle ich die leise Muskelüberdehnung in meinen Beinen, die ich der sportlichen Höchstleistung von vorhin zu verdanken habe. So ein Tanz kann ganz schön Kraft kosten.

Als Herr Helmke mich völlig zufrieden nach draußen begleitet und mir großväterlich seine Hand auf die Schulter legt, bin ich zunächst zuversichtlich, dass ich meinen Job im Dienste der Allgemeinheit meistern werde. Das ändert sich, als ich viel zu spät beim Kindergarten ankomme.

»Mieze, wo warst du?«, fragt mich Paps vorwurfsvoll, der Lou auf dem Arm hat und mir gerade aus dem Haupteingang entgegenkommt. Der Spielplatz ist verwaist, und wo sonst Kindergeschrei und Gelächter umherhallen, ist es sehr still. Ich werfe einen flüchtigen Blick auf meine Armbanduhr, und mich trifft fast der Schlag.

»Verdammt«, stoße ich aus. »So spät schon?!« Das fängt ja gut an. »Ich war zu lange im Büro. Es ist etwas total Krasses passiert, Papa«, beginne ich, während ich ihm meine Tochter abnehme, wobei sie ihre Prinzessin-Lillifee-Tasche verliert und zu zappeln beginnt. Ich setze sie in den Fahrradsitz und schnalle sie fest. Lou zeigt auf den Boden und plärrt.

»Mama, meine Tasche! Sie wird ganz mutzig und muss dann in die Waschemine.« Ich setze ihr den kleinen, roten Helm auf und gebe ihr einen Kuss.

»Ich muss jetzt aber nicht regelmäßig als Notfallabholer herhalten, oder?«, fragt Paps skeptisch und klaubt die Tasche vom Boden. »Heute ist eigentlich Angeltag, das weißt du doch. Hier, kleine Maus, halt sie gut fest.« Er drückt Lou ihre Tasche in den Arm, die sie sofort an sich presst und sich freut.

»Nein, natürlich nicht«, beruhige ich meinen alten Herrn, der sich durch seine grauen Haare fährt, wie er es oft tut, wenn er unruhig ist. Seite an Seite setzen wir uns in Bewegung, ich schiebe mein Rad neben ihm her.

»Wie war denn dein erster Tag im Revier?«, erkundigt er sich jetzt beiläufig. »War Herbert freundlich zu dir?«

Uff. Wo soll ich bloß anfangen? »Also, ja, war er. Und ich bin schon befördert worden«, beginne ich. Papas buschige Augenbrauen hüpfen überrascht in die Höhe. Jetzt habe ich seine volle Aufmerksamkeit. Ich erzähle ihm jede Einzelheit meines Fettnäpfchen-Laufes und die anschließenden, durchaus verblüffenden Erfolge. Seine Augen werden immer größer. Schließlich bleibt er stehen.

»Moulin Rouge? Undercover? Das kommt ja gar nicht infrage!« Zeitgleich verdunkelt eine Wolke die Sonne und unterstreicht seine Fassungslosigkeit. »Das ist kein Kinderspiel, Mieze.«

»Weiß ich«, antworte ich. Die weichen Knie und der wilde Herzschlag beim Anblick von Alex Herbigs Knarre sind mir durchaus noch präsent. Genauso wie die dürftige Begeisterung meines Kollegen Baum, als Revierleiter Helmke mich offiziell ins Team aufnahm. »Ich muss nur ein bisschen tanzen und die Augen offenhalten«, sage ich kleinlaut.

»Mieze, ich habe lange im Milieu zu tun gehabt. Es ist eine raue Welt mit vielen Abgründen. Man wird schneller verschluckt, als du es für möglich hältst. Wie kommt dieser alte Dabbschädel bloß auf so eine Schnapsidee? Der kann sich warm anziehen!« Papa knurrt, was Lou ziemlich lustig findet.

»Opa ist ein Hu-hund, Opa ist ein Hu-hund«, teilt sie dem Umfeld singend mit. Dreistimmig, laut, falsch und mit Begeisterung.

»Der sollte dir lediglich einen netten Bürojob geben. Von mehr war nie die Rede!«

»Sag mal, Papa, du traust mir aber auch nicht ganz viel zu, oder?«, frage ich und zucke zusammen, als er sich zu mir umdreht und mich völlig unerwartet bei der Hand nimmt.

»Du sagst denen gleich morgen Früh, dass du da nicht mitmachst, Mieze. Ich meine das todernst!«

Lou unterbricht ihr Lied und blinzelt verwirrt. Ihre Antennen für miese Stimmung sind ultrafein, und sie beginnt zu quengeln. »Mamaaaaa, Hunger.« Na super!

»Ich weiß nicht. Ist es nicht wichtig, dass man etwas von sozialer Wichtigkeit tut, wenn man die Gelegenheit dazu hat?« Gut, das sind große Worte, und ehrlich gesagt habe ich keine Ahnung, wie genau ich im Stringtanga die Welt retten soll ... Papa läuft rot an, und ich mache mir augenblicklich Sorgen um seinen Gesundheitszustand. »Ich meine, warum hast *du* dich damals dazu entschieden, zur Polizei zu gehen?«, frage ich versöhnlich und drücke aufmunternd seine Hand. Er lässt mich los.

»Mieze, das kannst du nicht vergleichen. Ich habe eine Ausbildung. Nahkampf, Selbstverteidigung, Waffenkunde – und was hast du?«

»Mich selbst verteidigen kann ich auch.« Ich schiebe trotzig die Unterlippe vor. Hab ich von Lou, sieht super aus!

»Jemanden mit Deo zu besprühen ist keine Selbstverteidigung, du Grummbeere«, erinnert mich Paps an einen Vorfall aus meiner Jugend, als ich einen Jungen aus meiner Klasse auf Abstand gehalten habe, indem ich ihm eine Ladung Fa ins Gesicht sprühte.

»Hat aber funktioniert.« Immerhin ließ der Typ von mir ab. Und musste sogar zum Arzt. »Müssen wir nicht alle unseren Teil dazu beitragen, dass unsere Welt jeden Tag ein bisschen besser wird?«

»Meine liebe Tochter, du solltest dich darauf konzentrieren, Lou zu einem gesunden und verantwortungsvollen Menschen zu erziehen. Für eine bessere Welt musst du dir keine Kugel fangen.«

»Ich tanz doch nur ein bisschen«, wiederhole ich mich wenig geistreich.

Es beginnt zu regnen.

»Mieze, sei nicht so stur.«

»Ich bin nicht stur, ich bin meinungsstabil«, antworte ich und fühle mich, als wäre ich wieder zehn Jahre alt. Damals wollte ich unbedingt Fußball spielen und Paps schenkte mir ein Ballettkleidchen zum Geburtstag.

»So ein Undercover-Einsatz ist nicht nur gefährlich, er ist auch unvereinbar mit einer Familie. Keiner darf davon erfahren. Du müsstest deine Freunde belügen und, was noch schlimmer ist, du müsstest Fabian belügen. Und Mama auf jeden Fall auch – wenn die das wüsste ...!«

»Ist ja nur vorübergehend«, sage ich schwach und fühle mich bei dem Gedanken wirklich nicht wohl. Lügen hatte ich noch nie drauf – wenn der eigene Vater ein Bulle ist und einen mit miesen Verhörtaktiken bei jeder noch so kleinen Flunkerei in Widersprüche verwickelt, geht das eigene Selbstbewusstsein für Münchhausengeschichten unweigerlich zugrunde. Mein Problem ist ja gerade, dass ich immer die Wahrheit sage. Statt lang nicht gesehene Freundinnen mit »Wow, hast du abgenommen?« zu begrüßen, frage ich: »Wow, in welchem Monat bist du?«, nur um dann zu erfahren, dass die Gute gar nicht schwanger ist.

»Du wirst meinem lieben Freund Herbert sagen, dass du im Büro bleibst – wie es dein Arbeitsvertrag vorsieht. Sonst kann er seine Stelle neu besetzen«, befiehlt mein Vater und zieht sich seinen Mantelkragen höher. Der Regen ringelt sich jetzt in Bindfäden vom Himmel, die Lou mit ihren Fingerchen aufzufangen versucht. Unsere Straße kommt in Sicht, und ich muss abbiegen, ohne meinen Paps weitergehen und meine Gedanken sortieren, während Lou ein neues Lied singt: laut, schief und mit Begeisterung.

Am Samstagmorgen beim Mama-Frühstück bin ich mit den Gedanken ganz woanders.

»Du siehst auch aus, als könntest du eher eine Margherita gebrauchen und keinen Kaffee«, stellt die Gastgeberin plötzlich in meine Richtung fest. »Ganz ehrlich, ich selbst bin zur Zeit so durch mit den Nerven, ich könnte mir schon morgens eine genehmigen.«

»Du hast recht. Vielleicht sollten wir alle mal wieder ausgehen«, schlägt Jasmin vor, während sie sich ein Vollkornbrötchen aufschneidet. »Mal so einen richtigen Cocktailabend machen und tanzen gehen.«

Charlotte gähnt demonstrativ. »Und wo wollt ihr den Elan dafür hernehmen? Ich bin abends total fertig.« Mir fallen ihre tiefen Augenringe auf, und ich möchte ihr meinen Concealer anbieten, besinne mich aber gerade noch rechtzeitig, weil ich weiß, wie empfindlich sie auf so eine Geste reagieren kann – ein diplomatisches Abendessen mit dem nordkoreanischen Staatspräsidenten ist easy dagegen. »Ich weiß einfach nicht, was gerade mit Emil los ist. Er schläft keine Nacht mehr durch, und selbst mit der Brust lässt er sich nicht beruhigen.« Charlotte seufzt. »Letztens hat er mich sogar gebissen.«

»Vielleicht solltest du endlich abstillen«, meint Ilka spitz, die gar nicht oft genug betonen kann, wie bescheuert sie Langzeitstillen findet.

Charlotte zieht beleidigt ihre kleine Nase kraus und gießt sich Kaffee nach. »Das Thema hatten wir doch schon. Wir können ja mal eruieren, ob deine Tochter vielleicht weniger krank wäre, wenn du überhaupt gestillt hättest.«

Oh, oh.

»Das ist so unfair. Es war keine Entscheidung, Lotta nicht zu stillen, das weißt du genau. Es ging einfach nicht.« Der Kaffee in Charlottes Tasse läuft über und färbt die gebleichte Tischdecke braun. »Aber ja, du hast recht, ich finde, dass es vollkommen ausreicht, maximal ein Jahr zu stillen«, fährt Ilka fort.

»Warum? Weil meine Brüste sexualisiert werden durch Medien und Werbung? Weil wir kein Naturvolk sind?« Charlotte greift ihre Serviette und fängt an, die dunkle Flüssigkeit aufzutupfen. Jasmin hilft ihr wortlos und tauscht einen langen Blick mit mir. Mein

Mundwinkel zuckt. Dass es beinahe bei jedem Treffen zu diesem Wortgefecht kommt, ist schon witzig. Oder vielleicht auch traurig.

»Außerdem gibt es mittlerweile Studien, die besagen, dass lang gestillte Kinder weniger anfällig für Darm- und frühkindliche Krebserkrankungen sind«, betont Charlotte – wie schon eine Woche zuvor, und davor, und davor. Gott bin ich froh, dass ich wenigstens bis zum achten Monat gestillt habe, sodass ich mich bei dieser Debatte zurücklehnen kann.

Plötzlich wird es laut im Flur. »Nein, is will das nicht«, kreischt Lou. Es folgt ein Rumpeln. Wir Mütter halten alle gleichzeitig die Luft an, bis gleich darauf schrilles Geheule einsetzt.

Jasmin ist zuerst am Tatort und hebt ihren vierjährigen Luis auf den Arm, der aus voller Kehle brüllt. Die beiden Dreijährigen, Lou und Lotta, stehen unbeteiligt im Türrahmen des Kinderzimmers. Etwas an ihrem Anblick stört mich. Sie tragen seltsamen Ohrschmuck. Bei genauerer Betrachtung erkenne ich ihn als bemalte Tampons. Totschick.

»Lotta, ich habe dir schon so oft gesagt, du sollst nicht an Mamas Sachen gehen«, schimpft Ilka und verlangt ihre Hygieneartikel zurück.

»Und was habt ihr beide mit Luis gemacht?«, will Jasmin wissen. Ihr Bäribär, wie sie ihn nennt, reibt sein Gesicht an ihrer Bluse und hinterlässt einen eleganten Rotzstreifen.

»Er wollt mir was wegnehm«, antwortet Lou und sieht dabei entzückend unschuldig aus. »Is hab nur die Tür zugemacht.« Allem Anschein nach war Luis' Finger langsamer als der Rest seines Körpers …

»Ach, Süße. Da musst du doch aufpassen. Jetzt hast du deinem Freund ganz schön wehgetan«, sage ich und gehe vor ihr in die Knie. Zur Bestätigung holt Luis noch mal tief Luft und kreischt, und ich stöhne mit, weil mich der Muskelkater in den Oberschenkeln gerade umbringt. »Entschuldigst du dich bitte?«, schlage ich zwischen zusammengebissenen Zähnen vor. Lou schaut zu Boden.

»Nein«, antwortet sie knapp. Was frage ich auch? Da ich jedoch Jasmins bissig-erwartungsvollen Blick im Nacken spüre, setze ich nach: »Warum denn nicht? Das ist aber nicht nett von dir.«

»Luis hat mis gehänselt«, erklärt Lou und sieht jetzt wütend zu dem weinenden Jungen, der oft genug selbst rabiat mit den beiden Mädchen umspringt, weshalb sich mein Mitleid in gesunden Grenzen hält. Ich ziehe Lou zu mir heran, und sie legt ihre Ärmchen um meinen Hals und nickt. Wenn ich nicht bald aufstehe, bin ich es, die als nächstes schreit.

»Aber das ist kein Grund, ihm wehzutun«, mahne ich meine Tochter, ganz zur Zufriedenheit der anderen Mütter. Lou nickt kräftig, was den blau gepunkteten Tamponschmuck an ihren Ohren lustig wackeln lässt, und krakeelt eine Entschuldigung in Luis' Richtung. Der zweijährige Emil sitzt derweil auf seinem Windelhintern und schaukelt von einer Seite zur anderen, hoch erfreut über den ganzen Trubel.

Ein Pflaster (hilft gegen alles!) und zwei Kühlakkus später sitzen wir wieder am Tisch und Ilka schneidet Gurken- und Tomatenhäppchen für die Kids. »Was Mütter an Kernkompetenzen mitbringen müssen – das schreibe ich alles in meinen Lebenslauf«, lässt sie uns wissen. »Sowas wie Kommunikationsfähigkeit, Initiative, Führungsfähigkeit, Entscheidungsstärke, Einsatzbereitschaft, Problemlösungsfähigkeit und Kooperationsbereitschaft lernt man schließlich nicht an der Uni.«

»Du hast ja so recht«, stimmt Jasmin ihr zu, während sie Luis auf ihrem Schoß hin und her wiegt. Er hat noch Tränen im Wimpernkranz und kaut missmutig an einer Gurkenscheibe.

Ilka fährt fort: »Und die ganzen Entscheidungen, die man treffen muss: welche Windel, welche Nahrung, welchen Arzt. Homöo-
pathie oder andere Naturheilverfahren ...«

Charlotte unterbricht sie: »Oder Schulmedizin.«

Ilka rümpft die Nase, bleibt aber stumm. Schade, ich hatte
schon überlegt, ob ich mir einen Zettel holen und Bullshit-Bingo
spielen soll, denn die Diskussion Globuli versus Ibuprofen führen
die beiden mindestens so oft wie die ums Stillen.

»Impfen – ja oder nein?«, zählt Charlotte auf. »Und mit jeder
gewählten Entscheidung müssen wir ja auch leben können. Wir leisten so viel. Wir sind Haushälterinnen, Erzieherinnen, Köchinnen,
Lehrerinnen ...«

»Krankenschwestern«, ergänze ich und schiele zu Luis Finger
hinüber, den ein rosa Prinzessinnenpflaster ziert. Weil Jasmin ihre
Piratenpflaster für *abenteuerlustige Jungs* zu Hause vergessen hat,
musste sie mit einem aus Mädchen-Mama-Ilkas Vorrat vorliebneh-
men, was ihren Sohn weniger zu stören schien als sie selbst.

»Das wären schon fünf Berufsgruppen, und mir fallen noch etliche ein«, sagt Jasmin, während sie den Kopf einzieht, weil Luis
gerade versucht, ihr ein hartgekochtes Ei ans Hirn zu donnern. »Es
ist erstaunlich, was wir alles schaffen. Und das allzeit bereit. Nachtschichten, Überstunden, Doppelschichten.«

»Wer das schafft, kann auch arbeiten gehen«, überlege ich. Und
womöglich auch die Welt retten – mit ein bisschen Pole-Dancing,
ein wenig Schauspielerei und Agatha-Christi-Manier. Mit akrobati-
schen Höchstleistungen zwischen dem Privatleben und dem Dasein
einer Geheimagentin. Mein Magen kribbelt vor Aufregung. Denn
mein Name ist Moll. Mieze Moll.

»Apropos neuer Job: Wie gefällt's dir im Kommissariat?«, wirft
Ilka völlig unvermittelt ein, als hätte sie meine Gedanken gelesen.

Gleichzeitig fängt sie ihre Tochter Lotta ab, die lachend um den Tisch läuft. »Sag mal, musst du mal auf Toilette, Prinzessin?«

»Nee, Mama. Mein Popo ist leer«, antwortet die.

Dafür ruft Lou: »Maaaamaaaa, is muss mal!« Sofort stehe ich auf. Wir sind ja noch nicht so lange im Club der Trockenen, also muss der Toilettengang schnell gehen. »Ist ganz okay«, antworte ich Ilka, »hauptsächlich Schreibkram.« Ich will Lou gerade an die Hand nehmen und zum Klo begleiten, da bemerke ich die Pfütze, die sich unter ihren Füßen bildet.

»Oh, oh«, sagt sie beschämt und blinzelt mich an.

»Ach, Süße. Du sollst doch früher Bescheid sagen.« Behutsam schiebe ich meine Hände unter ihre Achseln und schaue entschuldigend zu Ilka.

»Das ist gar kein Problem, das kennen wir. Unser Fußboden ist aus PVC, der kommt mit sowas klar.«

Beruhigt trage ich das tropfende Kind ins Bad. Hinter mir beginnt Ilka routiniert aufzufeudeln.

»Is wollte ja pipimachen gehen, nur später«, entschuldigt sich Lou.

»Ist ja nicht so schlimm.« Ich stelle sie in Ilkas Badewanne. »Aber das war viel zu spät.«

»Is hatte keine Zeit. Is wollt gerne die Welt sehen«, erklärt meine Tochter mit der Ernsthaftigkeit einer Dreijährigen, während ich sie aus den nassen Sachen pelle.

»Das nächste Mal gehst du aber trotzdem gleich auf die Toilette. Sonst muss ich dir wieder eine Windel ummachen«, warne ich sie, und sie zuckt mit den Schultern.

»Na gut. Dann Windel.«

»Oh, Lou. Du bist doch aber ein großes Mädchen, oder?«

Sie jauchzt, weil ich das Wasser anstelle und es an ihren Beinen entlangläuft. Ilka bringt mir ein Handtuch und Ersatzkleidung von

Lotta. Lou sieht mich an, legt ihre nassen Hände an meine Wangen und guckt mir ins Gesicht. Sie ist so süß dabei, dass mein Herz ganz weich wird.

»Mama, du hast sagt, wenn is groß bin, krieg is ein Haustier.« Shit. Ich erinnere mich an dieses ganz dumme Versprechen, das ich ihr gab, damit sie wie ein großes Kind in den Kindergarten geht.

»Aber du hast doch Eichi«, versuche ich, mich aus der selbstgestellten Falle zu befreien. Eichi ist das Eichhörnchen, das in der Buche hinter unserem Haus lebt und von dem Lou bislang nie genug kriegen konnte, wenn es auf der Wiese saß und Eicheln knabberte.

»Nein, das ist doof. Is will ein Meah-Schweinschen!«, fordert sie stattdessen.

»Da müssen wir in Ruhe mit Papa reden, ja, Mäuschen?« Mit etwas Glück gelingt es mir, Fabian den Schwarzen Peter zuzuspielen, denn er ist kein großer Haustierfreund. Lou sieht nachdenklich aus. »Und du musst wie ein großes Mädchen auf die Toilette gehen.« Sie gibt mir ihr Wort.

Am Müttertisch zurück platze ich gerade in eine hitzige Unterhaltung zwischen Charlotte und Jasmin.

»Unser Vorort geht langsam, aber sicher den Bach runter«, sagt Charlotte. »Der moralische Verfall ist allgegenwärtig, und wenn wir nicht alle gemeinsam etwas dagegen unternehmen, dann können unsere Kids ihre Kinder hier nicht mehr großziehen.« Energisch packt sie ihren Busen aus. Emil wird ganz unruhig, als die Milchbar öffnet, und schmiegt sich fest an seine Mama. »Den Jungen von Richters haben sie jetzt auch mit Drogen erwischt.«

»Ist der nicht erst 15?«, fragt Ilka, während sie demonstrativ in eine andere Richtung schaut.

»Das ist ja das Erschreckende daran. Als nächstes verkaufen diese Teenager das Zeug auf dem Schulhof, um ihr Taschengeld aufzubessern.«

Von Emil angesteckt hüpft Lou auf meinen Schoß und kuschelt sich an mich. Ich umarme sie und schaue in ihr kleines Gesicht.

»Mami?«, fragt sie.

»Ja, mein Schatz?«

»Is hab dis lieb.«

»Ich dich noch viel mehr«, antworte ich und gebe ihr einen dicken Kuss. Sie lacht. Ihre Augen leuchten, während sie sich eine Tomate angelt und in den Mund schiebt. In diesem Moment beschließe ich drei Dinge: Ich werde den Spagat zwischen Muttersein und Beruf schaffen, ganz nebenbei werde ich Köln, oder zumindest unseren schönen Vorort, besser machen, und Lou werde ich ein Meerschweinchen kaufen.

4
Der Personaleingang zur Hölle

Das Wochenende, bestehend aus einem Schwimmbadbesuch mit Lou, einem romantischen Essen mit Fabian, der ganz schön viele misstrauische Fragen zu meinem neuen Job hatte (»Wie lang musst du denn da täglich hin? Schaffst du es rechtzeitig in den Kindergarten? Und wieso kann es vorkommen, dass du auch mal abends hin musst – ich denke, das ist ein Bürojob?!«), und einem Sandförmchenunfall, bei dem Lou einem Jungen fast einen Milchzahn ausgehauen hätte, ist super schnell vorbei. Nun sitze ich im Büro und habe Bienen im Bauch, während mir die Kollegen die Einzelheiten des Falls vorsetzen.

»Und sowas passiert hier?«, frage ich ungläubig. »In diesem friedlichen Vorort?« Ich kann es nicht fassen, dass ein unschuldiger Vierbeiner sein Leben lassen musste. Gar nicht auszudenken, wenn es ein Kind getroffen hätte!

»Die Zahl der Meth-Konsumenten in Köln steigt stetig an, in letzter Zeit auffällig gerade hier im Umkreis«, erklärt mir Herr Legert. »Das lässt vermuten, dass jemand eine Drogenküche betreibt.«

»Also führt die Spur des vergifteten Labradors im Grunde genau dort hin«, überlege ich. Oder wie sollte ein Hund sonst an zehn kleine Päckchen Meth kommen?

»Zunächst führt sie ins Moulin Rouge.« Lars steht von seinem Stuhl auf und pikt mit seinem Daumen gegen das Diagramm auf einer Tafel, an der Täterprofile, Hinweise und Erkenntnisse angepinnt sind. Ich verfolge die Linien, die von verschiedenen Fotos ausgehen und sich bei der Tabledancebar treffen. »Der Hund gehört dieser Irina Kaminski, nach der du schon recherchiert hast. Sie brachte den Labrador am späten Nachmittag in die Vorstadt-Tierklinik und verschwand dann ganz plötzlich, noch bevor sie über das Ableben ihres Haustieres informiert werden konnte. Niemand will sie beim Verlassen der Praxis gesehen haben. Und sie ist bis heute unauffindbar.«

Ich leide für einen Augenblick mit dem armen Hund mit. Paps' Schwester, meine Tante Käthe, besitzt auch einen Labrador, und dieses Exemplar frisst wirklich alles, was ihm vor die Futterluke kommt. Meist sogar, ohne zu kauen.

»Die Kaminski hat zuletzt als Tänzerin bei Alex Herbig gearbeitet«, sagt Herr Helmke.

»Heißt das ... hab ich etwa ...?« Ich sehe von einem zum anderen, und noch bevor ich die Frage zu Ende gestellt habe, nickt der Revierleiter. »Frau Kaminskis Job?«

»So ist es, Frau Moll«, sagt Herr Helmke mit einem gewissen Hurra im Gesicht, und die Bienen in meinem Magen stechen einmal kräftig zu.

»Es gilt jetzt herauszufinden, wer in Verbindung zu Irina Kaminski stand. Mit wem hat sie privat verkehrt? Mit wem wurde sie zuletzt gesehen? Wusste sie von den Drogen, oder ist sie nur zufällig zwischen die Fronten geraten? Wo steckt sie überhaupt, und ist sie möglicherweise in Gefahr?« Lars spult die Fragen ab wie das kleine Einmaleins.

»Wie lange ist sie denn schon verschwunden?«, frage ich und betrachte ihr Foto, das im Zentrum der Tafel klebt. Diese Melancholie in Irina Kaminskis Blick, die mir schon zuvor aufgefallen war, lässt mich alle Gedanken an den unschuldigen und sehr toten Hund mit Überdosis vergessen und auch Papas Forderung, nämlich meinen Undercover-Einsatz abzusagen, in den Wind schießen. Da ist jemand, der Hilfe braucht, und ich kann helfen. Da bin ich mir sicher.

»Etwa zwei Wochen«, höre ich Herrn Helmke sagen, und die gute Laune in seiner Stimme ist augenblicklich weggewischt.

»Und Sie sind sicher, dass sie nicht wusste, dass ihr Hund verstorben ist?«, will ich wissen. Ich meine, die meisten Hundebesitzer lieben sie fast so sehr, wenn nicht genauso, wie ich meine Lou. Und nie, niemals würde ich Lou aus freien Stücken verlassen, wenn ich wüsste, dass sie um ihr Leben kämpft. No chance!

»Laut der Tierarztpraxis verschwand Frau Kaminski, bevor man ihr die Nachricht überbringen konnte. Sie saß im Aufwachraum, als der Labrador in Narkose gelegt wurde, war aber nicht mehr dort, als der operierende Arzt etwa 15 Minuten später die Überraschung im Inneren des Hundes fand.«

»Also wurde die Frau entführt«, schlussfolgere ich.

»Nicht unbedingt«, antwortet Lars und hängt ein weiteres Foto an die Pinnwand. Es zeigt Chantal, die junge und ziemlich bissige Tänzerin, mit der ich im Moulin Rouge Bekanntschaft gemacht habe. Was hat sie denn damit zu tun? »Vielleicht steckt sie auch selbst mit drin. Und die hier ebenfalls.« Wieder bohrt Lars seinen Finger in die Tafel. »Ich werde meinen Einsatz als Boris Schulze fortführen und dich, so gut es geht, im Auge behalten, wenn du im Moulin Rouge unterwegs bist«, sagt er an mich gewandt. »Wir werden eng zusammenarbeiten müssen, um nicht aufzufliegen. Ich erwarte daher, dass du während der nächsten Zeit immer für mich erreichbar bist – Tag und Nacht. Und dass du keine Alleingänge unternimmst, klar?«

»Das versteht sich von selbst«, erwidere ich etwas eingeschnappt. Was glaubt er denn, wie blöd ich bin? »Ich bin ja nicht lebensmüde.« Natürlich werde ich mich nicht unnötig in Gefahr bringen – schon vergessen, ich bin Mutter! Aber wie steht's wohl mit dir, mein lieber Lars? Hast du irgendeine Bindung, Frau, Freundin, Schwiegermutter oder wenigstens einen Goldfisch?

In den nächsten Stunden kriege ich einen Crashkurs in Under-cover-Einsätzen und lerne die Basics der verdeckten Ermittlungen: nie direkt vom Einsatzort nach Hause fahren – kein Problem, nach Feierabend im Moulin Rouge muss ich eh erst mal Lou im Kindergarten abholen. Keine privaten Gegenstände dabeihaben – na gut, aber auf das Handy werde ich nicht verzichten können, oder soll ich meinem Mann vielleicht sagen: »Schatz, in nächster Zeit musst du für den Kindergarten erreichbar sein, falls Lou sich mal übergibt oder so. Ich kann leider nicht, ich muss ein paar Geschäftsmänner mit meinem Hintern begeistern!«

Ich sehe schon, ich brauche dringend eine Liste mit Undercover-Ausreden ...

Am Nachmittag ist Babyschwimmen angesagt. Oder besser: Kleinkindschwimmen mit gelegentlichen Poolnudel-Unfällen. Während Lou strampelt, was das Zeug hält, denke ich immer noch darüber nach, wie ich Fabian seine neue Rufbereitschaft glaubwürdig unterjubeln könnte. Ob er mir abnimmt, wenn ich behaupte, dass ich während der Dienstzeit keine Privatgespräche führen darf?

»Die werden dir ja wohl kaum verbieten, mit dem Kindergarten zu telefonieren, wenn es unserer Tochter schlecht geht«, höre ich meinen Mann in meinem Kopf schon sagen. »Du arbeitest doch für die Polizei, deinem *Freund und Helfer*. Was ist mit diesem Helmke? Ich dachte, der ist ein Freund von deinem Vater.«

Neben mir schreit Luis wie am Spieß, weil Jasmin es gewagt hat, ihn loszulassen, und er panische Angst vorm Wasser hat.

»Toll machst du das, Mäuschen«, lobe ich Lou, als sie ein ganzes Stück mit Poolnudel allein schwimmt, was Jasmin halb bewundernd, halb beleidigt zur Kenntnis nimmt.

Bis mir eine glaubwürdige Ausrede eingefallen ist, werde ich mein Handy einfach mit ins Moulin Rouge nehmen, beschließe ich. Was soll schon passieren?

»Mama, darf is Pipi ins Wasser machen? Papa sagt, is darf.«

»Nein, Schatz, wir machen das anders. Komm, wir gehen zu den Toiletten.« Ich greife nach Lous Hand und schnappe Jasmins Blick auf.

»Das Problem kenne ich«, meint sie jetzt mitleidig und nimmt Luis auf den Arm, während sie sich auf dem Rücken ins Wasser legt. Luis sieht wenig begeistert aus.

»Manchmal frage ich mich, ob Männer genetisch immer noch einen gewissen Drang verspüren, Reviere zu markieren. Vielleicht ist das so in ihnen verankert, dass sie deshalb keinerlei Scheu verspüren, überall freizupinkeln.«

»Interessante Theorie«, gebe ich zu, muss mich aber doch fragen, was Jasmin dazu veranlasst, Männer immer noch als Neandertaler zu sehen. Während ich Lou aus dem Wasser helfe, geht mir ein Gedanke nicht mehr als dem Kopf: Ein Hund hat doch auch sein Revier, nämlich dort, wo er täglich Gassi geführt wird. Kann es nicht also sein, dass jemand im Umfeld des Labradors etwas beobachtet hat, das uns in unserem Fall weiterhilft? Wahrscheinlich haben die Kollegen das schon abgecheckt, aber ein bisschen Eigeninitiative schadet sicher nichts, oder?

Nach dem Schwimmen erkläre ich Lou, dass ich noch ganz dringend etwas Besonderes einkaufen muss und wir deshalb heute einen Umweg nach Hause nehmen. Du bist großartig, lobe ich mich selbst (tut ja sonst keiner!) dafür, dass ich mir die recherchierte Adresse der

Vermissten gleich mal auf GoogleMaps angeschaut habe. So weiß ich, dass Irina Kaminski gar nicht so weit von uns entfernt lebt. Unterwegs spreche ich jeden Hundehalter an, der mir in Irinas Wohnumgebung entgegenkommt. Lou verliebt sich umgehend in eine französische Bulldogge namens Napoleon und will sie gar nicht mehr verlassen. Neben unwichtigen Informationen, dass Irina eine Einzelgängerin sei, nie mit anderen Hundebesitzern Unterhaltungen führe und ihren Müll nicht richtig trenne, erfahre ich, was der Schmerz einer Dreijährigen so kostet, weil sie keinen Napoleon haben darf: ein halbes Vermögen für die Anschaffung eines Meerschweinchens namens Rosi nebst Stall, Häuschen – natürlich in Pink –, und einem Futtervorrat für mindestens zwei Monate. So viel zum Thema *Da müssen wir in Ruhe mit Papa reden* ... Einen Vorteil hat das Ganze: Lou glaubt, dass wir deshalb den Umweg gehen mussten, weil ich schon die ganze Zeit vorhatte, ihr die Meersau zu kaufen, und so bin ich für den Rest des Tages die beste Mama der Welt.

Lou ist selig, als sie Rosi das erste Mal auf den Arm nimmt. Und, was soll ich sagen, als ich beobachte, wie zärtlich und fürsorglich meine Dreijährige ist, bin ich der festen Überzeugung, dass jedes Kind ein Haustier braucht. So früh wie möglich. Wir hatten früher eine Katze namens Tatze, die ihrem Namen alle Ehre machte, wenn sie sich zu sehr bedrängt fühlte. Das lehrt einen eine Menge, nämlich den Raum, den ein Lebewesen braucht, zu akzeptieren und sich in Distanz zu üben.

Zu Hause angekommen lasse ich Lou und ihre Rosi allein und bereite das Abendessen vor: selbstgemachte Low-Carb-Tomatensuppe, um das ein oder andere überflüssige Pfund zu verlieren. Schließlich muss ich mich ja jetzt präsentieren, und das mehr, als ich je gedacht hätte. Schade eigentlich, dass ich das niemandem zeigen darf, der mich kennt.

»Hallo, Mieze, was kochst du denn Schönes?«, fragt Fabian, als er nach Hause kommt. Er legt seine Arme um meine Mitte, während ich im Topf rühre.

»Ein Liebessüppchen«, scherze ich, während ich Ingwer schnipple und großzügig in der Suppe versenke.

»Das hört sich gut an«, raunt Fabian nahe an meinem Hals und küsst die empfindliche Stelle unterhalb des Ohres. In mir schwirren Schmetterlinge empor. Zwei Herzschläge später liege ich in seinen Armen und küsse ihn. Er presst mich an sich, während er den Kuss erwidert. Heiß!, denke ich und freue mich darüber, dass wir uns nach all der Zeit immer noch dermaßen anziehen. Und dann zischt es auf dem Herd, weil das Essen überkocht. Zeitgleich kommt Lou aus ihrem Kinderzimmer und hält Fabian die kleine hellbraune Meersau entgegen.

»Guck mal, was is habe«, sagt sie stolz, und Fabian lässt mich so abrupt los, dass ich ein Schleudertrauma erleide.

»Michaela?«, sagt er vorwurfsvoll und betrachtet unsere neue Mitbewohnerin mit einer gehörigen Portion Ekel, als hätte ich Lou eine Vogelspinne und kein niedliches Säugetier gekauft. »Ich dachte, wir waren uns einig, dass wir keine Haustiere wollen.« Tja, waren wir ja auch. Bis heute.

»Papa, Rosi spricht«, sagt Lou und lässt das Meerschweinchen quieken, indem sie einmal feste zudrückt.

»Lou! Das darfst du nicht.« Erschrocken nehme ich ihr das zitternde Tier ab. »Ich habe dir gesagt, dass du ganz vorsichtig mit ihr sein musst.« Das kleine Ding versteckt seinen Kopf in meiner Armbeuge, für einen Tag hat sie definitiv genug Liebe erfahren.

»Na gut«, erklärt Lou betroffen und haucht dem Tier einen Kuss auf den Rücken. Wir beschließen, dass es sich im Käfig ausruhen soll, solange wir essen. Fröhlich summend verteile ich Suppe und werfe Fabian dabei schmachtende Blicke zu ... Vergeblich – er ignoriert mich einfach.

»Michaela, du weißt, ich liebe dich. Aber sowas geht gar nicht«, sagt er schließlich, als ich meine Besänftigungsversuche aufgebe, mich setze und nach dem Löffel greife. Lou zappelt unruhig auf ihrem Kinderstuhl herum und zieht an der Tischdecke, was die Suppe bedrohlich an den Rand der Schüsseln schwappen lässt.

»Lou, sitz bitte still«, mahne ich und reiche ihr ein Stück Brot, damit sie etwas zu knabbern hat, solange die Suppe abkühlt. »Ach, komm schon, es ist doch nur ein Meerschweinchen und kein Hund. Und ich brauchte eine Ablenkung ... also Belohnung.« Das fängt ja gut an, mit dem Verplappern. Und sogleich kreisen meine Gedanken um meinen ersten Termin im Moulin Rouge.

Während ich die Tomaten für die Suppe geschnitten habe, habe ich parallel mit Alex telefoniert (ja, vom privaten Smartphone aus ...), um ihm mitzuteilen, dass ich für Nachtschichten nicht zur Verfügung stehe. Ich habe damit gerechnet, dass er mich gleich feuern würde, doch stattdessen bestand er darauf, geduzt zu werden, und erklärte außerdem: »Das trifft sich, Puppe, ich hab dich eh für die besonderen Geschäftstreffen vorgesehen.« Was auch immer das heißen mag.

»Is will nich«, mault Lou und schiebt ihr Brot über den Tisch. »Is will zu Rosi.« Fabian wirft mir einen vielsagenden Blick zu, der so viel bedeutet wie: selbstgemachte Leiden.

»Jetzt wird erst gegessen. Die Tomatensuppe ist sehr lecker, Mäuschen«, sage ich mit der Überzeugungskraft eines Motivationsgurus und stelle ihr die abgekühlte Suppe hin.

Sie probiert, verzieht ihr Gesicht und verkündet: »Mama, du bist eine schlechte Küchnerin.« Na toll!

Leider muss ich feststellen, dass sie recht hat. Ich versuche, mir nichts anmerken zu lassen, ein bisschen Stolz muss schließlich sein, doch der Ingwer brennt so auf der Zunge, dass mir Tränen in die Augen steigen. Fabian greift nach einem Glas Milch und grinst mich offen an. »Na gut. Ihr habt ja recht.«

»Ist nicht so leicht, eine Doppelbelastung zu meistern«, meint mein Mann mit einer gewissen Genugtuung, die mich aufwühlt. »Haushalt, Kindererziehung und Job.«

»Das hat gar nichts damit zu tun. Da stimmte irgendwas mit dem Rezept nicht.« Ist eigentlich irgendjemand auch mal auf meiner Seite?

»Wie läuft's denn so im Revier?« Fabians Blick heftet sich an meinen. Mir rennen die Gedanken durch meinen plötzlich so vollen Kopf und verheddern sich ineinander. »Was musst du genau machen?«

Um Zeit zu gewinnen, schnappe ich mir Lous verschmähte Scheibe Brot und knabbere daran, während ich an mein Tätigkeitsfeld denke. Viel muss ich ja nicht tun … Ein bisschen erotisch tanzen, was mir zu Hause bestimmt auch noch mal von Nutzen sein kann, kriminaltechnisch ermitteln und alles für mich behalten. Letzteres dürfte die größte Herausforderung sein. »Dieses und jenes«, antworte ich zögerlich.

»Is will runtaha«, verlangt Lou laut und gibt ihr Lieblingsargument hinterher: »Is will die Welt sehen.«

»Das ist ja mal präzise. Dieses und jenes – was soll das heißen?«, fragt Fabian, während er Lou vom Stuhl hilft.

»Ich schreibe Protokolle und arbeite Akten ab, nichts weiter.« Ich zucke mit den Achseln und esse meine Suppe weiter. Holla die Waldfee, ist die bitter – genauso wie der Zug um Fabians Mund. Na bravo!

Am nächsten Tag habe ich meinen ersten Einsatz im Moulin Rouge und betrete die Hölle durch den Personaleingang. Chantal erwartet mich kaugummikauend und führt mich zur Bühne, um mir ein paar Moves beizubringen. So kommt es, dass ich im nächsten Moment kopfüber an der Stange hänge und fürchte, mir das Genick zu brechen.

»Komm schon, die Beine etwas mehr spreizen«, spornt das Mädel mich an, und ich rutsche fast ab. Das ganze Rot, Schwarz und Silber in diesen Räumlichkeiten verschwimmt vor meinen Augen.

»Ich glaube, das geht nicht«, krächze ich.

»Klar geht das«, antwortet Chantal spitz, legt ihre Hand an meinen Po und drückt ihn in Richtung Deckenbeleuchtung. Ich lasse meine Beine zurückschnellen, treffe beinahe das kleine gehässige Mädchen und komme wenig elegant zum Stehen.

»Deine Tanzausbildung ist wohl schon 'ne Weile her, was?«, fragt sie, und mir geht durch den Kopf, dass ihr Charakter gegensätzlich zu ihrer guten Figur liegt. Danke, lieber Gott, dass ich nett bin und trotzdem okay aussehe.

»Also noch mal von vorn«, kommandiert Chantal, wedelt auffordernd mit den Händen und betrachtet dann in aller Ruhe ihre roten Gel-Nägel.

»Ich brauche einen klitzekleinen Moment«, keuche ich und stütze mich mit den Händen an meinen Oberschenkeln ab, um den Sauerstoffmangel in meinem Hirn zu beheben.

»Ich mach es dir vor«, sagt sie so gelangweilt, dass es mich kränkt. Bei ihren eleganten eins achtzig sieht alles so leicht aus wie Luftholen.

»Fest zugreifen, hoch die Beine und den Rücken an die Stange, dann öffnen wir die Schatzkiste ...« Sie spreizt die Schenkel, um einen Blick ins Paradies zu gönnen. Gott, wenn mein Mann wüsste, was ich hier tue!

»Okay, ich hab's verstanden«, verkünde ich laut und schüttle meine Arme aus. Chantal macht eine hübsche Drehung und kommt vor mir zum Stehen. Bin ich froh, dass der Laden heute so gut wie leer ist. In etwa einer Stunde wird eine kleine Gruppe Bankangestellter erwartet, doch den Part übernimmt die kleine Giftspritze.

»Brauchst du Kreide?«, fragt sie und greift nach meinen Händen. »Wenn du schwitzt, rutschst du ab, ist meiner Ex-Kollegin auch mal passiert. Not so nice.« Will die mir Angst einjagen? Und wie, bitteschön, soll ich denn nicht schwitzen bei dem ganzen Herumgeturne?

»Wie hieß sie denn, deine Kollegin?«, frage ich. »Vielleicht treffe ich sie mal und frag sie, was ich noch so alles vermeiden sollte beim Tanzen.«

Chantal lacht und wirft ihr langes braunes Haar zurück. »Irina, aber die ist schon lange nicht mehr hier gewesen, die Snitch. Hat nicht mal ihren letzten Scheck abgeholt. Keiner weiß, wo sie abgeblieben ist und was sie angestellt hat. Ich persönlich bin ganz froh, dass sie und ihr sabberndes Ungetüm nicht mehr hier sind.«

»Sabberndes Ungetüm?«, erkundige ich mich und klopfe mir selbst auf die Schulter, weil ich die Ermittlungsgrundlagen so gut beherrsche und noch mal nachfrage, um sicherzugehen, statt meine Schlussfolgerung als gegeben hinzunehmen.

»Ach, die hat so 'nen Dog, 'nen Labrador, den sie regelmäßig mitgebracht hat, weil niemand auf den Köter aufpassen wollte. Pah!« Chantal verdreht die Augen. »Wenn das jede von uns machen würde ... Am Ende bringt noch eine ihr Kind mit, weil sie keinen Sitter findet, or what?«

Ich verkneife mir den Kommentar, der mich auf der Zunge kitzelt, und umfasse stattdessen erneut die Stange, die kalt in meinen Händen liegt und sich langsam, aber sicher nicht mehr wie ein Fremdkörper anfühlt, als ich mich an ihr hinaufziehe.

»I think, I spider!«, stößt Chantal aus und klatscht in die Hände. »Du hast es allmählich raus.«

Mir kommt nur ein »Umpf« über die Lippen, während ich Richtung Boden gleite, eine Drehung vollführe, aber immerhin echt gut dabei aussehe, wie ich in einem der vielen Spiegel beobachten kann.

»Wieso denkst du, diese Irina hat was angestellt?«, will ich wissen, als ich wieder zum Stehen komme. »Und was bedeutet Snitch?«
Mein Blick heftet sich auf ein Bild, das über einer Sitzgruppe an der Wand angebracht ist. Es ist geschmackvoll und von einer stilvollen Erotik, die mir gefällt und an den Künstler Egon Schiele erinnert. Überhaupt muss ich zugeben, dass das gesamte Flair des Ladens auf den zweiten Blick gar nichts so Schmuddeliges an sich hat.

»Irina ist so eine, die hinter deinem Rücken redet und dich gern mal schlecht dastehen lässt, wenn du weißt, was ich meine«, erklärt Chantal.

Obwohl ich eigentlich nicht so genau weiß, was sie meint, nicke ich und hauche verschwörerisch: »Oh, ja. Ich habe ständig mit solchen Weibern zu tun. Man muss immer auf der Hut sein, sag ich dir.«

»So ist es, hab ich schon immer gesagt. Wenn man solche Freundinnen hat, braucht man keine Feinde mehr.«

»Wart ihr denn befreundet?«

»Ganz kurz, bis ich erkannt habe, wie evil sie ist.« Chantals Blick wird kalt, so kalt, dass ich unwillkürlich zurückweiche. Die Eiskönigin wäre nichts dagegen. Scheint so, als wären Chantal und Irina sowas wie beste Feindinnen gewesen. Das kenne ich aus meiner Kindheit, da hatte ich ständig Zwist mit einem Nachbarsmädchen – man hätte meinen können, dass unser Lebensinhalt daraus bestand, uns gegenseitig das Leben schwer zu machen. Ließ sie mir die Luft vom Fahrrad ab, stellte ich mich doof und brachte ihrer Mutter ein Päckchen Marlboro mit den Worten: »Das hat die Nadja heute in der Schule liegenlassen, das wollte ich eben vorbeibringen.« Da waren wir zehn. Nadja bekam zwei Wochen Hausarrest.

»Was hat sie denn angestellt?«, frage ich nach Irina. Chantal will gerade ausholen, als Alex Herbig zu uns herüberkommt. Wie beim letzten Mal ist er schwarz in schwarz gekleidet, was die Tätowierungen auf seiner Haut leuchten lässt.

»Sehr schön, unsere neue Tänzerin ist hier.« Er schwingt sich auf die Bühne und reicht mir seine Hand, ohne Chantal zu beachten. Er quetscht meine Finger, an denen sich bereits die ersten Blasen von der Stange bilden, und mir schießt die Frage durch den Kopf, wie ich die eigentlich meinem Umfeld erklären soll. Die können ja schlecht vom Tippen kommen.

»Na, wie gefällt's dir hier?«, unterbricht Alex meine Gedanken. Chantal lässt uns einfach stehen und tippelt davon, wobei sie ihren kleinen Po kräftig von links nach rechts schwingen lässt.

»Gut, alles tutti«, antworte ich und will der Kollegin am liebsten nachrufen, dass sie ruhig hierbleiben kann.

»Mademoiselle Chat Noir, das ist dein neuer Name«, verkündet Alex feierlich und zieht mich näher zu sich heran. »Der wird dir gerecht, Katze.« Er grinst, zeigt seine weißen Zähne, die im Kontrast zu seiner Kleidung stehen, und mir stellen sich die Nackenhaare auf. Alex verströmt einen herben Geruch nach scharfem Aftershave und etwas, das ich nicht definieren kann. Ich unterdrücke ein Niesen und sammele mich. It's Play Time, dein Einsatz, Mieze Moll! Jetzt sind schauspielerische Fähigkeiten gefragt.

»Gefällt mir, danke«, sage ich kokett.

Sein Lächeln wird breiter. »Du wirst morgen deine erste Show geben. Ich habe ein paar wichtige Geschäftspartner zu Gast und erwarte vollen Einsatz.«

»Kein Problem«, lüge ich und fühle mich wie eine Figur aus *Breaking Bad,* die aus der Not heraus in kriminelle Machenschaften rutscht, ohne zu wissen, wie schnell die Spirale sich abwärts drehen kann. Apropos: Wenn er nicht gleich meine verdammte Hand loslässt, beiße ich ihn!

»Das hoffe ich doch«, sagt Alex und führt mich zu den Garderoben. »Ich bin wirklich froh, dass ich eine solche Rose wie dich gefunden habe – es ist nicht leicht, Qualität zu finden, musst du wissen.« Ich lächle weiter.

Chantal sieht säuerlich zu uns herüber, als wir, ohne zu klopfen, eintreten. Sie knöpft ihre Bluse zu und verzieht ihren Mund zu einem Strich. Dann wendet sie uns den Rücken zu.

»Du kannst morgen frei machen«, spuckt Alex ihr entgegen, bevor er mir einen Kuss auf den Handrücken haucht. Chantal wirbelt zu uns herum.

»I'm going wild!«, schnappt sie laut, und ich zucke zusammen, als sie sich neben mir aufbaut, die Hände in die Wespentaille stemmt und Alex wütend anfunkelt. »Das sind meine Stunden! Du weißt genau, dass ich die Kohle brauche. Und von der da«, sie zeigt auf mich, »lasse ich mir nicht die Jobs wegnehmen. Die tanzt nicht mal halb so gut wie ich.«

»Schnecke, du bekommst genug. Versprochen ist versprochen«, antwortet Alex mit einer seltsamen Mischung aus Vorsicht und Hohn.

Das Mädchen verlagert ihr Fliegengewicht von einer auf die andere Seite und bohrt ihren Zeigefinger vor ihm in die Luft. »Das will ich aber auch meinen. Sonst sag ich Bye-bye.«

Alex' sonst so überlegene Miene verrutscht spontan. Er lacht gekünstelt, seine Fäuste ballen sich an seinen Seiten und öffnen sich wieder. Ich halte unwillkürlich die Luft an, weiß ich doch aus seiner Akte, dass er gern mal mit Gewalt argumentiert.

»Du weißt, dass meine Kunden Abwechslung brauchen.« Klingt, als betrachte er uns als täglich wechselndes Schnitzelgericht ...

»Not my monkey, not my circus.«

Ich beobachte das Blickduell, das die beiden ausfechten, und werfe vorsichtig in die Runde: »Ich will keinen Ärger verursachen.« Das Mädchen hat mehr Eier als die meisten Männer und ich im Kühlschrank zusammen.

»Wir reden später«, knurrt Alex irgendwann resigniert und verabschiedet sich knapp von mir. Ich bleibe mit Chantal zurück, deren Gesichtsausdruck sich wieder entspannt.

»Ich mag die Vormittagseinsätze, musst du wissen. Sie bringen eine bestimmte Klientel mit sich«, erklärt sie mir, während sie ihr Schminkzeug zusammenpackt. Eine Federboa fällt vom Kleiderständer, die Chantal wieder aufhebt. Hoffentlich überlegt sie nicht gerade, ob sie mich damit strangulieren soll. »Deshalb mein Vorschlag: Widme du dich wie die anderen Mädels den Nachtschichten, und wir kriegen keinen Stress miteinander.«

Vielleicht nicht mit dir, aber ich mit meinem Ehemann!

Ich probiere es mit einem warmen, euphorischen Beste-Freundinnen-Lächeln. »Wir können ja losen.«

Chantal sieht mich an. »Wir können's auch sein lassen.«

Am nächsten Morgen schlagen meine Gedanken Purzelbäume, während ich auf dem Fahrradweg dahinrase. Kollege Lars hat mir eine Textnachricht mit einer To-do-Liste geschickt, die ich am Vormittag abarbeiten soll. Dazu gehört ein etwas heikler Spionageeinsatz, bei dem ich Chantals persönliche Dinge durchsuchen muss. Neben einer Tanzeinlage vor einem kriminellen Publikum aus der Drogenhändlerliga natürlich. Es handelt sich um drei weitere Verdächtige, die mit ziemlicher Sicherheit ganz groß im Geschäft sind.

Gott, seit ich diese Infos habe, geht meine Fantasie mit mir durch und verwandelt das Moulin Rouge in meinem Hirn in einen Saloon mit rauchenden Colts und Schrotflinten. Mitten drin ich, mich rekelnd auf einem Klavier, das seine schiefen Töne in die Welt schickt, bis Lou schreit: »Mamaaaa, sind schon daaaa!«

Gerade noch rechtzeitig bremse ich vor dem Kindergarten, wo ich meine Zaubermaus zum Spielen lasse und ihr bestätige, dass sie ein sehr großes Mädchen ist.

»Du auch, Mama«, sagt sie.

»Na, hoffentlich hast du recht«, murmele ich, als sie im Gruppenraum verschwunden ist und ich mich wieder aufs Rad schwinge. Lous kleiner Fahrradhelm baumelt an meinem Lenker und schlägt mir immer wieder ans Knie. So groß komme ich mir heute gar nicht vor. Wenigstens werde ich nicht allein sein, denn Lars alias Boris wird ebenfalls im Moulin Rouge auftauchen, um einen Deal einzufädeln, in der Hoffnung, an die Hintermänner heranzukommen und so eine Spur zur Meth-Küche aufzutreiben. Was wird wohl passieren, falls ich es vermassle? Wenn ich mich bei meinem 007-Einsatz erwischen lasse?

Ich versuche, an etwas anderes zu denken. Klappt nicht, jetzt klingen mir Chantals Worte im Ohr: »Halt Alex auf Abstand, der geht jedem seiner Mädchen an die Wäsche. Ob's will oder nicht.« Mir fallen Paps' Bedenken bezüglich meiner Nahkampfausbildung ein und kämpfe mit einem flauen Magen. Mit einem Mal bin ich mir nicht mehr so sicher, ob ich wirklich die Welt, geschweige denn unseren kleinen Vorort retten möchte.

Ich parke mein Fahrrad ein paar Straßen vom Moulin Rouge entfernt und verstecke mich hinter einem Altkleider-Container, um mein Outfit zu wechseln. In Jeans und Bluse kann ich nicht noch mal vor Alex auftauchen, also krame ich den Ultraminirock aus meiner Handtasche, den ich mal in einem Anflug von erotischem Größenwahn gekauft habe, um Fabian zu beeindrucken (hat funktioniert!), tausche meine Sandaletten gegen goldene High Heels und angle nach dem »*Top mit der Wahnsinns-Aussicht*«, wie mein Mann besagtes Oberteil nennt.

Während meine Langweilige-Hausfrau-Klamotten in den Untiefen meiner Handtasche verschwinden, laufe ich den Rest des Weges zu Fuß. Meine High Heels machen laute Geräusche und klopfen mit meinem Herzen um die Wette, bis selbiges beinahe stehenbleibt: Keine 15 Meter vor dem Bar-Eingang kommt mir eine der Helikoptermütter aus dem Kindergarten entgegen; eine jener Sorte, die immer irgendeine Anekdote über jemand anderen zu erzählen hat, weil ihr eigenes Leben so langweilig ist. Heilige Scheiße, was macht die denn hier?!

Ich schaue mich hektisch um. Entweder ich sprinte vorwärts und verschwinde ins Innere des Moulin Rouge, in der Hoffnung, dass sie mich in meinem gewagten Outfit einfach nicht erkennt. Oder ich mache kehrt und renne zurück zum Fahrrad, was auf diesen Schuhen eine weniger gute Idee ist. Vermutlich würde ich mir den Knöchel brechen, zweimal. Unwillkürlich bleibe ich also stehen. Wie ein vom Feind hypnotisiertes Karnickel. Schockstarre.

Scheiße, scheiße, scheiße.

Ich bin schon dabei, mir auszurechnen, wie lange es dauern wird, bis mein neues Geheimnis keines mehr ist, unzählige Mütterhände meiner armen Zaubermaus mitleidig über den Kopf streichen und mein Mann die Scheidung einreicht, da ertönt ein leiser Pfiff aus einer unauffälligen Hintertür der Bar.

»Komm hier rein«, flüstert eine kleine, runde Frau mit lilafarbenem Lockenkopf.

5

Brenzlig

Gerade noch rechtzeitig ergreife ich die Hand der älteren Dame, die ein geblümtes Sommerkleid trägt und mich mit überraschend viel Kraft ins Innere des Hauses zieht.

»Hoppla, Hübsche«, sagt sie zu mir und keckert vor sich hin, während sie die Tür schließt. Auf der rechten Seite sind ihre Locken von einer Haarklammer gebändigt, was fast wie ein rebellischer Undercut aussieht.

Ich schaue mich um und erkenne sofort, wo ich mich befinde: im Getränkelager des Moulin Rouge mit seinen Regalen, Kisten und Weinkartons, das an die Garderoben grenzt und das rechteckige Ende des Gebäudes bildet. Ich bücke mich nach einem kleinen goldenen Medaillon, das neben einem Cola-Kasten auf dem Boden blitzt. Alte Mutter-Angewohnheit: immer und überall nach Schätzen Ausschau halten, damit man nachher nicht den Lillifee-Ring/ den Einhorn-Pin/die Zauberperle aus Edelplastik suchen muss, ohne den/die Prinzessin Tochter nun mal nicht Zähneputzen/an den Esstisch kommen/sich waschen lassen kann. Lächelnd nimmt die schräge Oma mit den Powerlocken das Schmuckstück entgegen und lässt es in der Tasche ihres Kleides verschwinden.

»Das Geschenk einer Freundin«, erklärt sie. »Leider verliere ich es dauernd, weil ich nicht gern Schmuck um den Hals trage.«

»Sie könnten es an Ihren Schlüsselbund fädeln.«

Die Oma strahlt mich an. »Kindchen, das ist eine ausgezeichnete Idee! Und nun komm erst mal richtig rein.« Ich folge ihr durch das Lager hindurch in die Garderobe, wo ich meine Handtasche abstelle und mich setze.

»Das war knapp«, seufze ich.

»Ich kenne diese Art Probleme.« Sie nickt. »Als das Etablissement noch mir gehörte, war Diskretion für meine Mädchen das oberste Gebot. Gerade für die, die am Vormittag arbeiteten, musste gewährleistet sein, dass die Mütter der anderen Kinder nichts von ihrem Job erfuhren. Ist doch klar.« Während mir erst allmählich dämmert, was Oma mir da eigentlich gerade erzählt, sprudelt sie schon fröhlich weiter: »Natürlich konnte keiner etwas dagegen machen, wenn sich ein braver Familienvater zu einem meiner Mädchen verirrte und sie später bei einem dieser neumodischen Elternabende wiedertraf. Aber wenigstens bestand dann ja nicht die Gefahr, dass der es weitererzählte, nicht wahr?« Vielsagend hebt sie eine ihrer schmalen nachgezeichneten Augenbrauen.

»Ihnen gehörte das Moulin Rouge?« Mann, Mieze, bist du lahm heute! »Und Sie haben die Tänzerinnen angestellt?«

Die Oma lacht grell auf. »Nein, getanzt haben die Mädchen nicht.« Sie zwinkert mir zu. »Ich war damals im horizontalen Business tätig. Mir unterstanden mindestens acht junge Dinger, die hier, gut behütet, ihre Kunden zufriedenstellten.«

Ich betrachte sie genauer und bemerke, dass sie leicht hinkt, während sie hin und her läuft und herumliegende Dessous aufsammelt und zusammenlegt, einen Lippenstift vom Boden hebt und die Make-up-Tiegelchen auf den beiden Schminktischen ordentlich nebeneinander aufreiht. Ihre Beine sind trotz ihres Alters lang und schlank, ebenso wie ihre Hände und Finger. Die Falten ziehen sich nur dezent durch ihr Gesicht und verleihen ihm Charakter – sie muss einmal eine sehr schöne Frau gewesen sein. Und eine Puff-Mutter.

»Das Moulin Rouge war früher mal ein Bordell?« Unglaublich.

»Das beste der Stadt. Die Kunden kamen von weither«, fügt Oma stolz an. »Wir waren die ersten, die einen Whirlpool hatten.«

»Oha.« Wo der wohl stand? Oder gibt es ihn vielleicht sogar noch? Das wär's doch: Nach einer anstrengenden Einlage an der Stange schön ins Blubberbad und ein Glas Prosecco schlürfen ...

»Du bist also neu hier?« Oma lässt ihren Blick an mir herabwandern.

»Ja, richtig. Ich bin für Irina eingesprungen.«

»Mein Sohn hat Geschmack, das muss man ihm lassen«, sagt Oma zufrieden. »Wenn du Wäsche hast, kannst du sie mir geben, ich kenne mich aus mit der richtigen Pflege von empfindlichen Stoffen. Nicht, dass am Ende irgendwas ruiniert aus der Maschine kommt.«

Sie klaubt ein paar zerknitterte Negligés zusammen und hängt sie sich über den Arm. Als sie die Tür der Garderobe öffnet und auf den Flur tritt, fällt mir zum ersten Mal die mit rotem Teppich ausgelegte Treppe auf, die gegenüber nach oben führt. Die habe ich in meiner Aufregung beim letzten Mal glatt übersehen. Sie liegt im Halbdunkel, und nostalgische Kerzenhalter säumen die Wand. Oma deutet meinen Blick richtig und nickt nach oben.

»Ja, da entlang ging es zu den privaten Zimmern«, sagt sie mit einem Bedauern in der Stimme. »Leider hat Alex kein Händchen für dieses Geschäft, und ein anderer Laden hat uns den Rang abgelaufen, als mein Sohn wieder einmal zu lang im ›Feriencamp‹ einsaß.« Sie malt Gänsefüßchen in die Luft vor mir und seufzt schwer. »Aber ihr Mädchen könnt die Duschen dort oben nutzen.«

»Das ist gut«, antworte ich und schaue noch einmal die Stufen hinauf. Der Gedanke, mich im Badezimmer eines ehemaligen Bordells zu waschen, kommt mir absurd vor. Wobei die Tatsache, dass ich in einem ehemaligen Bordell mehr nackt als bekleidet eine Eisenstange antanzte, natürlich nicht weniger grotesk war. Vermutlich werde ich meine Scheu ablegen und mir das obere Stockwerk früher oder später genauer ansehen.

»Wie erzieht man Kinder zu durchsetzungsstarken und guten Menschen der Gesellschaft?« Der abrupte Themenwechsel lässt mich zusammenzucken. »Ich bin mir nicht sicher, ob ich bei Alex alles richtig gemacht habe«, überlegt Oma. »Man muss doch Verantwortung für seine Nächsten übernehmen, das ist unerlässlich. Ich war immer für meine Mädchen da, habe die Kohlen für sie aus dem Feuer geholt und bin niemals kriminell geworden. Egal wie sehr dich das Leben beutelt, du musst dich an die Regeln halten«, meint sie. »Und du darfst Kinder nicht zu sehr verwöhnen, das verdirbt sie.« Sie lässt die Negligés von ihrem Arm in einen bereitstehenden Wäschekorb auf dem Flur gleiten und greift nach einem zweiten, der daneben steht und offensichtlich frisch Gebügeltes enthält. Sie hebt ihn hoch und schlurft zurück in die Garderobe, als mein Handy in der Tasche piepst. Ich öffne eine WhatsApp von Dinkelkeks-Doro, die mich wissen lässt, dass ich Lou doch bitte keine Schuhe mit Blinke-Sohle in den Kindergarten anziehen soll, weil sich die kleine Freya-Charlotte dann auch welche wünscht, und sie, Dinkelkeks-Doro, nicht bereit sei, diesen Umweltirrsinn zu unterstützen. Und nebenbei: All das Geblinke schade erwiesenermaßen der Konzentrationsfähigkeit Heranwachsender.

Ich murmle ein »Geh doch zum Donnerdrummel« und werfe das Telefon zurück in die Tasche. »Nicht Sie«, entschuldige ich mich, als Oma mich verwundert anschaut. »Ich habe bloß eine ärgerliche Nachricht erhalten.«

»Lieber ärgerliche Nachrichten als gar keine Nachrichten«, sagt sie, und ich kann ihre Miene nicht ganz deuten. Ob sie einsam ist?

»Vielleicht haben Sie recht.«

Während sie leise ächzend beginnt, die Wäsche aus ihrem Korb zu angeln und auf Kleiderbügel und in Schubladen zu verteilen, öffne ich den riesigen Schrank, den Chantal mir zugewiesen hat, und die Leere in ihm verschluckt mich beinahe. Nur ein BH und eine Shorts hängen neben nackten Bügeln und wirken so verloren, wie die Oma sich eben angehört hat. Bei genauerem Hinsehen entdecke ich in der linken Ecke noch einen eleganten Damen-Trenchcoat. Gibt's hier etwa auch Motto-Shows?

»Du brauchst auf jeden Fall mehr Arbeitskleidung«, stellt die Oma fest, und ich zucke schon wieder zusammen, weil ich nicht bemerkt habe, wie sie lautlos neben mich getreten ist. »Wie groß bist du?«

»Ähm, 1,62?«, vermute ich, ohne mir allzu sicher zu sein. Ich weiß nur eins: Für mein Gewicht bin ich etwas zu klein.

»Ich meine deine Möpse, Mädchen.«

»Ach so.« Klar, logisch. Wenn mich das nächste Mal irgendjemand nach meiner Größe fragt, werde ich demjenigen auf die Finger klopfen und sagen: »Na aber – das geht Sie gar nichts an!«. Der Oma antworte ich: »85C.«

»Schade, dann werden dir Irinas Sachen nicht passen.«

»Die sind noch hier, ihre Kleider meine ich?«, frage ich leichthin, um nicht zu neugierig zu wirken.

»Ja, die hat nichts abgeholt. Ich frag mich manchmal, was mein Spross angestellt hat, dass sie so schnell verschwunden ist. Er kann ja manchmal etwas eifersüchtig und aufbrausend sein, der Alex. In Liebesdingen hatte er noch nie ein gutes Händchen.«

»Die beiden waren ein Paar?«, frage ich, und meine Gedanken kreieren ganz neue Möglichkeiten, warum Irina verschwunden sein könnte. Ich lasse die letzten Folgen meiner Krimiserie der neunten Staffel Revue passieren, in denen es um Verbrechen aus Leidenschaft ging. Fabian hat sich total über eine Episode aufgeregt, in der ein Mann seine Freundin monatelange in einem Verließ im Keller gefangen hielt, weil sie ihn verlassen wollte. »Was für ein Blödsinn«, hat er gemurrt. »Das macht doch keiner.« Nun ja, wer weiß das schon?

»Eine Liaison würde ich das nennen«, gibt Oma zu und sieht einen Moment so aus, als würde sie düsteren Gedanken nachhängen. Abwesend schiebt sie Kleiderbügel hin und her, als könne man sie dadurch irgendwie sortieren. »Ich besorge dir ein paar heiße Klamotten, Herzchen«, sagt sie nach einer Weile und klopft mir aufmunternd auf den Rücken. Unterdessen schäle ich mich aus meinem Top, um mich endlich für meinen Auftritt vorzubereiten. »Du kannst mich übrigens Anita nennen«, sagt sie noch, während sie zur Tür geht und sich dort den Wäschekorb vom Flur schnappt. »Ich wasche eure Sachen nicht nur, ich bessere sie auch aus, wenn sie kaputt gehen. Leg sie mir einfach hierher, und ich kümmere mich drum.« Sie lächelt, und ein Goldzahn blitzt im Licht.

»Das ist aber lieb von Ihnen.«

»Du, Süße. Du kannst mich duzen. Im Herzen bin ich noch genauso jung wie ihr Mädchen«, meint sie und lässt mich allein.

Als ich mich gerade umgezogen habe, ruft mich Alex an die Bar. Ich fühle mich fast nackt in meinem Outfit – wie gesagt: Shorts und BH –, und ich muss aufpassen, dass meine Möppis da bleiben, wo sie hingehören. Sonst mag ich sie ja, aber heute wünsche ich, ich wäre weniger gut bestückt. Falls Anita mir nichts Passenderes besorgen kann, muss ich es dringend selbst tun. Das wird ein Spaß – Mieze im Beate-Uhse-Laden!

»Kannst du einen Martini Bianco mixen?«, will Alex wissen und lässt seine Muskeln unter seinem schwarzen Hemd für mich spielen. Pfff.

»Klar.« Auf geht's, Mieze, jetzt bist du im Einsatz. Ich blinkere Alex neckisch an und werfe mich mit einem Hüftschwung hinter den Tresen. Wow, hier hinten ist es blitzblank – so sauber war meine Küche nicht mal beim Einzug! Nicht ein Wasserfleck ist zu finden.

»Du hast eine Stunde Zeit, bis ich dich an der Stange sehen will. Bis dahin hältst du hier die Stellung, meine kleine Chat Noir.« Mit diesen Worten überlässt mich Alex mir selbst und verschwindet in Richtung Backstagebereich. Mein Herzschlag wummert unter meinem Rippenbogen, und um mich abzulenken, drehe ich die Getränkeflaschen vor mir hin und her und richte sie Kante an Kante aus. Anschließend wische ich mit einem Lappen über die saubere Theke, schiebe mir eine Haarsträhne hinters Ohr und trommle mit den Fingernägeln herum. Gerade gelingt es mir, mich in die beruhigenden Gedanken an eine Farbauffrischung zu flüchten (lang schon wollte ich mal Long Stem Roses oder Big Bang Theorie probieren), als mir der Blick eines Gastes auffällt, der interessiert zu mir herüberschaut. Der Mann erinnert mich unwillkürlich an einen Versicherungsvertreter (Anzug und Hipsterbart!) und ich ringe mir ein Lächeln ab.

»Hey, Puppe«, sagt er und angelt ein Päckchen Zigarillos aus seiner Jacketttasche. Er trägt einen Ehering, wenn ich es richtig erkenne, und ich frage mich, ob seine Frau eine Ahnung hat, wo er sich so rumtreibt. Vermutlich genauso viel wie mein Mann ...

»Du bist neu hier«, überlegt er, lässt sein Feuerzeug aufschnappen und zündet sich einen seiner Krebsstängel an. »Das erste Mal heute? Vorgestern warst du jedenfalls noch nicht da.«

Ich frage mich, ob dieser Teil des Tages sein nüchternster in 24 Stunden ist. Um seine Nase ziehen sich kleine rote Äderchen, und seine Augen wirken glasig. Aber was weiß ich schon?

»Ja, das ist richtig«, sage ich und beginne, einen neuen Martini für den Herrn zu mixen. Wer hätte gedacht, dass der ehemalige Ferienjob in der Gastronomie sich noch mal auszahlen würde?

»Trinkst du was mit mir?« Der Typ klopft auf den Stuhl neben sich. Im selben Moment kommt Alex mit einem Pappkarton aus dem Hintergrund, geht an uns vorbei und signalisiert mir, dass ich mich um den Gast bemühen soll. Na, das kann ja lustig werden.

»Ja, aber logo«, sage ich mit festgetackertem Lächeln und mixe mir etwas Undefinierbares zusammen, viel Fruchtsaft, kein Alkohol, obwohl ich so tue, als gösse ich einen ordentlichen Schuss Rum in mein Glas. Seit meiner Schwangerschaft vertrage ich so gar nichts mehr, was über Hustensaft hinausgeht, und auf keinen Fall darf ich riskieren, dass ich nachher zum Kindergarten torkle und nach Cocktail rieche – obwohl ich es mir ganz lustig vorstelle, Dinkelkeks-Doro ins Gesicht zu lallen: »Duuuu, groooßes Sorry wegn der Blinkasch… sch…schuhe, hab heut morgn einfach nix andres fundn, weissu?«

»Freut mich, deine Bekanntschaft zu machen«, verkündet der Hipsterbart viel zu laut und prostet mir zu. Ich hebe mein Glas und nehme einen Schluck, kurz bevor mein Blick auf die Getränkekarte fällt, die an die Leiste der Theke geheftet ist. Prompt bekomme ich Schnappatmung: Ein Bier kostet stolze zehn Euro. Und das ist nichts im Vergleich zu einer Flasche schnöden Sekt, der mit einhundertzwanzig Euro zu Buche schlägt. Ich kann nur hoffen, dass mein Fruchtcocktail aufs Haus geht, gehört ja immerhin zum Job, und im Büro stellen sie einem ja auch Papier und Bleistift zur Verfügung.

Ich schlängle mich um die Bar herum, ziehe mir einen Hocker heran und lasse mich in sicherer Distanz zu Mister Versicherungsvertreter nieder. Beine hübsch übereinandergeschlagen, Möppis raus, Arm lässig in die Taille gestützt und dann ein selbstbewusstes Lächeln.

»Mein Name ist Frederik«, sagt der Kunde sichtlich zufrieden, beugt sich vor und tätschelt doch tatsächlich mein Knie. Mist! Der Abstand ist doch zu gering gewählt.

»Und, Puppe, wie heißt du?«

»Chuckie, und jetzt nimm deine Griffel von meinem Knie«, rutscht es mir heraus.

»Oh, du hast Krallen, das gefällt mir.« Seine Finger tanzen weiter hinauf.

»Ja, und bei mir ist Anfassen nicht erlaubt, bedaure«, stelle ich klar, schubse seine Hand von meinem Oberschenkel und schlage mein Bein so über, dass ich von ihm abgewandt sitze. Hoffentlich versteht er was von Körpersprache, auch wenn ich mir wenig Hoffnung mache.

»Na, ihr beiden Hübschen. Amüsiert ihr euch?«, fragt mein Chef, der wie aus dem Nichts hinter uns auftaucht. Mann, kann der sich anschleichen!

»Sicher, Alex. Gute Wahl, deine Neue«, meint Frederik.

»Ich habe sie Chat Noir genannt – passt zu ihr, nicht wahr?« Voller Besitzerstolz legt Alex seinen Arm um mich und drückt mich einmal herzhaft an sich, nur um mich dann vom Hocker zu scheuchen.

»Mit der kommst du sicher schnell über den Verlust deiner letzten Tänzerin hinweg«, antwortet Frederik und nimmt einen großen Schluck von seinem Martini. Er verzieht das Gesicht. »Hinter der Bar musst du sie allerdings besser einarbeiten!«

Alex lacht. »Mieze, mach mal bitte fünf Whiskey auf Eis.«

Glücklich darüber, eine Aufgabe zu haben, flüchte ich wieder hinter den Tresen und angle Gläser aus dem lackschwarzen Regal. Ich greife mir eine teuer aussehende Flasche und liege offenbar goldrichtig mit meiner Wahl, denn Alex nickt zufrieden, langt nach der Hi-Fi-Anlage hinter mir und dreht die Musik lauter. Bässe wummern durch meinen Körper, und plötzlich habe ich das Gefühl, es ist später Abend und nicht Vormittag.

Drei Anzugträger treten durch den Samtvorhang in die Bar und setzen sich an einen der größeren Tische direkt vor der Bühne. Das Rotlicht lässt sie teuflisch aussehen, wie sie miteinander reden und zu uns herübersehen.

»Pass auf, mein Freund, ich bin die nächsten Tage unterwegs und möchte dich bitten, ein Auge auf den Ablauf hier zu haben«, höre ich Alex zu Frederik sagen.

»Sicher, kannst dich auf mich verlassen«, antwortet der und starrt mir ungeniert auf die Möppis. Daran werde ich mich noch gewöhnen müssen – dass ich quasi Teil des Inventars bin.

Seine nächsten Worte gehen im Geräusch des Wasserhahns unter, als ich die Spüle einlaufen lasse und der Spülschaum kleine Kronen auf der Oberfläche bildet. Ich denke an Lou, die heute Haarwaschtag hat und bereits angekündigt hat, dass sie Rosi mitnehmen möchte. Wie erklärt man einer Dreijährigen, dass Meerschweinchen nicht so heißen, weil sie aus dem Meer stammen und deshalb eins-a schwimmen können? Memo an mich: Unbedingt googeln und Lou klar machen, dass auch mit Schwimmflügeln nichts aus einem gemeinsamen Bad wird. Heute nicht und sonst auch nicht.

Plötzlich entdecke ich Lars Baum, wie er lässig durch die Tischreihen auf die Bar zu schlendert wie in einer Coca-Cola-Werbung. Sein Blick ist der eines Typs, der es nicht nötig hat, cool zu gucken, weil er weiß, dass er cool ist, und zum ersten Mal fällt mir auf, dass Kommissar Baum unverschämt gut aussieht. Er trägt eine ausgewaschene Jeans, seine Haare stehen in gekonntem Just-out-of-bed-Look vom Kopf ab und sein Dreitagebart lässt ihn verwegen und umtriebig wirken. Vermutlich liegt es nur am Ambiente und am

Drink, der mich scheinbar placebomäßig aufgedreht hat – jedenfalls finde ich Mister Einsamer-Wolf-Arsch in diesem Moment beunruhigend aufregend. Vielleicht bin ich auch nur erleichtert, dass er da ist.

Ich reiße meinen Blick von ihm los, als er näherkommt, und mahne mich zur Contenance.

»Boris, mein Freund«, ruft Alex ihm entgegen und steht auf. Die beiden umarmen sich mit männlichem Schultergeklopfe und geben sich einen recht komplizierten Handschlag. Nur kurz streift mich Lars' Blick, und ich konzentriere mich darauf, die geforderten Drinks auf ein Tablett zu stellen, das mir Alex gleich darauf abnimmt.

»Meine Kontakte sind schon da, jetzt geht's daran, Geschäfte zu machen«, grinst er. Wie ich aus der Einsatzbesprechung weiß, wird Lars versuchen, eine große Menge Crystal zu ordern. Ist er über Alex oder seine Leute erfolgreich, kommen wir der Quelle sicher ein ganzes Stück näher. Und damit vielleicht auch der verschwundenen Irina.

Wenig später finde ich mich an der Stange wieder und beginne mit meiner improvisierten Performance. Ich bin schlecht im Auswendiglernen, also versuche ich erst gar nicht, mir irgendwelche raffinierten Moves zu überlegen, sondern folge meiner Intuition, die, wie ich zu meiner eigenen Überraschung feststelle, ganz ordentlich funktioniert. Wie war das mit den unentdeckten Talenten?

Apropos: Ich habe mir ja schon oft gewünscht, von den Lippen ablesen zu können. Besonders in Situationen, wenn die einen oder anderen Helikoptermütter ihre Köpfe zusammenstecken, nett lächelnd zu mir herübersehen und dabei Informationen austauschen. Heute möchte ich wissen, warum Alex so unzufrieden aussieht, als Lars alias Boris auf seine Freunde einredet. Ein hagerer Typ mit Schnauzer und südländischen Zügen gestikuliert wild und zieht seine Augenbrauen zusammen, während der muskulöse Riese mit Militärfrisur neben ihm die Arme vor der Brust verschränkt und die Lippen schürzt. Der Dritte von ihnen, ein Junge, gerade mal ausgewachsen, widmet seine Aufmerksamkeit lieber mir, als dem hitzigen Gespräch an seinem Tisch zu folgen. Er dreht das Glas Whiskey in seiner Hand und lehnt sich genüsslich in seinem Sessel zurück.

Ich lasse meine langen Haare fliegen. Mann, bin ich froh, dass ich sie mir letzten Sommer nicht kurz schneiden ließ. Das Jüngelchen grinst selig, und ich frage mich, ob ich mich eigentlich strafbar mache, weil ich so vor einem Teenager tanze. Ich gehe in die Knie (immer wieder autsch!) und werfe einen Blick zu Lars, der gerade beschwichtigend die Hände hebt. Hoffentlich wird's da nicht brenzlig. Vielleicht hätte man mich doch in Nahkampf und Waffenkunde crashkursen sollen? Just als ich überlege, ob ich wohl mal ausversehen meine High Heels in Richtung der Unterweltgestalten fliegen lassen soll, erhebt Lars sein Glas und stößt mit allen einmal an.

Mit Schwung ziehe ich mich an der Stange hoch und umschlinge sie mit meinem Bein. Aus dem Augenwinkel nehme ich wahr, dass Alex mich beobachtet. Mein Herz pumpt wild, und ich spüre, wie der Schweiß meinen Griff um die Stange gefährlich unsicher macht. Trotzdem versuche ich, die Tanzeinlage mit der Pose zu vollenden, die Chantal mir beigebracht hat. Als ich Lars abrupt aufstehen sehe, verpasse ich den richtigen Augenblick, meinen eigenen Schwung für die Figur zu nutzen, und rutsche ab. Ein Impuls lässt mich eine irrwitzige Bewegung mit dem Arm machen, was mir einen scharfen Schmerz in die Schulter jagt, meinen Sturz jedoch abfängt und mich in exotischer Haltung auf der Bühne landen lässt. Blitzschnell spreize ich die Beine, und der Jüngling schnappt nach Luft bei dem Anblick, der sich ihm bietet – mehr Ahnung als Tatsache, aber das Bübchen scheint eine lebhafte Fantasie zu besitzen.

Während er aufsteht und mit langen Schritten zu mir herüberkommt, beobachte ich, wie Lars auf Alex einredet und von ihm zur Bar begleitet wird. Die Drogenbosse bleiben an ihrem Tisch sitzen und besprechen sich hitzig. Das Rotlicht zeichnet Schatten auf ihre Gesichter und lässt sie unwirklich wirken. Was hat mein werter Kollege da bloß losgetreten? Ohne abzuwarten, dass der Kleine mir seine Scheine in den Ausschnitt stopft, mache ich mich davon und eile zur Garderobe. Er guckt mir verdutzt hinterher.

Nachdem ich wieder zu Atem gekommen bin – erstaunlicherweise ohne Sauerstoffzelt –, wende ich mich Chantals Schrank zu. Er quillt vor Kleidungsstücken nur so über, und kurz bin ich ein bisschen neidisch auf die Auswahl . Ich hebe einen Haufen BHs an und bewundere ein Exemplar mit Paillettenbesatz. Als ich ihn herausziehe, um ihn mir ganz unverbindlich anzuhalten, fällt ein zusammengefaltetes Papier zu Boden. Wenn das mal kein Einkaufszettel ist … Ich öffne ihn und finde eine Liste mit Nummern, die seltsam angeordnet sind. Zuerst eine zweistellige, dann Initialen, gefolgt von weiteren Zahlen zwischen Eins und Zehn. Ich nehme mein Handy und fotografiere sie ab – macht sich gut in der Galerie zwischen den ganzen Bildern von Lou.

Ich höre Schritte. Eilig lege ich den Zettel zurück, ordne die Klamotten darauf und schließe die Schranktür. Intuitiv werfe ich mich hinter einen riesigen Karton, aus dem ein Sammelsurium an Deko-Artikeln, alten Leuchten und Federboas hervorquillt. Flach auf den Boden gepresst linse ich um die Ecke. Die Tür zur Garderobe geht auf, und ich sehe Chantal, die einen Blick hineinwirft und dann zurück in den Flur geht.

What the fuck! Ich denk, sie hat heute frei?

Ihre Schritte entfernen sich in Richtung Büroräume oder Getränkelager, das lässt sich unmöglich sagen. Ich krieche hinter meinem Pappversteck hervor, schnappe mir ein Handtuch, schlage es um meine Mitte und tue so, als würde ich zu den Duschen wollen.

Auf dem Flur pralle ich mit diesem Frederik zusammen, der Chantal mit hastigen Schritten den Flur entlang folgt. Er bemerkt unseren Zusammenstoß nicht mal, sondern läuft einfach weiter, biegt um die Ecke am Ende des Ganges. Nicht lange danach höre ich die beiden leise streiten. Ich ziehe meine Schuhe aus und schleiche barfuß hinterher. Kurz vor der Ecke mache ich Halt und horche.

»Fick dich, Fred«, höre ich Chantal zischen.

»Komm schon. Tu nicht so unschuldig, du weißt genau, was ich meine«, antwortet der. Plötzlich legt sich wie aus dem Nichts eine Hand auf meine Schulter. Das Blut in meinen Adern gefriert, und ich wirble herum. Zeitgleich wird mir der Mund zugehalten und ich verliere das Handtuch.

»Ganz ruhig, Michaela«, flüstert Lars nahe an meinem Ohr, lässt mich los und hebt das Handtuch auf.

»Bist du verrückt?«, frage ich ihn, als ich den ersten Schrecken überwunden habe und mich ausgiebig über ihn ärgern kann. Michaela!? Arrgh, ich habe ihm mehrfach gesagt, dass ich so nicht genannt werden möchte. Einfach, weil ich Mieze bin! Sein Mundwinkel zuckt, seine typische Andeutung eines Lächelns.

»Ist das eine Fangfrage?« Ich reiße ihm das Handtuch aus der Hand und möchte ihn gern ein bisschen würgen. »Ich bin diesem Typen gefolgt. Außerdem wollte ich dich warnen, dass Chantal da ist.«

Ich komme mir plötzlich so nackt vor, in meinem Perlen-BH und der knappen Shorts. »Das ist nett von dir«, gebe ich zu. »Trotzdem – mach das das nächste Mal bitte, ohne mir einen Herzinfarkt zu bescheren.« Er tritt von mir zurück und lässt seinen Blick von meinen Augen tiefer wandern, ein Stückchen zu tief. »Hey, wenn du mit mir redest, dann schau bitte hierher«, zische ich leise und deute in mein Gesicht.

»Ich rede ja gar nicht.« Er grinst, wird gleich darauf jedoch wieder ernst.

Das Streiten hinter der Ecke wird lauter, Schritte nähern sich. Lars zieht mich mit sich, zurück zu den Garderoben. Im nächsten Moment finde ich mich mit ihm eingezwängt in meinem Schrank wieder. Gut, dass der so riesig und bis auf den Trenchcoat leer ist. Nur ein schmaler Streifen Licht fällt ins Innere und lässt mich Lars' Gesicht erkennen. Viel zu nah vor meinem, also lehne ich mich zurück und stoße dabei gegen die Bügel, die klappernd aneinander stoßen. Lars legt den Finger an seine Lippen, umfasst meine Mitte und zieht mich zu sich heran, damit ich festen Stand bekomme. Mein rechter Fuß kommt auf irgendetwas Hartem zu stehen und schmerzt an der Ferse.

Gott, ich fühle mich sofort in meine Teenagerzeit zurückversetzt, in der wir beim Flaschendrehen gern Mädchen mit Jungs, zwischen denen was gehen könnte, in Schränke sperrten. Bei so einer Gelegenheit hatte Mark Müller mir seine Hand in die Bluse gesteckt und dafür eine schallende Ohrfeige kassiert. Mitsamt dem Regalboden waren wir aus dem Möbelstück gestürzt und hatten einige Blessuren davongetragen. Unschöne Erinnerung.

Draußen wird es laut.

»Du bist mir ja ein Früchtchen«, erkenne ich Frederiks Stimme. Dann poltert etwas zu Boden. Vielleicht einer der Stühle.

Lars' Blick ruht auf mir und übt hier drinnen im Dämmerlicht einen seltsamen Sog auf mich aus, und ich spüre, wie mein Blut in den Adern rauscht.

»Ich sag dir nur so viel: Go to hell!«, blafft Chantal, darauf folgt ein erstickter Laut, der mich in Aufruhr versetzt. Meine Hand zuckt zur Schranktür, weil ich Angst habe, dass Frederik gerade dabei ist, Chantals zierlichen Hals zuzudrücken, und wir eingreifen müssen. Lars fängt mein Handgelenk jedoch ein, und ich schnappe überrascht nach Luft. Er ist mir so verdammt nah, dass ich seinen Geruch wahrnehme, eine Mischung aus klarem Wintertag, Rauch und Nadelgehölz. Seine Lippen liegen dicht an meinem Ohr, während wir in dieser aufwühlenden Umarmung verharren.

»Still«, raunt er mir zu, und eine Gänsehaut bahnt sich meinen Rücken hinab. Erst jetzt erkenne ich das erstickte Geräusch vor dem Schrank als ein Lachen. Frederik scheint sich über irgendwas köstlich zu amüsieren.

»Ich weiß, wo ich dich finde, Süße«, droht er erheitert. Durch den schmalen Spalt in der Tür erkenne ich, dass er das Mädchen in die Ecke drängt und zwischen Schminktisch und Kleiderständer festsetzt.

»Du machst mir keine Angst, du fucking Freak«, knurrt sie angriffslustig. So viel zum alten Thema Eier haben. Er legt seine Hand an ihre Wange, es sieht beinahe wie eine zärtliche Geste aus, doch sie stößt ihn mit voller Kraft von sich. Er taumelt ein paar Schritte rückwärts und stößt gegen einen Stuhl. »Hau einfach ab und lass mich in Frieden.« Chantal taucht unter seinem Arm hindurch und aus meinem Sichtfeld.

»Oder was?«

»Das willst du nicht wissen.« Ich höre einen Stuhl rücken und vermute, dass sich Chantal an den Schminktisch gesetzt hat. Ein Schatten verschluckt das spärliche Licht im Schrank. Lars atmet hörbar ein. Ich spüre seine Hand an meiner nackten Haut, wie er mich festhält, damit ich nicht umkippe. Ich muss an Fabian denken, und plötzlich macht mir meine Reaktion auf Lars' körperliche Präsenz Angst, sodass ich ein Stückchen von ihm abrücke. Mit dem

Kopf stoße ich an einen Bügel, der bedrohlich hin und her schwingt. Verdammt!

»Wir sehen uns bald wieder, Puppe«, höre ich Frederik sagen, und mir fällt ein, dass er mich vorhin ganz genauso genannt hat. Warum glauben Männer eigentlich, dass sie uns Frauen mit irgendwelchen schwachsinnigen Begriffen betiteln dürfen? Geht's noch? Wir sagen ja auch nicht dauernd »Ameise« oder »Regenwurm« zu ihnen! Ich schwöre, wenn mich das nächste Mal jemand »Puppe« nennt, antworte ich mit: »Halt den Rand, Lego-Männchen!« Ich spüre das plötzliche Verlangen, aus dem Schrank zu stürzen und Frederik meine High Heels in den Hals zu rammen. Aber die liegen ja noch im Flur. Mist.

»Nicht, wenn ich dich zuerst sehe«, sagt Chantal, und ich höre das Kratzen von Holz, weil sie vermutlich gerade die Schublade ihres Schminktisches öffnet. Frederik lacht noch einmal kurz auf, dann entfernen sich seine Schritte und die Tür klappt. Chantal atmet hörbar auf. Dann flucht sie zwischen zusammengepressten Zähnen und steht auf. Wieder huscht ein Schatten an uns vorbei. Im nächsten Moment bewegt sich unser Schrank, ich rechne damit, dass sich die Türen öffnen, und kneife die Augen zusammen, wie Lou, wenn sie Verstecken spielt. Sie ist immer noch der Meinung, unsichtbar zu sein, wenn sie das tut.

Wenige Sekunden später höre ich Papier, das durchgerissen wird. Dann verschwindet Chantal aus der Garderobe und wirft die Tür hinter sich ins Schloss. Ich entspanne mich etwas, und als Lars die Schranktür aufstößt, fange ich einen intensiven Blick von ihm auf.

»Was?«, frage ich unsicher.

»Alles gut«, antwortet er, während er aus dem Schrank steigt. »Gar nicht so leicht, nicht wahr, Miss Marple?«

Ich kichere albern. Die Anspannung muss ja schließlich irgend-wo hin. »Spionage liegt mir im Blut«, erkläre ich. »Immerhin weiß ich, was die liebe Chantal gerade vernichtet hat.«

»Ist das so?« Die Skepsis, die in seinem Tonfall liegt, belei-digt mich. Er streckt mir die Hand hin, um mir ebenfalls aus dem Schrank zu helfen, doch ich ignoriere sie.

»Ja«, schnappe ich, »denn ich weiß genau, wann jemand eine Din-A4-Seite zerreißt oder ein Din-A5-Blatt. Es gibt Unterschiede im Klang, und meine Tochter Lou zerreißt ständig etwas Selbstge-maltes – oder auch mal eine Telefonrechnung oder sonst etwas. Und in diesem Fall war es eine Din-A4-Liste mit Zahlen, die Chantal gerade vernichtet hat.« Lars' Pupillen weiten sich für einen Augen-blick, ansonsten ist sein Blick die kontrollierte Maske, die ich kenne und die mir allmählich echt auf die Nerven geht. Gut, dann hab ich noch was für dich. »Ich hab sie unter ihren Klamotten gefunden und selbstverständlich fotografiert.«

»Gut.«

Gut? Gut?! Der spinnt wohl!

»Ich finde es fabelhaft«, sage ich und überlege kurz, ob ich Lars einen der Kleiderbügel über die Rübe ziehen soll. Vielleicht wäre ihm das ja etwas mehr Worte wert. Offenbar bemerkt er meinen bö-sen Blick, denn er hebt beschwichtigend die Hände.

»Die Medaille gibt es später, okay?« Während er theatralisch aufseufzt, stolziere ich an ihm vorbei zu meiner Tasche hinüber und angle mein Handy heraus. Ein verpasster Anruf von Fabian, der mir gestern wiederholt gesagt hat, wenn mir mein Job jemals zu viel werden sollte, könne ich ihn jederzeit an den Nagel hängen. Er sei trotzdem stolz auf mich. Im ersten Moment war ich mir nicht sicher, ob ich sauer sein oder mich über seine Fürsorge freuen sollte. Kann er nicht einfach mal an mich glauben?

Ich öffne die Galerie und halte Lars das Foto der Liste unter die Nase.

»Was soll das sein?«

»Das weiß ich noch nicht«, gebe ich zu. »Aber ich werde es herausfinden.«

»Sicher wirst du das«, murmelt er, während er sich abwendet und ziellos im Raum herumschaut, als suche er nach etwas.

»Schon mal überlegt, 'ne Karriere als Motivationstrainer zu starten?«, frage ich.

»Wir reden später.« Sicher doch. »Erst muss ich zusehen, wie ich hier ungesehen rauskomme.« Vorsichtig öffnet Lars die Tür, wirft einen Blick in den Flur ... und geht dann einfach.

»Schon mal was von ›tschüs‹ gehört?«, murre ich ihm hinterher und lasse mich auf dem Stuhl vor dem Schminktisch fallen. Einzelne Strähnen stehen mir zu Berge und überhaupt erstreckt sich mein Bad-Hair-Day gerade über mein ganzes Gesicht. Meine Wimperntusche hat tiefe Schatten unter meine Augen gezeichnet, und mein Lippenstift ist verwischt. Memo an mich: Unbedingt schweißfeste Schminke kaufen!

Am Abend rasiere ich mir gerade die Beine, während Lou in der Badewanne planscht (glücklicherweise ohne Meersau Rosi), da steckt Fabian seinen Kopf ins Zimmer.

»Scha-atz?«, fragt er gedehnt.

»Ja?«

»Hast du vielleicht meine Hemden gebügelt?«

»Nee«, fällt mir in diesem Moment auch ein.

»Würdest du das noch für mich machen? Ich komme heute nicht mehr dazu.«

Ich rutsche mit der Klinge ab und säble mir fast ins Knie. Scheiße, wie sähe das denn aus unter meinen Hotpants? »Später, mein Schatz«, antworte ich und schaue zu Lou, die gerade Wasser aus einem Zahnputzbecher über den Rand der Badewanne laufen lässt und den Boden flutet. Fabian macht sich schleunigst aus dem Staub – ist ja klar.

»Lou, lass das bitte«, sage ich in ihre Richtung. Sie stellt sich hin, setzt sich eine Schaumkrone auf den Kopf und erwidert: »Es macht aber Spaß, Mama.«

Das nennt man wohl Totschlagargument, denn was soll man darauf noch sagen? »Kind, du darfst keinen Spaß haben«?

»Hör mal«, probiere ich, ohne große Hoffnung, eine andere Strategie. »Der Boden wird doch ganz nass und dann muss Mami das wieder saubermachen.«

»Is kann auch saubermachen«, meint sie ganz selbstverständlich.

»Mieze, was wollen wir denn heute eigentlich zu Abend essen? Soll ich was bestellen?«, ruft mein Mann von irgendwo, während ich ein Handtuch aus dem Schrank krame.

Ja, was eigentlich? Aus Mangel an Zeit – den meisten ist sie lieb und teuer, mir rennt sie gern davon – habe ich es nicht mehr geschafft, einkaufen zu gehen. Das wollte ich morgen Nachmittag nach dem Mutti-Stammtisch erledigen.

»Äh ... Da Claudio«, brülle ich zurück. »Die sieben für mich, und Lou kriegt eine Kinderpizza mit Schinken. Komm raus, mein Schatz. Du bist ja schon ganz schrumpelig.« Lou streckt mir ihre Arme entgegen und lässt sich brav aus der Wanne heben.

»Sinken-Pizza, Sinken-Pizza«, jubelt sie, und kurz überlege ich, wie ich sie davon abhalten kann, morgen im Kindergarten von diesem großartigen und ausgewogenen Vollwertmenü zu erzählen, um mir die entsprechenden Moralvorträge zu ersparen. Wirklich mal, warum sind wir Mütter nur so anstrengend miteinander? Warum müssen wir uns eigentlich immer gegenseitig ein schlechtes Gewissen einreden, anstatt einfach zusammen eine Pizza zu bestellen? Ihr wollt es doch auch!

Ich beschließe, dass mir Dinkelkeks-Doros Meinung zu diesem Thema ab sofort herzlich egal und dass sie vermutlich nur neidisch ist, weil sie jede Lebensfreude in Vorbildhaftigkeit ertränkt. Ich habe heute hart gearbeitet, verdammt, und werde mich, meinen Mann und, ja, meine dreijährige Tochter heute mit einer fetttriefenden Kalorienexplosion belohnen. So!

Ich öffne den Badewannenstöpsel, und das Wasser läuft solange ab, bis ein winziges Püppchen aus Gummi im Abfluss verschwindet und ihn verstopft.

»Schei…benkleister«, hauche ich, als ich das Malheur entdecke, und angle sofort danach. Doch es steckt fest, egal wie sehr ich daran ziehe. Lou nutzt die Gelegenheit, um nackig durch die Wohnung zu flitzen und dabei laut zu fiepen, wie Rosi es tut, wenn sie Futter wittert. Die kleine Meerschweinchen-Dame hat nämlich ein enorm lautes Organ, wenn es um die Vorfreude der Nahrungsaufnahme geht.

»Was machst du denn jetzt wieder?«, höre ich Fabian sagen und spüre einen Knoten in meinem Bauch. Oder Bienen, die kurz davor sind, zu stechen. »Wolltest du nicht bügeln?«

»Wonach sieht es denn aus, Lars?«, motze ich und zerre weiter an der Minipuppe. Erfolgreich, denn jetzt reißt der Kopf ab und wird eingesaugt. Wenigstens läuft das Wasser wieder ab.

Fabian taucht in meinem Sichtfeld auf. »Wer ist Lars?« Sein Tonfall klingt ernst.

»Was?«

»Du hast mich gerade Lars genannt.«

»Hab ich nicht.«

»Hast du.« In Fabians Züge schleicht sich dieser genervte Ausdruck, mit dem er mich normalerweise bedenkt, wenn wir irgendwohin wollen und ich schnell noch Mascara und Lipgloss und ein bisschen Abdeckcreme auflegen möchte, den Nagellack auffrischen und den Lidschatten nachziehen. Wie die meisten Männer versteht er einfach nicht, dass gutes Aussehen auch eine Frage der Zeit ist – oder wie ich immer sage: Wer gut schminkt, braucht weniger Schlaf.

»Er ist nur ein Kollege. Nichts weiter«, winke ich ab und trockne mir die Hände. Fabian steht in Jogginghose und T-Shirt vor mir und verschränkt die Arme. »Mann, jetzt sei doch nicht sauer!« Ich stehe auf und nehme ihn in den Arm, woraufhin er sich versteift und auf mich herab schaut.

»Ich bin nicht sauer«, meint er. Na, deine Körpersprache sagt aber etwas anderes, mein Lieber.

»Schon einmal was vom ›Freud'schen Versprecher‹ gehört?«, frage ich. »Lars ist mein Chef und geht mir gehörig auf die Eierstöcke, weil er mir das Arbeitsleben nicht gerade leicht macht, und du hast mich ganz, ganz kurz auch gerade genervt, da habe ich gesagt, was ich unterbewusst meine. Also, dass Lars mich zurzeit nervt. Verstehst du?«

»Nicht ganz.« Er löst meine Umarmung. »Ich habe dir ja gleich gesagt, dass ein Job zusätzlich zum Muttersein etwas viel werden könnte.«

Die Bienen in meinem Magen stechen zu. »Herrgott, hör doch bitte mal damit auf. Ich bekomme das hin. Und überhaupt: Du kannst deine Hemden auch gern mal selbst bügeln, hast ja zwei gesunde Hände. Oder wir bringen sie einfach in die Reinigung – jetzt, wo du mir kein Haushaltsgeld mehr zahlen musst, können wir es ja dafür ausgeben.« Ich knalle ihm das Handtuch in die Hand. »Und das Bad kannst du auch gleich wischen, dann kümmere ich mich so lange um das Abendessen.« Ich rausche aus dem Bad, um nach dem Pizza-Flyer zu suchen.

»Super, kein Problem«, ruft Fabian mir hinterher.

»Super«, knurre ich. Was für ein gelungener Start in den Feierabend.

6

Igitt, wie geil!

Der Morgennebel hängt noch in weiten Teilen der Wiesen fest und durchnässt meine Sneakers, während ich mich auf den Weg zum Teich befinde, an dem Paps zu früher Stunde zu angeln pflegt und so der allmorgendlichen guten Laune meiner Mama aus dem Weg geht. Sie ist der Sonnenschein persönlich, das genaue Gegenteil von Paps, der vor dem ersten Kaffee nicht ansprechbar ist. Vorsorglich habe ich frisch aufgebrühten dabei, nur für den Fall, dass er noch nicht genügend Koffein gehabt hat. Ich erreiche das Schilf, das sich sacht in einer lauen Brise wiegt und sein raschelndes Lied in die Welt schickt. Eigentlich herrlich, so ein Spaziergang in der Natur. Ich sollte mal wieder mit Lou hierherkommen, überlege ich und sehe sie schon umhertollen.

Der Steg kommt in Sicht, und ich erkenne die Silhouette meines Papas in seinem Angelstuhl, wie er leicht zur Seite geneigt auf den Teich guckt. Er dreht sich nicht zu mir um, als ich näherkomme, doch ich weiß, dass er mich längst bemerkt hat.

»Hey, Paps«, flüstere ich, um die Fische nicht zu verschrecken, und stelle den Picknickkorb sacht neben ihm ab. Neben der Thermoskanne habe ich frische Brötchen und Croissants eingepackt.

»Bist du aus dem Bett gefallen?«

Ich lächle, während ich mich auf einem breiten Stein neben Paps niederlasse und das Kissen entgegennehme, das er mir reicht, ohne mich anzusehen. Eine Weile blicke ich auf das ruhige Wasser, weit entfernt schwimmt ein Entenpärchen und verschwindet hinter Seerosen.

»Fabian bringt Lou heute in den Kindergarten, und ich hab etwas Zeit«, sage ich. Es war Fabians Idee gewesen, die er mir verkündete, nachdem ich ihm eine Weile beim Bügeln zugesehen hatte und mich schließlich erbarmen wollte, ihm zu helfen, weil er mit den Ärmeln nicht zurechtkam.

»Ich kann das allein«, sagte er, klang dabei wie Lou und schob meine Hand energisch zur Seite. »Und ich kann morgen Früh Lou auf dem Weg ins Büro mitnehmen, dann bleibt dir Zeit, bis du ins Revier musst.« Es hätte zärtlich klingen können, was es nicht tat.

»Du hast etwas auf dem Herzen«, vermutet Paps. Das Silber seiner Schläfen durchzieht sein ganzes Haar und verleiht ihm etwas Weises, das mich in diesem Moment dazu verleitet, mit ihm zu reden wie mit einem Orakel.

»Wie sieht meine Zukunft aus?«, will ich wissen. »Mama war immer glücklich, auch wenn sie nur Hausfrau und Mutter war – das hat ihr immer gereicht. Was ist der richtige Weg, um zufrieden zu sein, und wie weit muss man die Bedürfnisse anderer dabei hinter seine eigenen stellen?«

Paps holt die Schnur seiner Angel ein, lässt sie einmal durch die Luft sausen und dann wieder fliegen. Sein Blick liegt stur auf dem Wasser, während der Köder mit einem Plopp untergeht.

»Du bist nicht wie deine Mutter, Mieze«, antwortet er knapp und seufzt anschließend leise.

»Ja, und das heißt?«

»Das bedeutet, du hast andere Bedürfnisse.«

Ich lege meinen Kopf an seine Schulter und sinniere über den praktischen Nutzen von Antworten aus Orakel- und Hellsehermündern.

»Ist es in Ordnung, dass ich mehr will?«, frage ich leise.

»Natürlich, Schatz.«

»Aber du bist sauer, dass ich den Job nicht abgesagt habe.«

»Ich bin nicht sauer, ich bin besorgt.« Zum ersten Mal an diesem Morgen sieht Paps mich an, und ich spüre die Wärme, die in seinem Blick liegt. »Das ist ein Unterschied.« Er wendet sich ab und zieht an seiner Angel. »Wie läuft es denn an der Front?«

»Ich lebe noch«, scherze ich, und er lacht. Wie gut es tut, dass mich endlich mal jemand mag, wie ich bin. Mir wird bewusst, dass mein Leben in letzter Zeit geradezu vollgestopft ist mit Leuten, die mich offenbar nur respektieren, wenn ich jemand anders bin: Die anderen Mütter nehmen mich nur ernst, wenn ich mein Kind nach ihren Vorstellungen erziehe, Lars Baum kann mich nur dann leiden, wenn ich nicht da bin, Chantal behandelt mich erst auf Augenhöhe, wenn es mir gelingt, meinen Hintern höher zu kriegen als meinen Kopf, mein neustes Publikum bemisst mich nach meinen Möppis, und mein Mann ... ja, was ist eigentlich mit Fabian? Findet er mich wirklich nur liebenswert, wenn ich unser Kind großziehe und die Höhle sauber halte (Gott, jetzt fange ich auch schon mit diesem Neandertalerscheiß an!)?

Um mich abzulenken, ziehe ich den Korb mit Kanne und Bechern zu mir heran. »Käffchen?«

»Erzähl mir alles«, fordert Paps, während ich ihm einschenke.

Bald schon schwängert der wohlduftende Kaffeegeruch die Luft um uns herum, und ich reiße ein Croissant entzwei.

»Ist das nicht illegal, wenn ich Insiderwissen weitergebe?«

Paps hebt seine dichten Augenbrauen. »Allemol, aber ich bin ja quasi ein Kollege«, brummt er. »Außerdem will ich wenigstens im Bilde sein, wenn du schon deinen Dickkopf durchsetzen und Agatha Christie spielen musst. Ich hab schon damals geahnt, dass ich dir nicht so viele Bücher hätte kaufen dürfen.« Er trinkt einen großen Schluck und nimmt das halbe Croissant entgegen, das ich ihm hinhalte. »Weißt du, Mieze, als du deine Abenteuerromanphase hattest, befürchtete ich, dass du irgendwann mit einem Jules-Verne-Verschnitt auf Weltreise gehen würdest und wir dich nur noch zu Weihnachten sehen«, erinnert er sich, und ich stoße meine Kaffeebecher sacht an seinen.

»Ich bin hier und nicht siebentausend Meilen unter dem Meer. Und auch nicht am Mittelpunkt der Erde«, erkläre ich feierlich, und er lächelt.

»Also, rück raus mit der Sprach'.«

Ich berichte ihm, was ich bis jetzt erlebt und erfahren habe, natürlich in der unspektakulären Version, in der alles ganz easy ist, ich mich nicht in Schränken verstecken muss und die Paps ruhig auf seinem Stuhl verharren lässt. Schließlich komme ich zu dem Punkt meiner Liste, der mich echt nervt.

»Das einzige, was sich zurzeit schwierig gestaltet, ist die Nahidioterfahrung mit Hauptkommissar Lars Baum. Der ist 'ne totale Kratzbürste«, petze ich und halte die Luft an. Paps' Miene bleibt ungerührt.

»Ich habe von ihm gehört«, meint er nur. »Ein feiner Kerl, wie man sagt. Und sehr fähig.«

»Er hasst mich.«

»Niemand hasst dich, Mieze.«

»Er hat aber ein Problem mit mir.«

»Kann ich mir nicht vorstellen.« Paps schaut mich prüfend an. »Weißt du, vor einigen Jahren hätte Hauptkommissar Baum bei einem Einsatz beinahe seine Kollegin verloren. Eine dramatische Entführungssache, bei der es zu einem Schusswechsel kam.«

Ich verbrenne mich mit dem heißen Kaffee und spüre, wie er mir bitter im Hals hinabrinnt. Autsch.

»Das ist ja schrecklich. Ist sie denn okay, die Kollegin?«

Papa räuspert sich. »Sie ist aus dem Dienst ausgeschieden, hatte schwere Verletzungen.«

»Oh.«

»Nun ja. Sowas kommt Gott sei Dank sehr selten vor, auch wenn Film und Fernsehen uns was anderes weismachen. Trotzdem ist es nicht zu leugnen: Der Job ist gefährlich.«

Über uns schimpft eine Amsel und erhebt sich in die kühle Luft. Die Sonne bricht durch die Wolken und schickt ihr goldenes Licht über die Wiesen. Alles ist so friedvoll. Warum kann es nicht immer so sein?

Später fahre ich mit meinem Mini zur Tabledancebar, um einen Karton mit Kleidung abzuholen, den Anita Herbig für mich zusammengestellt hat. Sie wartet schon mit einer Prise Ungeduld in der Garderobe auf mich und wirkt nervös, als sie mir die Sachen überreicht.

»Du bist ganz schön spät dran.«

»War viel los auf den Straßen«, entschuldige ich mich. Heute bändigt der pinke Kopfhörer eines MP3-Players ihre Mähne, der nur halb auf ihren Ohren sitzt und ein Lied von Costa Cordalis in die Welt entlässt. Ich stelle den Karton auf dem Schminktisch ab und öffne ihn.

»Danke, Anita, das ist ja großartig«, stoße ich hervor, als ich sehe, dass er randvoll gefüllt ist – und vor allem mit *was*. Wie soll ich so viele Dessous bloß vor Fabian verstecken? Am besten, ich lasse sie einfach hier, passt ja so manches rein in meinen Schrank …

»Herzchen, ich wusste doch, dass ich noch etwas Hübsches für dich habe.« Anita hakt sich schwesterlich bei mir ein, während ich mir die dezent merkwürdig riechende Wäsche genauer ansehe. Augenblicklich entdecke ich etwas, das mein Herz höherschlagen lässt.

»Oh, wie schön ist das denn?« Ich ziehe den Hauch eines Höschens hervor, heiß, aber geschmackvoll und mit Swarovski-Kristallen besetzt. Ich liebe alles, was glitzert! Von der Sorte gibt es noch mehr, alle in unterschiedlichen Stilen, irgendwie zeitlos. Dazu finden sich verschiedene Straps-Kombinationen, Glitzerkorsagen, Minis, Ultraminis und Ultraultraminis. »Die sind wirklich klasse«, hauche ich entzückt und sehe, wie die alte Dame vor Freude strahlt. Dann wendet sie sich abrupt ab, als befürchte sie einen zu emotionalen Moment, und tänzelt zu *Himmel auf Erden* durch den Raum. Als kleines Mädchen bin ich auch gern dazu abgegangen.

»Es sind meine Schätze«, verkündet Anita. »Und du darfst sie mitnehmen und dir aussuchen, was dir gefällt.« Sie hinkt drei Schritte vorwärts und wieder zurück und schwingt ihre Hüfte von einer zur anderen Seite.

»Ich weiß nicht, was ich sagen soll …«

»Ein Danke reicht, Herzchen.«

»Danke!«, beeile ich mich und umarme sie, als sie vor mir wieder zum Stehen kommt. Sie drückt mich fest an ihre Brust und lässt mich genauso schnell wieder los. Ich taumle.

»Aber mach mir deinen Mann bloß nicht verrückt damit. Nicht, dass der dich nicht mehr teilen will«, sagt sie plötzlich und hebt mahnend ihren manikürten Zeigefinger. Sie hat sagenhaft schöne Hände mit silbernen Nägeln, und ich wünsche mir spontan, dass meine im Alter nur halb so hübsch sein werden.

»Er teilt mich ja gar nicht«, erinnere ich die ehemalige Puff-Mutti. »Ich tanze doch nur ein bisschen.«

Sie lächelt wissend. »Für andere Männer, mein Herz. Für andere Männer.«

Gott, wie recht sie hat. Mein Lächeln verrutscht, und meine Hochstimmung startet eine Talfahrt, weil ich die weltschlechteste Ehefrau aller Zeiten bin.

Um Chantal nicht auf die Barrikaden zu treiben, hat mir Alex heute freigegeben und der 18-Jährigen die Bühne überlassen. Sie kommt gerade aus dem Bad, als ich deprimiert das Moulin Rouge verlassen will, und kurz verschlägt es mir die Sprache angesichts des Nichts, das sie trägt. Silberschnüre, wohin man blickt, kompliziert um die Beine geschlungen, sich kreuzend durch den Intimbereich und über das flache Etwas, das Chantals Bauch darstellt, und schließlich noch mal kunstvoll verschlungen unter und über ihren Möppis entlang. Wahnsinn – falls Alex mich zu so einem Outfit nötigt, werde ich mich mit Sicherheit schon beim Anlegen strangulieren!

Als Chantal mich erblickt, bedenkt sie mich zunächst mit einem wütenden Blick, und ich hebe den Karton in die Höhe.

»Hab nur Sachen abgeholt, geh gleich wieder«, sage ich schnell und die Nahkampfwaffe aus Chantals Augen verschwindet und weicht einem Lächeln.

»Hi.«

Ich verabschiede mich sogleich und merke erst im Auto, dass ich noch immer den Karton unterm Arm halte. Allerdings bin ich jetzt schon zu spät dran, also was soll's, einen Tag lang kann das Ding ja in meinem Auto stehen. Und ab ins Revier.

Auch dort gibt's heute nicht viel zu tun für mich. Ein wenig Schreibkram, mehrere Runden Kaffee für die Abteilung und eine Pflegeeinlage für die Pflanzen. Lars begegnet mir nicht unhöflich, redet jedoch nur das Nötigste mit mir, und ich ärgere mich darüber, dass ich mich frage, was ich eigentlich falsch gemacht habe.

»Nichts hast du falsch gemacht, Mieze«, sage ich zu mir selbst, als ich auf dem Damenklo vor dem Spiegel stehe und mein Make-up auffrische. »Der Typ ist einfach komplett verkorkst.« Paps' Geschichte von Lars' Kollegin fällt mir wieder ein, doch, mal ehrlich, was kann ich dafür? Muss er mich wie eine Trutsche behandeln, nur weil seine Kollegin den Job gekündigt hat?

Bis zum Feierabend versuche ich, Kollege Baum weitestgehend zu ignorieren, scherze mit Kommissar Legert und kann einer Mohnschnecke im Büro von Herrn Helmke nicht entgehen. Kurz nach halb vier werfe ich mich ins Auto, hole Lou vom Kindergarten ab und verbringe den Rest des Tages damit, ihr dabei zuzusehen, wie sie aus Bauklötzen einen Spielplatz für Rosi baut, für den sich die Meersau nur mäßig begeistert.

Pünktlich um halb acht sage ich beiden »Gute Nacht«, denn Fabian hat heute Ausgang und spielt mit ein paar Kumpels Tennis und ich … tadaa … gebe eine Tupperparty. Oder besser: Charlotte gibt eine in unserer Wohnung, weil es bei ihr etwas zu klein ist. Und da ihre Schwester gerade als Tupperwarenverkäuferin angefangen hat und zum Start dringend ein paar Ladys braucht, um auf ihren persönlichen grünen Zweig zu kommen, habe ich mich dazu überreden lassen. Überhaupt, ich habe ja schon lange den Verdacht, dass Tupperware versucht, die Weltherrschaft an sich zu reißen, indem sie sich unverzichtbar macht mit all ihren nützlichen Küchenhelfern, die Frau unbedingt braucht. Zum Beispiel der Quick Chef, mit dem man super Zwiebeln zerkleinern kann – ja, auch ich habe den. Oder der super Backpinsel, bei dem ich gleich mal das Gefühl habe, backen zu können, nur weil er so professionell aussieht. Tupperware, ein Meister der Manipulation, denn ich kaufe jedes Mal mehr, als ich brauche – und suche dann ewig die passenden Deckel dazu. Ich glaube ja, das ist kalkuliert, damit wir Frauen keine Zeit haben, uns um wichtige Dinge zu kümmern, oder auf die Idee kommen, in die Politik zu gehen oder so was. Denn solange wir verschwundene Tupperdosendeckel oder einzelne Socken suchen, sind wir hinreichend beschäftigt.

Charlotte nimmt sich einen von den Käsecrackern, die ich auf den Tisch gestellt habe, und gießt etwas Wein für alle in unsere besten Gläser. Alles vom Feinsten heute. Ich schaue erwartungsfroh in die Runde: Jasmin schläft mit offenen Augen (»Boa, der Luis wächst gerade, und das ist immer so anstrengend, der ist dann jedes Mal total von der Rolle – ich beneide dich echt, Mieze, du kannst dich ja wenigstens im Büro ausruhen.« Jep. Und erst der Entspannungsfaktor beim Tabledance ...). Die fünf anderen Ladys aus der Nachbarschaft, die ich nur flüchtig kenne, unterhalten sich angeregt, während die Tuppermeisterin, die sich heutzutage PartyManagerin nennt, wie sie uns erklärt, ihren Korb auspackt.

»So, meine lieben Damen, ich freue mich, dass ihr so zahlreich hier bei der lieben Mieze zusammengekommen seid«, eröffnet die liebe Schwester von Charlotte mit dem klangvollen Namen Konstanze Müller das Verkaufsgespräch – äh, Entschuldigung, die Party natürlich. »Es gibt viele neue Wunder zu bestaunen und einige neue Rezepte, die ich mit euch teilen werde.«

Yay! Ich bin ja sowas von gespannt! Und unterdrücke ein Gähnen, weil ich völlig müde bin. Hab mich wohl einfach nicht genug ausgeruht im Büro ...

»Wer von euch kennt denn noch das Rucki-zucki-super-duper-Mehl-und-Puderzucker-Wunder?«, will unsere PartyManagerin jetzt wissen und zaubert ein rosafarbenes Gerät auf den Tisch, das mir allein von der Farbe her schon so sehr gefällt, dass ich es kaufen würde. Verdammt!

Zwei der Nachbar-Muttis melden sich wie in der Schule, und ich nehme die Weinflasche an mich. Eine ganze Weile blende ich die

Vorträge übers Backen aus und denke an Lars Baum. Heute Abend bin ich milder gestimmt, was ihn betrifft, denn es muss schon heftig sein, wenn jemand, mit dem man eng zusammengearbeitet hat und den man schätzt, vielleicht sogar gern hat, fast erschossen wird. Vielleicht lässt einen sowas nachdenklich zurück. Und auch ein bisschen brummig.

Jasmin stößt mir in die Rippen, und ich schrecke auf. »Hast du das gehört? Man kann gar nicht mehr jedes Teil von Tupper umtauschen. Das war's dann wohl mit der lebenslangen Garantie, oder was?«, meint sie ärgerlich.

»Tupper war der erste Hersteller von luftdichter Verpackung, müsst ihr wissen, und über die Jahre ...«, beglückt uns Konstanze mit geschichtlichen Fakten.

»Dabei hab ich so viel alten Schrott extra hergeschleppt«, flüstert Jasmin weiter. »Jetzt bin ich wirklich enttäuscht.« Sie schlägt ein Bein über das andere. »Ich persönlich koche ja eh jeden Tag frisch. Wozu braucht man eigentlich diese ganzen Boxen?«

Just in diesem Moment werden welche in verschiedenen Größen herumgereicht und ausprobiert. Runde, eckige, rote, blaue. Das Knacken und Ploppen beim Öffnen und Schließen füllt das ganze Wohnzimmer. Klingt fast nach einem Lied ...

»Also, wenn ich mal Reste habe, nehme ich lieber die altbewährten Weckgläser.« Jasmin leert ihr Rotweinglas, und ihre Stimme wird zunehmend lauter. »Die sind wenigstens ganz sicher ohne Polyethylen.« Sie schenkt sich nach und kommt richtig in Fahrt. »Frau Müller? Was soll denn dieses neue Sortiment vietnamesischer Konservierungstechnologie kosten?«, fragt sie und nippt unschuldig an ihrem Glas.

»Vietnamesisch?« Unsere PartyManagerin ist sichtlich verwirrt.

»Oder wo wird all das hergestellt?« Jasmin wedelt mit ihrer Hand in Richtung unseres großen Wohnzimmertisches, auf dem sich mittlerweile ein beachtliches Repertoire an farbigem Kunststoff findet.

»In Deutschland?«, antwortet Konstanze.

»Der Hauptteil in Brüssel, oder?«, springt Charlotte ihrer Schwester bei.

»Brüssel liegt jetzt aber nicht so unbedingt in Deutschland«, stellt Jasmin fest. Das Knacken, Ploppen und Poppen hat aufgehört. Alle sind still. Aber nicht wegen der irritierenden Diskussion hier im Wohnzimmer, sondern ... weil Lou in der Tür steht, einen Spitzen-BH und Ledershorts mit Federboa trägt und zu allem Überfluss einen Dildo in Originalverpackung in der Hand hält.

Kreisch!

»Schätzchen, ich dachte, du schläfst schön«, stoße ich aus und fühle, wie ich augenblicklich hektische Flecken bekomme.

»Hach, das ist ja herzallerliebst«, trällert Charlotte. Meine Nachbarinnen tuscheln und stecken die Köpfe zusammen, während ich zu meinem Kind eile.

»Wir sollten überlegen, mal eine Dessous-Party zu machen«, schlägt Jasmin vor.

»Oder wir bestellen das nächste Mal gleich die Dildo-Fee«, quiekt Charlotte, die sich gleich vor Lachen in die Hose macht – seit der Geburt von Emil hat sie nämlich ein kleines Problem mit dem Schließmuskel, ha!

»Guck mal wie sick is bin, Mama«, sagt Lou und lehnt sich in den Türrahmen. Wo hat sie das denn her, dieses Posieren?

»Ja, du bist ganz schick.« Und mir ist schlecht. »Aber jetzt musst du ganz schnell ins Bett«, antworte ich und will sie auf den Arm nehmen.

»Is will nis«, protestiert sie und bemerkt zudem, dass wir gerade ihre Süßigkeiten essen. Erwähnte ich, dass ich es nicht in den Supermarkt geschafft habe? Jedenfalls musste ich deshalb die an Weihnachten, Ostern, Kindergeburtstagen und ähnlichen Anlässen gesammelten Schätze plündern, die Lou in einer eigenen Blechdose aufbewahrt. Sie guckt ungläubig an mir vorbei und zeigt auf den Tisch mit den Schlüsselchen voll mit Schokoladenostereiern und Gummibärchentütchen der Weihnachtsedition.

»Mama?!«, sagt sie fassungslos, und ihre Stimme kippt ganz leicht. »Das meine?!«

»Ich kaufe neue, aber jetzt musst du mit mir kommen.« Sie wirft den Dildo nach mir, ich weiche geschickt aus, er federt auf dem Boden ab und landet vor Konstanzes Fuß.

»Lou!«, tadele ich mein Kind und beinahe verstehe ich, was Jasmin gerade leise über antiautoritäre Kindererziehung von sich gibt. Mein Kopf läuft hochrot an, ich schnappe mir meine Tochter in ihrer fragwürdigen Aufmachung und bringe sie – unter Protestgeschrei – ins Bett.

Tausend Zugeständnisse später: Als Ersatz für ihre Süßigkeiten wird Lou eine Packung Maoam Zitrone, eine Tüte Schlümpfe, ein Netz Schokoladeneuros und als absolute Krönung ein rosa Mädchen-Überraschungsei bekommen. Als sie zu guter Letzt, quasi als Nachtisch, eine Obst-Quetschtüte verlangt, bin ich fast stolz auf diese gesunde Wahl.

»So, mein Schatz, und jetzt machen wir ab, dass ich nicht mehr an deine Sachen gehe und du nie, nie wieder an meine, ja?«

Lou nickt müde, das Aushandeln meiner Reparaturzahlungen an sie hat sie sichtlich erschöpft und ohne weitere Widerworte lässt sie sich zudecken und mich aus dem Zimmer gehen.

Als ich zurück ins Wohnzimmer komme, ist die Party zu Ende. Konstanze sammelt Bestellscheine ein, verteilt Gastgeschenke und, weil es so schön ist, auch noch ein paar Rezepte, von denen sie so geschwärmt hat. Einige Frauen sehen mich fragend an, aber keine sagt etwas. Jasmin grinst blöd und spielt mit dem eingepackten Dildo herum.

»Und?«, fragt sie und haut mit der Schachtel auf ihre flache Hand, dass es klatscht.

»Was und?« Ich kann ihr ja schlecht sagen, dass ich das Zeug nur habe, weil ich Undercover ermittle und aus Versehen eine Kiste mit gebrauchter Ausstattung mit nach Hause gebracht habe (by the way: Wozu genau hat Anita mir wohl diesen Kunstpenis eingepackt, der noch dazu mit einer beachtlichen Größe beeindruckt? Und was genau, glaubt sie, werde ich damit tun – auf der Bühne?!). Eine der Nachbarinnen kichert.

»Wir sind eben sehr experimentierfreudig«, höre ich mir selbst zu und denke: Ja, super, Mieze, zieh Fabian gleich mit in den Schlamassel.

»Bei Gelegenheit musst du mir mehr erzählen«, meint die biedere Charlotte und prostet mir zu. »Ich bin jetzt echt neugierig.«

Ich leere mein Glas in einem Zug und schenke mir gleich mal großzügig nach. Immerhin kann ich mich beglückwünschen: Ich habe keine einzige Tupperdose gekauft!

Als die Frauen endlich weg sind, bin ich angeschickert genug, um meine neuen Errungenschaften einfach mal anzuprobieren. Wo sie schon mal im Haus sind …

Als kurz darauf Fabian nach Hause kommt, staunt er nicht schlecht. Seine Augen weiten sich, und er bleibt stumm mitten im Schlafzimmer stehen. Lasziv tänzle ich auf ihn zu, lege meine Hand auf seine Schulter und navigiere ihn rückwärts zur Chaiselongue, die vor dem Bett steht. Ich mag es, wenn du sprachlos bist, Süßer!

Er setzt sich und lässt seinen Blick mit einer aufregenden Ruhe über meinen Körper wandern, über die rote Spitze, die mehr zeigt, als sie verhüllt – und die ich niemals im Moulin Rouge tragen werde.

Ich schließe die Tür ab und lasse den Schlüssel im BH verschwinden. Fabian lächelt leise, während ich mich auf seinen Schoß setze und von oben nach unten sein Hemd aufknöpfe.

Was soll ich sagen? Wir können es noch. Uns gegenseitig überraschen und in einen rauschartigen Zustand verfallen. Und das trotz dramatischer Unterbrechung, als Lou weinend vor der verschlossenen Tür steht (»Mamaaaa, Aaaaalptraum!«) und ich den Schlüssel, der zwischen die Matratzen gefallen ist, nicht finden kann.

Am nächsten Morgen ist Charlottes Tupperparty das Gesprächsthema Nummer eins unter den Müttern im Kindergarten. Sie glauben, ich merke nicht, dass sie dabei auch über mich reden, aber ich habe gute Ohren. So gute, dass ich mitbekomme, wie eine Mutter behauptet, bei uns ginge im Schlafzimmer so richtig die Post ab und Fabian hätte ungewöhnliche Neigungen. Ich verkneife mir ein Kichern, als ich Lou in diesem Brutkasten für Gerüchte abgebe und mich auf den Weg in den nächsten Baumarkt mache. Fabian, mein Hengst von einem Mann, hat unserer Tochter nämlich versprochen, ein Schloss für Rosi zu bauen, in dem sie wohnen kann. Weil unsere Meerschweinchen-Dame eine verzauberte Prinzessin ist, der natürlich keine einfache Hütte reicht. Ich bin mehr als gespannt, denn wenn Fabian eines nicht kann, dann ist es etwas bauen. Er hat zwei noch linkere Hände als ich, was so etwas angeht.

Im Markt angekommen irre ich ziellos durch die Gänge und verfluche den Baumaterialien-Nerd, der sich die Systematik der

Abteilungen ausgedacht hat – falls es so etwas in diesem Markt überhaupt gibt. Ich frage mehrere Angestellte und werde in drei verschiedene Richtungen geschickt – ich wette, das machen die mit Absicht, um sich irgendwelche Klischees zu bestätigen, von Frauen im Baumarkt und so.

Bis ich im Revier sein muss, bleibt nicht mehr viel Zeit, und zunehmend hektisch renne ich zwischen Holzleisten und dazu passendem Pflegeöl hindurch. Als ich aus dem Gang stolperte, pralle ich fast mit einem Mann mit Hipsterbart zusammen, der gerade einen Haufen Müllsäcke aus dem Regal gezogen hat und noch beim Einladen in seinen Wagen losgeht, ohne aufzuschauen. Gerade will ich ihn fragen, ob's die eingebaute Vorfahrt jetzt auch für Einkaufswagen gibt, als ich den Typen erkenne. Es ist der Versicherungsvertreter aus dem Moulin Rouge, dieser Frederik!

Schnell ziehe ich mein Cap tiefer ins Gesicht und mache, dass ich wegkomme – auf keinen Fall will ich, dass der mich hier entdeckt und wiedererkennt. Es reicht schon, dass ich in der Bar mit ihm reden muss. Ich rette mich in den nächstbesten Seitengang – und finde endlich passendes Holz und auch den richtigen Leim, den Fabian mir aufgeschrieben hat. Nun aber flott zur Kasse, die muss irgendwo rechts von mir sein.

Vor einem Regal mit Kabelbindern laufe ich ein zweites Mal fast in Frederik hinein, weil er dieses Mal urplötzlich einen Schritt rückwärts tut, um die Beschriftung auf einem höher gelegenen Regalbrett zu lesen. Unauffällig drücke ich mich an ihm vorbei und erhasche einen Blick in seinen Einkaufswagen. Ziemlich seltsamer Einkaufszettel, den er da abarbeitet: Müllsäcke, Bleiche, Klebeband und nun noch Kabelbinder? Echt jetzt?

Kurzerhand folge ich ihm zur Kasse und verstecke mich hinter einem Opa mit Krückstock, während Frederik zahlt und mit der

Kassiererin flirtet. Als er fertig ist, lasse ich meinen Einkaufswagen stehen und hänge mich weiterhin an seine Fersen. Keine Ahnung wieso, aber ich habe die fixe Idee, dass er schuldig ist und Irina Kaminski in seinem Keller gefangen hält. Ob es daran liegt, dass ich ihn einfach nicht mag, weil er Frauen »Puppe« nennt, oder meine Intuition es mir einflüstert, weiß ich nicht. Jedenfalls verspüre ich den unbändigen Drang, ihm hinterherzufahren, als er seine Einkäufe in einem hässlichen Range Rover verstaut und vom Parkplatz braust. Ich werfe mich in meinen Mini und kurve ihm nach.

Erst geht alles glatt, aber dann hängt er mich beinahe an einer Ampel ab, sodass mir nichts anderes übrig bleibt, als über Rot zu fahren. Wenn Paps das wüsste! Und wenn Lou wüsste, dass ich die Baustoffe für Rosis Schloss einfach zurückgelassen habe ...

Ich beschleunige, biege auf die Schnellstraße und befinde mich plötzlich neben Frederiks Wagen. Ich schüttle mein Haar auf, bis es mein Gesicht halb verdeckt, und schaue stur geradeaus. Hinter mir fährt mir jemand fast auf die Stoßstange, während ich mich unauffällig wieder zurückfallen lasse. Gerade noch rechtzeitig merke ich, dass Frederik die nächste Abfahrt wählt. Jemand hupt. Ich hätte auch Kamikazeflieger werden können.

Schweiß ruiniert mir die Tagescreme, als ich Frederiks Zielort erreiche, ein Stadthaus mit parkähnlichem Garten und hüfthohem Stahlzaun. Daran angelehnt steht eine zierliche Person, die ich sofort erkenne.

»Heiliger Bimbam«, stoße ich aus. Was will Chantal denn hier? Ich halte in der nächsten Einliegerstraße und pirsche mich an das Grundstück heran. Frederik hält mit laufendem Motor in der Einfahrt, hat das Fenster der Fahrerseite heruntergelassen und spricht mit dem Mädchen, das ausnahmsweise in legeren Klamotten unterwegs ist. Todesmutig schlage ich mich durchs Gehölz, eine piksige Hecke, die mir die Arme zerkratzt, schwinge mich über den Gartenzaun und schleiche mich in der Deckung von Glanzmispeln so nahe heran, wie es geht. Nur kurz denke ich daran, dass ich gerade Hausfriedensbruch begehe. Darf man doch bestimmt, so als verdeckte Ermittlerin, oder?

»Mach keine Szene, Mädchen«, höre ich Frederik säuerlich sagen. »Du hast hier rein gar nichts zu suchen.«

Ah, sie also auch nicht?

»Dann halte dich gefälligst von meinen Angelegenheiten fern«, sagt sie mit einer Mischung aus Verzweiflung und Wut. Er fährt ein Stück an, Chantal weicht erschrocken zurück und greift dann nach dem Seitenspiegel des Range Rovers, als könne sie den großen Wagen dadurch stoppen.

»Hör mir mal zu, Puppe, ich hab dich in der Hand, akzeptiere es einfach und mach, was ich dir sage, dann passiert dir auch nichts.«

»Du bist so ein Mistkerl«, stellt sie fest und streicht sich hektisch die Haare, die der Wind in ihr Gesicht weht, nach hinten. Er lacht heiser und fährt noch einmal an. Das Spiel von eben wiederholt sich, bis sich ratternd das Tor zum Hof öffnet.

»Sollte das eine Beleidigung werden?«, fragt Frederik plötzlich ernst. Jeglicher Spott ist aus seiner Stimme verschwunden, sie ist nur noch eisig. »Versuch es ruhig noch mal.«

Ein aufgeregtes Beben läuft durch Chantals zarten Körper, und in einer verzweifelten Geste hebt sie ihre Hände. Das Dunkelrot ihrer Nägel leuchtet bis zu mir herüber, und kurz bewundere ich die Intensität der Farbe. Vielleicht kann ich ja mal unauffällig nach der Marke fragen ...

»Komm schon. Lass mich einfach da raus, ja?«

»Du schuldest mir etwas. So einfach ist das«, antwortet Frederik, bevor er durchs eiserne Tor auf den Hof fährt. Kies spritzt in alle Richtungen, und selbst in meinem Busch kriege ich etwas davon ab.

Chantal schluchzt – höre ich recht? Eier-Chantal schluchzt? –, schimpft irgendetwas vor sich her und trollt sich. Frederik parkt sein Protzauto vor einer Garage, lädt seine Einkäufe aus und trägt sie hinters Haus.

Ich husche weiter, suche diesmal Deckung hinter einem Apfelbaum und werde prompt von einer Taube angeschissen.

»Verdammt noch mal.« Ich krame nach einem Taschentuch und erschrecke fast zu Tode, als Fredrik zurückkommt und durch den Haupteingang ins Haus verschwindet. Ich nutze die Gelegenheit und eile um die Garage herum. Allem Anschein nach renoviert Frederik zurzeit einige Räume: Sperrmüll stapelt sich auf der Terrasse, und mir wird klar, wofür er die Müllsäcke und Kabelbinder braucht. Halleluja. Aber wenigstens sind selbst Holzwege ganz informativ – auch wenn ich noch nicht weiß, was Chantal diesem Typen schuldet und was er von ihr will.

7

Verrückte Frösche

Am Abend muss ich entgegen meiner Wünsche eine Spätschicht im Moulin Rouge übernehmen, denn: »Ganz ohne geht es einfach nicht, Puppe«, wie mich Frederik in Vertretung von Alex wissen ließ. »Also schwing deinen süßen Arsch her.«

Tja, was blieb mir anderes übrig, als der netten Einladung Folge zu leisten und meinen Hintern nicht nur in die Bar, sondern auch auf die Bühne zu schwingen, wo ich gerade für einen Junggesellenabschied tanze? Chantal ist in einer Nische verschwunden, die ein seidiger Vorhang vom Rest abtrennt, und gibt eine Privatvorstellung. Ich kann ihren Schatten sehen, wie er sich auf einem runden Tisch bewegt und den VIP-Gästen einheizt.

Frederik telefoniert am Tresen und schaut immer wieder zu mir herüber. Aus irgendeinem Grund versucht er die ganze Zeit, mit mir zu flirten. Ich vermute, er steht auf Enttäuschungen.

Das Licht ist gedämmt, und nur die Stange ist angemessen ausgeleuchtet. Ich fühle mich wie in einer anderen Welt und komme richtig aus mir heraus. Seltsam, wie sexy man sich fühlt, wenn man die richtigen Klamotten trägt – und dann auch noch Bestätigung im eigenen Bett hatte ... Ich verscheuche den Gedanken an meinen Mann und gestern Nacht und drehe, winde, wende und biege mich, dass meine Gelenke knacken. Als ich von einer Tänzerin namens Femme Fatale abgelöst werde, genehmige ich mir ein großes Wasser an der Bar, wo Frederik etwas in sein Handy tippt. Er flucht leise, was meine Neugier weckt – wobei, so ganz schläft die ja eh nie. In einem Moment, in dem der Barkeeper, ein Halbasiate mit

James-Franco-Frisur, etwas wegen einer Bestellung fragt, kann ich einen Blick auf Frederiks Display werfen. In einem offenen Chat steht etwas über eine Warenübergabe aus Tschechien und die Frage, ob die Hustentabletten schon aufgebraucht seien. Frederik hat darauf geantwortet, dass viele Leute krank seien, und sich erkundigt, ob die Ameisenwege noch verseucht seien.

What the fuck?!

Mir fällt der Bericht über den Schmuggel von Crystal über die tschechische Grenze ein; der sogenannte Ameisenverkehr, in dem meistens Konsumenten für den Eigenbedarf ihr Meth mitbringen, verläuft über Österreich. Angeblich schon seit den Neunzigern wird auf kleinen Märkten nahe der Grenze unter der Hand gedealt – und in Nord- und Süd-Böhmen produziert, was das Zeug hält.

»Hör zu, Timon. Diese Kisten sind für einen Kunden bestimmt«, erklärt Frederik dem Barkeeper und deutet auf zwei Kartons mit edlem Whiskey neben der Theke. »Er holt sie gleich ab, bezahlt hat er bereits.« Er öffnet den Deckel einer der Kisten, um die Flaschen abschließend zu begutachten.

Gerade als ich mich noch etwas weiter vorbeuge, um mehr auf seinem Handy zu sehen, haut mir jemand auf den Allerwertesten, und ich wirble herum.

»Hey, gleich klatscht es zurück!«, fauche ich einen Kunden an, der ganz sicher aus dem Junggesellenhaufen stammt.

»Wir möchten dich für einen Private-Dance buchen«, lallt er, und ich schaue mich nach einer Kollegin um, die das für mich übernehmen könnte. Ich bin ja schließlich gerade beschäftigt. Dummerweise ist niemand zu sehen und Frederik greift schon nach seinem Handy und schließt seine Chats, bevor er sich weiter mit Timon über die Bestellungen austauscht.

»Ich komme gleich nach«, verspreche ich dem jungen Mann, der momentan mit einem so heftigen Silberblick in die Welt äugt, dass ich gar nicht weiß, in welches seiner Augen ich gucken soll.

»Nein, jetzt. Wir warten alle«, sagt er hartnäckig. Frederik lässt das Handy in seiner Hosentasche verschwinden. So ein Mist! »Wir sind auch sehr spendabel, wirst schon sehen«, meint der Kunde grinsend. Ich schaue hinüber zu dem Bereich, in dem sich bereits alle um das kleine Podest mit einer Stange in der Mitte versammelt haben. Die Stühle sind rundherum angeordnet und stehen so nahe, dass die Gäste mich berühren könnten, wenn ich tanze.

»La Jeune Fille kann das viel besser als ich, sie ist eine echte Frau mit Klasse, sehr zu empfehlen«, sage ich, während ich mich nach Chantal umsehe.

Der Typ vor mir rümpft die Nase. »Nö, wir wollen die schwarze Katze.«

Frederik steht plötzlich neben uns und greift in das Gespräch ein. »La Chat Noir ist leider nicht verfügbar«, springt er mir überraschend bei. »Aber ich schicke euch ein super Mädchen mit tollen Angeboten – die macht sich sogar nackig. Der Traum jeden Mannes, versprochen.«

Ich atme auf und bin froh, dass man meine Weigerung, mich auszuziehen, im Moulin Rouge ernst nimmt. Da ahne ich allerdings noch nicht, was Frederik stattdessen für eine fabelhafte Idee hat: Eine Stunde später schickt er Chantal und mich zusammen los, um einen Stangentanz der besonderen Art hinzulegen. Und der Kuss, den ich meiner Kollegin Madonna-und-Britney-mäßig geben soll, ist dabei mein geringstes Problem.

Fabian denkt, ich bin mit meinen Mädels tanzen, Lou denkt, Mama spielt Memory mit einer Freundin, und meine Mutter denkt, dass ich eine Nachtschicht im Büro einlege. Tatsächlich finde ich mich um Mitternacht in einer innigen Umarmung mit La Jeune Fille wieder. Die schwarze Katze und das junge Mädchen in einem engen Tanz, bei dem ich mir zur Unterhaltung gelangweilter Ehemänner fast die Gliedmaßen ausrenke. Denen gefällt es, also kann es nicht schlecht aussehen.

Frederik steht dicht vor der Bühne, und ich könnte schwören, dass er sabbert. Dann geschieht das Ärgerliche: Nicht ich bin es, die von der Stange abrutscht, sondern die so geübte Chantal. Sie knallt mir ins Kreuz, und ich stolpere. Einen Ausfallschritt weiter ist die Bühne zu Ende und ich falle. Direkt in Frederiks Arme, die mich auffangen und vor Schlimmerem bewahren. Die Menge jubelt. Chantal zieht blank. Während ihre hübschen Möppis Frischluft schnuppern und die meisten Augenpaare jetzt wieder zu ihr herüber blicken, denkt Frederik gar nicht daran, mich auf den Boden zu setzen, und ich nutze die Gelegenheit, ihm so nahe zu sein.

»Hoppla, Mieze-Kätzchen«, raunt er, und ich hasse ihn ein bisschen dafür, dass er mich so nennt. Und dafür, dass er mich und Chantal zu dieser Nummer gezwungen hat, bei der ich mir hätte den Hals brechen können.

»Rrrrrr«, schnurre ich und betrachte das Tattoo auf seinem Unterarm. Mir ist es noch nie aufgefallen, weil er meistens Hemden trägt. Heute jedoch präsentiert er sich im Muskelshirt, und ich erkenne das Motiv sofort. Es ist der Crazy Frog, die Animationsfigur aus der Werbung für den gleichnamigen Klingelton von Jamba, den Lou so liebt. Und den ich einfach nur nervig finde.

»Ich hab dir gerade das Leben gerettet«, stellt Frederik grinsend fest und hievt mich höher auf seinem Arm. Die Menge toller Männer jubelt. Der Laden kommt mir plötzlich überfüllt vor.

»Das ist nett«, antworte ich und ringe mir ein Lächeln ab.

»Was bekomme ich dafür?«, will er wissen. »Einen klitzekleinen Kuss vielleicht?« Er hält mir seine behaarte Wange hin.

Die Antwort »eine Rasur« kann ich gerade noch verschlucken. Stattdessen säusle ich: »Na gut, aber du musst mich erst runterlassen und dann die Augen schließen.« Er gehorcht augenblicklich, und ich lege meine Hand in seinen Nacken und ziehe ihn zu mir herunter. Seine Finger verhaken sich im Saum meiner Hotpants, ich stelle mich auf Zehenspitzen, umarme ihn stürmisch und küsse ihn auf die kratzige Wange. Nebenbei entwende ich sein Smartphone, das der Depp immer noch in seiner Hosentasche trägt.

Eins zu null für Mieze, würde ich sagen.

Nun hocke ich auf dem runtergeklappten Klodeckel im winzigen WC mit einem geklauten Smartphone und starre es an. Ich streiche übers Display und werde nach einem Passwort gefragt. Natürlich. Was genau habe ich denn erwartet? Aber trotzdem: Wer zum Geier hat denn einen neunstelligen Code für sein Handy? Da hätte er ja gleich seinen Fingerabdruck nehmen können, um seine Daten zu schützen. Draußen vor dem Bad höre ich Chantal, wie sie mit einem Typen spricht.

»Süßer, ich sorge für ein Happy End, das du nie wieder vergessen wirst!«, sagt sie mit verführerischer Stimme, und ich halte die Luft an.

»Das glaube ich dir sofort«, antwortet die Männerstimme.

Moment mal? Was meint sie denn damit? Die Treppe knarrt, als sie mit dem Gast hinaufgeht. Gibt La Jeune Fille oben etwa noch eine private Vorstellung?

Im Flur wird es lauter. Jemand durchquert ihn mit schnellen Schritten, dann fällt die Tür zum Lager laut ins Schloss. Ich kenne das Geräusch mittlerweile gut, weil es so laut ist, dass ich jedes Mal zusammenzucke – vielleicht sollte ich dem Laden mal einen Tür-stopper spendieren.

»Konzentrier dich, Mieze, das Passwort!«, mahne ich mich selbst.

»Anita, Engel, hast du mein Handy gesehen?«, höre ich jetzt Frederik fragen. Er klingt genauso angespannt, wie ich mich fühle.

»Nein. Sag nicht, du hast es schon wieder verloren«, antwortet Anita. Etwas klappert. Für einen Moment dringt die Musik von vor-ne lauter zu mir durch.

»Gerade eben hatte ich es noch. An der Bar, als ich die Kartons für einen Kunden fertiggemacht habe«, überlegt Fredrik, und seine Schritte entfernen sich wieder.

»Du verrückter Kerl, wenn dein Kopf dir nicht angewachsen wäre, würdest du den auch verlieren«, ruft Anita ihm nach und ke-ckert leise vor sich hin. Und bei mir sprühen plötzlich die Funken der Erleuchtung, wie bei Wickie, dem Wikingerjungen, wenn er sich die Nase reibt. Das ist es. Verrückt! Verrückter Frosch. Crazy Frog. Neun Buchstaben. Ich gebe es ein. Und Bingo – zwei zu null für Mieze.

Ich lese Frederiks WhatsApp-Nachrichten, stöbere durch seine E-Mails und Anruflisten und muss mich schon wundern, was er so alles aus dubiosen Quellen ordert. Neben Unmengen Salzsäure, Na-triumhydroxyd und Jod aus Osteuropa auch Kloreiniger und Seifen. Mein Kopf wird heiß. Wie war die Rezeptur für Meth noch gleich? Es fehlen nur roter Phosphor, Aceton, Kochsalz und Ephedrin, das man super aus Erkältungsmitteln extrahieren kann. Oder etwa nicht? Ich suche weiter. Etliche Telefonate gehen ins Ausland. Fre-derik scheint viele Freunde vornehmlich in Litauen und Tschechien zu haben. Ich ziehe die Beine an meinen Körper, weil ich in dem kalten Badezimmer fröstle, und bemerke erst spät, dass es wieder lauter im Flur und den Garderoben wird.

»Anita, wo ist denn die Miezekatze? Ich will sie gleich noch einmal draußen sehen«, ruft Frederik.

»Ich weiß nicht. Ist sie nicht an der Bar?«

»Sag mal, kannst du mich mal anrufen?«

»Mensch, du musst echt besser aufpassen, Junge«, murrt die Moulin-Rouge-Omi, und plötzlich ist mir gar nicht mehr kalt. »Dummkopf!«

Scheiße! Jeden Moment wird das Telefon in meiner Hand klingeln und mich verraten. Die Idee, es unter mir im Klosett zu versenken, wie Lou es mit meinem getan hat, kommt mir als erstes in den Sinn. Dann entscheide ich mich, es einfach auszustellen.

»Nur die Mailbox«, sagt Anita, und ich atme aus.

»Verdammter Mist«, stößt Frederik aus, und etwas knallt.

»Hey, mach hier nichts kaputt«, motzt Anita, bevor es wieder leiser wird. Nur noch ihr Gesang dringt aus dem Büro zu mir durch: »Ich traf sie irgendwo, allein in Mexiko, Anitaaa. Anitaaa.«

Was soll ich jetzt nur tun? Das Handy einfach mitnehmen? Kann es überhaupt als Beweismittel eingesetzt werden? Fragen über Fragen. Vorsichtig öffne ich die WC-Tür und vergewissere mich, dass die Luft rein ist. Ich sprinte in die Garderobe, schließe die Tür und öffne meinen endlich gefüllten Schrank. Was tut man, wenn man nicht so recht weiterweiß? Richtig, man ruft seinen Paps an. Es dauert eine gefühlte Ewigkeit, bis er rangeht.

»Papa, ich hab sein Handy«, flüstere ich.

»Was?!« Paps' Stimme klingt nuschelig. »Mieze, bist du das?« Shit, im Eifer des Gefechts habe ich völlig vergessen, dass es mitten in der Nacht ist.

»Ja, ich bin's, Papa. Ich bin im Moulin Rouge – und ich hab ein Handy geklaut. Ich hab dir doch von diesem Frederik erzählt, dem Buddy vom Barbesitzer. Der ordert Kloreiniger, Salzsäure und so ...«

Paps unterbricht mich. »Putzzeug braucht jeder Gastronom. Mieze, weißt du eigentlich, wie spät es ist?«

»Ja, tut mir leid. Aber hör zu, er kauft auch Erkältungstabletten. Ist da nicht Pseudo-Ephedrin mit drinnen, diese chemische Substanz, die von dem Stimulanz Amphetamin stammt?« Paps schweigt, neben ihm höre ich Mama leise schnarchen. »Papa?«

»Ja, ich bin noch da.«

»Weißt du, worauf ich hinauswill?«, frage ich ihn und triumphiere innerlich, weil sich in meinem Kopf gerade alle möglichen Puzzleteile zusammensetzen. Das Pseudo-Ephedrin wird nämlich manchmal von einem Meth-Koch extrahiert und dann sogar mit Zutaten wie Batteriesäure, Abflussreiniger, Lampenöl und Frostschutzmittel kombiniert, um die Stärke der Droge zu intensivieren. Eine hochexplosives Hobby übrigens, bei dem außerdem Unmengen an gefährlichem Giftmüll abfällt. Zumindest habe ich das mal irgendwo gelesen.

»Hajoo. Ich verstehe«, sagt Paps. Inzwischen klingt er hellwach. »Aber du bist gerade dabei, deine Tarnung zu gefährden, Mieze.«

»Oh.«

»Ja, oh. Du sollst beobachten, nichts weiter. Du bringst dich und die Mission in Gefahr. Nur Hauptkommissar Baum hat zu entscheiden, ob etwas beschlagnahmt werden soll oder kann.«

»Und jetzt?«

»Leg allemol das Handy zurück.«

»In seine Hosentasche, ohne dass er es merkt? Unmöglich!« Mission hin oder her – ich werde Frederik ganz sicher nicht noch einmal umarmen!

»Dann lass es halt wo liegen, aber lass dich nicht erwischen. Und dann informierst du deinen Vorgesetzten über deinen Verdacht.«

Ich höre ein Geräusch an der Tür. »Ich muss auflegen«, flüstere ich. »Melde mich später.«

Chantal kommt hereingeweht und schlägt die Tür so heftig hinter sich zu, dass das gerahmte Bild einer Burleske-Dame von der Wand fällt. Schnell lasse ich die Handys in meiner Tasche verschwinden.

»Ich bin so alle. Und ich hab echt die Nase voll von Frederiks Schnapsideen«, verkündet sie und feuert ihre Schuhe in die nächste Ecke, während ich den Rahmen wieder an den Nagel hänge und ihr recht gebe.

»Ein glänzender Einfall war die Doppelnummer jedenfalls nicht.«

Chantal lässt sich auf den Stuhl vor dem Schminktisch fallen und massiert sich die Füße. Ich muss sie unbedingt mal fragen, wo sie diesen perlmuttfarbenen Nagellack gekauft hat. Der reflektiert das Licht so schön und würde super zu dem neuen Abendkleid passen, das ich mir für die Hochzeit einer Freundin gekauft habe, zu der ich nicht hingehen konnte, weil Lou einen Tag vorher Magen-Darm aus dem Kindergarten mitgebracht und Fabian sich sofort angesteckt hat, sodass ich die ganze Nacht damit beschäftigt war, Eimer hin und her zu tragen, Wäsche zu waschen und Händchen zu halten. Am nächsten Morgen lachten beide schon wieder und spielten Schatzsuche im Wohnzimmer, während ich für die nächsten Stunden über der Schüssel hing ...

»Ich hoffe, Frederik denkt sich nicht öfter so einen Scheiß aus«, sage ich und schiebe hinterher: »Du und Frederik, ihr kennt euch gut, oder?« Chantal erstarrt in ihrer Bewegung.

»Oh, no. Definitely not«, protestiert sie scharf. »Er ist so gar nicht mein Typ!« Sie mustert mich in der Reflektion des Spiegels. »Wenn du ihn knacken willst, nur zu. Ich bin dir nicht im Weg, aber verbrenn dir bloß nicht die Finger an ihm. Er ist nur halb so kultiviert, wie er tut.« Sie muss den Kuss gesehen haben, den ich Frederik zu Ermittlungszwecken aufgedrückt habe.

»Nein, ich will doch nicht, ich ...«

Sie unterbricht mich. »Ich kenne viele Frauen wie dich«, meint sie und zieht ihre Stirn kraus.

»Wirklich?«

»Ihr seht einen Typen, der aussieht wie ein Hipster, und denkt, dass er auch so lebt. Dass er das selbstständige Denken einer Frau mag, neben Latte macchiato fortschrittliche Politik liebt und kreativ ist. Aber sei dir sicher, Frederik ist alles andere als geistreich.«

»Hab ich mir gedacht«, rutscht es mir heraus.

Chantal legt ihren Mascara zur Seite und lächelt. »Dann bist du schlauer als viele andere.«

»Wann kommt Alex eigentlich wieder?«

»Ich hoffe, morgen. Ich kann es nicht leiden, wenn Frederik so tut, als gehöre ihm der Laden.« Mit einer geschmeidigen Bewegung schlüpft sie aus ihrem Pailletten-BH und tauscht ihn gegen ein glänzendes Modell mit viel Spitze – wow! Obwohl es ihr privates Stück ist, könnte sie den locker auf der Bühne tragen!

»Wo ist er eigentlich?«, will ich wissen. »Alex, meine ich.«

Chantal zuckt mit den Schultern. »Everywhere and nowhere.«

»Und Frederik übernimmt immer das Zepter, wenn Alex nicht hier ist?«

»So ist es.« Chantal frischt ihren Lipgloss auf, ein dezenter Hautton, der unglaublich glänzt, was ihren Lippen eine reizvolle

Natürlichkeit verleiht. Ich bin ja eher die Farb-Lady, aber der Effekt ist toll; vielleicht sollte ich den auch mal probieren.

»Ist Alex oft weg?«

»Fragst du mir jetzt Löcher in den Bauch?«

»Nein, sicher nicht«, beeile ich mich zu sagen und ziehe mich um. Meine Schicht ist vorbei, und ich grüble, wie ich das fremde Handy geschickt wieder loswerde. Ob ich es einfach unauffällig an der Bar ablegen soll?

Mir bleibt das Herz stehen, als Frederik plötzlich auftaucht und ohne Vorwarnung ins Zimmer platzt. Ich kann mir gerade noch den Pullover über den Kopf ziehen, um ihm nicht oben ohne gegenüberzustehen. »Mann, Frederik. Ich soll dich vom guten Benehmen grüßen, ihr seht euch ja nicht so oft!«, brause ich auf.

»Sorry für die Störung«, meint er grinsend und lässt seinen Blick durch die Garderobe schweifen.

»Was willst du? Nur stören?«, frage ich und wundere mich gleichzeitig, wo Chantal abgeblieben ist. Sie war doch gerade noch da?!

»Nein, ich brauch noch eine Tänzerin, ich hab 'ne explosive Idee«, meint er, und ich rolle innerlich mit den Augen.

»Ich hab Feierabend«, verkünde ich mit dem Blick auf die Uhr.

»Jetzt schon?« Er ist sichtlich enttäuscht.

»Schau doch auf den Dienstplan.«

»Wo ist Chantal?«

»Schon los«, lüge ich.

»Kann nicht sein«, sagt er, und sein Ärger darüber schwingt greifbar in der Luft.

»Steht auch auf dem Dienstplan«, füge ich an, und er schwirrt ab.

Chantal steckt ihren Kopf aus dem Getränkelager hinter unserer Garderobe. »Gott, he walks me full on the Cookies«, stöhnt sie und wischt sich Schweiß von der Stirn. Ihre Wangen sind gerötet. »Den hätte ich jetzt nicht ertragen«, gibt sie zu und sieht mich dankbar an.

»Kann ich gar nicht verstehen«, scherze ich und schaue Chantal dabei zu, wie sie sich eilig anzieht.

»Mann, in letzter Zeit ist hier aber auch alles echt creepy«, murmelt sie vor sich hin, und ich werde hellhörig. »Alex ist ständig weg, geschäftlich wie er sagt, und wenn er hier ist, dann hat er miese Laune. Sonst ist er gar nicht so.«

»Echt? Und was macht er denn, wenn er unterwegs ist? Was sind das für Geschäfte, denen er nachgeht?«

»Was denkst du denn? Die saubersten werden das nicht sein. Kleine Koksdeals, und manchmal fungiert er als Zwischenhändler für Weed.«

»Weed?«

Chantal bedenkt mich mit einem *Echt jetzt?*-Blick, erklärt dann aber doch bereitwillig: »Marihuana.« Für einen winzigen Moment werden ihre Augen glasig und sie presst ihren Mund zu einem schmalen Strich zusammen. »Er war mal so ein cooler Chef. Immer freundlich und witzig – ich hatte ihn echt gern.«

»Und jetzt ist er anders?«

»Ganz anders.« Chantal erwacht aus ihrer Starre. »Seitdem diese dämliche Rina verschwunden ist. Und weißt du was? Ich glaube, er hat etwas damit zu tun.« Ihr Ton klingt plötzlich verschwörerisch. »Los, ich zeig dir was.« Sie greift nach meiner Hand und zieht mich mit sich. Wir gehen in das Chefbüro, und mein Herz klopft wie wild in der Erwartung, dass wir erwischt werden.

»Das habe ich gefunden, als ich für Alex letzte Woche den Dienstplan gemacht hab«, raunt Chantal mir zu, geht vor dem

Schreibtisch in die Hocke und hebt einen kleinen orientalischen Teppich an. »Das ist doch Blut, oder? Schlampig aufgewischt, wenn du mich fragst.« Sie schwenkt ihre Knie zur Seite, damit ich den Boden begutachten kann. In den Ritzen zwischen den Holzdielen kleben braune Sprenkel irgendeiner Flüssigkeit. Könnte gut auch Wandfarbe sein, sage ich mir, weil mein Magen auf flau schaltet. Blöd nur, dass die Wände ringsum weiß gestrichen sind.

»Ich hab gehört, wie die beiden sich gestritten haben, bevor Irina verschwand«, flüstert Chantal. »Alex hat gebrüllt, er würde sie eher umbringen, als sie mit jemanden zu teilen.« Sie runzelt ihre Stirn und sieht fast ängstlich aus, als sie zu mir aufschaut. »Zuerst dachte ich, dass Alex das romantisch meint ...«

Ich atme gegen mein Herzklopfen an und versuche, lässig zu bleiben. »Seltsame Vorstellung von Romantik, findest du nicht?«

»Alex hat manchmal so theatralische Anwandlungen, musst du wissen.«

Ich gehe auf die Knie und schaue mir die kleinen Sprenkel etwas genauer an. Keine Ahnung, ob das Blut ist, kann schon sein, obwohl ich hoffe, dass es Rotwein ist. Als ich meinen Blick schweifen lasse, sticht mir etwas anderes ins Auge. Etwas Blaues. Ich strecke meine Hand unter den Tisch und fische es hervor.

»Was ist das denn?«, fragt Chantal.

»Ein abgebrochener Gel-Nagel«, antworte ich und drehe ihn in meinen Fingern. »Kann der von Irina stammen?«

Chantal zuckt die Achseln und steht wieder auf. »Lies the Rina dead on floor, she lives no more.«

Mir schwirren Aussagen von Vernehmungsprotokollen in Sachen Irina im Kopf herum. Ihre Frauenärztin hatte der Polizei erzählt, dass Irina versucht hatte, schwanger zu werden. Vielleicht hatte es geklappt und Alex wollte kein Kind? Was, wenn ihr

Verschwinden gar nichts mit dem Hund und dem Meth zu tun hat, sondern eine Tat aus Leidenschaft war?

»Wir sollten wieder gehen«, schlägt Chantal jetzt vor. »Ich wollte nur, dass du das siehst.«

Ich denke lange darüber nach, warum Chantal sich gerade mir anvertraut. Hat sie sonst niemanden in diesem Etablissement, mit dem sie reden kann? Wieso verlässt sie das Moulin Rouge nicht einfach, wenn sie vermutet, dass etwas Grauenhaftes geschehen ist? Oder will sie mir am Ende Angst machen, um eine Konkurrentin loszuwerden? So wie mir gerade zumute ist, könnte sie damit sogar Erfolg haben ...

»I make me on the way«, sagt Chantal, als wir wieder in der Garderobe sind, und schneller, als ich gucken kann, hat sie ihre Siebensachen eingepackt und ist durch die Hintertür im Getränkelager in die Nacht verschwunden.

Ich folge ihr, deponiere Frederiks Handy in einem der Whiskeykartons im Lager und flüchte dann endlich nach Hause. Fabian schläft tief und fest, als ich zu ihm unter die Decke krieche, was mich beruhigt, weil er so nicht mitkriegt, dass ich erst um vier Uhr morgens heimgekommen bin, was selbst für einen Mädelsabend spät wäre.

Obwohl ich todmüde bin, schlafe ich nicht ein, sondern werde den Rest der Nacht von düsteren Visionen geplagt, in denen eine junge Tänzerin erschlagen wird, weil sie sich ein Kind wünschte.

Wegen der Nachtschicht habe ich den Vormittag im Revier freigekriegt, und so schlendere ich erst gegen Mittag zum Büro, wo ich eine kurze Zwei-Stunden-Schicht einlegen werde, bevor ich Lou abhole. Weil ich keinen Muskelkater habe, sondern eher der Muskelkater mich, habe ich das Fahrrad zu Hause gelassen und laufe stattdessen zur Arbeit.

Um die Ecke des Reviers sehe ich Lars mit Herrn Legert im Auto sitzen und hitzig diskutieren. Ich zögere nicht lange und steige zu ihnen in den Dienstwagen, um Informationen auszutauschen. Immerhin habe ich einiges zu berichten!

»Na, du hast mir gerade noch gefehlt«, begrüßt mich Lars freundlich wie eh und je.

»Kein Problem, jetzt bin ich ja da.« Ich rutsche in die Mitte der Sitzbank, um beiden Kollegen ins Gesicht sehen zu können. »Wie ist der Stand der Dinge?«

Lars rollt mit den Augen, aber Herr Legert lächelt mir zu und erklärt: »Wir haben versucht, Alex Herbig zu verfolgen, aber er ist unauffindbar. Seine Spur verlor sich im Harz.«

»Im Harz? Was macht er denn dort? Mit den Hexen tanzen?«, witzle ich, während ich zwei der rosa Prinzessin-Lillifee-Muffins auspacke, die ich gestern Nachmittag mit Lou gebacken habe, weil sie zu nichts anderem Lust hatte. »Hunger?«

Herr Legert langt sofort zu. »Super. Mein Magen hat heute noch nichts gesehen.«

Mit genervtem Blick lehnt Lars mein Backwerk natürlich ab – vermutlich hat er Angst, dass ich ihn vergiften will, und wenn er sich weiterhin so benimmt, kriegt er morgen tatsächlich Arsen-Plätzchen!

»Na, wie gut, dass wenigstens ich eine neue Spur habe«, werfe ich in die Runde und wische mir Zuckerguss vom Pulli. »Ich habe das Handy von diesem Frederik geklaut und rausgefunden, dass er ziemlich interessante Sachen bestellt. Aus dem Ostblock bezieht er zum Beispiel Etliches, das man zur Meth-Herstellung braucht.«

Lars unterbricht mich. »Du hast was?«, fragt er ungläubig.

»Sie hat das Telefon einer zu observierenden Person entwendet«, wiederholt Kollege Legert und wird mit einer ungeduldigen Handbewegung zum Schweigen gebracht.

»Die Informationen waren es wert«, verteidige ich mein Vorgehen und verschränke die Arme vor meiner Brust.

»Mann, Michaela, weißt du, wie gefährlich das ist?«, poltert Lars. »Wir können auch gleich die ganze verdeckte Aktion auffliegen lassen.«

Weil ich beschlossen habe, mich nicht mehr über Hauptkommissar Baum zu ärgern, ignoriere ich sein wütendes Gesicht einfach und frage: »Wann lasst ihr den Haftbefehl für Frederik ausstellen?« Erwartungsfroh schaue ich die beiden Kollegen an. Lars rauft sich das Haar, und Legert öffnet die Beifahrertür, um auszusteigen.

»Ich muss los, wir haben alles besprochen«, meint er knapp. »Tschüs, Frau Moll.« Er lächelt mir noch einmal zu und stopft sich dann den Rest vom rosa Muffin in den Mund.

Lars seufzt und guckt sich zu mir um. »Na gut. Hüpf nach vorne, Michaela. Wir müssen mal ein ernstes Gespräch führen.«

Das wird sicher spannend – immer wenn Fabian ernste Worte ankündigt, endet das mit einem Streit – oder im Bett. Da Letzteres weniger wahrscheinlich ist, läuft es wohl auf Streit hinaus. Mit gerunzelter Stirn schaut Lars zu, wie ich über die Handbremse hinweg nach vorn klettere und auf den Beifahrersitz rutsche. Was denn? Das mache ich ständig, wenn ich während langer Autofahrten hinten bei Lou sitze, bis sie nach 76 Pixi-Büchern endlich eingeschlafen ist. Auf der Autobahn kann ich ja auch nicht einfach aussteigen und außen herum laufen.

Lars fährt los und biegt wortlos in die nächste Straße. Nahe des Parks hält er an und stellt den Motor ab.

»Was wollen wir hier?«, frage ich. Ein ernstes Gespräch hätten wir schließlich auch um die Ecke des Reviers führen können.

»Chantal vertickt hier gern Drogen«, erklärt Lars. »Ich schätze, sie hängt mit drin. Und das ist genau ihre Uhrzeit.«

»Ehrlich?« Ich bin enttäuscht – gerade fing ich an, die Kleine zu mögen. Aber tatsächlich, nachdem wir etwa fünf Minuten gewartet haben, taucht Chantal auf, übergibt ein kleines Päckchen an einen unscheinbaren Mann und verschwindet wieder.

»Das sagt doch gar nichts aus«, meine ich, weil ich mich weigere, meine einzige Verbündete gegen Frederik so einfach aufzugeben.

»Da hast du recht«, sagt Lars. »Aber es entlastet sie auch nicht. Deshalb heften wir uns jetzt an ihren Kunden, um zu klären, wer er ist und wohin er uns führen kann.« Lars telefoniert und beauftragt einen Kollegen mit der Observierung des Drogenkäufers. Nachdem das erledigt ist, widmet er sich ganz mir. »Also noch mal von vorne. Du hast Frederik das Telefon gestohlen?«

»Ausgeliehen trifft es eher«, berichte ich und liefere die Details.

Lars schaut mich etwas entrückt an. »Du bist ihm auf den Arm gehüpft, um ihm dann sein Telefon zu klauen?«

»Nein, so war das doch gar nicht. Er hat mich aufgefangen ...«

»Na gut, trotzdem war's nicht klug.«

»Meinetwegen. Aber es hat funktioniert und niemand hat mich erwischt. Und ich habe sogar noch ganz andere Informationen für dich.« Lars hebt eine Augenbraue und wartet. »Im Büro ist ein Mord geschehen – Chantal hat mir den Tatort gezeigt. Alex hat Irina erschlagen und die Leiche weggeschafft. Das Blut ist nur schlampig beseitigt worden, und ich habe möglicherweise einen Fingernagel des Opfers gefunden«, plappere ich aufgeregt weiter, wühle nach

149

dem Taschentuch, in dem ich den Nagel verstaut habe, und überge-
be ihn an Lars.

»Moment mal. Ganz langsam. Du hast Blut gesehen? In Alex
Herbigs Büro? Von wie viel Blut reden wir denn in etwa?«

»Ein paar kleine Spritzer in den Ritzen des Fußbodens. Mög-
lichweise hat Alex den Rest des Bodens vorsorglich mit einer Plas-
tikplane ausgelegt, bevor er Irina erschlug?«, überlege ich, und
gleichzeitig kommen mir erste Zweifel an meiner eigenen Theorie. Chantal sprach ja von einem Streit, und wer, bitteschön, rollt
mal eben Folie aus, wenn er sich mit seiner Freundin in die Haare
kriegt – so nach dem Motto: »Wart mal, Süße, lass uns mal eben den
Boden schützen, kann sein, dass das hier gleich eskaliert.«

»Ein paar kleine Spritzer?«, wiederholt Lars. »Das könnte auch
passieren, wenn man sich am Briefpapier schneidet.«

»Das glaubst du jetzt aber nicht wirklich – und was ist mit dem
Fingernagel?«

Er seufzt. »Gib schon her, ich bringe ihn in die Forensik. Die
sollen ihn mit Irinas DNA vergleichen.«

Ich lasse das Taschentuch in seine geöffnete Hand fallen. »Ich
habe da übrigens eine Theorie«, sage ich. »Irina war schwanger von
Alex, und er hat sie umgebracht, um keine Alimente zahlen zu müssen. Ganz einfach.«

Lars' Blick ist eine einzige Beleidigung, und er kann von Glück
reden, dass ich seine ungehobelte Art neuerdings ignoriere. »Eine
wilde und weit hergeholte Idee«, brummt er und zündet sich eine
Zigarette an.

»Kannst du damit aufhören?«, frage ich und wedle den Qualm
fort.

»Verträgst du keine Kritik?«

»Ich muss nachher meine Tochter aus dem Kindergarten abholen und möchte nicht nach einem Aschenbecher riechen«, erkläre ich so langsam, als würde ich mit einem begriffsstutzigen Fünfjährigen reden.

In Lars' Mundwinkel zuckt ein Lächeln. »Aber nachts erotisch tanzen, das geht?«

»Das riecht ja keiner.«

Lars schnippt die Zigarette aus dem Fenster und wendet sich wieder mir zu. »Liebe Michaela«, beginnt er, und ich fahre fast aus der Haut. »Du hast da ein paar wichtige Dinge übersehen: Zum einen ist Irina direkt aus der Tierklinik verschwunden. Jemand hätte sie doch noch sehen müssen, wenn sie ins Moulin Rouge gegangen wäre. Und zum anderen – hast du dich schon mal gefragt, *warum* die kleine Chantal dir den vermeintlichen Tatort gezeigt hat?«

»Im Grunde genommen ja«, gebe ich zu.

»Die Kleine kann mit Konkurrenz nicht umgehen«, sagt Lars und klingt wie mein erster Ex, ein Scheiß-Besserwisser war das. »Mein Hauptaugenmerk liegt zurzeit auf dieser Tänzerin. Wusstest du, dass Chantal bis vor Kurzem noch Alex Herbigs Bett geziert hat? Und das bis genau zu dem Zeitpunkt, an dem Irina Kaminski im Moulin Rouge anfing.«

»Du meinst, Chantal hätte ein Motiv?« Gott, sie könnte doch nicht ... Ich denke den Gedanken nicht zu Ende, während mir ärgerlicherweise die Szene vor Augen steht, in der Chantal Alex in unserer Garderobe drohte.

»Möglich, viel wahrscheinlicher ist allerdings, dass sie mit dem Meth-Handel zu tun hat. Laut ihrer Kontobewegungen hat sie nämlich ein ziemlich hohes Einkommen für eine Tänzerin.«

»Sie bekommt viel Trinkgeld!« Ich kann es einfach nicht glauben, dass Chantal so tief drin stecken soll, als mir einfällt, dass es etwas gibt, mit dem Frederik Crazy Frog das Mädchen in der Hand hat.

»Du bist süß«, rutscht es Lars raus, und es ist ihm umgehend unangenehm.

»Ich weiß«, antworte ich. »Du nimmst mich nicht besonders ernst, oder?«

»Liefere mir Beweise«, schlägt er vor. »Dann ziehe ich meinen Hut.«

Am Nachmittag sinniere ich im Warteraum der Kinderarztpraxis darüber nach, wie verzwickt meine Lage eigentlich ist. Auf der einen Seite gibt es meine Intuition, die mir sagt, dass Chantal unschuldig ist. Auf der anderen Seite nörgelt mein Vorgesetzter, der meine Theorien belächelt, und jetzt hocke ich auch noch hier und muss glaubhaft versichern, dass ich wirklich bei der Kripo angestellt bin, weil man mich dort ja nie sieht oder antrifft.

»Ich komme ja eigentlich immer auf dem Weg zum Kindergarten am Revier vorbei. Und jedes Mal hoffe ich, dich zu treffen, damit wir ein Stück zusammengehen können«, meint Ilka und lässt Lotta von ihrem Schoß klettern. Gemeinsamer Impftermin, das machen wir seit der U7 so, denn es kostet viel weniger Überredungskunst (und Belohnungsschokolade), wenn die Freundin auch geimpft werden muss. Geteiltes Leid ist halbe Schokolade.

Ich schlucke trocken und betrachte Ilkas strengen Dutt und ihre schwarze Brille, die mich unweigerlich an meine Lehrerin aus der Grundschule erinnert, die mir gern auf die Finger haute, wenn ich nicht sauber genug schrieb.

»Ich darf manchmal im Homeoffice arbeiten, und das nutze ich natürlich«, erkläre ich.

»Das ist aber unüblich«, meint Ilka und schaut skeptisch. »Deine Vorgängerin hat das mehrfach beantragt, durfte aber nie.«

Mann, kennt hier in der Vorstadt eigentlich jeder jeden?

»Es ist nur ausnahmsweise möglich. Aber ich sag dir einfach per WhatsApp Bescheid, wenn wir zusammen die Kinder abholen können«, sage ich schnell und schenke ihr mein gewinnendstes Lächeln.

»Ach, ich komm das nächste Mal einfach kurz rein, dann sehe ich ja, ob du da bist«, sagt sie und winkt ab. Ich will gerade protestieren, da wird Lou von der Sprechstundenhilfe aufgerufen. »Du lass mal, ich melde mich bei dir. Versprochen.« Ich schnappe mir meine Tochter und gehe mit ihr ins Behandlungszimmer. Sie wird unruhig und klammert sich um meinen Hals.

»Hallo, Lou, da bist du ja«, begrüßt sie die Ärztin. »Wir müssen dich heute impfen.«

Lou hat hinreichend Erfahrung mit Nadeln. Zuletzt, als Rosi beim Tierarzt geimpft wurde und dabei ziemlich laut jammerte. Also hält meine Tochter der Ärztin ihr Einhorn Hugo entgegen.

»Mein Hugo is aber krank«, meint sie.

»Oh, was fehlt deinem Hugo denn?«, fragt die Ärztin.

»Der fehlt doch nix, die hat doch was.«

»Was hat sie denn?«

»Ein Loch im Po, da.« Lou zeigt ihr den Riss unterhalb des Schweifes, den ich noch nicht genäht habe. Meine Gedanken schlagen Purzelbäume. Wandern von Nadeln zu Blutstropfen. Und ich frage mich, was bei der Analyse des Fingernagels wohl herauskommen wird.

8

Mamas Liebling

Am nächsten Morgen habe ich erfolgreich eine kleine Gruppe Banker exklusiv in den siebten Himmel getanzt und sitze anschließend mit Chantal an der Bar. Weil mein Magen knurrt, versuche ich, ihn mit einer Cola ruhigzustellen. Außer einer Banane habe ich noch nichts gefrühstückt, da Lou heute Morgen eine äußerst Miese Laune an den Tag gelegt hat und damit unseren gesamten Ablauf torpedierte.

»Da siehst du es mal«, höre ich Jasmins Stimme in meinem Kopf. »Mit Impfschäden ist einfach nicht zu spaßen.« Tja, mit den Langzeitschäden von Polio auch nicht, trotzdem ist es nicht von der Hand zu weisen, dass so ein Wirkstoffcocktail 'ne Belastung ist für den Körper (wäre auch komisch, wenn nicht, so eine Impfung ist ja schließlich eine Art Bootcamp fürs Immunsystem). Kein Wunder also, dass Lou auf Krawall gebürstet war.

Ich schiebe die Gedanken an zu Hause beiseite und widme mich meiner Arbeit. »Und, hast du einen Freund?«, frage ich Chantal.

»Nein, ich bin gern Single«, behauptet sie, und mir entgeht nicht, dass sie sich nach Alex umsieht, der in den frühen Morgenstunden aus seiner Versenkung aufgetaucht ist.

»Ach, du musst nur den Richtigen kennenlernen«, sage ich schwesterlich, und sie greift über den Tresen und angelt nach einem Piccolo.

»Hast du dich in unseren Kreisen mal genauer umgesehen?« Sie dreht den Verschluss und öffnet die kleine Flasche. »Nur Alpha-Kevins. Und so einen brauche ich nicht.«

Ich nicke und überlege, ob sie auch Alex damit meint, der sich gerade bei den Schlipsträgern wichtigmacht. Er hat etwas von einem Pfau, wie er mit seinem breiten Kreuz herumstolziert und die Gäste mit kubanischen Zigarren versorgt.

»Und du? Bist du vergeben?« Chantal schenkt uns beiden ein Glas ein.

»Ja, bin ich.«

In diesem Moment kommt Alex mit weiten Schritten auf uns zu. »Mädels, ihr sollt euch von den Kunden einladen lassen, nicht euch selbst bedienen«, meckert er. »Wir verdienen an den Getränken, Chantal. Das weißt du doch.« Zum ersten Mal fällt mir auf, wie sehr sie ihn eigentlich vergöttert, als sie wortlos zu ihm aufschaut. »Und überhaupt: Beweg mal deinen Hintern wieder an die Stange.« Chantal trinkt ihren Sekt in einem Zug leer, bevor sie gehorcht. Während sie sich elegant auf die Bühne schwingt und sogleich die volle Aufmerksamkeit der Anwesenden genießt, setzt sich Alex zu mir und mustert mich. »Miezchen, ich muss leider ein ernstes Wörtchen mit dir reden«, sagt er, und mir wird mulmig zumute. Sein eisblauer Blick heftet sich ernst auf meine Rehaugen – was, verdammt, habe ich angestellt?

»Was hast du mir über deinen letzten Einsatz zu sagen?«, will er wissen.

Mir geht sofort so einiges durch den Kopf: Handydiebstahl, ein Sturz von der Stange, einige Bespitzelungsaktionen ... Oh Gott. Bin ich aufgeflogen? Gleich wird er seine Knarre ziehen und ich finde mich auf einen Stuhl gefesselt im Getränkelager wieder, wo er mich richtig in die Mangel nimmt. Mein Blick huscht hilfesuchend zu Chantal, die von Rotlicht angestrahlt einen ordentlichen Twerk vor den Männern hinlegt.

»Warum vergeudest du dein Potenzial?« Alex legt seinen Kopf schief. Mir fällt auf, dass seine Augenbrauen unterschiedlich aussehen, als seien sie schlecht nachgezogen. Schminkt der Typ sich etwa?

»Wie meinst du das?«

»Du könntest so viel mehr Kohle machen, wenn du nicht so verklemmt wärst«, meint er, und ich müsste eigentlich empört sein, tatsächlich atme ich erleichtert auf.

»Findest du?«

Er grinst breit und lässt seine Muskeln im Oberarm zucken – peinlich! »Schnecke, hör mal zu«, sagt er und rückt etwas näher an mich heran. Mir fällt auf, dass er heute nicht ausschließlich Nachtschwarz trägt. Sein Hemd ist eher grau und seine Hose anthrazit – fast farbenfroh also.

»Ja. Was denn?«

»Die Leute sind verrückt nach dir.« Hach, das ist ja schön. »Du hast sie an der Angel, jetzt ist es an der Zeit, die Schnur einzuholen.«

Wie man angelt, weiß ich, seitdem ich fünf bin. Ich schaue Alex abwartend an. Plötzlich greift er mir unters Kinn, ich unterdrücke einen Aufschrei und erstarre. Sein Lächeln ist schief, soll vermutlich väterlich rüberkommen. Klappt nicht, mein Lieber.

»Du musst mal aus dir rauskommen, lass die Mistkerle dir dein Höschen stopfen«, meint er eindringlich. Hat sie der noch alle? Nicht mal die harmlosere Interpretation seiner Worte kommt für mich infrage! »Oder den BH, am besten zeigst du deine Titten auch mal – sind bestimmt ganz hübsche Dinger. Und wenn dir einer gefällt …« Er zwinkert, lässt mein Kinn wieder los und macht eine Kopfbewegung in Richtung Obergeschoss.

»Ich bin nicht so eine«, protestiere ich jetzt doch.

Er lacht. »Das sagen sie alle, und am Ende öffnen sie doch ihre Schatzkiste.«

Ich lächle stur. »Ich aber nicht.«

»Wir werden sehen. Du ahnst ja nicht, wie viel Geld du verdienen kannst.«

»Ernsthaft?«

Sein Lächeln verschwindet. »Dann zeig meinen Gästen wenigstens mehr. Du willst doch nicht, dass ich dich für unmotiviert halte?!«

Motivation? Ha! Die rennt gerade schreiend davon und geht meine Schlagfertigkeit suchen. Mein Kopf ist plötzlich so leer wie mein Magen.

»Ich denke darüber nach«, höre ich mich sagen und schlage mir innerlich vor den Kopf. Nein! Ich denke nicht darüber nach, verdammt!

»Gut, Süße. Das wollte ich hören«, sagt Alex und erhebt sich. Beiläufig tätschelt seine riesige Hand mein Knie, bevor er Richtung Büro verschwindet.

Nach etlichen Tänzen und einer heimlich gerauchten Zigarette – nein, eigentlich rauche ich nicht, es war auch echt eklig, aber ich war so aufgewühlt von dem Prostitutionsvorschlag – bringt mich Chantal auf eine Idee. Sie bläst Kringel in die Luft, während wir im Hinterhof stehen und Alex einen türkisfarbenen Koffer mit Labradormotiv in seinen Volvo lädt.

»Na sieh mal einer an«, sagt Chantal bitter. »Jetzt lässt er auch noch Irinas Sachen verschwinden.«

Ich drücke mich gegen die Wand und verstecke mich hinter meiner Tanzkollegin. Sie schaut ganz offen zu Alex hinüber, während er weitere Kisten in den Kofferraum lädt. Umgehend erwacht das Miss-Marple-Gen in mir, als mir klar wird, dass Alex jederzeit fahren und Beweise beseitigen wird.

»Oh je. Mir ist gar nicht gut«, sage ich zu Chantal. »Ich muss unbedingt nach Hause. Es ist bestimmt dieser heftige Magen-Darm-Virus, der gerade umgeht«, entschuldige ich mich, eile hinein und greife meine Sachen.

»Steck mich bloß nicht an!«, ruft Chantal mir hinterher. »Und look only to, dass du schnell wieder gesund wirst – ich hab keinen Bock, den Laden hier alone zu schmeißen.«

Ich werfe mir den einsamen Trenchcoat aus dem Schrank übers Tanzoutfit und lege auf meinen High Heels einen Stöckelrekord hin – in weniger als einer Minute erreiche ich meinen Mini und bin nicht einmal umgeknickt. Uff, gerade rechtzeitig, denn als ich in die Seitenstraße einbiege, von der man aus zum Hinterhof und Parkplatz des Moulin Rouge gelangt, kommt Alex' Volvo aus der Einfahrt geschossen und biegt in Richtung Außenbezirk ab. Ich tuckere mit genügend Abstand hinterher, folge ihm über die Schnellstraße und schaffe es diesmal, alle Verkehrsregeln zu beachten. Irgendwann wird die Bebauung lichter, die Grundstücke größer und schließlich setzt Alex den Blinker in eine Anliegerstraße, die bis an den Waldrand führt. Er fährt bis zum letzten Grundstück, parkt und steigt aus.

Ich halte um die Ecke, Luftlinie zweihundert Meter. Ich verlasse meinen Wagen, schaue mich unauffällig um und gehe den Weg bis zu dem weißen Haus mit blauen Fenstern. Es ragt etwas schief in den Himmel, als hätte der Nordostwind es gebeugt, und ist von alten Eichen gesäumt. Das Grundstück erstreckt sich bis in den Wald hinein und ist von einem Jägerzaun eingegrenzt.

Kalter Wind fährt mir in den Trenchcoat und lässt mich an diesem schattigen Ort frieren. Schon blöd, wenn man nur eine knappe Shorts trägt. Ich betrete das Grundstück, um herauszufinden, wen

Alex hier besucht – wäre es sein eigenes Haus, hätte er schließlich nicht auf der Straße geparkt.

Ich schlüpfe aus meinen High Heels und schleiche die steinerne Treppe zur Haustür hinauf, die vergitterte Milchglasfront fest im Blick. Alles hier ist mit Moos überzogen und macht die Angelegenheit rutschig. Fast erreiche ich das Klingelschild, als ich Stimmen im Flur höre und Schatten sehe, die sich von innen der Haustür nähern. Shit.

Ich gehe rückwärts, rutsche gefährlich über die letzte Stufe und husche gerade noch rechtzeitig um die Hausecke. Ich höre, wie die Haustür geöffnet wird, und drücke mich gegen die Hauswand. Eine Katze sitzt auf einem Fenstersims und starrt mich mit großen gelben Augen an.

»Du musst auf dich achtgeben, Bärchen«, höre ich eine weibliche Stimme sagen. Die kenne ich doch!? »Und du darfst deine Prioritäten nicht vernachlässigen. Die Bar hat absoluten Vorrang, hörst du?«

Ich spähe um die Ecke.

»Du hast ja recht, Mami«, sagt der große, tätowierte Kerl von Schrank Alex Herbig verstohlen. Sein Blick ist auf den Boden gerichtet, und er trägt einen Wäschekorb auf dem Arm, in dem offensichtlich gefaltete Wäschestücke liegen. Ich schlage mir die Hand vor den Mund, weil ich lachen muss. Keine einzige Sekunde lang werde ich Alex noch ernst nehmen können, schon gar nicht, wenn er noch einmal versucht, mich zum Blankziehen zu motivieren, um so meinen Umsatz zu steigern. Ha!

Anita, Puff-Omi und Alex' Mutter, winkt ihrem Sohnemann zum Abschied zu, während er gebügelte Hemden zu seinem Auto trägt. Un-glaub-lich!

»Denk dran, gleich aufhängen, sonst knittern sie wieder. Und keine Tränen mehr wegen Rina. Du musst der Tatsache ins Auge sehen, dass sie nicht zurückkommt.«

Ich horche auf. Was macht sie da so sicher? Weiß sie etwa Bescheid? Weil Alex sich zum Gehen wendet, weiche ich weiter hinter die Hausecke zurück und stoße eine an die Hauswand gelehnte Gartenharke um. Sie fällt, beinahe in Zeitlupe, schabt an der Wand entlang und trifft ausgerechnet auf die Blechblumentöpfe, die unter einem Fenster zu einer kleinen Mauer aufgestapelt sind. Das Scheppern durchschneidet die Stille hier am Waldrand, und ich beiße mir auf die Unterlippe.

»Was war das denn?«, fragt Alex, und ich höre, wie er den Wäschekorb auf der Steintreppe abstellt. Gleich wird er um die Ecke biegen und mich entdecken. Nicht mal die beste Ausrede der Welt kann mich jetzt retten ... aber die Harke! Ich greife sie am Stiel und scheuche die mich böse anguckende Katze damit auf. Sie faucht und rennt über den Rasen, die Harke fliegt etwa zwei Meter hinter ihr her, um sie vor das Haus zu lenken, und bleibt im Rasen liegen.

»Gisbert! Das ist nur der dumme Kater«, höre ich Anita sagen und bekreuzige mich innerlich. Das ist ja noch mal gut gegangen.

»Komm her, du kleiner Racker«, schnurrt Anita, und ich wage einen erneuten Blick. Sie nimmt den Kater auf den Arm, während Alex seine gemachte Wäsche in seinem Auto verstaut, bevor er sich von Mama Anita zärtlich in den freien Arm nehmen lässt. Sie tätschelt liebevoll seinen kahlen Schädel.

»Du machst das schon, mein Junge«, meint sie.

»Ja, Mama«, antwortet er und steigt ins Auto. Anita geht mit Gisbert ins Haus.

»Super Aktion, Mieze«, raune ich mir selbst ärgerlich zu. »Der Einsatz hat sich ja richtig gelohnt. Du weißt jetzt, dass Alex Mamis

Liebling ist und wo sie wohnt. Das wird den Fall lösen und die Welt retten! Obendrein hast du dir erfolgreich Laufmaschen in die feine Perlonstrumpfhose gezogen und dir fast ins Höschen gepinkelt vor Angst. Und 'nen Schnupfen gibt es gratis oben drauf.« Mir schwirrt die Frage durch den Kopf, wie ich es zeitlich schaffen soll, mich vor dem Kindergarten noch umzuziehen und Lou pünktlich abzuholen.

Am Nachmittag sind Fabian, der sich extra einen halben Tag freigenommen hat, um Zeit mit uns zu verbringen, und ich in der Kölner City unterwegs und bummeln durch die Klamottenläden.

»Schau mal, Mäuschen. Soll Mami dir das kaufen?«, frage ich meine Kleine und halte ihr einen süßen Overall entgegen. Ja, Mami hat ihr erstes Gehalt bekommen. Schwarze Zahlen auf meinem Kontoauszug. Nur einen Abschlag vom letzten Monat, aber immerhin.

Lou findet ein SpongeBob-Schwammkopf-T-Shirt und nimmt es von der Stange. »Is will das wohl«, meint sie. Fabian deutet ein Kopfschütteln an, und ich hänge es wieder zurück.

»Nein, das ist viel zu groß für dich, mein Schatz«, erkläre ich.

»Is nis wahr«, sagt sie und verschränkt die Arme trotzig vor der Brust.

Fabian findet ein Kleid mit Rüschen. »Schau mal, das ist doch schön«, versucht er, sie zu ködern.

»Das geht ga nis«, ist Lous Antwort auf diesen Vorschlag, bevor sie davonflitzt.

Belustigt schiebt Fabian den leeren Buggy durch die Gänge. »Ganz deine Tochter«, sagt er zu mir.

Das kann ja heiter werden, denke ich und frage mich, wie ich die kleine Motte neu einkleiden soll, wenn sie alle Klamotten ablehnt, die wie für sie gemacht sind. Und Cocktailkleider, in die sich Lou vor einer Stunde in einer Kinderboutique verliebt hat, kaufe ich ganz sicher nicht!

Wir erwischen die kleine Ausreißerin am Ende der Kinderabteilung, wo die Erwachsenenwelt beginnt. Ich schnappe sie mir bei den Schultern, schaue ihr ins Gesicht. »Also, Lou, das geht so nicht. Du musst dir schon etwas aussuchen, sonst hast du bald nichts mehr zum Anziehen«, erinnere ich sie an die Tatsache, dass sie aus vielem herausgewachsen ist.

»Oje, ich wird groß«, stellt sie fest und streckt ihren Arm nach einem Parfümflakon auf einem Tisch neben uns aus.

»Süße, was willst du denn damit?«

»Is will damit vorsichtig sein«, antwortet sie, während sie das Glas in ihren kleinen Händen hin- und herdreht. Auch auf die Gefahr hin, dass sie gleich losbrüllt, gehe ich in die Hocke und nehme ihr das Fläschchen ab. Es soll ja kein Malheur geschehen wie im letzten Laden, als sie einem Mobile den Gar ausmachte.

»Das ist für große Frauen«, erkläre ich, aber Lou hält bereits die Luft an und verzieht ihr Gesicht. Als ich für einen theatralischen Genervt-Blick aufwärts schaue, erschrecke ich mich zu Tode, was sich in einer Ganzkörperzuckung und einem mittellauten Aufschrei äußert und Lou davon abhält, loszubrüllen. Vor mir steht Chantal und strahlt mich an.

»Hey, was für ein Zufall. Nice«, sagt sie.

»Hey …«, weiter komme ich nicht, denn Chantal zwitschert vergnügt weiter.

»Mensch, ist das dein Kind? Ist ja der Hammer. Hallo, du kleine Chat Noir«, sagt sie und kneift Lou in die Wange. Mein Kind verfällt in eine Art Schockstarre und starrt Chantal in ihrem schrillen Outfit aus Minirock und Pailletten-Oberteil mit einer Mischung aus Faszination und Sorge an.

»Du bist aber niedlich«, redet Chantal weiter auf Lou ein und zupft an einem ihrer Zöpfe. Lou hasst das und bricht normalerweise in hysterisches Geschrei aus, wenn jemand Fremdes es wagt, sie anzufassen, doch noch immer steht sie regungslos da und glotzt.

»Ich habe eine Nichte – sie ist im selben Alter, glaube ich«, überlegt Chantal, während Lou nach meiner Hand angelt, ohne ihren Blick von meiner Kollegin abzuwenden. »Oder etwas jünger? Sie trägt noch Pampers. Enorm, was da so alles reinpasst, in die Windeln von heute«, höre ich Chantals Redefluss zu. »Warum hast du mir nie von deiner Familie erzählt? Das hätte ein ganz anderes Licht auf dich geworfen.«

Oh Gott, in was für einem Licht stehe ich denn?

»Hallo, Chantal.« Gerade will ich ihr sagen, dass ich es furchtbar eilig habe und sofort hier wegmuss, da taucht Fabian auch schon neben mir auf.

»Holler the wood fairy!«, stößt Chantal begeistert aus. »Sag nicht, das ist der Vater zu dem Kind.«

Ich lächle verkrampft. »Doch, doch, ist er.« Ich bete zum Himmel, dass sie nicht verrät, woher wir uns kennen.

»Freut mich, ich bin Chantal, eine Freundin von Mieze«, stellt sie sich vor und schüttelt Fabian die Hand.

»Die Freude ist ganz auf meiner Seite«, sagt mein Mann wohlerzogen, während er in Chantals üppiges Dekolleté schaut.

»Ähm, eine alte Freundin …«, stammle ich, und La Jeune Fille schüttelt Fabians Hand noch ein wenig kräftiger, was ihre Möppis im Takt hüpfen lässt.

»Eine sehr alte Freundin«, bestätigt Chantal und lässt Fabian endlich los. »Wie alt noch mal?«

»Sehr alt …«

Chantal sieht mich komisch an, und mir fällt ein, dass sie mindestens 13 Jahre jünger ist als ich.

»Ich hab sie mal gebabysittet, als sie noch ... ein Baby war.«

»Ja, genau. Ich war zwei oder so«, dichtet Chantal dazu. »Ist echt lange her.«

»Und da kannst du dich noch dran erinnern?«, will Fabian wissen. Helles Köpfchen, mein Mann.

»Nein, aber meine Mutter hat mir Mieze später mal beim Einkaufen vorgestellt. So wie heute. Hatten uns einfach getroffen, Köln ist ja irgendwie ein Dorf, und da sagte sie, guck mal, das ist das Mädchen, das früher deine Windeln gewechselt hat«, lügt Chantal für mich weiter, und ich spüre, wie mir hektische Flecken ausbrechen.

»Das ist ja witzig«, meint Fabian, während er ihre Möppis anlächelt. Ich stoße ihm unauffällig in die Seite.

»Ja, nicht wahr? Und so trifft man sich hier ganz unverhofft.«

Tja. Manchmal trifft einen der Zufall mitten ins Gesicht. Lou zupft an meiner Jacke. »Is möchte ein Eis wohl«, sagt sie zu mir, und Chantal geht vor ihr die Knie.

»Warst du denn auch brav?«

Lou überlegt eine ganze Weile und lässt dabei ihre Zunge von einem in den anderen Mundwinkel wandern, als wenn es sich so besser denkt. »So halbmittel«, antwortet sie schließlich und möchte dann auf meinen Arm.

»Na gut, dann müsst ihr jetzt wohl los und ein Eis kaufen«, meint Chantal und zwinkert mir verschwörerisch zu. »Ich wünschte, ich könnte mitkommen.«

Fabian holt Luft und will ihr vermutlich gerade anbieten, sich einzuklinken. »Schade, dass du keine Zeit hast«, sage ich rasch. »Aber das nächste Mal dann unbedingt.«

Fabians Bedauern ist greifbar, als Chantal ihm zum Abschied erneut die Hand reicht. Er bekommt den Mund gar nicht mehr zu vor lauter fast herausspringenden Brüsten. Ja, sie hat hübsche Möppis. Aber meine sind auch nicht zu verachten, auch wenn sie nicht so viel Freiraum bekommen wie ihre.

Ein Eis und zwanzig eisige Minuten später fahren wir nach Hause. Ohne neue Kleider für Lou.

9

Stille Wasser sind tief und dreckig

»Es tut mir wirklich leid, dass ich dich in eine komische Situation gebracht habe«, entschuldige ich mich bei Chantal, als wir am nächsten Abend zusammen Schicht haben. Die Nachtschichten häufen sich allmählich, und Fabian legte die Stirn in tiefe Falten, als ich ihm mitteilte, dass ich noch einen Mädelsabend bräuchte.

»Na ja, du hattest ja gestern schon deinen Spaß«, warf ich ihm in Hinausgehen hin. Ein bisschen tut es mir leid, dass ich seinen Einblick in Chantals Dekolleté als beleidigten Vorwand nehme, doch immerhin wusste er, worauf ich anspielte, und gab mir einen schuldbewussten Blick mit auf den Weg.

»Sponge over it«, meint Chantal und winkt ab. »Das ist doch kein Problem. Du musst ja wissen, was du tust und warum du nicht ehrlich zu deinem Hotti bist.« Sie legt ihren lockigen Kopf schief und beugt sich zu mir, während ich in meine neuen roten High Heels schlüpfe und die Riemchen schließe. »Jeder hat so seine Geheimnisse, nicht wahr?«

»Wie recht du hast. Wenn er wüsste, wo ich arbeite, würde das unsere Normalität gefährden«, erkläre ich. »Und ich mag unser ruhiges Spießerleben.«

»Normalität betrifft mich schon lange nicht mehr.« Chantal reicht mir die Hand, um mich vom Stuhl hochzuziehen. Sie lächelt, ein echtes, herzliches Lächeln. »Du siehst übrigens echt gut aus in dem Fummel«, meint sie, und ich bin überrascht von ihrer neuen Offenheit. Sie betrachtet eingehend das Negligé, das ich ganz unten in Anitas Karton gefunden habe und das ich heute auf der Bühne tragen werde. »Echt, das ist genau dein Ding, so babydollmäßig.« Chantal zwinkert mir kokett zu.

»Danke, das ist nett«, sage ich, weil mich ihre plötzliche Freundlichkeit verwirrt und mir nichts Besseres einfällt.

»Nett ist die kleine Schwester von Scheiße.« Sie sieht beleidigt aus. »Ich meine das ernst, du kleine Bitch!« Hurra, die alte Chantal ist zurück. Sie öffnet zwei Dosen Cola Light und stößt mit mir an. »Auf einen sexy Abend! Ich bin sowas von gut drauf«, trällert sie.

»Wie kommt's?«

»Alex hat mir ein paar Dinge offenbart.«

»Aha.«

»Ich denke jetzt nicht mehr, dass er Irina um die Ecke gebracht hat. Dazu wäre er gar nicht fähig.«

»Wie kommst du zu der Erkenntnis? Als wir in seinem Büro waren, hast du's ihm noch zugetraut.«

Sie nickt, winkt aber gleichzeitig ab. »Er hat mir von dem Streit mit Irina erzählt. Würd' er doch nicht machen, wenn er sie umgebracht hätte, oder? Und davon abgesehen: Hättest du gedacht, dass es bei dem Streit um mich ging?«

»Erzähl!«

»Irina wollte, dass Alex mich entlässt, und er hat sich geweigert. Da ist sie ausgeflippt und hat gedroht, ihn zu verlassen, und kurze Zeit später war sie weg. Einfach fort. Und ich habe jetzt wieder freie Bahn bei ihm. Wirst schon sehen, wir sind füreinander bestimmt.«

»Na, wenn das so ist …« Da geht sie hin, meine schöne Theorie. Schon sehe ich Lars' blödes Grinsen vor mir, wenn ich ihm von diesem Gespräch berichte. Verdammte Scheiße!

Während ich mich ärgere, tänzelt Chantal aufgedreht vor mir her. In sicherem Abstand folge ich ihr durch den Flur und bleibe am

Vorhang stehen, um zu schauen, wie weit die anderen Tänzerinnen sind. Ich lasse meinen Blick durch den Raum schweifen – und mich trifft der Schlag! Ich blinzle und kralle mich am Türrahmen fest, in meinen Ohren rauscht es. Das muss eine optische Täuschung sein! Etwas anderes ist einfach nicht möglich – oder Chantal hat mir Halluzinogene in die Coke ...

»Hey, hörst du mir eigentlich zu?«, fragt sie mich und dreht sich zu mir um. »Du machst die erste Drehung, und ich steige dazu ein.« Ich nicke stumm, ohne verstanden zu haben, was sie eigentlich gesagt hat.

Nah der großen Bühne steht Alex und klatscht auffordernd in die Hände. Das Startsignal. Ich spüre, wie meine Knie weich werden, starre immer noch zur Bar. Es ist wirklich Fabian, der dort auf einem der Hocker sitzt und an einem der überteuerten Getränke nippt. Er trägt seinen Armani-Anzug und die Krawatte, die ich ihm zu Weihnachten geschenkt habe. Die mit dem Karomuster aus Silberfäden, die er seither seinen Ich-bin-der-Boss-Schlips nennt.

»Erde an Mieze«, zischt La Jeune Fille, und ich fauche zurück: »Halt mal die Luft an, ich hab es ja verstanden.« Trotzdem kann ich unmöglich da rausgehen. Auf keinen Fall und überhaupt: Was macht mein Mann hier?! Haben Chantals Möppis es ihm doch mehr angetan, als ich dachte? Ist er wegen ihr hier? Ist er sauer auf mich, weil ich sauer auf ihn war, und bin ich auf dem Weg zum Abstellgleis und werde durch ein jüngeres Modell ersetzt? Meine irren Gedanken rennen schreiend durch mein volles Hirn und poltern von einer zur anderen Seite.

»Jetzt«, kommandiert Chantal und schreitet los, ich folge, aber nur die ersten zwei Schritte, bis ich mich einfach fallen lasse. Es muss gefährlich aussehen, wie ich so ohne Vorwarnung auf den Hintern lande und alle Viere von mir strecke. Alex ist sofort bei mir und hilft mir auf. Ich simuliere einen verknacksten Knöchel und lasse mich von ihm zur Garderobe bringen.

»Autsch«, jammere ich und meine mein schmerzendes Herz. Fabians Anwesenheit macht mir ernsthaft zu schaffen, nimmt mir beinahe den Atem, und ich kämpfe mit den Tränen.

»Das wird schon wieder, Kleines«, tröstet mich der Schrank von einem Mann und setzt mich vor den Schminktisch. Ich starre in die zwanzig Glühbirnen, die den Spiegel säumen. In Nullkommanichts ist Alex mit einem Beutel Eis bei mir und drückt ihn auf meinen vermeintlich verletzten Knöchel.

»So eine kleine Stauchung kann höllisch wehtun, nicht wahr?«, fragt er freundlich. »Ich hatte mal einen sauberen Bruch des Unterarms, der hat mich nicht halb so viel beschäftigt wie der verstauchte Finger nach einer Schlägerei.« Soll mich das trösten? Ich schaue ihm ins Gesicht, das tatsächlich betroffen aussieht, als sich eine kleine Träne aus meinem Wimpernkranz löst.

»Bitte nicht«, haucht er und wühlt nach einem Taschentuch. »Ich kann keine Tränen sehen.« Er tupft sie weg.

»'Tschuldigung«, stammle ich und versuche, mich wieder in den Griff zu bekommen. Was soll ich jetzt tun? Wieso ist mein Mann hier? Und viel wichtiger: Wer passt gerade auf Lou auf, wenn er nicht bei ihr ist? Am liebsten würde ich aufspringen und Fabian zur Rede stellen, aber das wäre vermutlich das Dümmste, was ich jetzt tun könnte.

»Brauchst dich nicht zu entschuldigen, das wird schon wieder«, meint Alex und tätschelt mein Knie. »Kühl es jetzt ordentlich und dann will ich dich so schnell es geht wieder an der Stange sehen.« So viel zum Thema Fürsorglichkeit.

Ich kaue auf meiner Unterlippe und schaue zu ihm auf. »Ich gebe mein Bestes.« Von draußen dringt der Beat der Musik zu uns durch und wir sehen uns eine Weile stumm an.

»Es ist viel los heute, ich brauche jedes Mädchen – soll ich lieber Ersatz für dich rufen?«

»Ich bin gleich wieder fit«, verspreche ich, und er lässt mich endlich allein.

Nach einer gefühlten Ewigkeit kommt Chantal zurück. Sie atmet heftig vom Tanzen und wirbelt so schnell auf mich zu, dass ich zusammenzucke.

»Ich weiß, was los ist«, erklärt sie mir mit vor Triumph leuchtenden Augen. »Dein Typ sitzt vorn und ist dir auf die Schliche gekommen.«

Ich zucke die Achseln. Mann, ist mir schlecht. »Ich habe keine Ahnung, wieso er hier ist.«

»Soll ich es für dich herausfinden?«

»Wie willst du das denn machen?«

»Indem ich ihn einfach anspreche – wie denn sonst?« Sie umarmt mich einmal fest und küsst mich auf die Wange. »Lass mich mal machen.« Und weg ist sie.

Ich gehe ihr nach, verberge mich hinter dem Vorhang und spähe in die Bar. Fabian sitzt immer noch an der Theke, nur dass jetzt Frederik neben ihm hockt und mit ihm redet. Chantal gesellt sich zu den beiden, und Fabian ist sichtlich erfreut, sie hier zu treffen, und grinst breit. Eifersucht kocht in mir hoch. Pfui, wie kleinlich!

Ich würde ja gern behaupten, dass ich kein eifersüchtiger Typ bin, dass ich kein Problem damit habe, wenn mein Mann auf Instagram laszive Bilder von anderen Frauen liked. Dass ich die Ruhe weghabe, wenn er auf Partys angebaggert wird, weil er die unwiderstehliche Ausstrahlung eines südländischen Adligen hat und es genießt, im Mittelpunkt zu stehen. Kann ich aber nicht. Eifersucht ist ein Thema. Allerdings bin ich der festen Meinung, dass es sich bei dem Bedürfnis, eine Konkurrentin spontan in Brand zu stecken, um einen weiblichen Gendefekt handelt und wir Mädels für diese Regungen gar nichts können. So muss es sein. Denn rational gesehen will mir Chantal einen Dienst erweisen. Einen freundschaftlichen. Deshalb legt sie auch gerade ganz freundschaftlich ihren Arm um meinen Mann und gewehrt ihm einen tiefen Blick in ihr Dekolleté ... Brenn, Baby, brenn!

Ich ziehe mich zurück und tigere ungeduldig in der Garderobe auf und ab, bis Chantal endlich zurückkehrt. »Also, soweit ich weiß, ist er nicht wegen dir hier«, meint sie ganz entspannt, und ich hoffe für sie, dass sie ebenfalls nicht der Grund für sein Kommen ist.

»Und weswegen dann?«

»Frederik.«

»Was?!« Jetzt komm ich gar nicht mehr mit.

»Sie sind befreundet.«

»Nicht möglich.« Was weiß ich denn noch so alles nicht über meinen Mann?

»Doch, die waren zusammen auf einem Internat in der Schweiz.«

Da klingelt tatsächlich was bei mir und mir fallen Paps' Worte ein, als ich ihm das erste Mal von Fabian erzählte und meine Mutter sich nach seiner Herkunft erkundigte.

»Was – du gehst mit 'nen Privatschulheini aus?!«, fragte Paps, nachdem ich das Internat erwähnt hatte. »Na, du musst ja wissen, mit wem du dich triffst.« Paps, wie er leibt und lebt – lospoltern, mich dann aber doch mein Ding machen lassen.

»Frederik hat irgendeinen Auftrag für deinen Fabian – mehr weiß ich nicht«, sagt Chantal.

»Auftrag? Was soll das denn sein?«

»Das, meine Liebe, kann ich dir auch nicht sagen.«

»Wie hat er darauf reagiert, dass du hier arbeitest?«, will ich noch wissen. Denn wenn ich ehrlich zu mir bin: Fabian kann ja gar nicht wegen Chantal hier sein, schließlich wusste er nicht, wo und vor allem als was sie arbeitet. Glaube ich zumindest.

»Wie soll er schon reagieren?« Chantal zuckt mit den Schultern. »Gut. Ich hab ihm meine Nummer gegeben, falls er mal eine private Vorstellung haben will.« Das erzählt sie so locker, als wäre nichts dabei, sich vor dem Ehemann einer Kollegin auszuziehen. Mein Blick bleibt am Feuerzeug auf dem Schminktisch hängen.

»Aha.«

»Ich denke aber nicht, dass er mein Angebot annehmen wird.« Chantal betrachtet ihre langen Fingernägel, die mit Glitzersteinen besetzt sind. Jeden Tag ein neuer Nagellook – wie schafft sie das bloß? »Das sagt mir mein Geschäftssinn.«

»Oder euer Überlebensinstinkt sagt euch das«, murmle ich und zerbreche mir meinen Kopf darüber, was Fabian noch so alles hinter meinem Rücken treibt. Gerade als ich denke, es kann aufregender nicht werden, bekomme ich eine Nachricht von Lars.

Komm unauffällig in den Hinterhof. Unauffällig? Hallo, ich trage ein knallrotes Hemdchen aus glänzendem Chiffon, mit sehr viel Spitze und sehr viel Ausschnitt. Unauffällig geht damit nicht!

Ist gerade schlecht, antworte ich.

»Willst du nicht lieber nach Hause gehen?«, fragt Chantal mich nach einer Weile, in der ich Löcher in die Luft gestarrt habe. »Du kannst ja eh nicht tanzen, wenn ich das richtig einschätze.«

Und Fabian hier allein lassen? Auf gar keinen Fall! »Nö, vielleicht geht er ja gleich wieder. Dann erlebt ihr eine Spontanheilung.« Ich wackle mit dem Fuß, auf dem immer noch der Eisbeutel liegt und mir die Haut rötet. Ein Leuchten der Erkenntnis huscht über Chantals Gesicht, und sie setzt gerade zu einer Erwiderung an, als plötzlich die Tür auffliegt und Alex hereinstürzt. Er hat einen hochroten Kopf und seine Halsschlagader ist kurz vorm Platzen.

»Die Bullen sind hier. Wenn eine von euch illegale Substanzen bei sich hat, ist das genau der richtige Zeitpunkt, sie im Klo loszuwerden.« Schon ist er wieder draußen. Ich halte die Luft an. Was zur Hölle ...?

Chantal schnappt sich ihre Tasche und wühlt darin herum. »Puh, ein Glück. Mein Dope ist zu Hause.«

Ich blicke auf mein Handy.

Da drinnen wird es gleich ungemütlich.

Was er nicht sagt.

»Hey, ich muss mal kurz gucken, was da los ist.« Chantal lugt durch die Garderobentür in den Flur und weicht sofort wieder zurück, als ihr zwei Beamte entgegenkommen. »Holy shit«, stößt sie aus. Ihre Augen leuchten euphorisiert, wie Lous, wenn sie einen Welpen sieht: Die beiden Polizisten haben Frederik im Schlepptau und führen ihn in Handschellen durch den Hinterausgang ab. Wow, Mister Hipsterbärtchen schaut aber düster drein.

»Na, das nenn ich Karma«, verkündet Chantal zufrieden. »Hey, Crazy Frog, bloß keine Seife aufheben!«, ruft sie ihm hinterher, nicht ohne ihm den Mittelfinger entgegen zu recken, als er sich nach ihr umsieht. Die Beamten verziehen keine Miene, und ich an Chantals Stelle hätte Angst, dass Frederik irgendwann wieder freikommt.

Alex eilt den Flur entlang, packt Chantal am Arm und drängt sie zurück, bis sie an ihren Schminktisch stößt. »Wenn ich herausfinde, wer für diesen Besuch verantwortlich ist, wird Blut fließen«, knurrt er.

Sie windet sich und versucht, sich seinem Griff zu entziehen. »Mach mal halblang«, zischt sie und wird einen Wimpernschlag später gegen den Schrank geworfen. Es kracht laut, und ich weiche erschrocken in eine Ecke zurück. Alex' Augen blitzen zornig.

»Keine Mätzchen mehr! Ich weiß, dass es irgendein verkacktes Problem zwischen euch gibt. Aber wenn ihr meint, ihr könnt es auf meinem Rücken austragen, dann habt ihr euch geschnitten«, brüllt er sie an und legt seine Hand dabei um ihren dünnen Schwanenhals. Ihre Finger krallen sich in seinen Unterarm, doch von Angst keine Spur, fast spöttisch schaut Chantal zu Alex auf. Ich hingegen höre meinen eigenen Herzschlag in den Ohren dröhnen und stehe kurz vor einer Panik.

»Lass mich los«, fordert Chantal ruhig.

Alex' Miene verhärtet sich, er bleckt die Zähne wie ein Wolf und es fehlt nur noch, dass er Schaum spuckt. »Verdammte Kacke!« Er lässt Chantal tatsächlich los und schnappt sich den nächsten Stuhl, der einige Meter an mir vorbei fliegt und gegen die Wand kracht. Holz splittert. Dann wird alles gespenstisch ruhig in der Garderobe. Alex richtet sein Jackett und ordnet seine Gesichtszüge. »Sieh zu, dass du deinen Job machst, du dummes Huhn. Sonst setzt es was«, knurrt er in Chantals Richtung und an mich gewandt: »Du kannst gehen. Ich brauch dich heute nicht mehr.«

Ich nicke eilig, stehe noch unter Schock. Die Tür donnert ins Schloss. Mit zitternden Fingern sammle ich meine Sachen ein und steige über ein gebrochenes Stuhlbein hinweg.

»The show must go on«, trällert Chantal, hockt sich an ihren Schminktisch und legt etwas Make-up nach.

»Hast du keine Angst vor ihm?«

»Der bellt nur, der beißt nicht«, winkt sie ab, während sie ihre Wimpern neu tuscht. »Endlich mal was los hier.«

»Das kann man wohl sagen«, flüstere ich. Vielleicht sollte ich Chantal mal Alex' Akte zu lesen geben, dann wäre sie sicherlich nicht mehr so cool. Hektisch ziehe ich mich um, brauche zwei Anläufe, bis ich mich aus dem Negligé befreit habe. Mein T-Shirt ist auf links gedreht, und ich komme nicht in die Schuhe hinein. Ungelenk schmeiße ich mir den Trenchcoat über und beschließe, dass er jetzt mir gehört.

»Here tap-dances the bear.« Chantal wirft mir eine Kusshand zu, bevor ich flüchten kann. »Erhole dich gut von dem Schrecken dieser Nacht. Ich pass schon auf deinen Fabian auf.«

Ein eisiger Stich trifft mich mitten in der Brust. Weil ich es mir mit Chantal trotz allem nicht verscherzen will, tue ich so, als hätte ich sie nicht gehört, und lasse die Tür hinter mir ins Schloss krachen.

Als ich auf die Straße trete, küsst die warme Sommerluft mein überhitztes Gesicht. Es ist viel zu warm heute Nacht, bestimmt zwanzig Grad oder mehr. Ich lasse den geöffneten Trenchcoat im Wind flattern, atme tief durch, und endlich beruhigt sich mein Herzschlag. Leider nur so lange, bis mir klar wird, dass mir jemand auf dem einsamen Gehweg folgt. Als ich vor die Tür trat, habe ich niemanden gesehen, doch nun höre ich feste Schritte hinter mir, männlich, würde ich sagen. Ich durchwühle meine Handtasche nach etwas, mit dem ich mich verteidigen könnte. Handcreme, Taschentücher, ein einzelner Socken von Lou ... Die Schritte holen auf, ich beginne zu rennen, gleite um die nächste Ecke. Mein Auto kommt in Sicht, und ich entriegle die Tür, ehe ich da bin. Als ich die Fahrertür erreiche, legt sich eine Hand auf meine Schulter, ich wirble herum und halte drohend mein Pfefferspray ... ähm, Lippenstift in die Höhe.

Lars verzieht spöttisch seinen Mund. »Willst du mich rot anmalen?«

Ich nehme das Schminkutensil herunter und lasse zischend die angestaute Luft aus meinen Lungen entweichen. »Ich wusste es: Du hasst mich und lässt keinen Versuch aus, mich loszuwerden. Nach Möglichkeit auch durch einen Herzinfarkt, Schlaganfall oder whatever.«

»Wie bitte?«

Irgendwo schreit ein Käuzchen und wühlt mich auf. »Ich habe es echt satt – du machst mich mit Absicht fertig, oder?« Am liebsten möchte ich ihm vors Schienbein treten. Oder sonst wohin. »Keine Vorwarnung, was heute passieren wird. Du bist immer unhöflich, wenn nicht sogar fies, und machst mir Angst, indem du mir nachschleichst, anstatt dass du dich bemerkbar machst wie ein normaler Mensch.« Ich schreie, und Tränen brennen in meinen Augen.

Lars hebt beide Augenbrauen, vergräbt seine Hände in den Hosentaschen und schaut sich vorsichtig um. »Ich hab dich vorgewarnt – ich habe dir geschrieben, dass du *bitte* rauskommen sollst«, erinnert er mich.

»Ein *Bitte* stand da ganz sicher nicht in deiner Nachricht. So eine Nettigkeit wäre mir aufgefallen.«

»Das spielt doch keine Rolle.«

»Höflichkeit spielt immer eine Rolle.« Das versuche ich Lou, seitdem sie auf der Welt ist, beizubringen. Hat Lars' Mutter offensichtlich versäumt. »Man kann übrigens jemanden auch nett zur Hölle schicken.«

»Ich habe kein Interesse daran, jemanden ... ach, lass es gut sein, Michaela.«

Ich stehe mit dem Rücken zum Wagen, und er macht einen Schritt auf mich zu. Über uns leuchtet der sichelförmige Mond, den ich jetzt gern irgendjemandem zeigen würde, weil er so schön ist.

»Ich wollte dir keinen Schrecken einjagen«, sagt Lars ungewöhnlich sanft. »Nur sollte niemand mitbekommen, dass ich mit
dir rede. Das ist alles.« Wie üblich ist seine Miene undurchdringlich,
und er kesselt mich zwischen sich und dem Wagen ein. »Ich möchte
dir nur sagen, dass du bis jetzt einen echt guten Job gemacht hast.«
Seine Worte sind leise, und er sieht mich eindringlich an. Ich halte
die Luft an, und meine Knie zittern; ob aus Freude oder Erleichte-
rung oder weichender Angst – ich weiß es nicht.

»Ernsthaft?«, hauche ich. Er steht dicht vor mir, stützt sich am
Wagendach ab. Sein Arm berührt meine Schulter.

»Indianerehrenwort.« Er schweigt einen Moment, bevor er
fortfährt: »Um an Frederiks Handy zu gelangen, haben wir dem
Staatsanwalt alle Beweise für Alex' Drogengeschäfte vorgelegt und
eine Razzia organisiert. Wir hatten Glück, dass Frederik sich einer
Leibesvisitation widersetzt hat.« Lars grinst breit. »So konnten wir
ihn einkassieren. Und sein Handy haben wir dort sichergestellt, wo
du es hinterlassen hast, und beschlagnahmt. Ich bin mir sicher, dass
wir damit einen entscheidenden Schritt weiter sind.« Gedankenver-
loren, wie es scheint, streicht er eine verirrte Locke hinter mein Ohr.
Was ...? »Haben wir uns jetzt wieder beruhigt?«

Diese neue Art der Zuwendung verwirrt mich, und ich bin mir
nicht sicher, ob ich nicht eher aufgeregter werde in Anbetracht der
seltsam aufwühlenden Nähe zu meinem Chef.

»Ja, ich bin ganz locker«, antworte ich mit viel zu dünner Stimme. Fast möchte ich mich in seine Arme werfen, ihm jede Einzelheit
meines Abends erzählen und von Fabian, der jetzt mit Chantal allein
ist und wer weiß was für »Gespräche« mit ihr führt.

Es ist schon komisch, was Sommerhitze so alles mit einem weiblichen Gehirn anstellt. Im Winter würde mir das sicherlich niemals

passieren. Bei eisigen Temperaturen würde meine Hand sich ganz sicher nicht an Lars Baums stoppelige Wange legen und er würde sie nicht einfangen müssen, bevor sie ihn liebkosen kann und etwas heraufbeschwört, das vollkommen unangebracht, wenn nicht sogar verboten ist. Dann würde sich dieser spöttische Zug um seinen hübschen Mund nicht zeigen und mich verhöhnen, weil ich soeben eine Grenze übertreten habe. Läuft das schon unter Stockholm-Syndrom? Scheißhitze!

Völlig neben der Spur fahre ich nach Hause. Als ich die Tür aufschließe, nimmt mich Paps in Empfang, der als Babysitter eingesprungen ist.

»Du glaubst nicht, wer im Moulin Rouge aufgetaucht ist«, sage ich zu ihm und lasse mich auf unsere Eckcouch fallen.

»Guten Abend erstmal.« Er schließt die Tür hinter mir und folgt mir ins Wohnzimmer. »Schää Mantel hast do.« Er deutet auf meinen Trenchcoat, den auszuziehen ich gerade zu geschafft bin. »Aber wieso bist du so früh zurück? Mit dir heddisch jetzt wirklich noch nädd gerechnet.« Er schlurft in die Küche, rumpelt ein paar Augenblicke lang herum, ich höre die Kühlschranktür und den Geschirrschrank klappern. Kurz darauf steht Paps vor dem Sofa und hält mir einen Teller hin, auf dem sich dicke Scheiben Fleischwurst und Gurken stapeln.

»Worscht? Gummre?«

»Danke, Paps.« Ich schüttle den Kopf.

Frustessen ja, aber nicht pfälzisch! Er zuckt mit den Schultern, hockt sich neben mich und macht sie über die Wurst her, während er sich geduldig den Verlauf meines katastrophalen Abends anhört.

»Was sagst du dazu?«, will ich am Ende wissen, starre auf seinen mittlerweile leeren Teller und hole mir eine Schachtel Pralinen aus der Küche. Gut, sie lösen keine Probleme, aber versucht mal mit Schokolade im Mund zu heulen.

»Dein Mann braucht einfach mal einen Männerabend. Da ist nichts dabei«, tröstet Paps mich und reicht mir meine Lieblingswolldecke mit Kronenapplikation.

»In einer Tabledancebar? Ohne mein Wissen?«

»Du arbeitest immerhin heimlich dort.«

»Oh, Mensch, Papa«, murre ich und reiße das Papier der nächsten Praline auseinander. »Das brauche ich jetzt wirklich nicht. Du weißt genau, dass ich keine andere Wahl habe.«

»Hast du nicht?«

»Nein.«

»A no alla«, meint Paps, was so viel heißt wie *Was du nicht sagst!*. »Fabian meinte zu mir, ein Freund bräuchte dringend Hilfe. Es klang nach einem Notfall, also glaube ich ihm das erst mal. Und das solltest du auch.« Zur Bekräftigung seiner Aussage verschränkt Paps die Arme vor der Brust. Ich hätte es wissen müssen, immerhin hat er im Laufe seiner eigenen Ehe so manche Diskussion mit Mama darüber geführt, wie oft ein Mann ohne seine Frau unter Seinesgleichen einen draufmachen sollte. Und unzählige Male verloren. Im Grunde genommen bin ich die Verlogene in unserer Ehe und sollte mich in Grund und Boden schämen. Oder wie Chantal sagen würde: Shame you in ground and floor.

Als Fabian eine Stunde später zu mir ins Bett kommt, legt er seinen Arm um mich und haucht mir einen Kuss auf den Haaransatz. Wie immer. Wie jede Nacht, kurz bevor wir schlafen. Vielleicht ist ja doch alles gut. Meine Augen werden schwer, und ich dämmere friedlich dahin, und am nächsten Morgen scheint die Sonne, als wäre nichts gewesen.

»Guck mal, was für söne Fledern«, ruft Lou und hüpft mit Feenflügeln auf dem Rücken in unser Bett.

»Toll, Mäuschen«, sage ich und gähne. Eine Stunde mehr Schlaf hätte Wunder bewirken können. Jetzt werde ich sehr viel Schminke brauchen, um normal auszusehen. Lou zieht Fabian die Bettdecke weg, und er schnappt sich die kleine Motte, um sie durchzukitzeln. Sie jubelt.

»Ob wir je wieder ausschlafen können am Wochenende?«, fragt er mich nach einer Weile. Seine Augen sind noch ganz klein, und seine dunklen Locken stehen wild ab. Ich beuge mich zu ihm und küsse ihn auf den Mund, dass es nur so schmatzt.

»Schlafen können wir, wenn wir tot sind.«

»Was is tot?«, will Lou wissen.

»Wenn man tot ist, geht man in den Himmel«, erkläre ich. Lou verengt die Augen.

»Wie Charlottes Oma?«

»Genau.«

»Wenn man in den Himmel geht, kommt man da nie wieder raus.« Lou runzelt ihre Stirn.

»Wir gehen aber noch ganz lange nicht in den Himmel.« Hoffe ich. Ich werfe die Beine über die Bettkante und nehme Lou mit ihren umgeschnallten Feenflügeln auf den Arm, um in die Küche zu gehen. »Hast du Rosi schon gefüttert?«

»Das mach is wohl«, antwortet sie, befreit sich von meinem Arm und holt die Schachtel mit Meerschweinchenfutter aus dem Schrank. Spätestens nach dem freudigen Gefiepe der Meersau bin ich so richtig wach.

Während Lou Rosi vom Himmel erzählt und wie weit man von dort aus gucken kann, mache ich Frühstück und denke darüber nach, wie es mir geht. Ob ich Fabian fragen soll, welchem Freund er gestern helfen musste, nach dem Motto: »Kenn ich den?«, ganz harmlos, wie man es unter Ehepartnern so tut.

Paps hat schon recht, ich verschweige meinem Mann auch eine ganze Menge, der Unterschied ist bloß: Ich muss, denn eine ganze Ermittlung hängt davon ab und vielleicht ja sogar ein Menschenleben. Bei dem Gedanken erschaudere ich und lasse beinahe das Kaffeepulver fallen.

Wenn Fabians Hilfeleistung gestern tatsächlich ein harmloser Freundschaftsdienst war, dann kann er mir doch davon erzählen, oder nicht? »Du, ich musste gestern dem Frederik helfen, ein alter Freund aus der Schweiz, du weißt schon – stell dir vor, der treibt irgendwelche Geschäfte mit dem Besitzer einer Tabledancebar. Krasser Laden, sag ich dir, nette Mädels – aber nichts für mich. Wo ich doch zu Hause die schärfste Mieze von allen habe.« Sowas könnte er sagen, oder?

Als wir am Frühstückstisch sitzen, liest Fabian Zeitung und Lou greift sich zum dritten Mal das Glas mit der Schokocreme.

»Du hast schon etwas Süßes auf deinem Brot gehabt. Ich finde, das reicht«, mahne ich sie. Sie legt ihren Kopf schief und angelt nach der Marmelade.

»Is finde das normal«, verkündet sie, und ich will etwas erwidern, als es an der Haustür klingelt. Lou springt sofort auf, rennt los und öffnet – was ihr schon so oft verboten habe. Hmpf.

»Wer ist *das* denn?«, fragt Fabian mit Blick zur Wanduhr. Neun Uhr, Samstagmorgen. Kann nur jemand mit Kindern sein. Normale Menschen liegen jetzt nämlich noch im Bett.

»Die Feuerwehr«, kräht Lou aus dem Flur, und mir fällt mein halbes Brötchen aus der Hand und landet mit der Leberwurstseite auf dem Parkett. Im Türrahmen tauchen zwei uniformierte Beamte auf, wünschen höflich einen guten Morgen und wenden sich dann an Fabian: »Herr Moll? Wir haben ein paar Fragen an Sie und möchten Sie bitten, uns aufs Revier zu begleiten.«

Lou sitzt auf meinem Schoß, schaukelt mit ihren Beinen und presst ihre Nase an das Spiegelglas, hinter der ihr Papa auf einem Stuhl sitzt und von Herrn Legert vernommen wird. Der sonst so fröhliche Kollege, der immer ein freundliches Lächeln für mich übrig hat, stellt seine Fragen bestimmt und mit einer Autorität, die ich ihm gar nicht zugetraut hätte, und plötzlich erkenne ich den Profi in ihm.

»Lou, sitz einfach mal still«, sage ich angespannt zu ihr, als sie mir zum achthundertsten Mal die Hacke ihres Halbschuhs ans Schienbein donnert. Den nächsten Auftritt werde ich in Strapsen machen müssen, um all die blauen Flecken zu verbergen ... »Opa kommt gleich, und dann kannst du wieder albern sein.« Ich starre durch das große Fenster in den Verhörraum. Neben mir steht Lars und beobachtet mich mit einer Mischung aus Sorge und Belustigung. Den merkwürdigen Augenblick von letzter Nacht hat er mit keinem Wort erwähnt. Gut so; vielleicht ist ja gar nichts passiert.

»Ich hab es Ihnen jetzt schon drei Mal gesagt: Ich kenne Frederik Mildner aus der Schulzeit. Er hat mich um Hilfe gebeten, weil ihm sein Handy abhandengekommen ist und er Sorge hatte, dass seine privaten Fotos in falsche Hände kommen könnten«, erklärt mein Mann gerade, fährt sich nervös durch die Locken und schaut hilfesuchend in den großen Spiegel. Obwohl ich weiß, dass er mich nicht sehen kann, zucke ich ertappt zusammen.

»Führen Sie öfter solche Hackeraufträge durch?«, fragt Herr Legert. Tja, das wüsste ich auch gern.

»Papa, guck, guck«, trällert Lou und winkt ungesehen. »Warum is Papa da drinnen?«

»Er muss Fragen beantworten.«

»Warum?«

»Lou, kannst du bitte still sein?«, schimpfe ich, und sie guckt mich mit großen Kulleraugen an.

»Nein«, antwortet sie irritiert.

»Wieso nicht?«

»Weil is einen Mund habe.«

Lars lacht hell auf – ein Geräusch, das ich noch nie gehört habe und das schön sein könnte, wenn ich mich nicht gerade ärgern würde.

»Die kommt ja ganz nach dir, Michaela. Wirklich beachtlich.« Lars zwinkert Lou zu, bevor er sich eine Mappe greift und durch das Vernehmungsprotokoll von Frederik blättert, das letzte Nacht geschrieben wurde.

»Haha. Mir ist nicht zum Lachen«, knurre ich und muss an das Desaster denken, das mein Mann – mein Fabian! – ausgelöst hat, indem er seinem netten Freund Frederik einen Dienst erwies. Denn als die Kollegen Frederik festsetzten, sein Handy beschlagnahmten und ein Experte es einschaltete, setzte es sich wie von Geisterhand auf die Werkseinstellungen zurück. Sämtliche Gesprächsprotokolle, Chats und E-Mails waren sofort futsch. So futsch, futscher geht's nicht. Und alle Spuren führten zur IP-Adresse von Fabians Laptop, woraufhin mein Mann abgeführt und sein Laptop beschlagnahmt wurde. Seitdem zählt Fabian zum exklusiven Kreis der Verdächtigen.

Endlich kommt Paps, den ich sofort nach Fabians Festnahme vom Angelteich wegtelefoniert habe.

»Guten Morgen, Horst Kowalski mein Name«, stellt er sich Lars vor und schüttelt ihm die Hand. »Ich konnte nicht schneller«, entschuldigt er sich bei mir. Er trägt noch seinen Anglerhut und sein gestreiftes Fischersmanns-Hemd.

»Opa«, jubiliert Lou und springt von meinem Schoß. »Guck mal, was is kann!« Auf einem Bein hüpft sie in seine Arme. Sie ist offensichtlich noch nicht genug gefordert worden heute Morgen; das bisschen hinter einem Streifenwagen Herfahren war scheinbar zu wenig Action für sie – im Gegensatz zu mir. Zweimal wäre ich den Kollegen fast hintendrauf gedonnert, weil ich mit den Gedanken überall war, bloß nicht im Straßenverkehr, und über eine rote Ampel bin ich auch gefahren. Wird allmählich zur Gewohnheit, fürchte ich. Glücklicherweise jedoch guckten die Kollegen gerade nicht in den Rückspiegel.

»Ich nehme sie mit raus, dann könnt ihr in Ruhe arbeiten«, meint Paps und führt meine hopsende Kleine vor die Tür.

»Danke, Paps!«

Meine Aufmerksamkeit kehrt zu Fabian zurück, der mittlerweile auf seinem Stuhl hin und her rutscht. Habe ich mir gestern noch die schlimmsten Strafen für ihn ausgedacht, wenn er es wagen würde, mehr als nur seine Augen über Chantal wandern zu lassen, so leide ich jetzt mit ihm und wünsche, ich könnte durch das Spiegelglas springen und ihm zur Seite stehen.

»Ich tue nichts Verbotenes«, sagt er. »Und überhaupt, Sie haben keine Handhabe, mich hier festzuhalten, oder bin ich etwa verhaftet?«

»Wir möchten nur mit Ihnen reden, Herr Moll. Sehen Sie, Sie haben wichtige Beweise gelöscht, die im Bezug zu einer möglichen Entführung und einem schweren Drogendelikt stehen«, offenbart Herr Legert. Fabian schluckt.

»Ich will einen Anwalt«, sagt er, und seine Miene verschließt sich.

»Braucht er einen?«, frage ich Lars, und in meinem Magen summen nicht nur Bienen, sondern ein ganzer Hornissenschwarm.

»Besser ist es. Was er tut, ist illegal. Wer sich mit Hacks schwarz Geld verdient, dem blüht nicht gerade das Bundesverdienstkreuz«, meint Lars. »Jetzt muss er beweisen, dass er ohne Vorsatz gehandelt, also unwissentlich Beweise vernichtet hat.«

Das ist mein Startschuss. Ich stehe auf, der Stuhl schabt laut über den Boden.

»Wo willst du hin?«, ruft Lars mir nach, doch ich ignoriere ihn. In wenigen Sekunden bin ich durch die Tür ins Verhörzimmer gestürmt und sprenge das Gespräch.

»Mein Mann sagt gar nichts mehr ohne seinen Anwalt!«

Sowohl Herr Legert als auch Fabian starren mich entgeistert an.

Ich bin Mieze, Mieze Moll, und niemand bringt meine Familie in Schwierigkeiten außer ich selbst!

10

Wer andern eine Grube gräbt, ist selbst ein Schwein

»Ich fasse es nicht, dass du mich so hintergehst, Mieze!«, sagt Fabian, als man uns endlich gehen lässt und wir im Auto auf der Fahrt nach Hause sitzen. Ich habe meinen Mann insoweit eingeweiht, dass ich in einer Sonderkommission mitwirke, in deren Ermittlungen er letzte Nacht geraten ist. Und dass ich aus diesem Grund so oft zu unmöglichen Zeiten außer Haus bin und nicht beim Mädelsabend, was natürlich kein Dauerzustand werden soll.

»Du weißt, was man über Steine und Glashäuser sagt, oder?« Ich setze den Blinker, um in unsere beschauliche kleine Anliegerstraße einzubiegen.

»Hast du kein Vertrauen zu mir?«, fragt er und sieht dabei so verletzt aus, dass es mir das Herz zerreißt.

»Doch!«, antworte ich etwas zu laut. Meine Hände schwitzen immer noch von der ganzen Aufregung. »Natürlich. Aber ich durfte aus beruflichen Gründen einfach nichts sagen«, erkläre ich ihm abermals. »Denkst du, es ist mir leichtgefallen?«

»Ich will dir eigentlich keine Vorwürfe machen. Es tut mir leid.« In einer verzweifelten Geste streicht er seine Haare nach hinten. Ich fahre auf unseren Hof und parke vor dem Carport. Lou singt auf dem Rücksitz ein Lied, das mich entfernt an *Macarena* erinnert.

»Ich liebe dich, mein Kätzchen«, haucht Fabian und beugt sich zu mir herüber. Seine warmen Hände legen sich an meine Wangen, damit ich ihn ansehe. »Das weißt du doch, oder?«

»Ich liebe dich auch.« Ich lehne meine Stirn an seine.

»Is liebe mis ganz alleine«, schaltet sich Lou von hinten ein, und wir drehen uns beide gleichzeitig zu ihr um.

»Aber wir haben dich auch lieb«, erklären wir wie aus einem Mund, und Lou schiebt ihre Unterlippe vor.

»Nein, is mis ganz alleine. Und Rosi.«

Wir reden viel an diesem Wochenende. Über Geheimnisse, über Geld und Nebenverdienste, die echte Konsequenzen haben könnten. Es ist seltsam, wie oft ich mich gefragt habe, wieso unser Konto am Ende des Monats immer noch so gut gefüllt war und wir im Gegensatz zu vielen anderem Familien in unserem Bekanntenkreis nie in Engpässe geraten sind – nachgeforscht habe ich allerdings nie. Ich habe es einfach hingenommen und mir auf die Schulter geklopft, weil ich anscheinend so gut haushalten konnte.

»Wie lange machst du sowas denn schon?«, will ich wissen, als wir am Sonntag in unserem kleinen Garten sitzen und Lou dabei beobachten, wie sie Rosi durch das Gitter ihres Geheges mit Löwenzahn füttert.

»Seit der Uni.«

»Und, hast du schon die NASA gehackt?« Nicht, dass als nächstes noch Interpol oder wer auch immer vor der Tür steht. Fabian grinst breit.

»Schön, dass du mir so viel zutraust. Aber nein, das hätte ich eher nicht geschafft.«

»Das also nicht«, sage ich in Gedanken versunken und stelle mir vor, wie mein Mann Firmen ausspioniert, Energieversorger lahmlegt und das Facebook-Profil von Ryan Gosling durcheinanderbringt.

»Friss, meine Rosi. Friss das mal«, befiehlt Lou ihrer Meersau, die jetzt auf ihrem Schoß sitzt und den Stängel einer Butterblume gar nicht schnell genug schlucken kann, wie Lou ihn ihr ins Maul schiebt.

»Lou, sei vorsichtig, nicht, dass Rosi Bauchweh kriegt«, mahne ich sie und denke an das letzte Mal, als Lou Durchfall hatte und ich den Rekord im Maschinenwaschen brach: drei Mal in der Nacht und vier Mal am Tag. Ich liebe das Kurzwaschprogramm!

»Muss ihr Popo dann kotzen?«, fragt mich Lou schockiert und zieht dem Tier die Blume wieder weg. Rosi guckt irritiert und macht ärgerliche Geräusche.

»Das weiß ich nicht. Aber wenn sie so schnell und viel isst, kann das schlecht für sie sein.« Und ganz so schlank, wie sie bei ihrer Anschaffung war, ist das gute Tier auch nicht mehr, stelle ich fest.

»Gut, Mama. Is pass auf.« Lou streichelt das kleine fuchsfarbene Schweinchen, das jetzt herzhaft gähnt und sich zu einem Nickerchen zusammenrollt.

Am Montagmorgen sitzen wir in einer Dienstbesprechung in Lars' Büro, um uns gemeinsam ein Bild vom Stand der Ermittlungen zu machen. Herr Helmke reicht Mohnschnecken herum (Herr Legert und ich nehmen eine, Lars lehnt ab), und ich spiele mit einer Sprühflasche für die Pflanzen, die tatsächlich schon viel besser aussehen als vor meiner Ankunft hier im Revier 43. Und überhaupt ist es viel aufgeräumter und farbenfroher dank Lous vielen Bildern, die ich überall aufgehängt habe, wo es sich irgendwie anbot. Meine Lieblingsmotive zieren die Toilettentüren: ein Einhorn mit Glitzerstickern in der Mähne für die Damen (also für mich und die beiden Kolleginnen von der Streife) und ein Kartoffelmonster, dem enorme Haarbüschel aus den Ohren wachsen, für die Herren. Jedes Mal, wenn Lars zum Klo geht, sehe ich, wie sein Blick auf das Monster fällt und er die Stirn runzelt, und muss grinsen. »Siehst du wohl, Herr Baum, mit ihren drei Jahren hat mein liebes Töchterchen schon allerlei gelernt über das Wesen von Männlein und Weiblein«, rief ich ihm beim ersten Mal hinterher.

»Hören Sie zu, Frau Moll?«, reißt mich Herr Legert aus meinen Gedanken, und ich nicke. »Sicher.«

Auch wenn Männer uns das nie glauben wollen – nachdenken und zuhören geht sehr wohl gleichzeitig; wie sonst könnte man der Lieblingsfeindin Komplimente machen, während man im Geiste damit beschäftigt ist, Rachepläne zu schmieden, weil die Konkurrentin es wagt, das gleiche Kleid zu tragen wie man selbst? »Habe ich das richtig verstanden – Irina Kaminski ist illegal in Deutschland und heißt eigentlich Irina Bianaci? Deshalb auch die Unstimmigkeiten mit ihrem Alter, die mir ganz zu Anfang bei der Führerscheinstelle aufgefallen sind.«

Herr Legert nickt und notiert etwas auf der Tafel unter Irinas Bild. »So ist es. Was interessant ist: Frederik Mildners Ehefrau Natascha stammt aus demselben Ort in Tschechien. Das ist so winzig, dass es beinahe unmöglich ist, dass sich die beiden Frauen nie begegnet sind.« Herr Legert nimmt wieder am Tisch Platz. »Leider lässt sich die schulische Laufbahn der Frauen nicht einwandfrei belegen. Überhaupt scheint es immer wieder Lücken in den Lebensläufen zu geben. Aber ich bin weiter dran.«

»Fakt ist, dass Herr und Frau Mildner Stein und Bein schwören, keine Irina Bianaci zu kennen«, gibt Lars zu bedenken, während er nach seiner Kaffeetasse mit der Aufschrift *Same shit, different day* greift. Ist das etwa sein Lebensmotto? Na, das erklärt einiges. »Laut eigenen Angaben hat Frederik Mildner lediglich von Irina Kaminski gehört. Zu der Zeit, als sie in der Bar aktiv war, befand sich das Ehepaar Mildner für eine Weile geschäftlich in Tschechien. Und so lang war Frau Kaminski ja nicht im Moulin Rouge tätig.« Lars trinkt seine Tasse in einem Zug leer.

»Also hat er ganz sicher nichts mit Irinas Verschwinden zu tun?«, frage ich nach.

»Kann man noch nicht sagen.« Lars knallt seine Tasse mit einem Schwung auf den Tisch, dass ich Angst vor Scherben kriege, aber sie hält. »Die Beweislage ist mau.« Er seufzt. »Wir werden ihn heute Nachmittag freilassen.«

»Was ist mit der Meth-Küche? Gibt es Hinweise darauf, mischt er mit?« Es hätte so gut zu dem Typen gepasst! Ich greife nach der Thermoskanne, obwohl ich vom vielen Koffein schon ganz tatterig bin.

Lars kaut auf einem Bleistift herum, schreckliche Angewohnheit, die ich Fabian nach einem Monat Beziehung abgewöhnt habe. Zu meinem Entsetzen beginnt Lou auch schon damit, Buntstifte abzunagen, wenn sie nervös ist.

»Nun, die Protokolle, die Sie auf Frederiks Handy gesehen haben, sind dank Ihrem Mann ja leider weg«, sagt Kollege Legert, und mich ärgert der subtile Vorwurf in seinen Worten. Ist es etwa meine Schuld, dass Fabian die Herausforderungen eines normalen Jobs nicht ausreichen und er sein Ego deshalb mit illegalen Hacks auslebt? »Seine Frau Natascha konnte glaubhaft bezeugen, dass Herr Mildner Putzmittel für das Moulin Rouge günstig aus Tschechien bezieht und nichts weiter. Und zwar aus der Firma ihrer Eltern, die die Reinigungsmittel selbst herstellen.«

»Hat das jemand geprüft?«, frage ich.

»Sicher. Sieht alles sauber aus«, antwortet Herr Legert.

»Ja, aber das stinkt doch zum Himmel«, finde ich. »Kann ich denn nicht aussagen, was ich auf Frederiks Handy gelesen habe?«

»Sie können es ja nicht beweisen und eine belastende Aussage allein genügt leider nicht. Also bleiben Sie vorerst in ihrer Rolle als verdeckte Ermittlerin, Frau Moll«, mischt sich Herr Helmke ins Gespräch ein. Bislang hat er beinahe regungslos auf einen Stapel Papiere gestarrt und unserer Diskussion lediglich zugehört.

»Und es gibt noch etwas, Michaela«, wendet sich Lars an mich. »Frederiks Frau hat Chantal mit der Aussage belastet, dass sie ephedrinhaltige Erkältungsmittel bei ihnen bestellen wollte. Frederik habe abgelehnt, da eine größere Abgabemenge auch in Tschechien meldepflichtig ist – was mich wieder zu der Frage führt: Womit verdient die kleine Tänzerin eigentlich so viel Geld? Und dass sie eine weitere Einnahmequelle hat, ist laut Kontobewegung erwiesen. Es gibt Bargeldeinzahlungen und Schecks von verschiedenen Namen, die regelmäßig eingelöst werden.«

»Alles nur Vermutungen«, sagt Herr Legert und kneift sich in die Nasenwurzel, als habe er Kopfschmerzen von den ganzen Überlegungen.

Mir kommt der gestrige Abend in den Sinn, an dem ich kurz im Moulin Rouge war, um Alex ein Attest vorzulegen, dass ich frühestens am Dienstag wieder tanzen kann. Dabei habe ich die besagte Natascha Mildner kennengelernt, die mit Alex an der Theke hockte und einen Cocktail schlürfte, obwohl Frauen in der Bar eigentlich verboten sind. Zumindest im Publikum. Nette Lady, die wirkt, als könne sie keiner Fliege etwas zuleide tun. Wie sie an einen Mann wie Frederik geraten konnte, ist mir schleierhaft.

»Mein Fokus liegt ganz klar auf Chantal«, sagt Lars. »Und ich bin dafür, dass wir sie observieren.«

»Mein Gefühl sagt mir, dass sie nichts damit zu tun hat«, werfe ich ein.

»Ich glaube, du lässt dich zu sehr von persönlichen Gefühlen leiten.« Lars bedenkt mich mit seinem berühmten Unergründlich-Blick. Spielst du etwa auf meinen Ausrutscher vor der Bar an? Das war gar nichts! »Dir fehlt eindeutig die Professionalität.« Während ich versuche, mir nicht vorzustellen, wie ich Lars aus Versehen heißen Kaffee auf die Hose schütte, fährt er ungerührt fort: »Fakt ist, Irina hat Chantal Barbesitzer Alex Herbig ausgespannt. Allein das kann bei Frauen wie Chantal zu heftigen Reaktionen führen. Und wenn dann noch Drogen mit im Spiel sind ...«

»Was soll das denn heißen? Frauen wie Chantal?«, unterbreche ich ihn.

»Na ja, böse Vorgeschichten prägen: Die Mutter ist früh weg, der Vater ein Alkoholiker, Chantal brach die Schule ab und geriet auf die schiefe Bahn. Mit 14 war sie das erste Mal straffällig.«

»Du meinst, das reicht aus, um einen zum Mörder zu machen? Weil sie keine Kuschelkindheit hatte, hat Chantal ihre Rivalin ganz einfach erschlagen und mir extra noch den Tatort gezeigt?« Ich schenke Lars ein giftiges Lächeln. »Das klingt allerdings logisch.«

»Das Büro ist als Tatort eher unwahrscheinlich«, wirft Herr Legert ein, bevor Lars darauf antworten kann. Herr Helmke brummt zustimmend vor sich hin.

»Nur weil der blaue Fingernagel nicht von Irina stammt?« Das hat die DNA-Analyse ergeben, wie mir Lars heute Morgen mitteilte.

»Nein, weil Irina, wie du weißt, aus der Tierklinik verschwunden ist«, antwortet Lars. »Und weil wir die Bar schon vor ihrem Verschwinden im Visier hatten. Hätte dort irgendjemand eine Leiche verschwinden lassen, hätten wir das mitgekriegt.«

Ich verkneife mir den Kommentar, dass ja auch mal jemand gepennt haben könnte und sich außerdem nicht rund um die Uhr ein

Polizist im Moulin Rouge befindet. Dann fällt mir ein Gespräch ein, das ich gestern Abend mitgehört habe.

»Anita Herbig hat Frederiks Frau Natascha erzählt, dass sie Irina am Nachmittag ihres Verschwindens um Viertel vor sechs, also etwa zwanzig Minuten, nachdem sie aus der Praxis verschwunden ist, in Alex' Büro gesehen hat.«

Drei Köpfe fliegen in meine Richtung, und Lars, der bis eben in seinem Bürostuhl gelümmelt hat, richtet sich mit einem Ruck auf. »Und das sagst du so ganz nebenbei?« Er schüttelt ungläubig den Kopf. Herr Legert schmunzelt, und Herr Helmke krümelt Mohn auf seine Akten, während er mich mustert.

»Hoppla. Ja, hatte ich vergessen«, entschuldige ich mich. »Aber zurzeit stehe ich ja auch leider enorm unter privatem Druck«, erinnere ich meine Kollegen an die ganzen Vernehmungen und Belehrungen, die Fabian und ich über uns ergehen lassen mussten.

»Dazu fällt mir übrigens ein, dass die Staatsanwaltschaft das Verfahren wegen IT-Kriminalität aufgrund von Beweismangel eingestellt hat«, meint Herr Helmke in meine Richtung.

Nun könnte *ich* fragen: »Und das sagen Sie so ganz nebenbei?«, aber ich belasse es bei einem: »Ja, geht das denn so einfach?«

»Man kann Ihrem Mann keinen Vorsatz nachweisen, und es ist nicht verboten, die Daten auf einem Handy zu löschen.« Herr Helmke zuckt mit den Schultern. »Das Verfahren wird eingestellt.«

Ich unterdrücke den Impuls, dem Revierleiter um den Hals zu fallen, und sage: »Danke, das ist ja mal eine gute Nachricht.«

Lars lacht freudlos auf. »Glück gehabt …«

»Kein Glück, das nennt man Unschuld«, schnappe ich, obwohl ich es besser weiß. Fabian wird mir noch schwören müssen, dass er mit seinen illegalen Hacks aufhört.

»Herr Baum, Sie werden Alex Herbig observieren, und Herr Legert, Sie heften sich an die Fersen der kleinen Tänzerin Chantal«, beschließt Herr Helmke und steht auf. »Ich will Ergebnisse sehen, bevor die Staatsanwaltschaft Druck macht.« Im Hinausgehen ruft er über die Schulter: »Ach, Frau Moll, Sie lassen sich bitte von Herrn Baum in die Asservatenkammer begleiten. Der PC Ihres Mannes ist freigegeben, und Sie können ihn wieder mitnehmen.«

Auf Lars' Gesicht erscheint ein Grinsen, und er wedelt mit der schriftlichen Freigabe vom Staatsanwalt vor meiner Nase herum. »Wie heißt das Zauberwort?«

»Herausgabeanspruch gemäß Paragraph 985 BGB«, antworte ich und schnappe blitzschnell zu, bevor er mir den Zettel wegziehen kann.

In der Nacht darauf versuche ich, Fabian telefonisch zu erklären, wo der Fencheltee für Lou steht, und gleichzeitig meinen BH zu schließen, wobei mir fast ein Nagel abbricht. Mist. Eine Tänzerin mit dem Namen Vanille, der im harten Kontrast zu ihrer Hautfarbe steht, beobachtet mich argwöhnisch.

»Nein, nicht im Oberschrank über dem Kühlschrank. Links davon.« Der Haken des BHs ist zu, der Nagel noch dran. Uff.

»Hab ihn, wie lange muss er ziehen?«, fragt Fabian an meinem Ohr. Ich höre Lou neben ihm quengeln und werfe einen besorgten Blick auf die Uhr. Es geht hart auf Mitternacht zu und sie schläft immer noch nicht.

»Steht auf der Packung, ich muss gleich Schluss machen«, sage ich bedauernd. Mein Herz schmerzt, weil ich nicht bei ihnen sein kann und ich weiß, wie traurig Lou ist, wenn es ihr nicht gut geht und Mama fehlt. Denn in diesen Situationen bin ich dann doch wieder die Nummer eins.

»Mama muss arbeiten«, höre ich sie zu Papa sagen.

»Ja, mein Schatz. Aber sie wird bald wieder da sein.«

»Mama geht arbeiten, um Geld zu kaufen, oder?«, überlegt meine kleine Maus, und ich schlucke schwer.

»Ich versuche, so schnell wie möglich nach Hause zu kommen«, verspreche ich und will auflegen.

»Mieze?«

»Ja?«

»Ich liebe dich.«

»Ich dich auch, mein Held.«

»Pass auf dich auf«, haucht er ins Telefon. Es fällt ihm so schwer, zu akzeptieren, dass ich nachts am Fall arbeiten muss. Und noch immer hat er keine Ahnung, welchen Einsatz ich wirklich gebe. Ich wollte ihn einweihen, doch Revierleiter Helmke riet mir dringend davon ab.

»Die volle Wahrheit wird die Sorgen Ihres Mannes sicherlich nicht schmälern, Frau Moll«, sagte er. Tja, stimmt wohl.

»Versprochen«, flüstere ich zu Fabian und lege auf.

Und dann finde ich mich an der Stange wieder und tanze meinen Unmut fort. Werfe meinen Ballast ab und lasse in meinen Gedanken nur noch ein Thema zu: Ich will diesen Fall aufklären und Irina finden. Sie ist auch jemandes Tochter, wie ich, wie Lou.

Ich lasse meine Hüfte schwingen, während ich auf die Stange zusteuere und mich rücklings an sie lehne. Meine Hände legen sich wie zum Gebet aneinander, ich lasse mich in die Knie sinken, gucke lasziv und studiere dabei die Gesichter vor mir. Einige kenne ich bereits, andere sind neu. Alex schenkt Champagner für einhundertzehn Euro die Flasche aus. Lars sitzt in der Nähe, hat ihn im Visier, und ich fahre mit meinen Händen über meinen Kopf, was meinem Publikum gefällt. Ich schlinge ein Bein um die Stange, beuge mich etwas nach vorn. Lars' und mein Blick treffen sich für Millisekunden, der Beat nimmt zu, pulsiert in mir, und ich lege richtig los. Meine Haare wirbeln um mein Gesicht, versperren mir die Sicht für einen Moment. Die Bar, die Leute, alles verschwimmt in einem Gemisch aus Rot und Schwarz.

Als mein Tanz endet und die Musik leiser wird, rast mein Puls und einige Männer pfeifen anerkennend. Ich will mich gerade umdrehen, da entdecke ich Lars, der direkt vor der Bühne steht. Mit einem Kopfnicken signalisiert er mir, dass ich zu ihm kommen soll. Ohne lange darüber nachzudenken, imitiere ich eine von Chantals Choreografien, bei denen sie sich wie eine Meerjungfrau rekelt und den Gästen ermöglicht, ihr die Scheine in den Ausschnitt oder ins Höschen zu stecken.

Lars verstellt den anderen Gästen den Weg, sein Blick ist undurchdringlich, während er einen Fünfziger an meiner Hüfte platziert. Ich halte die Luft an, als er mir zuraunt: »Komm nach oben ins Zimmer drei.«

Ich nicke stumm, warte nicht ab, bis die anderen Männer an mich herantreten und mir ihre Scheine übergeben, sondern verlasse schnurstracks die Bühne. Ohne Umwege gehe ich zur Treppe, meine High Heels versinken im weichen Teppich und als ich fast oben angekommen bin, höre ich eine Männerstimme, die ich kenne – es ist nicht Lars. »Du hast doch schon genug an mir verdient«, jammert der Typ. »Ich kann das nicht mehr leisten.«

Um die Ecke biegt Chantal, deren Schicht eigentlich seit einer Stunde zu Ende ist, und als sie mich sieht, bleibt sie abrupt stehen. Überraschung und eine Mischung aus Scham und Verärgerung huscht über ihr hübsches Gesicht. Aber das ist nichts im Vergleich zu der Miene ihres Begleiters. Denn der wird augenblicklich blass. Sehr, sehr blass.

»Mieze?«, fragt er beinahe tonlos, sodass ich meinen Namen nicht höre, sondern lediglich von den Lippen des Ehemannes meiner Freundin Jasmin Gruber ablese.

»Sie müssen mich verwechseln«, sage ich benommen, und meine Finger krallen sich haltsuchend um das Geländer.

»Es ist nicht, wie es aussieht«, meint der ertappte Mann zeitgleich.

Dasselbe würde ich auch gern behaupten. »Du glaubst, ich komme gerade knapp bekleidet aus einer Tabledancebar und bin unterwegs zu den Stundenzimmern? Nein, nein, das sieht wirklich nur so aus. Das ist meine Freizeitkleidung, und ich bin ganz privat hier, um eine alte Schulfreundin zum Plaudern zu treffen.« Ja sicher.

Ich spähe den Flur entlang, die beiden müssen aus dem hintersten Zimmer gekommen sein. Die Tür steht noch offen und sanftes Licht dringt heraus. Ich male mir aus, wie Bernd, Jasmins Ein und Alles, sich mit Chantal in den Kissen wälzt. Ein widerlicher Gedanke und tragisch, dass wir letztens noch bei Kaffee und Kuchen über mögliche Untreue von Ehemännern scherzten und Jasmin sagte: »Ach, Bernd ist viel zu unorganisiert für eine Affäre.« Tjaaa ...

Chantal hält einen offenen Umschlag in ihren Händen, und ich kann große Scheine darin erkennen. Als hätte sie gerade noch nachgezählt.

»Entschuldigen Sie. Ich dachte, ich kenne Sie«, meint Bernd und lockert seinen Schlips, den ich bei Ilkas Hochzeit an ihm bewundert hatte. Er passt wunderbar zu seiner Augenfarbe und das Retromuster faszinierte Lou so sehr, dass sie Stunden auf seinem Arm verbrachte. Damals war sie gerade einmal ein Jahr alt gewesen.

Ich lächle angespannt, drücke mich an den beiden vorbei und suche die Zimmernummer drei. Sie ist verrutscht und sieht aus wie ein rotes W, das kläglich vor sich hin baumelt. Ich reiße die Tür auf, werfe sie mit zu viel Schwung hinter mir ins Schloss, sodass es kracht, und knipse das Licht an. Auf einem runden Bett mit hoher, gepolsterter Rückenlehne und schwarzen Decken sitzt Lars und legt mahnend einen Finger an seine Lippen. Während ich versuche, meine Aufregung über die Begegnung mit Bernd niederzukämpfen, lasse ich meinen Blick durch den Raum wandern. Die ganze Einrichtung ist im barocken Stil gehalten und vor einer verspiegelten Wand steht eine freistehende Badewanne auf Löwenfüßen.

»Ich bin verwirrt«, gebe ich zu, in Gedanken immer noch draußen im Flur. Lars steht auf und kommt auf mich zu.

»Ich habe dich ganz offiziell gebucht«, erklärt er süffisant. What?! »Alex hat zwar gemeint, du würdest nicht kommen und mein Geld für das Zimmer würde er trotzdem nicht erstatten, aber ich solle mein Glück ruhig versuchen.«

»Wie bitte?«

»So wie es aussieht, duldet er Prostitution in seinem Laden, ohne das gesetzlich anzumelden.« Lars zuckt mit den Schultern. »Ein weiterer Punkt auf seiner Straftatenliste.«

»Das hab ich mir, ehrlich gesagt, schon gedacht«, nicke ich. »Aber was soll das heißen, du hast mich gebucht?«

Lars grinst, und in seinen grauen Augen blitzt es amüsiert auf. »Keine Sorge, wir müssen nicht so sehr in unseren Rollen bleiben, dass wir es jetzt tatsächlich tun müssen«, meint er und sieht mich herausfordernd an.

»Davon gehe ich aus«, blaffe ich ihn an. »Und ich würde dich eh nicht überfordern wollen.«

Mit einer schnellen Bewegung dimmt er das Licht, und ich befürchte schon, dass er meine Beleidigung als Aufforderung, mir das Gegenteil zu beweisen, aufgefasst hat. »Wir sind nicht glaubwürdig, wenn das helle Licht durch den Türspalt auf den Flur dringt«, erklärt er, als er meinen Blick bemerkt, und schlendert zurück zum Bett, wo er sich auf die Matratze plumpsen lässt. »Gemütlich.«

»Ich hoffe nur, dass sich deine Denktätigkeit mit dem Licht nicht ebenfalls reduziert«, grumpfe ich und blicke mich nach einer Sitzgelegenheit um, weil ich es keine Minute länger mehr auf den verflixten High Heels aushalte, aber den Teufel tun werde, mich neben Lars aufs Bett zu setzen. Ich entdecke einen Polsterstuhl mit geschwungener Rückenlehne, Armstützen und ausschweifenden Beinen, ziehe ihn heran und lasse mich sinken.

Lars beobachtet mich. »Keine Sorge, Michaela«, sagt er. »Auch wenn ich zugeben muss, dass du es bist, die mich hier und da tatsächlich vom Wesentlichen ablenkt.« Hoppla!

»Tu ich das?« Meine Stimme klingt belegt.

»Wenn du tanzt … ja.«

Weil ich nicht weiß, was ich darauf antworten soll (und das mir!), gehe ich über sein Geständnis hinweg. »Ich bin mir nicht sicher, ob ich nicht sauer auf dich bin«, sage ich. »Immerhin denken jetzt andere, dass ich mich prostituiere.« Scheiße, jetzt wo ich es ausgesprochen habe, wird es mir selbst erst richtig bewusst.

»Na, der Blitz ist ja verspätet eingeschlagen«, stellt Lars auch gleich fest und beugt sich zu mir vor, sodass sein Gesicht nur eine Papierlänge von mir entfernt ist. »Sieh es einfach positiv – so haben wir eine gute Möglichkeit, ungestört Informationen zu teilen.«

Ich habe den Stuhl eindeutig zu dicht ans Bett gestellt und rutsche auf meinem Polster hin und her. Die Nacht, in der ich beinahe eine Grenze überschritten hätte, ist plötzlich unangenehm präsent. Ich verfluche Lars Baum und wünsche ihm temporär die Pest an den Hals. Zumindest ein bisschen.

»An was für Informationen hast du dabei gedacht?«, lenke ich mich selbst von meinem Innenleben ab, dessen Abgründe ich mir später mal in Ruhe vorknöpfen muss.

»Ich bin mir sicher, dass Chantal lügt. Sie hat mehr zu verbergen, als wir zunächst angenommen haben. Ich habe beobachtet, wie sie Dateien der Überwachungskamera gelöscht hat. Eine Szene, in der sie selbst und Irina bei einem hitzigen Wortgefecht im Innenhof zu sehen waren. In Anbetracht der Umstände, dass Irina Chantal den Barbesitzer auf ziemlich unschöne Art ausgespannt haben soll ...«

»Wie denn?«

»Chantal behauptet, Irina habe ihr Brechmittel verabreicht, um sie für eine Gala außer Gefecht zu setzen, auf die sie Alex begleiten sollte. Während Chantal über der Schüssel hing, ist Irina eingesprungen und hat Alex' Herz oder sein Organ etwas tiefer erobert, und Chantal war abgemeldet.«

»Boa, was für eine miese Tour ist das denn?!«, echauffiere ich mich. »Mal ehrlich, da würde jede austicken.« Ich starre Lars ins Gesicht, um zu ergründen, was er gerade denkt. Vermutlich rollt er innerlich die Augen und sagt sich: »Weiber!« – »Und wieso denkst du, sie lügt?«

»Dazu komme ich gerade. Später hat Chantal nämlich erzählt, Irina hätte Alex benutzt und hinter seinem Rücken Geschäfte getätigt, die ihn in den Knast bringen würden.«

»Und wäre das denn nicht möglich?«

»Ermittlungen zufolge verkehrt nur Chantal mit Alex' Geschäftspartnern. Irina kennt tatsächlich beinahe niemanden hier in Köln.« Lars hebt die Hände wie zu einem Ta-daa. »Und eifersüchtige Frauen lügen gern.«

»Wir lügen nicht, wir passen Wahrheiten höchstens den Umständen an. Und du solltest nicht von eigenen negativen Erfahrungen auf die Allgemeinheit schließen«, haue ich raus.

»Oh, Frau Freud, ich wollte Ihre Zunft nicht angreifen.«

»Schon gut«, sage ich sanfter. »Übrigens habe ich Chantal gerade gesehen und wie sie einen Umschlag mit ziemlich viel Geld von ... ähm, einem Gast bekommen hat«, berichte ich widerwillig, weil ich das Gefühl nicht loswerde, dass ich mich schützend vor das Mädchen stellen muss.

»Das überrascht mich nicht weiter«, erwidert Lars. »Aber was jetzt viel wichtiger ist: Alex hat irgendeine ominöse Verabredung, deshalb wollte ich dich unbedingt hier treffen.«

»Und ich dachte schon, es läge an meinem Tanz.«

Ein unbestimmter Ausdruck huscht über sein Gesicht, wie ein Schatten, und plötzlich weicht er meinem Blick aus. Einige Sekunden lang herrscht Stille. Dann sagt er: »Ich werde mich an Alex' Fersen heften, und ich will, dass du länger hierbleibst, als geplant, und alles im Auge behältst. Du musst aber für mich erreichbar bleiben. Bekommst du das hin?«

Ich denke an Lou und ihr Bauchweh und daran, dass Fabian ganz allein damit ist. Oh, wie ich es hasse, wenn ich nicht für meine Lieben da sein kann. Fast bekomme ich Nachwehen bei dem Gedanken und verfluche meine krampfende Gebärmutter. »Sicher, das ist zu machen.«

»Ach übrigens, Frederik wird vermutlich auch noch hier auftauchen. Behalte ihn bitte ebenfalls im Auge. Wenn er wieder geht, muss ich das wissen.«

Ich nicke stumm und streiche mir über die nackten Arme. So ganz ohne Bewegung kühlt mein Körper allmählich ab in dem spärlichen Outfit, das ihn ... nun ja, partiell bedeckt. Ich stehe auf und wende mich in Richtung Tür, als Lars nach meinem Oberarm greift und mich zurückhält.

»Michaela?« Dringlichkeit liegt in seinem Blick, und ich halte inne.

»Ja?«

»Vergiss nicht, dass wir uns in einem Wespennest befinden.«

»Ich passe auf«, verspreche ich, und ein Lächeln huscht über sein Gesicht. Es ist echt und genauso schnell wieder verschwunden, wie es sich angedeutet hat.

Obwohl ich mich während meines nächsten Tanzes immer wieder im Raum umschaue, was zugegebenermaßen nicht ganz einfach ist, wenn ich nicht ausversehen mit dem Kopf gegen die Stange knallen will, bekomme ich nicht mit, wie Lars Alex folgt. Als ich verschwitzt vom Podest steige, sind beide einfach verschwunden, und ich setze mich an die Bar, um etwas zu trinken. Wenigstens entdecke ich Frederik, der gerade eingetroffen zu sein scheint. Jedenfalls hält er noch keinen Drink in der Hand, was ungewöhnlich für ihn ist. Seine Frau Natascha winkt zu mir herüber, gesellt sich zu mir und gibt mir eine Margarita aus.

»Hey, schön dich wiederzusehen, Mieze«, sagt sie, während ich ihr wundervolles dunkles Haar bestaune, dass sie kunstvoll zu einem Fischgrätenzopf geflochten hat. Ich hab auch mal versucht, mir einen zu machen, hätte mir bei der Frickelarbeit allerdings fast die Zeigefinger verknotet. Da lobe ich mir den guten alten Pferdeschwanz.

»Freut mich.« Ich stoße mit ihr an, das dünne Glas klirrt leise.

»Ist kein leichtes Business, stimmt's?« Natascha deutet auf meine angespannte Miene und schenkt mir ein Lächeln. Ich nicke. »Ich hab auch mal getanzt, in einem anderen Leben, und ich weiß, was es heißt, wie ein Stück Ware betrachtet zu werden.« Sie nimmt einen großen Schluck ihrer Margarita und behält ihn einen Augenblick lang im Mund, bevor sie schluckt. »Glaub mir.«

Nun ahne ich, wo Frederik seine Frau kennengelernt hat …

»Und was machst du heute?«, frage ich, während ich aus dem Augenwinkel beobachte, wie Frederik sich hitzig mit einem Mann unterhält, der mir vage bekannt vorkommt. Mein dämliches Gesichtserkennungsproblem verhindert allerdings, dass ich mich daran erinnere, woher. Ich vermute mal, dass ich den Kerl irgendwann vormittags mal hier im Moulin Rouge gesehen habe und es um Alex' Koksgeschäfte ging. Von jenen Kunden kenne ich bereits einige, und auch die Kollegen von der Kripo konnten hinreichend Informationen sammeln. Warum, verdammt, führt aber immer noch keine Spur zur Meth-Küche?

»Mein Mann und ich handeln mit Waren aus Osteuropa, die hier gern und gut Absatz finden«, erklärt Natascha. »Die Firma meines Vaters stellt Reinigungsmittel für den Haushalt her. Und wir bringen sie an den Mann – wenn du auch mal was brauchst … Ich mache dir einen Preis, da kannst du von dem, was du sparst, die Putzfrau bezahlen.« Sie lacht, und ich ringe mir ein Grinsen ab. Ich hatte ja schon mal überlegt, mich beim Saubermachen unterstützen zu lassen, bis mir klar wurde, dass ich dann jede Woche aufräumen müsste, damit die Putzfrau überall rankommt, sodass ich den Gedanken schnell wieder verwarf.

»Wie kommst du eigentlich mit deinen Kolleginnen klar?«, will Natascha plötzlich wissen und schaut zu Vanille, die sich an der Stange rekelt, was sie gut macht, auch wenn ihr das gewisse Etwas fehlt. Wenn Chantal während ihrer Show ins Publikum schaut, geht ihr Blick sogar mir als Frau durch und durch – bei Vanille denke ich an ein Model aus dem Quelle-Katalog: hübsch, aber austauschbar.

»Ganz gut«, antworte ich Natascha, wobei ich zugeben muss, dass ich außer mit Chantal mit keiner viel mehr rede als: »Borgst du mir deinen Mascara – ich habe meinen zu Hause vergessen?!«

»Sehr schön. Ich weiß, dass Alex die Rivalitäten unter den Mädchen nicht immer im Griff hat.«

Das ist mein Stichwort. »Kanntest du meine Vorgängerin Irina? Ich hab gehört, mit der gab es richtig Zoff. Ich hasse das ja, Streit am Arbeitsplatz, verdirbt die ganze Stimmung.« Hoffentlich war das unauffällig genug ...

»Nein, leider nicht«, sagt Natascha und starrt für einen Augenblick ins Leere, bevor sie zu ihrem Glas greift und den Rest ihrer Margerita ext. »Das Einzige, was ich von ihr mitbekam, waren die scheiß Hundehaare, die durch den ganzen Laden geschwirrt sind. Frederik und ich sind total allergisch dagegen; das ist echt mies, sag ich dir. Ständig eine laufende Nase und tränende Augen – eine Katastrophe fürs Make-up.« Sie macht eine wegwerfende Handbewegung. »Aber um auf Irina zurückzukommen: Ich war eine ganze Weile in meiner Heimat, musst du wissen, und jetzt, wo ich wieder hier bin, muss ich erfahren, dass eben dieses Mädchen vermisst wird. Das Unheimliche daran: Sie soll in meinem Dorf geboren sein. Ist das zu fassen?« Natascha zieht die Augenbrauen hoch, die perfekt geschminkt sind – das nenn ich mal en fliqué.

»Ist ja seltsam«, gebe ich zu.

»Ja, ist es. Und es geht noch weiter: Ich habe mich umgehört, und niemand in meinem Dorf kann sich an eine Irina erinnern. Als wenn es sie nie gegeben hätte.«

Während ich noch versuche, diese Informationen sinnvoll zu ordnen, um irgendeinen brauchbaren Schluss daraus zu ziehen, falls es denn etwas gibt, das sich schlussfolgern lässt, tritt ein Typ mit Dreitagebart und Whiskeyfahne neben mich.

»Hey, Chat Noir, richtig?«, fragt er, und sein Atem weht mir unangenehm ins Gesicht. Boa, habe ich schon erwähnt, dass ich Whiskey *hasse*?

»Out of order«, brumme ich und wende mich bewusst von dem Kerl ab, was ihn dazu veranlasst, mir auf die Schulter zu tippen, was ich ebenfalls hasse.

»Wir möchten dich gern einladen«, meint Stoppelbart und zeigt auf eine kleine Tischgruppe, an der noch mehr Typen wie er hocken – Durchschnittskerle, nichts Aufregendes, wahrscheinlich alle in langweiligen Beziehungen und Jobs gefangen, die Frauen unterwegs, und nun wollen sie mal richtig was erleben.

»Das ist nett, aber ich kann gerade nicht«, antworte ich und hoffe, dass Natascha noch eine Weile sitzen bleibt, wo unser Gespräch doch gerade so spannend ist.

»Gibst du mir 'ne Nummer, damit ich dich mal anrufen kann?«, fragt der hartnäckige Kerl und lächelt mich an. »Ich bin nämlich verliebt in dich.«

»Das ist ja entzückend.« Ich schnappe mir einen Bierdeckel und einen Kugelschreiber von der Theke und schreibe ihm zum offensichtlichen Entsetzen von Natascha eine Telefonnummer auf. Der Typ ist selig.

»Ich ruf dich an«, meint er und zwinkert.

»Mach das. Ab Mittag wirst du jemanden erreichen«, antworte ich und widme mich wieder Natascha, die den Mund gar nicht mehr zubekommt.

»Ich mische mich nur ungern ein, aber du solltest vorsichtig mit deinen privaten Daten sein«, warnt sie mich besorgt, als Stoppelbart zurück zu seinem Tisch wankt und seinen Freunden triumphierend mit dem Bierdeckel zuwinkt.

»Darüber habe ich auch schon nachgedacht«, antworte ich relaxt. »Deshalb habe ich neulich mal die Durchwahl von *Bauer sucht Frau* gegoogelt. Die haben da bestimmt etwas Passendes für ihn.«

Natascha lacht glockenklar auf. »Tolle Idee.«

»Danke«, sage ich und leere mein Glas. »Was denkst du, was mit Irina passiert ist?«

»Ich denke, sie ist ein Schatten und versucht, ihren Traum vom goldenen West-Europa zu leben. Wenn's nicht klappt, braucht man manchmal einen Anwalt oder man muss eben untertauchen. So einfach ist das.« Natascha legt ihre Hand auf meine und sieht mich aus ihren grünen Augen intensiv an. Ich muss an ein Foto denken, auf dem ich sie als Sechsjährige gesehen habe. Herr Legert hatte es im Zuge seiner Ermittlungen auf der Firmenhomepage ihrer Eltern aufgetrieben und an die Tafel mit den Ermittlungsergebnissen gepinnt. Es zeigt Natascha bei den Feierlichkeiten zum zehnjährigen Firmenjubiläum, und sie stellt darauf den gleichen Blick zur Schau wie jetzt, etliche Jahre später. Wachsam und doch herzlich.

»Wenn du mal Hilfe brauchst, kannst du jederzeit zu uns kommen, ja?« Ich weiß nicht, was ich dazu sagen soll, und lächle einfach. »Ich weiß, wie Frederik manchmal ist, aber lass dich davon nicht täuschen: harte Schale, weicher Kern. Und Alex ist ... nun ja, Alex halt.« Sie zuckt die Achseln, als wäre das Charakterisierung genug. »Als Frau braucht man manchmal einfach eine Frau zum Reden, nicht wahr, gerade in diesem Business. Also – ich bin immer für dich da und möchte, dass du das weißt.«

»Das ist lieb, danke«, sage ich, überrascht darüber, dass jemand wie Crazy Frog Frederik eine so nette Frau hat. Vielleicht haben wir ihn ja doch alle falsch eingeschätzt?

Etwa eine Stunde später rufe ich Lars an, weil Frederik verschwunden ist. Leider ist es mir nicht sofort aufgefallen, weil ich eine geschlagene Viertelstunde damit beschäftigt war, Fabian auf der Suche nach Lous Einhorn Hugo durch das Haus zu begleiten. Denn Lou weigerte sich, ohne ihn schlafen zu gehen. Mittlerweile ist es fast drei Uhr und ich frage mich, wie dickköpfig eine Dreijährige sein muss, dass sie um diese Uhrzeit nicht schon längst einfach irgendwo umgefallen und noch vor dem Aufschlag auf dem Boden eingeschlafen ist. Himmel noch mal, hatten wir nicht mal so einen tollen Tagesrhythmus etabliert?

»Ja?«, antwortet Lars, als er abhebt.

»Er ist weg. Frederik«, sage ich, während ich die Tür zur Garderobe hinter mir schließe.

»Okay. Ich sitze im Auto vor Alex' Stadthaus. Irgendwas geht hier vor sich.« Ich höre die Scheibenwischer seines Fahrzeugs, wie sie von der einen zur anderen Seite wischen.

»Vielleicht solltest du Verstärkung ordern«, schlage ich vor.

»Nein. Das ist unnötig«, antwortet er, und ich kann das leise Lächeln über meine Sorge beinahe hören. »Jemand ist bei ihm, ich sehe einen zweiten Schatten am Fenster des Erdgeschosses. Ich denke, es ist ein Mann.« Lars schweigt einen Moment.

»Wie lange braucht man von der Bar bis zu deinem Standort?«, frage ich.

»Du meinst Frederik Mildner? Ich hätte es bemerken müssen, wenn er gekommen wäre. Ich stehe in einer Einliegerstraße.«

»Manchmal sieht man aber auch den Wald vor lauter Bäumen nicht«, werfe ich ein und setze mich vor den Spiegel, wo ich versuche, einen Pickel mit Concealer zu verdecken.

»Michaela?«

»Ja?«

»Klugscheißer mag keiner.«

»Oh, natürlich nicht.«

»Okay, sie kommen raus. Ich steige jetzt aus und gehe nach-schauen, was für Kisten die in Alex' Auto verladen.« Ich höre eine Autotür. »Wenn dieses Mistwetter nur nicht wäre!«

Es regnet schon den ganzen Tag, und ich stelle mir vor, wie Sprühregen in Lars' Gesicht weht und seine Haare durchnässt. Ein richtiges Hundewetter. Seine Schritte machen Geräusche wie auf ei-nem Kiesweg. Ich lausche angestrengt.

»Kisten? Was denn für Kisten?«, will ich wissen. »Wie sehen sie aus?«

Mein Handy brummt, ich nehme es kurz vom Ohr, um die WhatsApp zu lesen. Das Einhorn ist aufgetaucht (*Lag im Kasten mit dem Schuhputzmittel und hat nach Hufpflege gesucht*) – wenigstens eine gute Nachricht.

»Das ist ja interessant«, flüstert Lars.

»Was denn?«

»Für mich sieht das nach einem Chemiebaukasten aus. Kanis-ter, Tuben, Tüten. Ich kann mich aber auch irren«, meint er und verstummt eine Weile. Dann flucht er zwischen zusammengepress-ten Zähnen: »Ich kann nicht erkennen, wer da bei Alex ist. Es ist zu dunkel.« Er macht weitere Schritte, und ich vermute, dass er sich dem Haus nähert, als Lars plötzlich dumpf aufstöhnt. Etwas raschelt und dann klappert es, als sein Telefon auf den Boden fällt.

»Lars?« Mein Atem stockt. Ist er gestolpert? »Lars? Sag doch was!«

Nichts. Niemand antwortet. Alles, was ich höre, sind der Regen und einige Wortfetzen einer Frauenstimme, bevor das Gespräch be-endet wird. Panik erfasst mich, und ich muss mehrmals tief ein- und ausatmen, bevor ich mich überhaupt nur rühren kann. Mit zitternden Händen rufe ich im Revier an und gebe Lars' Standort durch, damit die Kollegen ihm zu Hilfe eilen können. Kaum habe ich aufgelegt und meinen Kopf auf der Tischplatte abgelegt, als jemand in die Garderobe kommt. Müde sehe ich auf, es ist Anita, die mich mit großen Augen anschaut.

»Weißt du, wo mein Sohn ist?«, will sie von mir wissen, und ich muss mir auf die Zunge beißen, um nicht zu antworten, dass ich es sogar sehr genau weiß und dass ich Alex für einen Verbrecher halte, der vermutlich gerade meinen Kollegen … killt. Bloß nichts anmerken lassen, Mieze!

»Nein, keine Ahnung«, presse ich hervor und reibe mir die Schläfen, um meinen Zustand mit Kopfschmerzen zu erklären. Die alte Dame verzieht ihr Gesicht und fährt sich hektisch über ihren verknitterten Mund. Ihre lila Locken trägt sie heute in einem Dutt, der wie der schiefe Turm von Pisa absteht.

»Alex ist schon wieder auf und davon«, sagt sie bitter. »Es ist unfassbar, dass dieses Weibsbild ihn so aus der Fassung bringt.«

»Welches Weibsbild?«, frage ich tonlos und betrachte mein bleiches Gesicht im Spiegel.

»Na, diese Rina, wer denn sonst? Erst verschwindet die einfach, und dann taucht sie wieder auf und er lässt alles stehen und liegen, dabei wartet da draußen ein Haufen Gäste auf guten Service.« Sie seufzt. »Zu meiner Zeit hätte es das nicht gegeben, da ging das Geschäft noch über alles – und wenn's zu Hause gebrannt hätte.«

Ich drehe mich zu Anita um. »Irina ist wieder da?«

»Na, war sie denn nicht heute am frühen Abend hier? Ihre Sachen sind doch weg, und ich dachte, ich hätte sie gesehen.«

»Heute?«

»Spreche ich Swahili, Kind? Ja, heute.« Anita hinkt ungeduldig durch den Raum, greift nach einem bereitgestellten Wäschekorb und hängt Dessous in einen Schrank. Kenn ich, meine Mutter packte auch jedes Mal der Aufräumwahn, wenn sie wegen Paps besorgt war, weil er mal wieder nicht pünktlich heimkam, ohne sich zu melden – geht ja nicht immer, mitten im Einsatz. Heute verstehe ich das und bewundere meine Mutter dafür, dass sie diese Stunden der Ungewissheit all die Jahre über ertragen hat. Ich wäre vermutlich schon im ersten Monat wahnsinnig geworden.

Während ich Anita beim Hantieren zusehe, fällt mir ein Tattoo auf ihrem Rücken auf: ein Anker mit Rosen und dem Schriftzug *Seemannsmädchen.*

»Ich hab niemanden gesehen«, sage ich irgendwann, um das Thema Irina wieder aufzunehmen. War es nicht Alex, der all ihre Sachen in den lila Koffer gepackt und weggeschafft hat? Schon vor Tagen?

»Gegen Hormone scheint jedenfalls kein Kraut gewachsen«, seufzt Anita, dreht sich zu mir um und studiert mich etwas zu lang. »Dann muss ich eben Frederik bitten, die Papiere zu unterschreiben«, murmelt sie vor sich hin. »Ich bin langsam einfach zu alt für diesen Scheiß.«

»Der ist auch weg«, werfe ich ein und sehe ihn und Alex vor meinem inneren Auge, wie sie den bewusstlosen Lars fesseln und in einen Kofferraum legen. Und eine Schaufel gleich dazu. Ich spüre Galle auf der Zunge, und mir wird schlecht.

»Nein, Frederik ist hier, er war mit mir hinten im Lager«, sagt Anita. »Bestandsprüfung. Auf den ist wenigstens Verlass.«

Oh Mann, kriege ich heute eigentlich auch irgendetwas mal richtig mit? Meine Hand knetet immer noch mein Handy. Man hat mir gesagt, dass ich meinen Posten nicht verlassen darf. Und dass ich mir auf keinen Fall etwas anmerken lassen soll.

»Hast du nicht schon Feierabend?«, fragt Anita prompt. War ja klar.

»Ja, doch. Aber ich hab es nicht eilig«, antworte ich und versuche, zu lächeln. »Zu Hause wartet heute niemand auf mich.« Bei dieser Lüge kommen mir fast die Tränen, weil ich gerade nirgendwo lieber wäre als unter meiner Bettdecke, neben mir mein Mann, der mich an sich drückt und festhält.

»Na, wenn das so ist, kannst du ja noch mal an die Stange, Mädchen, und dir ein paar Euros verdienen.« Sie zwinkert mir zu.

Weil mir ohnehin nichts anderes übrig bleibt, wechsle ich noch einmal das Outfit, lege Make-up nach und schwinge mich auf die Bühne. Als ich meine Hand um die Stange lege, bin ich allerdings überhaupt nicht bei der Sache und tanze nur lahm um sie herum.

Kann es wirklich sein, dass Irina wieder aufgetaucht ist? Und was war in den Kisten, die Alex in seinen Wagen lud, als jemand Lars … erwischte? Der nächste Gedanke lässt mich schwindelig werden. Hoffentlich lebt er noch. Ich schicke ein Gebet in den Kosmos, dass alles gut ausgeht und die Kollegen rechtzeitig eintreffen, um ihn zu retten. Ich werde ihn auch nie wieder verfluchen, ja? *Bitte.*

Ich weiß nicht, wie ich meinen Auftritt beende. Nur, dass Chantal plötzlich auftaucht und mir ihre Hand reicht. Sie trägt ein nachtblaues Kleid mit Spaghettiträgern, das wie eine zweite Haut um ihren Körper fließt, und eine auffällige Perlenkette.

»Hey, du brauchst unbedingt etwas zu trinken«, sagt sie und drückt mir einen Cocktail in die Hand. Wozu auch Bachblüten, wenn ein Caipirinha viel besser hilft?

Die nächsten Minuten vergehen wie in einem wirren Traum. Ich lasse Chantal einfach reden, die ganz nebenbei einen Kunden auf Abstand hält und schließlich in die Wüste schickt. Dann weint sie Krokodilstränen, als sie mir von den glücklichen Tagen mit Alex erzählt.

»Und dann kam Irina«, sagt sie, und ihr Blick wird düster. »Sie ist eine Hexe, sag ich dir, und sollte sie je wieder zurückkommen, werde ich sie höchstpersönlich in die Hölle befördern.«

Ich lasse meinen Blick ziellos umherschweifen, die Gesichter der Gäste verzerren sich vor meinen Augen zu bösartigen Fratzen, und ich blinzle angestrengt.

»Was ist, wenn Alex ihr wirklich etwas angetan hat?«, frage ich und denke dabei an die Blutspuren im Büro. »Hast du gar keine Angst vor ihm?«

»Ist nicht jeder jemandes Monster?«

Interessante Frage für eine 18-Jährige. Ich betrachte sie einen Moment lang, und zum ersten Mal fällt mir auf, dass ihre wunderschönen langen Haare bis zur Hüfte reichen. Sonst trägt sie meist Locken, die das Haar kürzer scheinen lassen, doch heute hat sie ihr Haar kunstvoll geglättet und nach hinten geföhnt. Sie guckt mir tief in die Augen, eine Träne löst sich aus ihrem Wimpernkranz und rinnt über ihre Wange. Ich lege ihr tröstend eine Hand auf die Schulter.

»Du bist eine echte Freundin.« Sie umarmt mich kurz. »Du kannst so gut zuhören.«

Ich schlucke trocken und muss mich räuspern. »Sei nicht traurig«, sage ich. »Liebeskummer vergeht immer irgendwann.« Der Alkohol zeigt seine Wirkung, meine Gedanken werden träge.

»Wo gibt's noch mal die Apotheke mit der Zeit, die alles heilt?«, fragt Chantal und nimmt einen großen Schluck aus ihrem Glas. In diesem Moment taucht Frederik an der Bar auf und schaut zu uns herüber.

»Chantal, heulen kannst du später. Ein Gast wartet an Tisch sieben auf dich«, ruft er ihr zu. Seine Miene ist verschlossen, und seine Augen sind stark gerötet. Ich tippe auf den Konsum illegaler Substanzen.

»Na dann, die Pflicht ruft.« Chantal schwingt sich vom Barhocker, und ich halte sie am Arm zurück. Sie wirkt so verloren.

»Sag ihr doch, du rufst zurück – wir könnten noch ein bisschen reden.«

»Geht nicht, sorry.« Sie wischt sich die letzte Spur einer Träne aus dem Gesicht und verschwindet unter den Gästen.

11

Die Katze lässt das Mausen nicht

»Sie war es nicht!« Obwohl ich kaum mehr als drei Stunden geschlafen habe und trotzdem schon wieder im Revier sitze, fühle ich mich hellwach. Gegen Morgen wollte ich mich gerade zur Garderobe schleppen, um endlich Feierabend zu machen, als zwei uniformierte Beamte in die Bar schritten, auf das Hauptpodest in der Mitte des Raumes zusteuerten und Chantal mitten aus ihrer Nummer zu sich herunter baten. Ich stand am Vorhang zum Backstagebereich und sah zu, wie Chantal sich erst grinsend von der Bühne helfen ließ, dann ihre Arme um die Hüften der Kollegen schlang, sich an den einen anschmiegte und dem anderen anzüglich ins Gesicht klimperte. Die Kollegen versteiften sich, einer löste Chantals Arme von ihren Körpern, der andere sprach ruhig auf sie ein. Unter dem Gejohle von ein paar Bübchen führte man sie ab.

»Gute Arbeit, Mieze«, höre ich Revierleiter Helmke hinter mir sagen, als er zu uns ins Büro kommt. Im Gehen tunkt er eine Mohnschnecke in seinen Kaffee und setzt sich zu mir und Lars, der mit zwei Stichen am Hinterkopf genäht worden ist. Jemand hat ihm ziemlich treffsicher einen Schlag verpasst; die Kollegen fanden ihn auf dem Bürgersteig liegend und fuhren ihn in die Notaufnahme. Von dort muss er direkt hergekommen sein – feine Blutstropfen zieren sein Hemd. Im Gegensatz zur allgemeinen Volksweisheit, dass leichte Schläge auf den Hinterkopf die Denkfähigkeit erhöhen, schlussfolgert Lars heute Morgen allerdings in eine absurde Richtung, wie ich finde. Er ist felsenfest davon überzeugt, dass Chantal mit Irinas Verschwinden zu tun hat – und diejenige ist, die ihn nie-dergeschlagen hat.

»Sie haben uns wichtige Indizien geliefert, um Chantal Müller festzusetzen«, meint Herr Helmke an mich gewandt. »Und ich bin mir sicher, sie wird einknicken und noch heute gestehen.« Er strahlt mich an, und ich spüre mal wieder Bienen im Bauch.

»Welche Indizien genau?«, will ich wissen.

»Sie hat kein Alibi – weder in den Stunden, in denen Irina Ka-minski aus der Tierklinik verschwand, noch gestern Nacht während der Attacke gegen Kollege Baum. Wir alle wissen, dass sie Alex Her-big tief verbunden ist – mit seinem Wissen prostituiert sie sich im Moulin Rouge, und über die Zimmervermietung verdient er daran ordentlich mit«, fasst Herr Helmke zusammen. »Es wäre schon ein Wunder, wenn Frau Müller nicht auch in Herbigs Drogengeschäfte involviert wäre – immerhin vertickt sie welche.«

Ich presse die Lippen aufeinander und schaue zu Lars, der die Arme vor der Brust verschränkt hat und mich herausfordernd an-sieht. Einen Moment lang liefern wir uns ein Blickduell, wie ich es mit Lou ausfechte, wenn sie etwas nicht tun soll, es aber unbedingt will. Zum Beispiel ausprobieren, wie sich Schwerkraft auf einen Glasteller auswirkt.

»Mieze ist der Meinung, dass Frau Müller unschuldig ist«, er-klärt Herr Legert, der Lars und mein Gefecht still beobachtet hat.

»Ist das so?« Herr Helmke runzelt die Stirn. Er faltet seine Hände vor dem Bauch und brummt vor sich hin, während er dar-über nachdenkt.

»Also, ›unschuldig‹ ist vielleicht das falsche Wort«, sage ich und werde unterbrochen.

»Chantal hat bereits zugegeben, dass sie Kunden des Moulin Rouge abzockt, indem sie sie auf eines der Zimmer lockt und ihnen eine private Vorstellung mit Ringelpiez bietet, während sie heimlich alles filmt, um sie später zu erpressen. Das ist alles andere als unschuldig«, gibt Lars zu bedenken.

Ich sehe Chantals entsetztes Gesicht wieder vor mir, als man ihr nahelegte, reinen Tisch zu machen, um ihre Lage zu verbessern.

»Frau Müller, man wirft Ihnen schwere Körperverletzung vor, das ist kein Kavaliersdelikt«, hatte Kollege Legert ihr in eindringlichem Ton vermittelt.

Ich kam mir ziemlich schäbig vor, hinter dem Glas zu hocken und Protokoll zu führen über jedes Wort, das sie sagte – das Aufnahmegerät war kaputt und da kam ich gerade recht ins Revier gestürzt mit der Frage: »Wo ist Chantal?«

»I think I spider«, spuckte sie aus. »Ich habe niemandem eine übergezwitschert, verstehen Sie mich?«

»Ich verstehe Sie sehr gut«, meinte Herr Legert, der ihr nicht in die Augen sehen konnte, weil er offensichtlich von ihrem Outfit abgelenkt war und die Kleine überdies … nun ja, reizend findet. Trotzdem führte er das Gespräch sehr professionell und belehrte sie ausführlich über ihre Rechte.

Schwer zu sagen, ob sie zuhörte; sie sah so zerbrechlich aus, wie sie in diesem kargen Zimmer saß und ihren Blick unstet umherwandern ließ. Ich hätte mich am liebsten zu ihr gesetzt, um sie zu unterstützen.

»Hören Sie, Frau Müller, wir wissen, dass Sie illegale Nebenverdienste haben, und das können wir auch beweisen. Wenn Sie sich kooperativ zeigen, wird Ihnen das zugutekommen, das verspreche ich Ihnen.«

Chantal starrte den Kollegen eine ganze Weile an, und er blickte auf die Papiere herab, die vor ihm auf dem Tisch lagen, als suche er nach einem bestimmten Detail.

»Na gut«, begann sie schließlich zögerlich, »ich gebe ja zu, dass ich einige Kunden überredet habe, mir etwas Geld zu spenden ...«

»Erpressung«, berichtigte Herr Legert. »Das nennt man Erpressung und das ist eine Straftat«,

»Das weiß ich. Und now I have the salad.«

»In welcher Verbindung stehen Sie zu Irina Kaminski?«

»In gar keiner.«

»So? Frederik Mildner hat ausgesagt, dass Irina Ihnen den Mann ausgespannt hat und Sie ihr daraufhin die Reifen ihres Autos beschädigten. Und ihr Rache schworen.«

»Das ist doch schon ewig her.« Chantal winkte ab. »Sie sollten sich lieber dieses Arschloch vornehmen, anstatt Ihre wertvolle Zeit mit mir zu verschwenden. Der ist hier der eigentliche Verbrecher.« Alles an ihr wirkte hilflos. Die Geste, mit der sie ihr Haar zurückstrich, ihre zur Schau gestellte Angriffslust.

»Sie meinen Herrn Mildner? Was wissen Sie über ihn?«, hakte Herr Legert nach und fixierte Chantal jetzt doch mit seinem Blick.

»Dass er ein mieser Erpresser ist.« Chantal biss sich auf ihre vollen Lippen und senkte den Blick.

»Erpresst er Sie?«

»Ich sage jetzt gar nichts mehr.«

»Schweigen ist Ihr gutes Recht. Aber es bringt uns nicht weiter – und Sie auch nicht.«

»Ich bin bereits zu weit gegangen.« Chantal schwieg und blieb dabei, egal was Herr Legert auch versuchte. Schließlich führte man sie ab und brachte sie in die Untersuchungszelle im Keller. Ich ließ den Stift fallen und bat einen Kollegen, mich nach Hause zu fahren, wo ich tot in die Kissen fiel.

»Und es war eindeutig eine Frau, die dir das ...«, ich deute auf Lars' Beule, »... angetan hat?«

»Weiß nicht, vielleicht war es auch ein sehr zierlicher Mann mit einer hellen Stimme. Sag du es mir, Michaela.«

Ich verschränke schützend die Arme vor der Brust und erinnere mich selbst an meinen guten Vorsatz, Lars nicht mehr zu verfluchen. Aber er hat recht, ich habe sie schließlich auch gehört, die Frauenstimme, bevor die Verbindung zu seinem Handy getrennt wurde. Trotzdem, so schnell gebe ich nicht auf.

»Ich hab Chantal in der Bar gesehen, so schnell hätte sie doch gar nicht zurück sein können«, gebe ich zu bedenken. »Fliegen kann sie ja nun nicht.«

»Ich habe es überprüft, sie hätte es schaffen können«, fällt mir Kollege Legert in den Rücken, sodass ich ihn mit einem bösen Blick abstrafe, was er ignoriert. »Nehmen wir an, sie war es. Dann wollte sie sich sicher ein Alibi verschaffen, indem sie schnell zurück zur Bar ist.«

Ich lasse den Rest meines gestrigen Abends noch einmal Revue passieren und erinnere mich an meine Bewunderung für Chantals Aussehen. Moment mal …

»Ha!«, rufe ich so laut aus, dass die drei Herren um mich herum zusammenzucken. Also mal ehrlich, Jungs, ihr wollt von der Kripo sein? Ich gönne mir ein kurzes Grinsen, bevor ich meinen Trumpf ausspiele: »Es gibt sicher eine Menge Kerle, die euch bestätigen werden, dass Chantal gestern eine umwerfende Frisur trug – seidige Haare bis zum Po.« Die drei Kollegen starren mich an, als hätte ich gerade das Pippi-Langstrumpf-Lied gesungen. »Mann, Jungs, jeder weiß doch, dass geglättete Haare, wie Chantal sie gestern trug, sich sofort wieder locken, wenn sie feucht werden. Und gestern Nacht hat es die ganze Zeit über geregnet. Sie hätte unmöglich so gestylt aussehen können, wenn sie das Moulin Rouge tatsächlich verlassen hätte.« Ich blicke von einem zum anderen, niemand sieht mich an.

Lars grunzt, Herr Helmke stößt ein Brummen aus, und Kollege Legert schenkt sich Kaffee ein.

»Dann fragt halt einen Friseur, wenn ihr mir nicht glaubt«, schnappe ich. »Mit Haaren kenne ich mich jedenfalls aus.«

Endlich guckt Herr Helmke zu mir, dann wendet er sich an Herrn Legert. »Gut, prüfen Sie das. Und fragen Sie Frau Müller, ob sie einen Regenschirm besitzt.«

Herr Legert nickt, ansonsten ist es still im Büro; scheinbar hängen alle ihren Gedanken nach, verdrießliche Mienen im Gesicht. Okay, ich habe soeben die einzige heiße Spur vernichtet ...

»Was wäre, wenn es Irina war?«, schlage ich als Alternative vor. »Wenn sie weder tot noch verschwunden ist und sich lediglich unterhalb unseres Radars bewegt?« Lars guckt mich an, als wäre ich übergeschnappt. »Anita Herbig hat mir gestern erzählt, dass sie Irina gesehen hat. Es wäre doch möglich, dass sie bei Alex ist und sich dort versteckt hält.«

»Unwahrscheinlich«, brummt Herr Helmke, ohne seine Skepsis zu begründen. Toll, das kann ja wohl jeder!

»Wo will Anita Herbig Irina denn gesehen haben?«, fragt Lars nach, und ich muss passen. Ich stand gestern so unter Schock, dass ich nicht weiter nachgefragt habe.

»Da müsste ich noch einmal unauffällig nachhaken«, gebe ich zu.

»Frau Herbig ist alt, sie hat sich möglicherweise vertan«, meint Lars. »Wir überwachen Irinas Wohnung und auch die Tierklinik, in der ihr Hund behandelt wurde. Niemand hat je nach dem Tier gefragt, und sie wusste ja nicht, dass der Hund verstorben ist.«

»Alex kann es ihr erzählt haben.«

»Der konnte es auch nicht wissen; wir haben peinlichst darauf geachtet, dass nirgendwo verbreitet wurde, dass der Hund die OP nicht überlebt hat. Und da nicht mal die Boulevardpresse über den Fall berichtet hat, gehe ich davon aus, dass die Geheimhaltung funktioniert.« Lars seufzt. »Wir hatten ja auch gehofft, dass sich irgendjemand meldet, um sich nach dem Verbleib des Hundes zu erkundigen. Fehlanzeige.«

»Meine Herrschaften«, unterbricht Herr Helmke unsere Spekulationen. »Kommen wir zu der Frage, was das weitere Vorgehen angeht.« Er wirft mir einen prüfenden Blick zu, während ich meinen Rest Kaffee in die Jukka Palme hinter mir schütte, weil ich auch ohne noch mehr Koffein schon unter Strom stehe. »Kollege Baum ist aus dem Einsatz raus. Seine Tarnung ist aufgeflogen. Wer auch immer ihn gestern Nacht erwischt hat, ist gewarnt. Nun stellt sich die Frage, ob wir auch Frau Moll abziehen.«

Was? Wozu hab ich mich bitte da so reingefuchst, tanzen und Spagat gelernt? Doch nicht, um jetzt einfach aufzuhören! Mal abgesehen vom Trinkgeld, das ich behalten darf ...

»Wenn ich aussteige, haben wir keine Möglichkeit mehr, an internes Wissen zu kommen«, bemerke ich.

»Der Kandidat hat hundert Punkte«, brummt Lars, wofür ich meinen Kaffeelöffel nach ihm werfe, der ihn an der Schulter trifft und klirrend zu Boden fällt. Lars wirft mir einen verdutzten Blick zu.

Herr Helmke ignoriert uns und sagt: »Ich bin dafür, dass wir den Einsatz abbrechen.« Bedauern klingt in seiner Stimme. Ob Paps seine Finger im Spiel hat?

»Ich auch«, pflichtet Lars ihm bei, und ich überdenke mein Versprechen, ihn nicht mehr zu verfluchen. »Frau Moll ist nicht routiniert genug. Sie könnte ernstlich in Schwierigkeiten geraten, jetzt, wo wir die Verdächtigen aufgeschreckt haben.«

Soll das ein Witz sein?

»Also, *ich* hab mich gestern nicht erwischen lassen.« Der Seitenhieb sitzt, Lars wirft mir einen beleidigten Blick zu. »Und nur so nebenbei: Gerade jetzt, wo die Leute gewarnt sind, können sie Fehler machen. Jetzt wird es doch erst so richtig interessant.« Zumindest ist es in meiner Lieblings-Krimiserie immer so.

Nach einigem Hin und Her entschließt sich Herr Helmke, dass ich weiter dranbleibe und Lars sich im Hintergrund hält, um auf mich aufzupassen. Ich bin absolut nicht bereit, so leicht das Handtuch zu werfen, nein, jetzt fange ich erst richtig an. Mieze Moll gibt alles und wird den Fall lösen!

Am Nachmittag komme ich endlich mal dazu, den Berg Bügelwäsche anzugehen, als Lou ins Zimmer platzt.

»Rosi hat einen Anfall im Hals«, meint sie besorgt und hält mir das kleine Wesen mit den Nagezähnchen entgegen.

»Wie kommst du darauf, mein Schatz?«, frage ich und stelle das Bügeleisen zur Seite.

»Sie will nis essen«, erklärt Lou traurig.

»Vielleicht ist sie ja satt.«

»Nein. Sie will kein Frühstück. Sie will kein Mittag und keine Kekse.« Lou streichelt Rosi ganz vorsichtig über den Kopf. Die Meersau quiekt leise und kuschelt sich in Lous Arme. Bald schon guckt nur noch ihr Po hervor. Ich runzle die Stirn, nehme das Tier an mich und schaue mir das kleine dicke Ding, das eigentlich nichts lieber tut als Fressen, mal in Ruhe an.

»Vielleicht ist sie nur ein bisschen müde«, vermute ich, weil sie sonst ganz okay aussieht.

»So müde wie is, wenn ich krank bin?«

»Ähm, eigentlich ...«

»So wie is mit Scharlach?«

Okay, nein, auch das habe ich nicht gemeint, aber Lou hört mir schon nicht mehr zu, sondern rennt davon, um ihre Kuscheldecke zu holen.

»Rosi schläft sich jetzt einfach gesund«, schlage ich vor und bringe die kleine Meersau zurück in ihren Käfig, damit sie Ruhe vor Lous liebevollen Händchen hat. Ich kann gerade noch verhindern, dass meine Prinzessin ihre Decke mit in den Käfig stopft, und widme mich danach weiter dem Haushalt, den ich zugegeben sträflich vernachlässigt habe.

Eine Stunde später höre ich einen panischen Schrei aus Lous Zimmer. Ich lasse den Topf, den ich gerade abgewaschen habe, in die Spüle fallen, renne los und stoße mir den großen Zeh an der Küchenzeile. Heißer Schmerz durchzuckt meinen Fuß. »Scheiße!« Ich humple weiter, biege viel zu schnell um die Ecke und rutsche auf dem frisch gewischten Parkett aus. Als ich endlich bei Lou ankomme, hockt sie vor Rosis Käfig und weint.

»Was ist denn, mein Schatz?«, presse ich hervor und würde am liebsten auch heulen. Gott, tut mein Zeh weh!

»Is will nicht, dass Rosi totgeht«, schluchzt Lou.

»Sie stirbt nicht, Süße«, versuche ich, sie zu beruhigen, und gehe neben ihr in die Knie.

»Aber sie liegt nur rum.« Lou deutet in den Käfig, wo sich Rosi halb im Stroh vergraben hat. »Sie hat bestimmt Meerschweine-Ssarlach.«

»An Scharlach stirbt man doch nicht«, sage ich.

»Luis sagt, doch.«

»Luis spinnt«, sage ich und nehme mir vor, mal ein Wörtchen mit Jasmin zu sprechen. Nicht über ihren Mann Bernd und seine

Ausflüge in bezahlte Betten, sondern über ihren Sohn und dessen medizinisches Halbwissen.

»Luis hat gesagt, wenn is nicht geimpft bin, dann schon.« Lou bricht erneut in Tränen aus.

»Ja, aber du bist geimpft. Wir gehen doch immer mit Lotta zusammen«, erinnere ich sie.

»Ist Rosi auch geimpft?« Ein Hoffnungsschimmer blitzt auf ihrem Gesicht.

»Ja, natürlich. Du warst doch dabei.«

»Aber sie kann nis essen. Sie muss zum Doktor«, kombiniert Lou angestrengt. »Is war da auch.« Plötzlich schlägt sie erschrocken ihre kleinen Händchen vor den Mund. »Oh, Mama!«, schreit sie mich an und starrt auf meinen Fuß. »Du musst auch zum Doktor!«

Ich folge ihrem Blick. Durch meinen Socken sickert Blut. War wohl doch ein schlimmerer Zusammenstoß mit der Küchenecke, als ich wahrhaben wollte.

»Na gut«, sage ich und stehe ungelenk auf, um den frisch gereinigten Boden nicht zu besudeln. »Mama macht sich ein Pflaster um und dann fahren wir mit Rosi ins Tierkrankenhaus, okay?« Das liegt um die Ecke und ist viel besser zu erreichen als die nächste Kleintierpraxis – mit meinem Zeh komme ich nicht weit.

Lou hilft mir ganz fürsorglich und stützt mich, während ich meinen Socken im Badezimmer ausziehe, um meine Wunde zu begutachten.

»Tut weh?«, fragt sie interessiert. Ich nicke.

»Is puste«, sagt sie und bläst mir eine Ladung Spucke auf den Fuß. Ilka meint ja immer, dass mütterlicher Speichel eine heilende Wirkung bei Wunden aller Art hat – funktioniert umgekehrt doch bestimmt genauso.

223

»Das ist so lieb von dir, mein Schatz«, sag ich, während ich ein Schlumpf-Pflaster auf meinen ramponierten Zeh klebe.

Eine Stunde später sitzen wir im Wartezimmer der Vorstadt-Tierklinik. So krank sieht Rosi gar nicht aus, denke ich mit Blick in die Transportbox auf Lous Schoß und rechne mir bereits aus, was einmal Herzchen abhören und in den Hals gucken wohl wieder kosten mag.

Lou zählt gerade laut die Tiere auf, die im Wald leben, und sie ist beim bösen Wolf und Zauberpferd Sternenschweif angekommen, da werden wir aufgerufen.

»Dann wollen wir mal gucken, was wir für euch tun können«, meint eine Arzthelferin und lotst uns in einen Untersuchungsraum.

»Danke, das ist nett«, sage ich, als sie uns die Tür aufhält. Lou ist als Erste drin.

»Ich bin Doktor Wilhelm«, begrüßt uns ein älterer Mann mit Zwirbelbart, Nickelbrille und weißem Mantel. »Und wer ist mein nächster Patient?«

»Das is Rosi«, kräht Lou und verlangt, dass ich sie auf den Arm nehme, sobald ich die Transportbox auf den Untersuchungstisch abgestellt habe. Die Arzthelferin nimmt die kleine Meersau heraus und wiegt sie erst einmal.

»So ein hübsches Tier«, sagt sie zu Lou, und die strahlt voller Stolz übers ganze Gesicht. Rosi beschwert sich währenddessen lauthals, weil man sie auf den blanken Behandlungstisch setzt.

»Was ist Ihnen denn aufgefallen bei der Rosi?«, fragt Dr. Wilhelm und runzelt die Stirn, als er die Meerschweinchendame wieder vor sich hat.

»Rosi hat Ssarlach«, erklärt Lou.

»Wie kommst du denn darauf, kleines Fräulein?« Der Arzt tastet Rosi ab.

»Is hatte auch mal Ssarlach. Und Rosi frisst nis«, antwortet Lou. »Sie hat Hals-Aua.«

Weil ich mir nicht sicher bin, ob Dr. Wilhelm des Lou'schen mächtig ist, übersetze ich: »Seit heute Morgen frisst sie nicht mehr und das ist schon etwas ungewöhnlich, denn normalerweise ist sie eher ... nun ja, verfressen, wie man sieht.« Ich hebe Lou etwas höher auf meine Hüfte, und sie fummelt an meinem Ohrring herum, was mich nervös macht, da sie mir nicht nur einmal ausversehen einen herausgerissen hat.

Der Arzt schweigt einen Moment und lässt Rosi wieder in ihre Box. Sie grunzt zufrieden und verkriecht sich in einer Ecke.

»Frau Moll, ist Ihnen klar, dass Sie Nachwuchs bekommen?«

Ich schaue ihn komisch an, denke über meinen Verhütungsring nach und komme erst einige Sekunden später darauf, dass er nicht mich meint, sondern Rosi. What the fuck!

»Wie kann das denn sein? Gibt es bei Meerschweinchen sowas wie unbefleckte Empfängnis?«, stoße ich aus.

»Nein, eher nicht«, meint der Arzt knapp, und ich kann nicht einschätzen, ob er über etwas nachdenkt oder einfach brummelig ist.

»Wir haben sie gerade erst aus der Tierhandlug«, sage ich. »Sie ist doch noch ganz jung.«

»Das kommt vor. Hat sich womöglich ein Böckchen zu ihr verirrt«, vermutet Dr. Wilhelm und tippt etwas in den Computer, der neben dem Behandlungstisch auf einem niedrigen Stahlschrank steht.

»Heiliger Scheibenkleister.«

Lou legt ihre Hände an meine Wangen und schaut mir in die Augen. »Was hat der Doktor gesagt, Mama?«

»Dass Rosi ein Baby bekommt«, wiederhole ich fassungslos.

»Hurra, is bekomm 'ne Sweineswester!«, jubiliert meine Dreijährige, und ich lasse sie vom Arm. Sie führt einen ihrer Tänze auf, die sie beim Kinderturnen gelernt hat, mit viel Klatschen und Trampeln, sodass Rosi in ihrer Box erschrocken aufquiekt.

»Ich würde sagen, fünf in etwa«, korrigiert Dr. Wilhelm, und ich möchte mir die Haare raufen. Wie soll ich das denn Fabian erklären?

»Aber … ich bin doch keine Hebamme«, sage ich überfordert. »Und überhaupt, wir wollen nicht so viele Haustiere.« Wären wir mal bloß bei dem Eichhörnchen im Garten geblieben.

»Ich gebe Ihnen etwas Lektüre mit, dann können Sie sich schlau lesen«, meint Dr. Wilhelm. »Die Wunder der Geburt sind etwas ganz Besonderes. Und sollte es Komplikation geben, dann kommen Sie einfach wieder – wir haben auch Notdienste.«

»Ja, super«, hauche ich.

»Sie schaffen das.« Dr. Wilhelm nickt mir aufmunternd zu und wendet sich an seine Arzthelferin. »Gabriele, packen Sie Frau Moll alles ein, was wir an Infomaterial dahaben, ja? Und Sie« – jetzt schaut er wieder zu mir – »sehe ich dann mit dem Nachwuchs zur Nachuntersuchung.« Er reicht mir die Hand, schüttelt sie und verschwindet dann zur Tür hinaus.

»Natürlich«, murmle ich, nehme die Kiste mit der dicken Rosi und mache mich ebenfalls auf den Weg. Lou hüpft vor uns her und vollführt eine schiefe Arabeske.

»Wir haben auch Adoptionsdienste, wenn sie nicht alle behalten wollen«, sagt Arzthelferin Gabriele neben mir, die gekonnt Lous herumwirbelnden Armen ausweicht.

»Da komme ich ganz sicher drauf zurück, danke«, höre ich mir selbst zu. »Mensch, man hat ja schneller einen eigenen Zoo, als man denkt. Nicht wahr?«

Am Tresen warten wir auf die Rechnung und die Anleitung zur Geburtshilfe für Mini-Säuger. Gott, wenn ich daran denke, wird mir schon ganz komisch. Lou singt eine Ode an Rosi, die ihr bald viele kleine Rosis beschert, und mir sackt das Herz in die Hose. Und das nicht, weil ich den Betrag sehe, den ich jetzt schon bezahlen muss, sondern weil keine zwei Meter von mir entfernt Natascha, Frederiks Frau, an der Theke lehnt und mit Gabriele redet. Wieso muss ich denn überall auf Menschen stoßen, die ich eigentlich nur im Moulin Rouge treffen möchte?!

Eilig wende ich mich ab und stecke meinen Kopf in eine Betel-palme neben mir. Glücklicherweise sieht mich Natascha nicht und verlässt die Tierklinik vor mir. Uff. Mein Adrenalinverbrauch ist in letzter Zeit besorgniserregend gestiegen.

Als Fabian abends nach Hause kommt und von Lou erfährt, dass er »Rosi-Opa« wird, fällt es ihm sichtlich schwer, sich angemessen darüber zu freuen.

»Sie kriegt ganz viele Rosinchen und die dürfen alle in meinem Zimmer wohnen«, strahlt Lou, und ich beobachte, wie Fabian erst blass und dann rot wird.

»Mieze?« Er wirft mir einen Blick zu, als sei das meine Schuld.

»Guck mich nicht so an«, fahr ich ihn an. »Ich hab sie doch nicht geschwängert.«

»Mann, Michaela, kannst du mal ernst sein? Wieso glaubt Lou, dass sie die Babys behalten darf?«

»Weil sie drei ist?«

Fabian stöhnt auf, macht ein paar Schritte durch den Raum, kommt zurück und bleibt vor mir stehen. »Hör mal, das musst du mit ihr klären, aber ganz schnell und bevor die Viecher schlüpfen ...«

»Die schlüpfen nicht, es sind Säugetiere.«

Fabian setzt zu einer Bemerkung an, überlegt es sich anders und geht an mir vorbei. Wortlos verschwindet er im Flur, kurz darauf kann ich die Tür zum Bad knallen hören. Seit ich abends und nachts regelmäßig weg bin, sodass wir uns kaum noch sehen, ist er angespannt und übellaunig. Und mir fällt ein, was Lars zu mir gesagt hat. *Klugscheißer mag keiner.*

Bis zum Krimi hat sich Fabian beruhigt, und er entschuldigt sich bei mir, bleibt aber ungewohnt wortkarg, und die Stimmung ist frostig.

»Ich bin müde«, sagt er, noch bevor der Filmkommissar den Fall gelöst hat, und verlässt die Couch. »Gute Nacht.«

»Nacht, Schatz.« Obwohl ich selbst schon seit einer ganzen Weile immer wieder eingeschlafen bin und keine Ahnung habe, wer der Täter sein könnte (wie im richtigen Leben, haha), warte ich eine Weile, bevor ich ihm folge. Was geht eigentlich schief in letzter Zeit?

Als ich ins Bett steige, schläft Fabian bereits. Inzwischen bin ich viel zu müde, um einzuschlafen, wälze mich hin und her und starre Löcher in die Nacht. Irgendwann stehe ich auf, schlurfe ins Bad hinüber und fülle meinen Zahnputzbecher mit Wasser. Auf dem Waschbecken liegt ein Blister mit Aspirin, in dem zwei Tabletten fehlen. Hatte Fabian Kopfschmerzen? Hm, normalerweise bin ich diejenige von uns beiden, der aufgrund von übermäßigem Prinzessin-Lillifee-Hörspiel-Genuss der Schädel dröhnt.

Damit Lou morgen Früh nicht auf falsche Gedanken kommt, greife ich den Pillenstreifen und lege ihn ins das Medikamentenfach ganz oben in unserem Badezimmerschrank, der auch mal wieder ausgemistet werden müsste. Lauter angefangene Packungen, deren Haltbarkeitsdaten längst überschritten sind. Jedes Jahr regt es mich wieder auf: Kaum geht die Heuschnupfenzeit los, rennt Fabian in die Apotheke und kauft sich sein Antihistaminika-Spray, statt im Schrank nachzugucken, ob ... Moment mal!

Das Gehirn kann ja manchmal Fakten verknüpfen, da wusste man gar nicht, dass sie zusammengehören! Heuschnupfen – Schnupfnase, tränende Augen – hatte davon nicht auch Natascha gesprochen? Und von ihrer und Frederiks Hundehaarallergie? Doch, und sie hatte sich über die Hinterlassenschaften von Irinas Labrador aufgeregt. Und da frage ich mich doch, was macht eine Frau, die keine Haustiere hat und nach eigener Aussage auf jedes total allergisch reagiert, in einer Tierklinik?!

Drei zu null für Mieze?

Auf Zehenspitzen schleiche ich über den Flur ins Büro und nehme das Telefon von der Station. Auf Fabians Schreibtisch steht jetzt Rosis Käfig, damit sie genug Ruhe hat, und ich höre sie leise fiepen. Am anderen Ende der Leitung tutet es zum siebten Mal, bevor endlich jemand abhebt.

»Paps?«, frage ich leise in den Hörer.

»Mieze? Ist was passiert?« Wie beim letzten Mal klingt er schläfrig; ich werfe einen Blick auf die Uhr im Display des Telefons. 00:32. Verdammt, mein Biorhythmus und Zeitgefühl sind völlig im Eimer.

»Ich war heute mit Rosi, unserem Meerschweinchen, in der Tierklinik«, berichte ich und nehme das Seufzen von Paps am Rande wahr. »Und was glaubst du, wen ich da treffe?«

»Lass mich raten, den Weihnachtsmann, der seine Rentiere behandeln lässt?«

»Papa, bleib doch mal ernst!«

»Wenn ich ernst werde, muss ich dich bitten, zu besseren Zeit-punkten anzurufen«, antwortet er und dämmert wieder weg.

»Zeit ist relativ. Und ich habe das Gefühl, sie rennt mir weg. Oder besser, mir entgeht etwas Wesentliches, das für den Fall von unschätzbarer Wichtigkeit ist«, sage ich und erhalte ein Grunzen als Antwort.

»Papa? Schläfst du? Papa?«

»Nö.«

»Willst du nicht wissen, wer da war, in der Tierklinik?«

»Na gut. Wer war es?« Ich höre es rascheln und vermute, dass er sich sein Kopfkissen zurechtrückt, um aufrecht im Bett zu sitzen.

»Die Frau von diesem Frederik. Natascha Mildner. Ich habe dir von ihr erzählt.«

»Ja, ich weiß. Die Tochter von dem Putzmittelfabrikanten.« Paps hat ein ausgezeichnetes Gedächtnis, das muss ich ihm lassen. »Aber was ist daran ungewöhnlich?«

»Nur die Tatsache, dass sie weder Haustiere haben noch mögen. Sie sind beide Allergiker.«

»Hm. Sie könnten für jemanden anderen dort gewesen sein. Für die Oma, deren Katzen Flohkuren brauchen. Oder den Nach-barn, dessen Kanarienvogel Sprechperlen nicht verträgt.«

»Vielleicht hatte sie aber einen ganz anderen Grund«, überle-ge ich. »Paps, erinnerst du dich noch, in welcher Klinik der Meth-Labrador behandelt wurde? Ich hab dir doch davon erzählt.«

»Mieze, *du* arbeitest bei der Polizei. Ich bin im Ruhestand und liege außerdem schon im Bett. Eigentlich will ich das jetzt nicht dischbediere.«

»Bitte, Papa, dein Gedächtnis ist viel besser als meins. Wir dis-kutieren auch nicht lange. Und das ist wichtig. Ich habe da so ein Gefühl.«

»Deine Gefühle möchte ich haben«, antwortet er und schweigt dann für eine Weile, während er tief ein- und ausatmet. Ich kann ihn geradezu vor mir sehen, wie er ans Kopfkissen gelehnt im Bett sitzt, die Stirn in tiefe Falten legt und den Blick nach innen richtet, als sei sein Gedächtnis ein Buch, das man lediglich an der richtigen Stelle aufschlagen muss, um ein bestimmtes Detail nachzuschlagen.

Vor lauter Aufregung knabbere ich beinahe an meinen manikürten Fingern herum, wie zu der Zeit, als ich zwölf war, und schließlich halte ich es nicht mehr aus und frage: »Bei welchem Arzt ist der Hund eingeliefert worden?«

»Vorstadt-Haustierklinik Wilhelm – hast du mir zumindest so gesagt.« Bingo. Dieselbe Klinik, in der wir uns heute begegnet sind.

»Zufälle gibt's«, sage ich triumphierend und quietsche aufgeregt vor mich hin, bis Rosi aus ihrem rosa Schloss heraustapst und nach dem Rechten schaut. Ihr folgen vier weitere, sehr kleine Meerschweinchen: ein schwarzes, ein geflecktes und zwei rote.

»Oh Gott«, stoße ich aus.

»Was denn?«, höre ich Paps alarmiert fragen.

»Das gibt's ja nicht«.

»Was babblest denn da? Geht es dir gut? Mieze?«

»Die hat einfach ohne uns ihre Babys bekommen«, stelle ich fest und lasse den Hörer sinken.

»Mieze? Hallo?«

»'Tschuldigung, Paps. Ich muss auflegen, ich ruf dich morgen noch mal an.«

»Herrgott noch eins. Mieze Moll, du machst mich fertig!«, meckert er und legt vor mir auf.

12

Die Katze auf dem
heißen Wellblech

Ich betrachte lange die Diagramme und Notizen zu den jeweiligen Verdächtigen und verlagere dabei mein Gewicht immer wieder von einem aufs andere Bein. Mein Blick wandert von Alex zu Chantal, zu Irina über Frederik und wieder zurück zu Alex. Eine Weile bleibe ich beim Foto vom Labrador hängen und lese mir das Befragungsprotokoll des Tierarztes und von Praxishelferin Gabriele durch. Ja, die Gabriele, die Rosi und uns gestern so liebevoll betreut hat – an jenem verhängnisvollen Nachmittag nahm sie den Hund samt völlig aufgelöster Tierhalterin Irina Kaminski in Empfang. Gabriele sagte aus, dass Irina sehr an dem Tier hing und es Probleme gab, sie aus dem OP-Saal rauszuhalten. Deshalb sei sie so überrascht gewesen, als Irina nach der OP verschwunden war.

Ich folge einem roten Faden, der Chantal immer wieder mit Alex verbindet, und bleibe schließlich bei Irinas Bild hängen. Ich gehe näher heran, lasse meine Finger über die Ränder des Fotos streichen und betrachte die Kette, die Irina um ihren Hals trägt. Ein goldenes vierblättriges Kleeblatt. Tja, Glück hat es ihr nicht gerade gebracht.

»Hast du alles geschafft?«, will Lars von mir wissen, als er ins Büro schaut, und ich wirble so schnell zu ihm herum, dass mein Kleid sich aufbauscht, was ihn dazu veranlasst, eine Augenbraue zu heben.

»Ja, liegt auf dem Schreibtisch«, antworte ich und werfe einen Blick auf die Uhr, weil ich gleich Lou vom Kindergarten abholen muss. »Ist Chantal immer noch in Gewahrsam?« Ich bin ein biss-

chen sauer auf Lars, weil er meine Meinung zu ihr als reine Gefühls-
duselei abgetan hat. Was ist aus dem guten alten Instinkt geworden?
Ich dachte immer, erfolgreiche Ermittler bräuchten sowas!

»Ja«, antwortet Lars knapp und flüchtet vor mir und meinen
Theorien, die ich ihm den ganzen Morgen lang unterbreitet habe.
Ich knurre ihm einen Fluch hinterher, packe meinen Kram und verlasse das Büro. Als ich auf den Parkplatz trete, bemerke ich, dass
mein Fahrrad einen Platten hat.

»Verdammt!« Wie es aussieht, werde ich es wieder einmal nicht
pünktlich zum Kindergarten schaffen – ausgerechnet heute, wo ein
gemeinsames Mittagessen mit Mamis und Papis und anschließen-
des Basteln angesagt ist. Zu allem Überfluss hat mich Fabian beim
Frühstück wissen lassen, dass er es unmöglich schaffen würde, so
früh aus dem Büro zu verschwinden, »Bei dir geht's doch aber,
oder?« – »Ja klar, nach den ganzen Sondereinsätzen kann ich ruhig
mal früher Schluss machen.« Großartig, neuer Gesprächsstoff für
die Vorzeigemütter! Herr und Frau Moll sind ja beide nie pünktlich,
ihr Beruf ist ihnen wichtiger, warum haben die eigentlich ein Kind
gekriegt, solche Leute müsste man ... bla, bla, bla.

»Auf Wiedersehen, Michaela«, höre ich plötzlich hinter mir. Ich
werfe einen Blick über die Schulter und entdecke Lars, der mit seinen Autoschlüsseln klimpert.

»Lars?« Ich setze mein strahlendstes Lächeln auf, mit dem ich
jedes Casting für Zahncremewerbung gewinnen würde, und lasse
mein Fahrrad Fahrrad sein. »Kannst du mich bitte mitnehmen?«
Ich flöte ihn geradezu an, und er bleibt nicht stehen. »Ich muss
pünktlich bei Lou sein und mein Rad hat 'nen Platten, also dachte
ich, du könntest mich kurz am Kindergarten rauslassen.« Ich tipple
ihm hinterher, während er mit langen Schritten auf sein Auto zugeht
und ein noch mürrischeres Gesicht zur Schau trägt als vorher.

»Eigentlich habe ich keine Zeit.« Per Knopfdruck entriegelt er sein Auto zwei Meter, bevor er es erreicht. Sein Fehler. Schneller, als er überrascht und dann empört gucken kann, bin ich an ihm vorbei und durch die Fahrertür auf den Beifahrersitz geklettert. Als er sich zu mir hereinbeugt und zu etwas ansetzt, das vermutlich ein unfreundlicher Vortrag werden soll, erkläre ich ihm freudestrahlend: »Oh, gut. ›Eigentlich‹ impliziert ja die Möglichkeit, dass du dir die Zeit nehmen könntest, um mir diesen kleinen Fahrdienst zu erweisen, Herr Kollege. Ist auch gar nicht weit, und wenn du dich beeilst, merkst du den Umweg nicht mal.«

Kommentarlos rutscht er auf den Fahrersitz und lässt den Motor an. Ich nenne ihm die Adresse vom Kindergarten, nach der er nicht gefragt hat, und schon braust er vom Parkplatz. Ohne mich eines Blickes zu würdigen (okay, er muss auf die Straße gucken, aber hey, wenigstens ein finsteres Funkeln aus dem Augenwinkel könnte er mir widmen!), stellt er einen Song der Beatsteaks auf volle Lautstärke, den ich sofort wieder leise drehe.

»Ich habe noch mal über die Möglichkeit nachgedacht, dass es Irina hätte sein können, die dich niedergestreckt hat«, sage ich und beobachte, wie sich Lars' Mund zu einem schmalen Strich verzieht. »Wäre es nicht möglich, dass Natascha und Irina sich doch kennen? Und Natascha für Irina nach ihrem Hund in der Klinik gefragt hat?«

Lars seufzt. »Wir gehen deinen Hinweisen nach, Michaela«, meint er.

Ich zücke meinen Lipgloss und klappe den Spiegel runter, um etwas davon aufzutragen.

»Keine Alleingänge, Fräulein Moll, egal ob dir unsere Vorgehensweise passt oder nicht«, fordert er ernst. »Und im Übrigen: Ich schätze es nicht, wenn meine Kompetenz infrage gestellt wird. Auch nicht von Blondinen mit einem Hang zur Selbstüberschätzung, für die ich zu allem Überfluss auch noch verantwortlich bin.«

Hoppla, das ist es also. Ich blinzle angestrengt. »Ich werde mir Mühe geben.«

»Das hoffe ich«, knurrt er. »Zunächst warte ich die Ergebnisse der Spurensicherung ab. Dann sehen wir weiter.« Gespräch beendet, er dreht die Musik wieder auf volle Lautstärke.

Ich ziehe meinen Eyeliner nach, bevor ich das Radio abstelle. »Die Kette, die Irina um den Hals trug, die hab ich schon mal gesehen.«

Lars' Miene bleibt unbewegt, aber ich sehe, wie seine Kiefermuskulatur vor sich hin mahlt, als versuche er, Atome zwischen seinen Zähnen zu zerquetschen. »Kein Wunder«, murrt er. »Es handelt sich um Modeschmuck eines bekannten schwedischen Herstellers. Jede Zweite auf der Straße könnte so ein Teil tragen.« Jetzt wirft er mir doch einen kurzen Blick zu, halb spöttisch, halb triumphierend. »Das haben wir überprüft – wir sind nämlich ganz gut im Ermitteln, weißt du?« Er schaut wieder nach vorn und biegt auf die Hauptstraße ab. »Und nur so nebenbei – das mit uns ...« – Was kommt denn jetzt? Ich ziehe überrascht die Augenbrauen zusammen – »... ich meine, diesen privaten Fahrdienst hier, das bleibt eine Ausnahme.« Ach so.

»Ja, aber natürlich«, sage ich gelassen. »Ich würde dich niemals überfordern wollen.«

»Wie meinst du das denn jetzt schon wieder?« Er klingt genervt, während der Kindergarten in Sicht kommt.

»So, wie es sage«, antworte ich. »Offensichtlich hast du kein Händchen für Frauen und es kostet dich viel Energie, mit ihnen zu tun zu haben. Deshalb bin ich natürlich darauf bedacht, unsere gemeinsame Zeit in einem angemessenen Rahmen zu halten«, ärgere ich ihn.

»Das ist nett von dir.« Er hält an.

»Ach, nicht dafür, gern geschehen«, zwitschere ich und will gerade aussteigen, als Lars an mir vorbei greift und die Tür wieder schließt.

»Ich habe sehr wohl ein Händchen für Frauen.« Er sieht mich eindringlich an. Ups, da fühlt sich wohl jemand in seiner Ehre angegriffen. »Und ich habe auch kein Problem mit dir, nur um das mal klarzustellen.«

»Ach, nicht?«

»Nein.«

»Na, dann ist ja alles bestens«, sage ich. »Dann kannst du zukünftig also auch Kritik von mir annehmen? Und Vorschläge ernst nehmen? Und mich ausreden lassen, wenn ich spreche?« Mir gehen so viele unhöfliche Situationen durch den Kopf, dass ich noch ewig so weitermachen könnte, da entdecke ich Dinkelkeks-Doro, die gerade ihre Öko-Kiste parkt und neugierig zu uns herüberlinst.

»Das könnte ich«, meint Lars, »aber manchmal liegst du so daneben, dass man dich einfach vor dir selbst beschützen muss.« Er lächelt, und ausnahmsweise mal wirkt es nicht gezwungen. Ich klimpere mit meinen Wimpern und lächle zurück.

»Oh, Herr Baum, das ist wirklich süß von dir, aber ich brauche keinen Beschützer.«

»Da bin ich mir nicht so sicher.« Sein Lächeln verschwindet. »Jedenfalls bin ich nicht der Richtige, um auf eine leichtsinnige Person aufzupassen.«

Ich lasse meine Hand vom Türgriff sinken. »Ich bin doch nicht leichtsinnig!«

Er lacht unglücklich, und ich muss an den »Unfall« seiner Ex-Partnerin denken.

»Du bist wie die Katze, die auf der Jagd nach dem Vogel auf dem heißen Wellblech balanciert, das sich von der Sonne so erhitzt hat, dass es ihr die Pfoten verbrennt und sie in die Tiefe springt.«

Hä? Unsere Blicke verbinden sich einen Augenblick lang verstörend intensiv miteinander, bevor er nach unten auf meine ineinander verknoteten Finger schaut.

»Katzen landen immer auf den Pfoten«, meine ich nach einer Weile unangenehmer Stille und denke an den Tag, als ich von Opas Apfelbaum fiel und mir den Knöchel brach. Lars lächelt leise vor sich hin, als hätte er meine Gedanken erraten, und krempelt sich die Ärmel seines Jeanshemdes hoch. »Und sie haben sieben Leben«, füge ich mit erhobenem Zeigefinger an und öffne endlich die Tür. »Vielen Dank, dass du mich gefahren hast. Und danke fürs Sorgenmachen. Ich weiß das zu schätzen – auch wenn es unnötig ist.«

In diesem Moment entdecke ich Fabian, der vor dem Zaun des Kindergartens steht und zu mir und Lars' Wagen herüberstarrt. Ich dachte, er kann nicht kommen? Ich werfe die Autotür zu, hebe die Hand zum Gruß, als Lars davonfährt, und eile dann zu meinem Mann.

»Hallo, Schatz!«, begrüße ich ihn und will ihm einen Kuss geben, doch er dreht sich weg, als hätte er es nicht bemerkt.

»Ich konnte doch früher los«, berichtet er und geht seltsam lächelnd neben mir her zum Eingang. Er wirkt so unnahbar, dass ich ihn am liebsten fragen würde, ob er der Eisprinz aus dem Märchen *Die Schneekönigin* ist. Zwei Mütter drehen sich zu uns um.

»Hallo, ihr beiden, schön euch zu sehen«, sagt Bianka, die Mutter von Lukas und Emma aus Lous Wiesenzwerge-Gruppe.

»Gleichfalls«, meint Fabian. »Ich freu mich schon aufs Pizza-backen mit den Kleinen.« Der unterschwellige Zorn in seinem Ton trifft mich hart.

»Warte mal, ich glaube, ich habe etwas vergessen«, sage ich zu ihm, halte ihn zurück und lasse die anderen Mütter vorgehen.

»Ja, was denn? Mir zu sagen, dass du einen anderen hast? Daher vielleicht auch die ganze Heimlichtuerei?«, fragt er. Oh bitte – ernsthaft?

»Mach mal langsam, Schatz. Ich liebe dich und habe gar keinen Grund, mir einen anderen zu suchen.« Ich werfe einen Blick über seine Schulter zum Kindergartengebäude, wo gerade die Tür zufällt. Ob Bianka uns noch gehört hat? Sie guckte ziemlich komisch.

»Ein Kollege von dir in dem Auto?«

»Ja, Herr Baum. Ich habe ihn mal erwähnt.«

»Ich dachte, du kannst ich nicht ausstehen.«

»Das stimmt ja auch.«

»Das sah aber anders aus.«

»Mein Fahrrad ist kaputt, also hat er mich hergefahren.«

»Und warum rufst du mich nicht an? Ich habe dir doch gesagt, ich tue was ich kann, um heute mit euch beiden hier zu sein.«

Fuck! Mich trifft die Erkenntnis, dass ich über die ganze Grübelei bei den Diagrammen tatsächlich nicht richtig zugehört habe, als wir telefonierten. Schuldgetränkte Frustration umspült mich, und ich greife hilflos nach Fabians Hand.

»Tut mir so leid. Es ist gerade echt viel los ...«

»Und bei uns nicht, oder was?«, erinnert er mich an unsere privaten Pannen und seinen Zusammenstoß mit dem Gesetz und entzieht sich mir. Seine dunklen Augen sehen tief in meine hinein, oh, oh, sehr tief ...

»Lass uns in Ruhe darüber sprechen, wenn wir zu Hause sind«, schlage ich vor, spüre, dass ich plötzliche schwitzige Hände habe und ein flaues Gefühl im Magen. Keine Bienen dieses Mal, eher ein Haufen schleimige Maden.

»Sicher«, antwortet Fabian knapp. Noch immer starrt er mich durchdringend an, und ich stelle fest, wie schön mein Mann ist. Wie sehr ich ihn liebe und wie heftig mich seine ablehnende Haltung aufwühlt. Was so ein bisschen Eifersucht alles auslösen kann. Ich hebe zögerlich die Hand, als durch das Glas der Eingangstür Ilka winkt.

»Dann wollen wir mal.« Fabian wendet sich ab und eilt vor mir her den Weg entlang. Ich komme kaum hinter ihm her, da ist er schon durch die Tür und taucht in eine Gruppe Mütter ein.

»Ladies, dann wollen wir mal gucken, wer der beste Pizzabäcker im Land ist«, verkündet er breit grinsend und hakt sich galant bei Ilka und einer Single-Mama namens Lena ein. Sie strahlt ihn ganz ungeniert an und zeigt ihr perfektes Gebiss. Brenn, Baby, brenn!

Ich hatte keine Ahnung, wie fies es wehtut, wenn man sich an Bastelpapier schneidet, und erst recht nicht, dass das Schweigen inmitten eines Streites noch mehr schmerzt. Fabian konzentriert sich auf Lou und ignoriert mich weitestgehend. Leider sind die anderen Eltern nicht so höflich, unsere Eiszeit nicht zu beachten, und eine Mutter, deren Namen ich mir ums Verrecken nicht merken kann, fragt mich halblaut über den Tisch hinweg: »Was ist denn los bei euch? Wird doch wohl nicht so schlimm sein, dass man seine schlechte Laune mit in den Kindergarten bringen muss, oder?«

Es gibt so vieles, das ich darauf antworten könnte, und es wäre interessant zu sehen, ob die Gute dann immer noch dafür ist, seine schlechte Laune zu Hause zu lassen. Während ich noch überlege, für welche Erwiderung ich mich entscheiden soll – ich tendiere zu: »Ach, stand das nicht auf der Zutatenliste unter Salami und Käse? Ach nein, entschuldige, das war Geht-dich-'nen-Scheißdreck-an-du-neugierige-Trutsche, und das hast *du* ja schon mitgebracht.« –, fragt Fabian vom anderen Ende des Tisches: »Wieso schlechte Laune?« Seine Worte klingen so überrascht und sein Lächeln an die namenlose Schnepfe ist so unbedarft, dass sie rot wird und ihre Antwort in einem albernen Kichern ersäuft.

Fabian, du Teufel, mit diesem Trick hast du schon deine Grundschullehrerin getäuscht, wie mir meine Schwiegermutter einst verriet. Es könnte ein Moment des Triumphes sein, in dem das Ehepaar einen gemeinsamen Sieg davongetragen und sich gegen die böse Außenwelt behauptet hat, doch als ich in Fabians Richtung sehe, um ihm ein verschmitztes Grinsen zu schicken, senkt er den Kopf und konzentriert sich auf das Zuschneiden von Transparentpapierstreifen für irgendein total niedliches Fensterbildmotiv, das mich ab heute bis zur nächsten Bastelstunde im Herbst jeden Morgen daran erinnern wird, wie Fabian und ich uns gestritten haben. Toll.

Am Abend verkündet mein Liebster, dass er sich mit Lou eine Auszeit bei seinen Eltern nimmt. Und zwar ohne mich.

»Wir fahren zu Ooomi und Ooopi«, singt Lou durch die Wohnung, »mi-hi-tten in der Na-acht, mi-hi-tten in der Na-acht.«

Meine »Lass uns doch reden, da ist nichts«-Bemühungen wischt Fabian mit »Ich will jetzt nicht reden« beiseite. Was ist das bitte für ein Scheiß-Totschlagargument?!

Als Lou im Kindersitz verstaut ist – sie kreischt selig, weil sie vorn sitzen darf, und der Abschied von mir fällt ihr dadurch schmerzhaft leicht –, Fabian sich hinters Steuer klemmt und aus dem Seitenfenster »Ich melde mich« brummt, bevor er rückwärts auf die Straße stößt, laufen mir Tränen über die Wangen und ziehen eine hässliche Mascara-Abdeckcreme-Spur über mein Gesicht. Ich werde das Gefühl nicht los, dass ich gerade für all das bestraft werde, was in unserem Viertel gerade schief läuft. Vielleicht sogar kölnweit.

Tja. Nun ist es drei Uhr, mitten in der Nacht, und ich kann nicht schlafen. Ich sitze hier im Wohnzimmer mit Rosi, ihren vier Babys und einer Flasche Wein.

»Guten Abend, Wein. Darf ich vorstellen? Rosi, ihre Nachkommen und eine beschissene Nacht. Beschissene Nacht, Rosi und Co? Das ist Wein. Wein wird dafür sorgen, dass es mir gleich bessergeht und ich endlich schlafen kann«, plaudere ich gegen das Ticken der alten Wanduhr von Opa an.

Rosi drückt ihre Nase an die Gitterstäbe, als wolle sie sagen: »Alkohol löst keine Probleme.«

Ich fülle mein Glas bis zum Rand mit dem schönen roten Monet und kippe die Hälfte gleich mal auf ex in mich hinein. Es fühlt sich schön warm an in meinem Bauch, und ich kuschle mich in Lous Decke ein.

»Du hast ja keine Ahnung, du kleine Meersau. Und einen besseren Vorschlag hast du noch weniger.« Ich proste dem Schweinchen zu.

Die Babys huschen munter im Käfig umher, und Rosi quiekt: »Du könntest besser auf deine Familie aufpassen.«

Ich rutsche vom Sofa und setze mich mit meinem Weinglas direkt vor den Käfig. »Ganz ehrlich, wer seine Kinder völlig relaxt im einschulungsfähigen Alter auf die Welt bringt – von dem lass ich mir in Sachen Fürsorglichkeit gar nichts sagen. Die haben sogar ihre Milchzähne schon in deiner Gebärmutter verloren.«

»Dafür hab ich vier auf einmal bekommen.«

»Touché.« Ich denke an meine kleine Zuckermaus, die jetzt mit Fabian bei Oma und Opa ist, sich bestimmt zum hundertsten Mal Bobo Siebenschläfer angehört und dazu *Der Mond ist aufgegangen* vor sich hingesungen hat. Ich nehme mein Handy und wähle Fabians Nummer.

Rosi quiekt mir entgegen: »Keine gute Idee. Er hat gemeint, er braucht ein bisschen Luft, um seine Gedanken zu sortieren.«

»Ich denke, es ist ziemlich viel Luft zwischen Köln und Hamburg, du doofe Meersau«, brumme ich und bekomme einen Schluckauf. »Eigentlich müsste *ich* sauer sein. Es ist eine ganz schöne Frechheit, mir Untreue zu unterstellen. Schließlich hat *er* mich betrogen und unsaubere Geschäfte ohne mein Wissen getätigt.«

»Hättest du lieber darüber Bescheid gewusst?«

»Klar.«

»Manchmal ist Unwissenheit aber auch ein Segen«, meint Rosi, und ich werfe ihr »Klugscheißer mag keiner« an den Kopf. An meinem Ohr geht Fabians Mailbox ran, und ich lege auf.

»Ob er mich verlassen wird?« Mit neuen Tränen in den Augen male ich mir in den schlimmsten Farben eine Scheidung aus und wie Lou zwischen uns aufgeteilt wird. »Oh Gott!«

»Übertreibst du nicht ein bisschen?« Rosi fiept laut, und ihre Kinder scharen sich um sie.

»Ja, ganz sicher sogar.« Während ich mein Glas leere, kommen meine Gedanken so richtig in Fahrt. Unter Alkoholeinfluss arbeiten meine Gehirnzellen gleich doppelt so gut, der Annahme zum Trotz, dass er sie eigentlich töten sollte. Es könnte natürlich auch das letzte Aufbäumen vor dem Tod sein.

»Apropos Unwissenheit ist ein Segen: Was wäre, wenn Irina und Natascha sich kennen und Alex und Frederik nur nichts davon wissen? Wenn Natascha für Irina nach dem Hund in der Tierklinik sehen sollte?«, überlege ich. »Wenn Natascha Irina sogar versteckt?« Ich erinnere mich an ihre Fürsorglichkeit. Ihr Angebot, dass ich mich bei ihr melden kann, wenn ich mal Probleme habe. Und am Abend, an dem Lars niedergeschlagen wurde, war sie auch verschwunden gewesen. Ganz plötzlich sogar. Sie hatte einen Anruf bekommen und weg war sie. »Sorry, Mieze, bis bald einmal ...«

Was für ein Alibi hatte Natascha eigentlich, als Lars niedergeschlagen wurde? Immerhin haben die Kollegen alle Personen befragt, die sich am fraglichen Abend irgendwann im Moulin Rouge aufhielten. Einerseits aus Routine, andererseits um meinem beziehungsweise Anitas Hinweis auf Irina nachzugehen. Lars hat meine Ideen gar nicht einfach ignoriert, stelle ich fest, bin aber zu angetrunken, um mich darüber zu freuen.

Natascha hatte nachts Fernsehen geschaut, fällt mir ein. *Der englische Patient,* einer meiner absoluten Lieblingsfilme. Ich schnappe mir die Zeitung und blättere durch das TV-Programm – der lief tatsächlich, schade. Wäre aber auch zu schön ... Stopp! Wer bitteschön wird angerufen und dringend weggebeten, damit er allein zu Hause fernsehen kann? Nie und nimmer saß die vor der Glotze! Und wenn Natascha diesbezüglich gelogen hat, dann vielleicht auch bei anderen Dingen.

»Du bist so klug, Mieze«, fiept Rosi begeistert, während sich ihr Nachwuchs gegenseitig beschnuppert und bestupst. Es ist wirklich beeindruckend, wie fertig diese kleinen Wesen schon sind. Die ersten beginnen bereits, Heu und Gurke zu fressen.

Ich schalte meinen Laptop ein und google nach der Firma in Tschechien, die Nataschas Eltern gehört. Ich stöbere in der Chronik herum, lese Artikel und stoße schließlich auf die alten Familienportraits, die sich Herr Legert angesehen hat und auf denen Natascha als Sechsjährige in einem Spitzenkleidchen zu sehen ist. Ich klicke mich durch die Unzahl an Bildern, erlebe das Firmenjubiläum von der Festrede am Vormittag über das Festessen am Mittag und das Festgrillen am Abend mit. Lauter fröhliche Menschen, die sich am erfolgreichen Verkauf von Meister Proper beziehungsweise seinem tschechischen Kollegen erfreuen.

»Es lebe die Reinlichkeit«, nuschle ich, als ich ein Foto anklicke, auf dem sich mal einer nicht freut. Ein Mädchen, etwas jünger als die sechsjährige Natascha, das nicht in die Kamera guckt, sondern mit einer unbestimmten Traurigkeit im Blick in den Himmel schaut. Die gleiche Melancholie, die Irina Kaminski auf ihrem Führerscheinbild zur Schau stellt.

»Verdammt! Ich hab es geahnt«, jubiliere ich, und Rosi erschrickt sich so sehr, dass sie und ihr Nachwuchs in ihr Schloss huschen. Das Sägemehl spritzt in alle Richtungen, und ich angle nach meinem Telefon, um Lars anzurufen. Es klingelt, einmal, zweimal, dreimal, und die Mailbox geht ran. So ein Mist! Ich versuche es drei weitere Male, erreiche aber immer nur die doofe Ansage. Also ziehe ich mich um, schlüpfe in meine roten Pumps, die am besten zu meinem Oversize-Pullover und den Leggings passen, und krame Fabians Rad aus unserem Schuppen. Denn zum Autofahren bin ich eindeutig zu besoffen.

Meine Theorien und wilden Gedanken im Gepäck schwinge ich mich um vier Uhr dreißig aufs Fahrrad und trete krachend in die Pedale. Es dauert nicht lange und ich stehe vor dem Altbau, in dem Lars wohnt. Um mich mit dem internen System des Reviers vertraut zu machen, habe ich spaßeshalber mal seine Adresse recherchiert – und gleich auch seine Wohngegend gegoogelt, man muss schließlich wissen, mit wem man es zu tun hat. In diesem Fall eindeutig mit jemanden, der ein gutes Gehalt bezieht – die Häuser in dieser Gegend sind alle schicker und gepflegter, die Vorgärten edler bepflanzt, die Autos, sofern sie überhaupt auf der Straße stehen, groß und klumpig. Ich schlage auf die Klingel. Einmal, zweimal und ... Es knackt.

»Lars! Ich hab den Fall gelöst«, erkläre ich in die Gegensprechanlage des Mehrfamilienhauses.

»Michaela?« Seine Stimme klingt alarmiert. »Was machst du denn hier, mitten in der Nacht?«

»Es ist Morgen, die Sonne geht schon auf«, verbessere ich ihn mit Blick auf den hellen Streifen am Horizont. »Kannst du mir bitte einfach aufmachen?«

Der Türsummer geht, ich trete ein und steige die Treppen nach oben. Meine Schuhe hallen wie Gewehrschüsse durch den alten Flur. Im ersten Stock steht Lars gähnend vor der Tür und versperrt mir den Weg in seine Wohnung, doch was stört mich das? Ich drücke mich an ihm vorbei, und er guckt mir verdutzt nach, bevor er mir folgt. Ich versuche, nicht zu beachten, dass er nur mit eilig übergezogener Jeans, deren oberster Knopf noch offensteht, und nacktem Oberkörper vor mir steht.

»Du bist echt nicht von dieser Welt, kann das sein?« Er tritt an mir vorbei, um sich ein T-Shirt aus dem Bad zu angeln.

»Nee, das macht aber nichts. Man kennt mich in meiner«, antworte ich und schaue mir jetzt doch ungeniert seinen muskulösen Oberkörper an, während er sich das Kleidungsstück über den Kopf zieht. »Also, warum ich hier bin ...«

»Ich hoffe, es ist echt wichtig, Frau Moll«, knurrt er, und die Distanz, die er zwischen uns aufbaut, trifft mich fast körperlich. »Wenn ich etwas überhaupt nicht leiden kann, dann wenn man mich ohne triftigen Grund weckt.«

Ich folge ihm leicht verunsichert ins Wohnzimmer und staune über die geschmackvolle Einrichtung und die ganzen Bücher in den hohen Regalen; hauptsächlich Romane, auf zwei Brettern aber auch Fachliteratur.

»Wow, hast du die alle gelesen?«, frage ich und setze mich auf die Ledercouch, während er sich eine Zigarette anzündet.

»Die meisten«, meint er und unterdrückt ein Husten. »Aber deshalb hast du früher Vogel mich sicher nicht aus dem Bett geworfen. Oder willst du dir ganz dringend eine Lektüre leihen? Dann werde ich dich auf der Stelle erschießen.«

»Nein, natürlich nicht«, beeile ich mich zu sagen, betrachte mich kurz in dem Spiegel mit Edelstahlrahmen, der mir gegenüber an der Wand hängt, und stelle fest, dass ich ein Nest als Frisur habe. »Außerdem wäre das Mord, Herr Kollege. Ähm, also, wenn du mich deswegen einfach erschießen tätest.«

»Nein. Notwehr, nach Paragraph 32 Strafgesetzbuch.«

Ich kichere albern. »Du bist witzig.«

»Findest du?«

Für einen kurzen Moment schließe ich die Augen, um mich zu sammeln – Wein hat es gut gemeint mit mir. Dann öffne ich sie wieder, schlage elegant die Beine übereinander, denn eine Frau sollte immer darauf achten, dass sie gerade sitzt, und fixiere Lars entschlossen.

»Ich habe den Fall gelöst«, haue ich raus und warte auf das Hurra in seinem Gesicht. Vergeblich.

»Wie kommst du zu dieser Erkenntnis?«, fragt er stattdessen und kann seinen Spott nur schwer verbergen.

»Die falsche Identität von Irina. Ich habe das Rätsel gelöst.«

»Da bin ich aber neugierig, Miss Marple.« Rechts von mir befindet sich ein Fenster, er lehnt sich dagegen und bläst Kringel in die Luft.

»Natascha kennt Irina sehr wohl. Sogar richtig gut, würde ich sagen, denn sie sind quasi zusammen aufgewachsen. Damals hieß Irina noch Katharina Bianaci, und sie ist die Tochter der Cousine von Nataschas Vater.«

Lars verengt seine grauen Augen nachdenklich und schnipst die Asche in einen vollen Aschenbecher, der auf dem Fensterbrett steht. Normale Leute öffnen ihr Fenster, bevor sie rauchen; Lars scheint es Spaß zu machen, es absichtlich geschlossen zu lassen.

»Das ist eine etwas abenteuerliche Idee, oder?«, meint er schließlich, schaut sich aber trotzdem das Foto auf meinem Handy an, das ich ihm unter die Nase halte.

»Heftig – sie könnte es tatsächlich sein«, gibt er zu.

»Sag ich doch.«

»Aber wieso die geänderte Identität?«

»1999 gab es einen Familienskandal um das Erbe der Firma, die zerschlagen werden und zum Großteil an die Cousine von Nataschas Vater und deren Tochter gehen sollte. Die Cousine wollte sich selbstständig machen und auf biologische Reinigungsmittel setzen, was den Traditionisten der Familie gehörig gegen den Strich ging, zumal sie ja nur zu einem kleinen Teil beteiligt werden sollten. Bevor sie alle nötigen Papiere unterzeichnet hatte, wurde die Cousine und mutmaßliche Mutter von Irina bzw. Katharina bei einem mysteriösen Autounfall getötet und das Mädchen verschwand urplötzlich.«

»Oha, das ist ja interessant.«

»Nicht wahr?«, strahle ich Lars an. »Hab ich mir heut Nacht alles zusammengegoogelt.«

Er lächelt, und seine Miene wird weich, während er mich betrachtet. Endlich mal nicht genervt und verärgert, sondern tatsächlich anerkennend. Ich werde nervös und drehe an meinem Ehering herum.

»Übrigens«, murmle ich auf meine Hände hinab, »Nataschas Alibi zur Tatzeit, als du niedergeschlagen wurdest, ist aller Wahrscheinlichkeit nach falsch. Sie hat ausgesagt, sie hätte *Der Englische Patient* im Fernsehen gesehen, aber bevor sie angeblich nach Hause fuhr, kriegte sie einen ernsten Anruf und machte sich ganz plötzlich auf den Weg.«

»Könnte eine kurze Angelegenheit gewesen sein, für die sie das Moulin Rouge verlassen hat«, meint Lars achselzuckend, und zum ersten Mal überlege ich, ob seine automatischen Widersprüche gar nichts Persönliches gegen mich sind, sondern die Routine, alle Schlussfolgerungen auf Stichhaltigkeit zu überprüfen. »Vielleicht hatte sie danach einfach keine Lust mehr, in die Bar zurückzukommen, und ist stattdessen nach Hause gefahren. Das ist kein Verbrechen.«

»Das stimmt, trotzdem glaube ich, dass sie lügt. Und dass sie es war, die dich umgehauen hat.« Ich kann es nicht erklären und hoffe, dass es nicht einfach die Wirkung des Weines ist, aber ich bin mir plötzlich sehr sicher, dass ich recht habe.

In diesem Moment klingelt Lars' Handy und er nimmt ab. Ich beobachte ihn, seine Miene wechselt von ärgerlich zu überrascht, und er stößt sich vom Fenster ab.

»Bin schon unterwegs«, sagt er knapp und springt in Richtung Flur.

»Wer war das?«

»Das Revier. Gefahr in Verzug.« Er verschwindet im Bad und weil er die Tür offen stehen lässt, folge ich ihm und schaue zu, wie er Socken aus einem Wäschekorb fischt und ein Waffenhalfter vom Haken nimmt. Über einem Bügel hängt sein Jeanshemd und mir wird klar, warum er es selbst bei sommerlichen Temperaturen trägt – um die Dienstwaffe zu verdecken. Während er hineinschlüpft, zähle ich seine Aftershaves auf der Ablage über dem Waschbecken. Hugo Boss, Dior und Ralph Lauren. Von Weiblichkeit keine Spur. Also wirklich der einsame Wolf?

»Was geht denn vor sich?«, will ich wissen, als Lars ans Waschbecken tritt und sich eine Handvoll Wasser ins Gesicht klatscht – vermutlich die männliche Antwort auf Make-up.

»Wir haben endlich einen Haftbefehl für Alex Herbig und einen Durchsuchungsbeschluss für sein Haus. Ein Nachbar will Schreie aus der Stadtvilla gehört und eine Frau mit langen Haaren am Fenster gesehen haben, bevor ein Schuss fiel.«

»Was?!« Die aufregten Bienen im Bauch sind wieder da. »Ein Schuss?«

»Du fährst jetzt schön nach Hause und ich zum Einsatz«, sagt Lars, nimmt mich an der Hand und zieht mich zur Tür, wo er nach seinem Schlüsselbund greift und mich ins Treppenhaus hinausmanövriert. Er lässt die Tür einfach ins Schloss fallen und spurtet die Treppen hinab.

»Kommt gar nicht infrage!«, rufe ich und renne ihm nach. Draußen will er gerade in sein Auto steigen, als ich mit dem Absatz in einem Gully hängen bleibe und stürze. Gerade noch rechtzeitig fängt Lars mich auf, und ich nutze die Chance, um in sein Auto zu klettern.

»Raus da!«, fordert er mich auf und verhindert, dass ich die Tür schließen kann.

»Wollen wir jetzt wirklich Kräfte messen?«

»Das meinst du nicht ernst.« Für einen Moment scheint er irritiert.

»Ich komme mit, basta«, sage ich und lege den Gurt an.

Er verzieht seinen Mund zu einem Strich und fährt sich hektisch durchs Haar. »Scheiße, wir haben keine Zeit dafür«, knurrt er, steigt ein und knallt die Tür so heftig zu, dass ich Angst um seinen Lack kriege. »Du bleibst im Auto, damit das klar ist!«

Die ganze Fahrt über sprechen wir nicht miteinander. Lars schaut stumm immer wieder zu mir herüber, und die Knöchel seiner Hände färben sich weiß, weil er das Lenkrad so fest umklammert.

13

Ich zeig dir, was 'ne Harke ist

Als wir vor Alex' Grundstück ankommen, stehen bereits zwei Einsatzfahrzeuge mit blinkendem Blaulicht auf dem Hof und Beamte in Uniform gehen in dem großen weißen Haus ein und aus.

»Warte hier«, befiehlt Lars, während er die Tür öffnet und aussteigt. Ich puste mir eine gelöste Strähne aus dem Gesicht und denke gar nicht daran. Er lässt ein tiefes Seufzen hören, als ich meine Beine in den Morgen schwinge und hinter ihm her wackle. So langsam scheint er es zu kapieren – statt mir eine weitere Belehrung an den Kopf zu werfen, beschränkt er sich darauf, seine Hände geschlagen in die Luft zu werfen und den Kopf zu schütteln.

Ich grinse und winke einem Mann zu, der am Nachbarszaun lehnt und über ihn herüber linst. Er schaut beschämt zur Seite, als er mich bemerkt.

»Was habt ihr?«, will Lars von den Kollegen wissen und folgt einem Beamten zum Haus. Ich bleibe dicht hinter ihm.

»Niemand ist hier, von Alex Herbig fehlt jede Spur. Ich würde sagen, es besteht akute Fluchtgefahr«, erzählt ein Beamter. »Die Jungs von der Krimtech sind bereits drinnen.«

»Die Fahndung läuft?«

»Ja, die Kollegen sind dran.«

»Und der Schuss?«, frage ich. »Ein Nachbar will doch einen Schuss gehört haben, oder etwa nicht?«

»Eine Kugel steckt in der Wand des Wohnzimmers. Ein paar Möbel sind umgefallen – es könnte einen kurzen Kampf gegeben haben. Wir haben eine Damenhalskette gefunden und mögliche

Meth-Rückstände an der Kleidung des Verdächtigen. Das ist alles schon auf dem Weg in die KTU, die Ergebnisse werden schnell da sein.«

»Gut, dann sehe ich mich mal um«, meint Lars und betritt das Gebäude, ich in seinem Kielsog. Der Eingangsbereich ist schlicht gehalten, an der Garderobe hängt neben einer schwarzen Lederjacke eine Hundeleine, und ich muss an den armen Meth-Labrador denken, der sein Leben lassen musste, weil ... ja, warum eigentlich? Hat sich das mal jemand gefragt? Wollte man das arme Tier etwa als Kurier missbrauchen?

Wir betreten das Wohnzimmer; vor einem Kamin mit schwarzen Marmorköpfen auf dem Sims liegt ein Eisbärenfell. Es gibt eine Schrankwand mit unzähligen Fächern, Türen und Schubladen, der Bezug der Möbel ist Kotzbraun und der niedrige Couchtisch gekachelt. Ernthaft?! Alles in allem hat dieser Raum das Flair der achtziger Jahre und erinnert mich an *Knight Rider* und *Baywatch*. Muttisöhnchen Alex Herbig, nie, nie wieder werde ich dich ansehen können, ohne zu lachen!

»Tu mir einen Gefallen und fass hier nichts an«, ruft Lars mir über die Schulter zu, während er sich von einem Kollegen das Einschussloch in der Wand zeigen lässt, und ich lege eilig die CD mit der Aufschrift *Sommerbeats* zurück auf das Regal, von dem ich sie genommen habe. Ich muss unweigerlich an Lou denken, die sich auch gern die Hände volllädt und dabei unschuldig verkündet, dass sie nur guckt. Im Grunde hat sie damit ja auch recht, denn Kleinkinder erforschen alles in ihrer Umgebung mit den Händen und dem Mund und nicht allein mit den Augen. Gott, leck hier bloß nichts an, Mieze!

Ich schlendere zur Küche, wo eindeutig der meiste Trubel herrscht. Geschäftige Menschen in Ganzkörperanzügen sichern Beweise und bedeuten mir, draußen zu bleiben. Als ich mich umdrehe, rennt Lars fast in mich hinein.

»Ach, auf die Kollegen hörst du also«, brummt er leise. »Aber wenn ich dich bitte, im Auto zu bleiben ...«

»Du hast mich nicht gebeten«, unterbreche ich ihn. »Du hast mich angeschnauzt.«

Verärgert winkt er ab, ist mit seiner Aufmerksamkeit längst wo-anders – in der Küche, bei den Kollegen, die gerade ein mit Blut besudeltes Kleid in einen Plastikbeutel legen und ihn zuziehen.

»Gehört das Irina?«, höre ich mich fragen, und mir wird flau im Magen. »Ob ... Ob sie noch ... lebt?«

Lars sieht mich an. »Es ist ziemlich viel Blut«, antwortet er emotionslos.

Wenig später, die Fahndung nach Alex läuft auf Hochtouren, sitzen wir im Büro. Lars telefoniert, Revierleiter Helmke blättert in einem Protokoll, ich verschlucke mich an meinem blöden Beruhigungstee und fluche leise vor mich hin. Dinkelkeks-Doro hat eine Whats-App-Abstimmung gestartet gegen das Mitbringen von eigenem Spielzeug in den Kindergarten. Lou wird wenig begeistert sein, wenn sie Einhorn Hugo nicht mehr mitnehmen darf. Und überhaupt. Wir müssen doch irgendwas tun können. Nicht nur hier rumsitzen.

Als Lars den Hörer auflegt, kommt Herr Legert hereingestürmt. »Die Ergebnisse der Blutuntersuchung sind da«, sagt er und wedelt mit einer Mappe. »Das Blut auf dem Kleid stammt eindeutig von Irina Kaminski. Und es wurden Meth-Rückstände an einigen Klei-dungsstücken von Alex Herbig gefunden, die direkt beim Kochen und Extrahieren entstehen. Also quasi die chemischen Abfälle.« Er knallt seine Mappe vor uns auf den Tisch. »Hier ist alles drin. Die Beweislage ist erdrückend.«

»Habt ihr die Flughäfen und Bahnhöfe gecheckt?«, fragt Lars.

»Alles. Auch Kontobewegungen und Handyverbindungen. Das Telefon ist seit Stunden ausgeschaltet, also nicht zu orten.« Herr Legert setzt seine Brille ab und putzt die Gläser an seinem AC/DC T-Shirt. Ich hätte gar nicht gedacht, dass der so brav wirkende Kollege sich zu Hause Hard Rock reinzieht. »Der Club wird überwacht, und die Mitarbeiter habe ich befragt. Kein Ergebnis. Niemand will wissen, wo Alex Herbig sich zurzeit aufhält.«

»Er ist ein Muttersöhnchen«, überlege ich und puste in meinen Tee. »Wart ihr schon bei Anita Herbig?«

Die drei Herren sehen sich kurz dann, dann springt Lars auf und klopft mir im Hinausgehen auf die Schulter. »Gute Eingebung, der kann man mal nachgehen. Die alte Puff-Mutti hatte ich total vergessen.«

»Herr Kollege, wie erfrischend, du kannst ja auch nett«, sage ich und kann meine Freude kaum verbergen.

»Jetzt übertreib mal nicht, Michaela.«

»Würde ich nie tun.« Ich stehe auf und folge Lars zur Tür, woraufhin er, bereits halb im Flur, stehen bleibt und sich umdreht.

»Was hast du vor?« Seine Augen verengen sich misstrauisch.

»Na, mitkommen«, verkünde ich. »Wie du gerade sagtest, war es ja meine Idee, zu Anita zu fahren. Jetzt will ich auch wissen, ob ich recht habe.«

»Kann ich dich irgendwie davon abhalten?« Eine Spur Verzweiflung liegt in seiner Stimme, und er schaut hilfesuchend zu den Kollegen. Herr Legert zieht sich vorsichtshalber aus dem Büro zurück und verschwindet in Richtung Küche, und Herr Helmke tut so, als würde er den Disput nicht mitbekommen.

»Nö.«

Lars ist viel zu schnell draußen, als hofft er, mich dadurch abhängen zu können. Ha, denkste, wo ich doch das Nachrennen hinter dickköpfigen Trotzwesen hinreichend gewohnt bin. Als wir auf den Parkplatz eilen, setzt Nieselregen ein und schlägt mir kühl ins Gesicht.

»Sollten wir nicht auch nach Frederik und Natascha fahnden lassen?«, frage ich und hole Lars kurz vor seinem Auto ein.

»Gegen die beiden haben wir keine Beweise, das kriege ich bei der Staatsanwaltschaft nie durch«, sagt er, und in dem Moment bricht mir der Absatz, mit dem ich vorhin im Gully stecken geblieben bin, ab.

»Hoppla«, meint Lars und greift mir unter den Arm, bevor ich lang hinschlagen kann. »Du solltest dein Schuhwerk überdenken.«

»Ich nehme an, wir haben keine Zeit, kurz bei mir zu Hause vorbeizufahren?«

»Wie war das gerade? Ach ja: Nö.« Lars grinst breit, während er mir in sein Auto hilft. »Und weißt du was? So kannst du dich nicht so leicht über meine Anweisung, im Auto zu bleiben, hinwegsetzen.« So glücklich habe ich ihn noch nie erlebt ...

Ich betrachte meine ruinierten roten Pumps und versuche, den Absatz zu richten, doch er knickt immer wieder zur Seite. Mann, die habe ich gerade erst gekauft, Lou hat sie ausgesucht, was mir heute fast wie Schicksal vorkommt. Kurz denke ich an meine Zaubermaus und an meinen Mann, die im fernen Hamburg sitzen und ... ja, was und? Ob sie mich vermissen? Ich spüre ein Brennen in den Augen und denke schnell an etwas anderes – Frühstück zum Beispiel. Das wäre schön gewesen.

In diesem Moment fährt Lars an, und ich werde von der Beschleunigung in den Sitz gepresst. Die Bäume und parkenden Autos fliegen nur so an uns vorbei – gut, kein Frühstück. Aber vielleicht kann ich etwas anderes gegen das schlechte Gefühl in meinem Magen tun.

»Ich weiß, dass du dir nur Sorgen um mich machst, Lars«, beginne ich, »aber ich bin ein großes Mädchen und kann auf mich selbst achtgeben.« Als ich seinen Blick auffange, möchte ich mir augenblicklich auf die Zunge beißen.

»Das haben schon ganz andere behauptet«, meint er und sieht mich ernst an. Ich denke an die Geschichte mit seiner Kollegin.

»Tragödien wiederholen sich nicht zwangsläufig.« Bevor er etwas dazu sagen kann, klingelt mein Telefon und ich gehe ran.

»Hey, Schatz, ich bin's«, sagt Fabian. Er hört sich zerknirscht an.

»Ich habe versucht, dich anzurufen«, antworte ich und versuche, nicht allzu vorwurfsvoll zu klingen.

»Ich weiß, mein Akku war leer«, entschuldigt er sich. »Du hättest doch bei meiner Mutter anrufen können.«

»Hätte ich«, gebe ich zu. Aber ich wollte nicht, weil ich fürchtete, dass sie mir ihre Meinung zum Thema Arbeitswelt und Mutterschaft geigt. Sie hat kein Geheimnis daraus gemacht, für wie bescheuert sie es hält, dass ich wieder Geld verdienen will.

»Wie geht es dir?«, fragt er, und ich höre Lou im Hintergrund lachen.

»Gut. Du, wir haben hier gerade einen mordsmäßigen Einsatz«, berichte ich und bekomme einen komischen Blick von Lars zugeworfen. »Nein, kein Mord. Nur sehr aufregend. Kann ich dir später erzählen.«

»Es tut mir leid, wie das mit uns gelaufen ist. Ich wollte dir nichts unterstellen. Es ist nur …«

Lou krakeelt dazwischen: »Maa-maa!«

»Ist schon gut. Ich liebe euch beide«, sage ich, und mein Herz wird ganz warm. Plötzlich vermisse ich ihn und meine Tochter so unendlich schmerzlich, dass sich meine Brust zusammenzieht.

»Hier will dich jemand sprechen«, meint Fabian und übergibt den Hörer.

»Mama, is hab ein Bild für dich gemalt, guck mal«, sagt sie, und ich höre, wie Fabian sie daran erinnert, dass ich es durchs Telefon nicht sehen kann.

»Das guck ich mir an, wenn ihr wieder da seid«, verspreche ich. »Und bist du schön brav bei Oma und Opa?«

»Ein bisschen. Hast du Rosi gefuttert?«

Ich muss lachen, Lars schaut mich an und lächelt leise mit. »Ja, ich habe sie gefüttert. Ihr und den Mini-Rosis geht es gut.« Im nächsten Moment ist das Gespräch beendet, und ich bemerke, wie mich Lars weiter aus den Augenwinkeln beobachtet.

»Wir sind gleich da«, meint er nach einigen seltsam langen Sekunden, und ich erkenne den Waldrand, an dem das kleine Haus von Anita steht. Wenig später sehe ich auch Alex' Auto, das vor ihrer kleinen Garage parkt, die Fahrertür geöffnet, als wäre es nur auf einen Sprung dort abgestellt worden.

»Guck mich nicht so an, einen Orden gibt es dafür nicht«, meint Lars zu mir, als ich ihn vielsagend ansehe. Er lässt seinen Wagen ausrollen und zieht die Handbremse an. Dann greift er zum Funkgerät und ordert Verstärkung.

Viel zu schnell ist er ausgestiegen und öffnet sein Hemd, um freien Griff auf seine Waffe zu haben. Bevor er losgeht, dreht sich Lars noch einmal zu mir um, und ich rechne mit einer weiteren Ermahnung, ja im Auto zu bleiben, doch er sieht mich nur an, bevor er sich zum Gehen wendet. Der Anblick seiner Dienstwaffe versetzt mir einen merkwürdigen Stich, als sei ich die ganze Zeit über in einem Traum gefangen gewesen und erwachte erst jetzt in der Wirklichkeit.

Ich fühle mich wie auf einem Nadelkissen sitzend, während ich Lars beobachte, wie er sich dem Haus nähert. Zeitgleich summt mein Handy und ich bekomme eine Nachricht die mit »wichtig« markiert ist von Charlotte: *Kannst du Dienstag Emil mit zum Turnen nehmen? Ich habe einen Arzttermin.*

Ich schaue zu Lars, der gerade klingelt und darauf wartet, dass man ihm öffnet. Die Wolken hängen noch immer tief am Himmel und der Wind frischt auf, trotzdem habe ich das Gefühl, nicht genügend Sauerstoff zu bekommen.

Klar, kann ich machen. Ich hoffe, dir geht es gut?, antworte ich und betrachte meinen Schuh mit dem angeknacksten Absatz. *PS: Dein Bruder ist doch Schuster, oder?*

Jemand öffnet die Tür, und Lars betritt das Haus der Puff-Omi Anita Herbig. Auf in die Höhle des Löwen, schießt es mir durch den Kopf.

Ja, ist er. Und mir geht es sehr gut sogar. Emil bekommt ein Geschwisterchen!, lese ich, und mein Magen beginnt, noch mehr vor Anspannung zu summen.

Gott, das ist ja toll!!!, antworte ich, während sich hinter Lars die Tür zum Haus schließt. Die Sekunden ticken laut in mir ab, und ich öffne die Autotür, um nicht zu ersticken. An einem Fenster kann ich Anita erkennen sowie eine weitere Silhouette. Ist das Lars? Ich kneife die Augen zusammen, bin mir aber nicht sicher. Unweit des Hauses fliegen plötzlich Spatzen aus einem Baum in die Luft und steuern auf den nahen Wald zu, und ich frage mich, was sie aufgeschreckt haben mag.

»Hoppla, wo kommst du denn her?« Auf dem Weg ist plötzlich ein Kater aufgetaucht und tigert maunzend auf mich zu. Ich erinnere mich an ihn – Gisbert hatte mir meinen Hintern gerettet, als die umstürzende Harke mich und meinen Observierungsversuch fast aufliegen ließ. »Warst du das etwa, hast du die armen Spatzen erschreckt?«, frage ich ihn, setze meine Füße aus dem Wagen und halte Gisbert meine beringten Finger entgegen, an denen er sich kurzerhand reibt. Scheint, als habe er mir verziehen, dass ich die Harke nach ihm werfen musste. Während ich Gisbert streichle, nehme ich aus den Augenwinkeln eine Bewegung wahr. Einen Schatten, der aus einem Fenster im oberen Stockwerk klettert.

»Das gibt's doch nicht!«, stoße ich aus, angle nach meinem Handy und verliere es erstmal. Der Kater huscht erschrocken davon, und ich hebe es auf und wähle Lars' Nummer, doch er nimmt nicht ab. Alex Herbig beginnt, eine Rosenrankhilfe hinabzusteigen. Memo an mich: Niemals so etwas an die Hauswand unterhalb eines Teenagerzimmers anbringen, um einen Besuch von Romeo oder nächtliche Ausflüge zu unterbinden.

Ich presse das Handy fest an mein Ohr und hoffe, dass Lars endlich rangeht. Dann geschehen drei Dinge auf einmal. Die Haustür fliegt auf, Sirenen ertönen, nähern sich schnell von der Hauptstraße, und Alex springt in das Rosenbeet. Ich erhebe mich wie in Zeitlupe und erstarre, als ich sehe, wie Alex eine Waffe zückt. Das silberne Gehäuse blitzt im Sonnenlicht, das just in diesem Moment durch die Wolken bricht.

Gott, das darf nicht wahr sein! Lars springt die Treppe hinunter und sprintet los, um die nächste Hausecke, ohne zu ahnen, dass gleich auf ihn gezielt wird. Ich setze mich in Bewegung, strauchle wegen des kaputten Absatzes und ziehe mir kurzerhand die Pumps von den Füßen. Ich will schreien und Lars warnen, doch jeder Laut bleibt mir im Halse stecken. Jetzt nehme ich Anita wahr, die wie erstarrt in ihrer Haustür steht. Beim nächsten Wimpernschlag hebt Alex seine Pistole, während er rückwärts auf den Waldrand zuhält. Er ist etwa zehn Meter von mir und dem Auto entfernt. Ohne nachzudenken, werfe ich meinen Schuh nach ihm und treffe ihn an der Schulter. Er wirbelt irritiert herum. Der Schuss geht irgendwo in die Luft, ich schreie, weil er viel lauter knallt, als ich es für möglich gehalten hätte. Immerhin: Lars ist gewarnt, stoppt seinen Lauf und zückt seinerseits die Waffe. Vorsichtig kommt er um die Ecke.

»Hände über den Kopf!«, schreit er, doch Alex, der wie ein gehetztes Tier wirkt und irre dreinblickt, denkt gar nicht daran. Die Mündung seiner Waffe schwenkt zu mir herüber, unsere Blicke treffen sich, und Unglauben huscht über seine angespannten Züge. Ich gehe hinter dem Auto in Deckung, mein Herz rast wie der Flügelschlag eines Kolibris in meiner Brust. Alex taumelt rückwärts, dreht sich um, will flüchten und ... Ich traue meinen Augen nicht, als er genau auf die Zinken der alten Gartenharke tritt, die ich bei meinem letzten Besuch auf den Rasen geworfen habe, um Gisbert in die richtige Richtung zu scheuchen. Der Stiel schnellt hinauf, trifft Alex am Kopf, und der große Mann kippt stumpf zur Seite und bleibt liegen.

Keine weiteren Schüsse, keine weiteren Gegenmaßnahmen. Im Nu ist Lars beim Barbesitzer, dreht ihn auf den Bauch und legt ihm Handschellen an. Ich zittere, meine Hände krallen sich um meinen verbliebenen Schuh, und mir fällt auf, dass ich dringend mal wieder zur Maniküre muss.

Zwei Einsatzfahrzeuge halten direkt neben mir, und Beamte springen heraus, um Lars zu helfen. Alex ist immer noch benommen, als sie ihn mit vereinten Kräften auf die Beine ziehen.

»Alex Herbig, Sie sind vorläufig festgenommen. Alles, was Sie sagen, kann und wird vor Gericht gegen Sie verwendet werden«, höre ich Lars abspulen.

»Lasst mich sofort los. Ihr habt kein Recht, mich festzuhalten«, brüllt Alex. Seine Nase blutet, und das Rot läuft ihm in den Kragen seines ausnahmsweise weißen Hemdes – welche Ironie.

»Sie haben gerade eine Waffe gegen einen Beamten gerichtet«, erinnert ihn Lars.

»Ich will meinen Anwalt, sofort.« Alex grunzt wütend. »Und was hast du eigentlich hier zu suchen?«, bellt er in meine Richtung, und mein Magen sackt eine Etage tiefer. »Wir sprechen uns noch.«

»Keine leeren Versprechungen, Herr Herbig.« Lars dreht Alex den Arm etwas höher auf den Rücken. »Oder sollte das etwa eine Drohung sein? Nehmen wir gern mit ins Protokoll auf.«

»Ich hätte es wissen müssen, dass mit dir was nicht stimmt, Bruder«, zischt Alex zwischen zusammengebissenen Zähnen hervor. »Du miese Zecke.«

»Wo ist Irina?« Lars klingt gelassen, während er Alex den Arm um weitere Grade verdreht. Ist das erlaubt? Alex kreischt wie eine Kreissäge und geht in die Knie. Anita, die die Treppe heruntergekommen ist, um den Garten überblicken zu können, schlägt sich die Hand vor den Mund.

»Ich hab keine Ahnung, ich suche sie doch selbst seit Wochen, du blöder Wichser!«

»Erzähl hier keinen Mist. Du solltest dir einen Gefallen tun und auspacken, mein Freund.« Lars lässt Alex los und übergibt ihn den Kollegen in Uniform.

»Wenn wir eines nicht sind, dann Freunde. Und du wirst dir ganz sicher noch wünschen, dass du mich niemals so hintergangen hättest«, schreit Alex, während man ihn zu einem der Einsatzwagen führt.

»Ja, ja, erzähl das deinem Friseur.«

Die Tür eines Streifenwagens wird geöffnet und Alex auf die Rückbank gesetzt.

»Ich meine es todernst«, ruft er aus dem Wagen. »Ich suche selbst nach Irina, weil sie ohne ein Wort verschwunden ist – das musst du mir glauben, Bulle.«

»Ich sag dir mal was.« Lars tritt neben den Wagen und legt eine Hand auf das Dach. »Du kannst vielleicht auf mildernde Umstände hoffen, wenn sie noch lebt und du uns zu ihr führst. Und wenn du deine Zwischenhändler und Lieferanten nennst.«

»Ach, fick dich doch!« Speichel sprüht aus Alex' Mund, und Lars knallt ihm die Tür vor der Nase zu.

Anita sieht aus, als verstünde sie die Welt nicht mehr. Ihre Wangen sind gerötet, und sie steht gebeugt da, als würde die Last der Welt sie niederdrücken. Unsere Blicke treffen sich, und mich durchzuckt ein Blitz aus Vorwurf, Unverständnis und Enttäuschung über meinen Verrat. Es macht mich traurig, die alte Dame so zu sehen, wie sie gequält beobachtet, wie man ihren einzigen Sohn abtransportiert und einmal mehr ins »Feriencamp« schickt.

Zurück im Revier wartet Paps in Herrn Helmkes Büro auf mich. Ich tapse mit nackten Füßen auf ihn zu und lasse mich kurz von ihm drücken.

»Ihre Tochter hat eine Schießerei verhindert«, verkündet Lars und berichtet über den Verlauf der Festsetzung von Alex Herbig.

»Horst, ich gratuliere dir zu deiner treffsicheren und engagierten Tochter«, sagt Herr Helmke und klopft meinem Papa kräftig auf die Schulter.

»Ja, ich bin ganz beeindruckt von so viel Glück«, gibt er sarkastisch zu. Er sieht aus, als wisse er nicht, ob er lachen oder weinen soll, und ich drücke aufmunternd seine Hand.

»Ist doch alles gut gegangen«, sage ich. »Und ich bin mir sicher, dass ich bei Herrn Baum in guten Händen bin. Er passt wirklich sehr gut auf mich auf.«

Lars öffnet seinen Mund, ohne dass ein Ton seine Lippen verlässt.

»Na, Horst, auf diese gute Zusammenarbeit müssen wir bei unserem nächsten Angelausflug unbedingt anstoßen«, meint Herr Helmke.

»Ich hätte da eine bessere Idee: Wenn du so dabbisch bist und meine Mieze noch mal in Gefahr bringst, gehen wir Eisfischen und ich verpasse dir einen ordentlichen Anstoß, nachdem wir das Loch gesägt haben«, scherzt Paps mit grimmigem Blick. Zumindest hoffe ich, dass er scherzt. Ich lache am lautesten und knuffe ihm in die beleibte Seite.

»Du Komiker«, sagt Herr Helmke, während er sich angespannt durch seinen Bart fährt.

14

Die lieben Kinder

Der Schlafmangel macht sich langsam, aber sicher bemerkbar und lässt meine Lider schwer werden. Paps ist wieder los, und ich nehme an der Vernehmung von Anita teil.

»Mein Junge ist unschuldig«, meint sie, und mir geht das Bild nicht mehr aus dem Kopf, als der brave Alex im Verhörraum einen Tobsuchtsanfall bekam und einem Beamten eine Kopfnuss vom Feinsten gab, sodass das Blut nur so spritzte. Ganz ehrlich, ich hätte mich beinahe übergeben, weil ich das Brechen der Nase gehört habe. Unschuldig geht anders.

»Er war bei mir, um sich zu verabschieden, weil er eine Spur von Irina hat, die er verfolgen wollte. Ich sollte solange die Stellung in der Bar halten, wie ich es oft ihm zuliebe tue. Diese Rina wird ganz sicher wieder auftauchen«, meint die alte Dame, die heute unglaublich zahm aussieht in ihrer schlichten Bluse mit schwarzem Rock und streng frisiertem Haar. So anders.

»Rina?«, fragt Lars nach.

»Irina. Alex hat sie immer Rina genannt«, erklärt Anita und ringt mit ihren Händen. »Dieses Mädchen hat von Anfang an Ärger bedeutet.«

»Inwiefern?«

»Na, sie hat Alex um den kleinen Finger gewickelt und den ganzen Laden auf den Kopf stellen lassen. Außerdem flirtete sie ständig mit seinen Geschäftskollegen und machte ihn rasend vor Eifersucht. Ein unmögliches Ding.«

Mensch, Anita! So kann man sein Kind natürlich noch weiter reinreiten, überlege ich mir und denke an Alex, wie er völlig überfordert seine Hände in seinen Nacken legte und mit der breiten Stirn auf den Vernehmungstisch schlug, als man ihm auch nach drei Stunden noch nicht glauben wollte, dass er Irina liebt und ihr nichts getan hat.

»Es geht nicht allein um Irina Kaminski, sondern auch um den Tatbestand der Drogenherstellung«, erklärt Lars, während ich alles Gesagte in einen Laptop hämmere. Das Aufnahmegerät funktioniert zwar wieder, aber weil ich die Befragung ohnehin später abtippen müsste, kann ich auch gleich mitschreiben. Die Tastatur klackt dabei so laut unter meinen Fingern, dass es mich zusätzlich aufwühlt. Ich stelle mir vor, wie Irina in einem Kellerloch festgehalten wird und ihre Fingernägel voller Verzweiflung über den blanken Boden kratzen. Oder wie sie sich versucht, gegen einen Angreifer zu wehren. Für einen Moment sehe ich die Eskalation eines Streites vor meinem inneren Auge ablaufen. Möbel stürzen um, ein Frauenkörper kracht zu Boden, Alex packt Irina und zerrt sie ins Auto. Ein Nachbar der Anliegerstraße guckt zu spät aus dem Fenster, um etwas Genaues zu erkennen.

»Drogen? Alex nimmt keine Drogen mehr. Nur ein bisschen Gras, wegen seiner Rückenschmerzen«, sagt Anita.

»Auf Rezept etwa? Das glauben Sie doch selbst nicht. Er stellt im großen Stil Meth her und lässt sogar zu, dass es auf Schulhöfen verkauft wird. An Kinder!« Lars schießt einen bitteren Blick auf Anita ab, und ich denke daran, wie Lou ihm bei jeder Begegnung, ob persönlich oder am Telefon, ein Lächeln aufs Gesicht gezaubert hat. Keine Frage, Lars mag Kinder.

»Jesus und Maria«, stößt Anita aus und bekreuzigt sich. »Sowas macht mein Sohn nicht.« Bitterkeit liegt in ihrer Stimme, und sie beginnt zu weinen. Mein Herz zieht sich zusammen, und ich reiche ihr ein Taschentuch, das sie nur zögerlich von mir entgegennimmt.

»Danke«, haucht sie.

»Gern.«

»Mein Sohn hat Pläne.«

Lars hebt die Augenbrauen. »Was denn für Pläne, Frau Herbig? Klären Sie uns auf«, fordert er. Und ich denke: Pläne – die Running Gags des Lebens.

»Er wollte eine Familie gründen und außerdem seine Bar verkaufen.«

»War Irina schwanger?«, frage ich und denke an die Aussage der Frauenärztin, dass sie zumindest darauf aus war.

»Das weiß ich nicht. So eng waren wir ja nun nicht. Ich habe keinen Hehl daraus gemacht, dass ich Alex' Wahl nicht gutheiße.« Anita schnalzt mit der Zunge und schaut mich zum ersten Mal seit Alex' Verhaftung direkt an. »Leider hören die lieben Kinderchen nicht immer auf ihre Mamas. Besonders nicht, wenn es um vermeidbare Fehler geht. Und das hat er jetzt davon.« Sie schluchzt auf und weint wieder. Lars und ich sehen uns an, und ich zucke mit den Schultern.

»Die Bar schreibt keine schwarzen Zahlen, soweit wir wissen. Einen großen Gewinn hätte der Verkauf sicher nicht gebracht. Also ist es doch naheliegend, dass sich ihr Sohn einen Zuverdienst geschaffen hat. In diesem Fall eine Meth-Küche. Und aufgeflogen ist das Ganze durch den Hund der verschwundenen Irina, der ein halbes Vermögen des Ertrages gefressen hat und notoperiert werden musste.« Lars spricht jetzt sanfter – was die Tatsachen, die er Anita um die Ohren schleudert, allerdings nicht schöner macht.

»Das arme Tier«, murmelt Anita und knüllt das Taschentuch in der Hand. »Geht es ihm gut?«

»Der Labrador ist tot.« Anita zuckt zusammen – Mensch, Lars, sowas kann man auch netter sagen … gut, vielleicht auch nicht. »Die Beweislast ist erdrückend, Frau Herbig. In der Wohnung Ihres Sohnes sind eindeutige Spuren von Methamphetaminen gefunden worden. Das führt uns zu der Zeugenaussage eines Ermittlers, der Utensilien zum Kochen und Extrahieren bei ihm gesehen haben will.« Damit meint er dann wohl sich selbst.

»Unmöglich!« Anita reckt ihr Kinn kämpferisch vor.

»Sie wollen nichts von den Geschäften Ihres Sohnes gewusst haben?«, bohrt Lars nach, und ich spüre, wie allmählich der Druck zunimmt, den er aufbaut, obwohl er immer noch mit ruhiger Stimme spricht. Interessante Technik – hilft vielleicht auch bei renitenten Dreijährigen? »Sie und Ihr Sohn stehen sich doch nahe – und Sie wollen nichts mitbekommen haben?« Anita stößt zischend die Luft aus, schweigt jedoch. »Haben Sie eigentlich einen Schlüssel zum Haus Ihres Sohnes?«

»Nein. Er hat ja auch keinen von meinem.«

»Ungewöhnlich«, stellt Lars fest.

»Finden Sie? Haben Sie kriminelle Kinder?«

»Nein.«

»Sehen Sie.« Anita seufzt. »Ich hatte gedacht, dass diese Zeit hinter meinem Jungen liegt.« Sie schaut an die Zimmerdecke, als könne die ihr verraten, wie es zu dem ganzen Schlamassel kommen konnte.

»So kann man sich täuschen«, antwortet Lars völlig unnötig, und ich spüre einen Kloß im Hals.

»Mein armer Alex.« Anitas blauen Augen füllen sich erneut mit Tränen, und bevor Lars das für sich ausnutzen kann, mische ich mich ein.

»Herr Baum, wollen Sie Frau Herbig nicht nach Hause entlassen?«, schlage ich vor und klappe den Laptop zu. »Ich denke, sie hat uns alle Fragen beantwortet und eine Menge zu verarbeiten. Und wenn ihr noch etwas einfällt, wird sie sich sicher melden.«

Lars trommelt mit seinen Fingern auf seinem Schreibtisch und überlegt. Anita schnäuzt sich laut.

»Na gut. Aber halten Sie sich unbedingt zu unserer Verfügung und Sie dürfen die Stadt nicht verlassen, habe ich mich da klar ausgedrückt?« Lars steht auf.

»Wo sollte ich denn hin? Nach Mexiko?«, brummt Anita und bleibt noch eine ganze Weile auf dem Stuhl sitzen. Ihre Schultern beben leicht, und ich habe ein enorm schlechtes Gewissen und fühle mich wie eine Verräterin. Ich werde mir unbedingt etwas einfallen lassen müssen, um es bei der netten Frau wiedergutzumachen.

Als sie gegangen ist, schleppe ich mich trotz Müdigkeit noch zur nächsten Dienstbesprechung und beobachte Lars, wie er im Büro auf und ab tigert wie ein unruhiges Tier.

»Falls Irina noch am Leben ist, müssen wir sie bald finden«, sagt er und tauscht einen langen Blick mit Herrn Legert. »Ich bin mir sicher, dass Alex sie irgendwo festhält.«

»In den Akten ist vermerkt, dass Alex Herbig noch nie eine seiner Straftaten gestanden hat«, wirft Herr Legert ein. »Ist vollkommen unkooperativ, der Mensch. Den kriegen wir nicht so leicht zum Singen.« Lars funkelt ihn böse an, als sei Alex' Dickköpfigkeit Herrn Legerts Schuld. Der beginnt damit, mit seinem Kugelschreiber auf die Tischplatte zu klopfen.

»Die KTU hat bestätigt, dass das Blut auf den Kleidern von Irina schon älter als drei Wochen ist«, sagt er, ohne seinen hektischen Klopfrhythmus zu unterbrechen, und ich schaue fasziniert zu, wie die Stiftspitze etwa dreimal pro Sekunde auf das Holz tippt. »Es handelt sich um eine beträchtliche Menge Blut, dessen Verlust durchaus lebensgefährlich sein dürfte.« Kollege Legert stiert ins Leere. »Die Kette, die wir in Herbigs Haus gefunden haben, ist übrigens die, die Irina zum Zeitpunkt des Verschwindens trug. Sie war kaputt, als habe man sie von ihrem Hals gerissen.«

Lars dreht eine weitere Runde durch den Raum, bleibt an der Yukka-Plame stehen und zupft an den Blättern herum, bevor er sich zu uns umdreht und fragt: »Habt ihr den Giulio-Clan hochgenommen?« Damit sind die Anzugträger gemeint, für die ich ganz zu Anfang meiner Karriere im Moulin Rouge getanzt habe und die für ihre Koksgeschäfte bekannt sind.

»Die Kollegen heben gerade das Nest aus. Wir denken, dass wir dadurch auch die Küche finden werden«, antwortet Herr Legert und lässt seinen Kugelschreiber mitten in der Bewegung auf den Tisch fallen, was mich aufschrecken lässt.

»Sehr gut«, verkündet Lars. »Ich fasse zusammen: Wir vermuten, dass Alex mit dem Verschwinden von Irina zu tun hat. Vielleicht hatte er sie gestern sogar noch bei sich im Haus versteckt, bevor der Schuss fiel ...« Er verstummt einen Moment, verlangsamt seine Schritte und stellt seine Kaffeetasse auf dem Regal ab. Ich kann ein Gähnen nicht unterdrücken. »Langweile ich dich, Michaela?«

Ich schüttle eilig den Kopf. »Ganz und gar nicht, Herr Kollege. Aber du bist immer noch nicht auf meine Erkenntnis eingegangen, dass Irina alias Katharina und Natascha sich näher kennen, als zunächst angenommen.«

»Ja, weil es zwar interessant, aber nicht vordringlich ist. Trotzdem – ich habe jemanden drangesetzt, der die Hintergründe beleuchtet. Vielleicht finden wir etwas.«

Lars geht um seinen Schreibtisch herum und setzt sich endlich. Das Herumgerenne hat mich ganz hibbelig gemacht. »Ist der Nachbar schon eingetroffen, um das Phantombild von der Frau vor dem Fenster zu erstellen?«, fährt Lars fort, und ich frage mich, wie es ihm gelingt, so verflixt wach zu sein, während ich immer noch gähnen muss und meine Gehirnzellen so träge sind, dass sie sich anfühlen wie Schaumstoff.

»Er ist für heute Nachmittag geladen«, antwortet Herr Legert und schiebt mir einen Traubenzucker über den Tisch.

»Sehr gut«, meint Lars zufrieden.

»Was ist mit der Aussage von Alex, dass Chantal ihm die Beweise untergejubelt haben muss, da sie die Einzige ist, die einen Schlüssel zu seinem Haus hat?«, frage ich, während ich das Zuckerstückchen aus seinem Papier schäle.

»Sie schweigt sich aus.« Lars verschränkt die Arme hinter dem Kopf und lehnt sich weit zurück.

»Ist schon ein Anwalt für sie bestellt?«

»Der wird sie morgen kontaktieren«, lässt mich Herr Legert wissen.

»Ich wette, die beiden Herzchen haben eng zusammengearbeitet und werden sich demnächst gegenseitig zerfleischen«, vermutet Lars, und seine Miene lässt darauf schließen, dass er sich bereits diebisch darauf freut.

»Leider, lieber Lars, muss ich mich dazu mal wieder einmischen«, sage ich und zwirble manisch eine Strähne meines langen Haars.

»Nur zu, Michaela. Mach ruhig.«

»Ich weiß, dass du von meiner weiblichen Intuition nicht ganz viel hältst ...«

»Richtig.«

»Und doch glaube ich, dass du auf dem Holzweg bist, was Chantal angeht. Ich denke, sie liebt Alex. Und in dem Alter sind wir doch alle noch wie Romeo und Julia.« Ich denke an meine erste Jugendliebe zurück, für die ich quasi die Kohlen aus dem Feuer geholt hatte, als er versehentlich einen Mülleimer in der Schule in Brand steckte und beinahe eine Anzeige deswegen bekam. Ich nahm die Schuld auf mich, was mir eine Strafarbeit und zwei Wochen nachsitzen bescherte, aber damals dachte ich, der Typ sei es wert. Heute habe ich eher ein Fahr-zur-Hölle-Gefühl.

»Es geht um eine satte Haftstrafe, und du denkst, die Kleine opfert sich aus blinder Liebe für Herbig?« Lars blickt mich an, als hoffe er, ich würde grinsen und sagen: »Nee, war nur ein Witz.« Als ich schweige, hebt er spöttisch eine Augenbraue und meint: »Also, ganz ehrlich, dann trifft es die Richtige, denn so viel Dummheit gehört bestraft.«

»Damit ist es amtlich«, erwidere ich. »Du warst ganz offensichtlich noch nie jung und verliebt.«

Herr Legert muss grinsen und greift hastig nach seiner Kaffeetasse, die zwar leer ist, sich aber trotzdem als Versteck für unpassende Gesichtsausdrücke eignet. Zu seinem Glück ist Lars voll und ganz mit mir beschäftigt.

»Wirklich, Michaela, das passt ja wohl gar nicht hierher«, motzt er. »Außerdem muss man doch merken, wenn man dabei ist, sich lachend in eine Kreissäge fallen zu lassen.«

»Nein, das merkt man eben nicht immer«, sage ich leise, denn damit kenne ich mich hinreichend aus – vor Fabian hatte ich kein gutes Händchen bei der Partnerwahl.

Herr Legert nippt noch immer an seinem leeren Becher, und ich überlege, ob ich in die Küche laufen und die leere Thermoskanne noch mal füllen soll. Dann fällt mir etwas anderes ein.

»Seid ihr eigentlich schon weitergekommen mit dem Hinweis von Chantal, dass Frederik Mildner ein Erpresser ist?«, frage ich. »Ich weiß noch nicht wie, aber der hängt ganz sicher mit drin.«

»Solange deine Chantal uns nicht mehr sagt, können wir gar nichts tun«, meint Lars. »Aber zu deiner Beruhigung: Mildner und seine Frau stehen unter Beobachtung. Also schön.« Er klatscht so unvermittelt in die Hände, dass ich zusammenzucke, während Herr Legert nicht einmal aufsieht. Der scheint das schon zu kennen. »Wir haben genügend Material, um Alex Herbig für längere Zeit festzusetzen; trotzdem – wenn wir Irina Kaminski nicht finden, läuft alles auf einen Indizienprozess hinaus.«

»Das wäre suboptimal«, brummt Herr Legert und notiert etwas auf dem Ausdruck einer E-Mail von der KTU, auf dem die Blutanalysen vermerkt sind. »Ich werde mich gleich auf den Weg ins Moulin Rouge begeben und die Mitarbeiter befragen. Die Durchsuchung dort läuft bereits auf Hochtouren.«

»Und ich werde mich jetzt erst mal auf den Weg nach Hause machen«, werfe ich ein und erhebe mich. Mir brummt der Schädel, als hätte ich gestern mehr als eine Flasche Wein getrunken. Der Fall scheint so gut wie abgeschlossen und alles ergibt Sinn, aber irgendetwas verstehe ich nicht ganz. Wenn ich allerdings eines in der Schule gelernt habe, dann das: Nur weil ich etwas nicht verstehe, ist es noch lange nicht falsch. Also versuche ich, es sportlich zu nehmen. Ich kneife mir in die Nasenwurzel, um mich vom Schmerz im Kopf abzulenken, und packe meine Sachen zusammen.

»Ruh dich gut aus, Michaela«, meint Lars. »Und keine Alleingänge«, mahnt er mich vorsichtshalber.

»Hab ich nicht vor. Was sollte ich schon tun? In alle Kellerfenster Kölns einsteigen und laut: ›Irina, bist du hier?‹ rufen?«

»Dir ist alles zuzutrauen.« Lars wirft mir seinen typischen Blick zu, der, wie ich inzwischen beschlossen habe, so etwas wie kollegiale Zuneigung bedeuten soll.

»Das nehme ich als Kompliment, danke«, sage ich. »Aber ich gehe jetzt trotzdem nur ins Bett zu meinem Kissen und meiner Decke.« Fabian und Lou werden erst morgen zurückkommen. Einerseits bedauere ich das sehr, andererseits bedeutet es, dass ich zu Hause sehr viel Ruhe haben werde.

»Kannst du mir das schriftlich geben?«, ruft Lars mir nach, und ich drehe mich müde lächelnd zu ihm um.

»Lachen geht gerade nicht – ich hab total Kopfschmerzen. Aber ich schreib's dir aufs Guthabenkonto.«

Ein schiefes Grinsen legt sich auf sein Gesicht, während er seine Hand in den Nacken legt, was ihn jungenhaft aussehen lässt und jegliche Strenge aus seiner Haltung verbannt.

»Wir sehen uns Montag, Michaela. Und wirklich gute Arbeit.«

Auf dem Parkplatz erwartet mich mein verwaistes Rad mit dem platten Reifen, und ich beschließe, es nach Hause zu schieben. Eventuell haben wir noch Flickzeug im Schuppen. Der Weg kommt mir heute ewig lang vor. Eigentlich möchte ich nur noch meine Ruhe haben, doch als ich an Jasmins Grundstück vorbeikomme, fällt mir ein, dass ich noch etwas zu erledigen habe. Und was für ein Zufall: Bernd, ihr treusorgender Mann, bringt gerade den Müll raus und tut doch tatsächlich so, als sähe er mich nicht. Nicht mit Mieze Moll, mein Lieber!

»Hey, Bernd, lauf doch nicht weg!«, rufe ich ihm entgegen. Er bleibt in der Gartenpforte stehen, bis ich ihn mit meinem eiernden Rad erreiche. Über uns schimpft eine Amsel, was mich eine Millisekunde lang aus dem Konzept bringt.

»Mieze, schön dich zu sehen.« Ein unechtes Lächeln verzerrt sein Gesicht, sein Blick ist unruhig, er lauscht zum Haus, ob Jasmin etwas mitbekommen könnte. Die Amsel steigert ihre Tirade.

»Wird sich zeigen, ob es schön ist«, antworte ich. »Hör mal, wenn du Jasmin nichts sagst, dann werde ich es tun.« Besser mit der Tür ins Haus fallen, als einmal um den Block und dann über den Gartenzaun rein. Bernd kommt näher zu mir und legt seine Hand an meinen Lenker. Die Amsel erhebt sich in die Luft und fliegt mit einem »Tirili« davon.

»Was soll ich ihr denn deiner Meinung nach sagen?«, fragt er ernsthaft. »Ich bin ihr nicht fremdgegangen.«

»Das ist schön. Dennoch bist du auf den Videos der Tänzerin. Du hast mit ihr rumgemacht und dich auch noch damit erpressen lassen. Ich finde, Jasmin hat das Recht, das zu wissen. Also steh dazu«, fordere ich. »Wie soll ich meiner Freundin in die Augen schauen, wenn ich davon weiß und es ihr nicht sage?«

»Ihr Frauen habt doch sonst auch kein Problem mit Ausreden«, knurrt er und zieht mein Fahrrad näher zu sich heran.

»Bitte?« Ich zerre am Sattel, um meinen Abstand zurückzugewinnen.

»Willst du wirklich, dass jeder demnächst weiß, wie du dein Geld verdienst? Als billige Stripperin? Weiß dein Mann davon?«

Oha!

»Ich arbeite im Revier und war verdeckt eingesetzt.«

Er lacht. »Ja, klar. Und in Kambodscha gibt es rosa Elefanten, die fliegen können.«

Ich zucke die Schultern. »Wenn du das sagst – ich war noch nicht in Kambodscha.«

Er kneift seine Augen zusammen, und auf seiner Schläfe kann ich eine Ader pulsieren sehen. »Wenn du dich mit mir anlegst, werde

274

ich dich fertigmachen, Mieze Moll«, raunt er mir zu, und ich kann es nicht fassen, dass ich ihn bis vor ein paar Tagen noch mochte. Mir kommen die Männer-Kategorien in den Sinn: Bernd ist eindeutig das Arschloch, das sein wahres Ich so gut verschleiert, dass es wehtut, wenn man es endlich merkt.

»Nun gut.« Ich atme tief ein und schenke ihm ein warmherziges Lächeln – denn, wie ich zu Lars sagte, man kann jemanden auch höflich zur Hölle schicken. »Dann tu, was du nicht lassen kannst, und ich tue, was ich für richtig halte.« Damit stoße ich seine Hand von meinem Lenker und dränge mich an ihm vorbei. Ich bin eindeutig zu müde für so einen Scheiß.

»Pass bloß auf, Blondi«, zischt er mir hinterher. Ich hebe nur noch halbherzig die Hand zur Verabschiedung.

Ich weiß nicht, wie ich in Lous Bett gelandet bin, jedenfalls liege ich auf ihrem *Eiskönigin*-Kopfkissen und wilde Träume wühlen mich auf und lassen mein Herz jagen. Die Hauptrolle in ihnen übernimmt Chantal, die ein Leoparden-Outfit trägt und wie im Mittelalter zum Schafott gebracht wird. Eine Menge tobt auf dem Marktplatz, einige werfen mit faulem Gemüse nach ihr, und sie wiederholt immer wieder: »Ich habe ihn geliebt. Und ich schwöre euch, die Tussi hat schon gebrannt, als ich sie fand.«

»Lügnerin«, singen die Richter im Chor.

Irina kommt herein, vollkommen verkohlt, und zeigt mit einem schwarzen Finger auf Chantal. »Deine Krokodilstränen nützen dir nichts mehr, Kleines. Du hättest meinen Hund besser behandeln müssen.«

»Den Hund?«, frage ich verwirrt.

»Ja, meinen Hund. Sie hat ihn getreten«, heult Irina.

»Liar!«, brüllt Chantal, während ein vermummter Henker ihren Kopf aufs Schafott legt. In der gleißenden Sonne glitzern die Klingen über ihr wie mit Diamanten besetzt.

»Wehr dich nicht. Es wird schon nicht wehtun«, meint Irina nun in einem mütterlichen Tonfall zu ihr.

Chantal schaut zu mir und sagt: »Mieze, Optimismus ist nur ein Mangel an Informationen!«

»Es tut mir leid, dass ich dir nicht helfen kann«, bedaure ich, doch sie winkt ab.

»Sponge over it.«

Plötzlich bin ich woanders, in der Tierklinik der Vorstadt, wo ich die letzten Handgriffe von Schwester Gabriele begleite, die den Meth-Labrador für die Narkose vorbereitet. Dr. Wilhelm legt eine Magensonde und erschrickt bei dem Anblick, der sich ihm bietet, so sehr, dass er fast hintenüberkippt.

»Heiliger Bimbam, sowas habe ich ja noch nie gesehen!«, stößt er aus. »Wir müssen ihn aufmachen, sofort!«

Schwester Gabriele krault dem schwarzen Hund tröstend seine Ohren, wenngleich er das nicht mitbekommt, da er ja schläft, während der Arzt zehn kleine Beutelchen mit Meth aus dem Magen operiert.

»Gabriele, bereiten Sie alles für eine Party vor. Wir sind reich«, verkündet Dr. Wilhelm zufrieden, und der Labrador wedelt freudig mit seinem Schwanz.

Ich jage so heftig aus diesem Traum, dass ich aus dem kleinen Kinderbett stürze und mit allen Vieren auf dem Boden aufkomme. Glücklicherweise lande ich mit dem Gesicht auf Teddy Kurt, der Schlimmeres verhindert. Ich rapple mich auf, schaue auf die Uhr und stelle fest, dass es bereits später Nachmittag ist. Rosi und ihre Kleinen singen im Chor ihren Ich-will-fressen-Song, und ich eile zur Raubtierfütterung.

Gott, was für ein Tag – ich will meine langweilige Routine zurück. Putzen, kochen, basteln und Bauklötze stapeln. Das wäre ein toller Plan für morgen.

»Na, ihr Süßen? Wie geht es euch?«, frage ich die Meerschweinchen, während ich die Schälchen vor dem Schloss auffülle. Rosi reckt mir ihre Schnute mit den langen Nagezähnen entgegen und grunzt: »Besser als dir, vermute ich.«

Ich torkle ins Bad und schaue in den Spiegel. »Nur Erlebnisringe, nichts weiter«, rufe ich beim Anblick der tiefen Schatten unter meinen Augen zu Rosi hinüber. Ein bisschen Concealer und Puder, dann geht das schon wieder.

Als meine braunen Augen mir aus dem Spiegel fragend entgegen starren, spüre ich mein schlechtes Gewissen, und etwa eine Stunde später befinde ich mich mit einem großen Blumenstrauß auf dem Weg zu Anita Herbig.

15

Das verrückte Gewissen

Bereits als Anita mir die Tür öffnet, nimmt mich der Song von Costa Cordalis in Empfang: »Ich traf sie irgendwo, allein in Mexiko, Aaanita. Aaanita.«

»Hallo, Anita, ich wollte sehen, wie es dir geht«, erkläre ich mein Auftauchen, und sie schaut mich komisch an durch den Spalt, den die Sicherheitskette zulässt. Ich trete unsicher von einem Bein aufs andere, fühle mich plötzlich völlig fehl am Platz, als sie die Tür wieder schließt, um die Kette zu öffnen. Charlotte würde jetzt sagen, dass kein zwischenmenschlicher Konflikt nicht bei einem anständigen Matetee und der Frage, wie man sich selbst in der Lage des anderen fühlen würde, zu klären ist. Ich sehe sie beinahe vor mir, wie sie mir Mut zuspricht, Mitgefühl zu zeigen, auch auf die Gefahr hin, dass Anita nichts dergleichen von mir will. Und erinnere mich an einen Disput, den Charlotte und ich vor gar nicht allzu langer Zeit klären mussten. Es ging um eine unbedachte Äußerung darüber, wie leicht es ist, fett zu werden ...

Aus einem Busch kommt der schwarze Kater von Anita gesprungen und streicht mir um die Beine. Weiter hinten im Garten liegt immer noch die Harke im Rasen, die Alex schachmatt gesetzt hat. Endlich öffnet sich die Tür vollständig, und Gisbert sieht zu, dass er ins Haus kommt.

»Ich will gar nicht stören ...«

»Ach nein?«

»Ich kann auch ein anderes Mal ...«, beginne ich zögerlich, und Anita unterbricht mich.

»Kind, was ist los? Warum stehst du so rum? Willst du nicht einfach reinkommen?« Sie klingt jetzt freundlicher und macht eine auffordernde Geste. Ich strecke ihr meinen Wildrosenstrauß entgegen und grinse schief.

»Wie nett«, sagt sie und riecht an den Blumen, während ich eintrete. Es sieht sehr aufgeräumt in ihrem Haus aus, und das Licht, das durch ein altes Buntglasfenster fällt, färbt den Boden. Anita dreht sich über die Schulter zu mir um. Ihre lila Locken stehen – in Kontrast zur Wohnung – unordentlich von ihrem Kopf ab, ihre Augen wirken glasig. Sie trägt ein schwarzes Kleid, das ihre Trauer betont.

»Willst du einen Tee, Kleines?«, fragt sie mich, und ich nicke.

»Gern, wenn es dir nichts ausmacht.«

»Schwarz war ihr Haar, die Augen wie zwei Sterne so klar. Komm, steig auf dein Pferd, sagte ich zu ihr, Aaanita, Aaanita«, höre ich dem Gesang zu, der irgendwo aus dem Inneren des Hauses dringt.

»Ich wollte sowieso gerade einen aufbrühen.« Sie führt mich in eine kleine Küche. Der Wasserkessel dampft noch, und sie angelt Tassen aus einem der Hängeschränke. Es riecht nach ihrem letzten Mittagessen, irgendwie nach Fisch und Rauch – stellt sie selbst Räucherlachs her?

»Eine aufregende Zeit, nicht wahr?«, plaudert Anita, während sie eine Blechdose öffnet, ein paar Kekse herausholt und auf einem Teller arrangiert.

»Das kann man wohl sagen.«

»Fiesta ist heut, die Stadt ist nicht mehr weit, mach dich schnell bereit.« Die Musik muss aus dem Nebenzimmer kommen.

»Du hast deine Rolle in der Bar echt gut gespielt.« Anita lässt einen Teebeutel ins Wasser fallen. »Ich hätte nie gedacht, dass du ein Bulle bist.«

Ich habe keine Ahnung, ob das als Kompliment gemeint ist. »Es ist mein Job. Ich hatte keine Wahl.«

Anita schnalzt mit der Zunge. »Denkst du, das ist mir nicht klar?« Sie schaut mich intensiv an. Der Kater zu unseren Füßen maunzt und erbettelt Futter, obwohl der Boden seines Napfes noch bedeckt ist. Wie Rosi, überlege ich. Sie hat auch immer das Gefühl, dem Hungertod nah zu sein, wenn nur noch Reste des täglichen Festessens übrig sind.

»Ich bin ja nicht dämlich«, ergänzt Anita, und ich schaue zu Boden. Sie stellt eine kleine Dose mit Kandiszucker, den Keksteller, die Tassen und die Teekanne auf ein Tablett und geht voraus ins Wohnzimmer.

»Ich seh dir an, da schlummert ein Vulkan, du wartest auf die Liebe.«

Costas Stimme schmalzt hier sehr laut, und auf einem kleinen Schränkchen entdecke ich eine ultramoderne USB-Soundstation – wow, Anita erstaunt mich immer wieder!

»Es tut mir leid, dass das Resultat der Ermittlungen so unglücklich für dich ist«, sage ich. »Es muss schwer sein, das eigene Kind auf dem schlechten Pfad zu wissen.« Es ist immer dasselbe: Obwohl ich sonst nicht auf den Mund gefallen bin, fehlen mir im entscheidenden Momenten stets die richtigen Worte. Wo ist bloß die nächste Apotheke, in der ich etwas Grips bekommen kann?

»Braucht es nicht. Dir leidtun, meine ich«, sagt Anita.

»Ich will sie wecken und alles entdecken, was keiner bisher sah, ohohoho.«

»Wenn Alex kooperiert, könnte sich das positiv auswirken – vielleicht kannst du ihn ja dahingehend beeinflussen.«

Anita seufzt und nimmt auf einem roten Sessel, der schon bessere Zeiten gesehen hat, Platz. Gisbert springt auf ihren Schoß und rollt sich ein. Ich setze mich auf eine Couch ihr gegenüber und schaufle Kandiszucker in meinen Tee.

»Reite wie der Wind, bis die Nacht beginnt, Aaanita, Aaanita.«

»Glück ist, wenn die Katastrophen Pause machen. Es musste ja irgendwann wieder so kommen.« Anita greift nach einer Fernbedienung, die auf dem barock aussehenden Tisch zwischen uns liegt, und stellt die Musik leiser. »Alex hat die Gene von seinem Vater, der war ein ganz schöner Holzkopf. Ein Mann, der sich nicht im Griff hatte und seinen eigenen Vorteil stets über alles andere stellte. Wusstest du, dass die Gene zu siebzig Prozent bestimmen, wer wir später werden? Die Erziehung spielt nur eine untergeordnete Rolle.«

Ich überlege, was das für Lou wohl bedeutet. Sie hat ja jetzt schon meinen Hang zur Theatralik, die Risikobereitschaft von Fabian und die künstlerische Ader von Oma. Außerdem ist sie Sternzeichen Rosa, Aszendent Barbie, wie ich. Mir fällt nur ein Beruf ein, der zu diesen Eigenschaften passen würde: Stuntfrau für Lara Croft – sofern die noch mal ihr Outfit überdenkt und ihre Kaki-Kluft mit Pailletten aufpeppt.

»Oh«, antworte ich also lahm, lasse meinen Blick durchs Zimmer schweifen und betrachte die vielen Bücher in den Regalen. Lustig, dass gerade die Leute viel lesen, von denen man es gar nicht erwartet. Als ich Fabian kennenlernte, vermutete ich eine Leseratte in ihm, was allerdings eine totale Fehleinschätzung war. Tatsächlich lese ich mehr als er, auch wenn es sich bei meiner Lektüre meistens um Beauty-Blogs oder ChickLit-Romane handelt. Ich denke an Lars und seine beeindruckende Privatbibliothek, nippe an meinem Tee und schaue zu, wie Anita sich mit spitzen Fingern einen Keks vom Teller nimmt. Heute trägt sie blaue Gel-Nägel, die sich in das Gebäck bohren und es entzwei brechen.

»Ja, wir werden, was wir später einmal sind«, plappere ich gedankenlos, und mein Blick heftet sich als Nächstes an eine Urkunde in einem silbernen Bilderrahmen, die über dem Schränkchen mit der Soundstation hängt und Frau Anita von Steinhagen einen Doktor der Chemie bescheinigt. So viel zum Thema, was man sich so über Leute zusammendenkt, die man im Grunde gar nicht kennt. Ein Doktor in Chemie? Die Puff-Omi? Heilige Scheiße, Respekt!

»Das ist so. Und, mein Kind, wirst du mich trotzdem mal im Moulin Rouge besuchen kommen? Auch wenn dein Einsatz vorbei ist?«, fragt Anita lieb, und ich nehme einen verdammt großen Schluck vom bitteren Tee. »Nun muss ich ja wieder dafür sorgen, dass der Laden am Laufen bleibt. Und das sicher für eine ganze Weile. Ach. Eigentlich bin ich ja viel zu alt für die Leitung eines solchen Etablissements.« Sie greift nach ihrer Tasse und bläst vorsichtig in den Tee hinein. Dabei mustert sie mich, und ein Lächeln umspielt ihre Augen.

»Eine liebe Freundin besuche ich immer«, verspreche ich. »Und wenn ich dir mal bei irgendwas helfen kann …«

Sie beugt sich zu mir herüber, ihre Hand tätschelt meine, und ich denke an den ersten Tag, an dem ich ihr begegnet bin. Wie sie mir den Hintern rettete, als mir auf dem Weg in die Bar eine der Helikoptermütter aus dem Kindergarten entgegen kam und mich fast entdeckt hätte. Alles läuft noch einmal in meinem Kopf ab: wie sie mich ins Lager zog und ich als erstes den Kettenanhänger fand, den sie immer verliert, und ihr vorschlug, ihn an ihren Schlüsselbund zu hängen. Ich will sie gerade fragen, ob sie meinen Rat tatsächlich beherzigt hat, als mir mit einem Schlag kalt wird und meine Hand so sehr zittert, dass ich die Tasse abstellen muss. Der Anhänger … es war ein kleines goldenes Medaillon … in Form eines Kleeblatts. Wie Irina ihn trug. Ich wusste doch, dass ich die Kette schon mal irgendwo gesehen hatte!

Gisbert miaut langgezogen und starrt mich aus gelben Augen an.

»Vielleicht brauche ich dich noch mal an der Stange, bis ich angemessenen Ersatz gefunden habe.« Nur am Rande nehme ich wahr, was Anita sagt. »Und, Liebes, ich muss dir sagen, du vergeudest dein Talent! Du hast die Bewegung und den Sexappeal im Blut, du könntest eine ganz Große werden.« Sie lächelt in sich hinein. »Als ich so jung war wie du, da tanzte ich in Hamburgs bester Show. Ich war die hochbezahlteste Stripperin im ganzen Kiez.« Stolz zwinkert sie mir zu, und ich denke an ihr Tattoo *Seemannsmädchen*.

»Dort habe ich auch Alex' Vater kennengelernt. Er war Industrieller mit einem großen Namen, musst du wissen. Nicht besonders helle, aber mit einem silbernen Löffel im Mund geboren«, plaudert sie weiter.

»Aha?« Ich schaue wieder zur Urkunde an der weißen Wand und lese erneut den Namen von Steinhagen. Hoppla. Das hört sich nach einem goldenen Löffel an, wenn man mich fragt. Die altbekannten Bienen beginnen in meinem Magen zu brummen und zu summen, stoßen an die Wände und schwirren in meinen Hals hinauf.

»Wir haben in Las Vegas geheiratet, gegen den ausdrücklichen Wunsch seiner Eltern. Da war vielleicht hinterher was los.« Anita lacht. Vermutlich ist es lange her, seit sie das letzte Mal jemandem von der guten alten Zeit erzählt hat, und ihre Wangen färben sich rosig vor lauter Erinnerungsfreude.

Meine Gedanken galoppieren währenddessen davon und schlagen Purzelbäume. Meth kann jeder Idiot kochen, dafür braucht man keinen Doktor in Chemie. Ephedrin aus Husten- oder Schnupfenmittel dient als einfache Basis, die sich mit Jodwasserstoff umkristallisieren lässt. Beinahe ein Kinderspiel, das man sogar auf dem Rücksitz eines Pkws vollbringen könnte.

»Fast hätte seine Familie dafür gesorgt, dass er sich wieder von mir trennte und die Scheidung einreichte, doch dann war ich schwanger mit Alex.« Anita klatscht in die Hände, und ich hoffe, dass das anteilnehmende Lächeln auf meinem Gesicht halbwegs überzeugend ist. Mir fällt ein Rußfleck an Anitas Kragen auf, und ich frage mich erneut, was sich die alte Dame wohl für Menüs kocht. *Ein Meth-Koch hantiert mit hochentzündlichen Stoffen und oft kommt es zu Explosionen*, klingelt ein Satz in meinem Ohr, den ich im Zuge der Ermittlungsarbeiten irgendwo gelesen habe.

»Wir waren so verliebt …« Anita schaut mich lange an. »Kennst du dieses Gefühl?«

Zum Glück kriege ich mit, dass sie mir eine Frage gestellt hat, sodass ich rechtzeitig nicken kann. »Ja«, quetsche ich hervor und tarne meine Sprachschwierigkeiten mit einem Husten, den ich dann wiederum mit Tee behandle.

»Ja, und als der kleine Wonneproppen endlich auf der Welt war, da wurden die Eltern meines Mannes plötzlich friedlicher und unterstützen uns sogar.«

»Finanziell?«, rutscht mir die Frage raus, und ich denke an Geld im Überfluss, an eine Nanny für Alex und Unmengen an Zeit, um ein Studium zu beginnen. Chemie zum Beispiel.

»Ja, und sie spielten eine Zeitlang sogar Großeltern für Alex«, erzählt Anita und schenkt uns beiden Tee nach. Ich betrachte den Kandiszucker, der mich an das hübsche Erscheinungsbild von Meth erinnert.

»Nur eine Zeitlang?«

»Alex' Vater starb einige Jahre später bei einem Autounfall. Danach wandte sich die Familie von uns ab und ließ uns im Stich. Ich legte ihren verdammten Namen ab und nahm meinen Mädchennamen Herbig wieder an.« Anitas Miene verhärtet sich, und sie bricht einen weiteren Keks entzwei, ohne ihn allerdings zu essen.

»Das ist ja bitter.«

»Bitter ist gar kein Ausdruck. Hast du nicht auch Kinder?«

»Eine Tochter«, antworte ich mit belegter Stimme.

»Du bist etwas blass, geht es dir gut?«, will Anita jetzt wissen und blinzelt einmal. Ich versuche, mich zu konzentrieren, aber die Wanduhr in meinem Rücken macht mich mit ihrem stätigen Tick-Tack, Tack-Tick ganz verrückt. Hat Lars nicht erwähnt, dass das Crystal Meth, das in Köln im Umlauf ist, einen besonders hohen Reinheitsgehalt aufweist, wie bei *Breaking Bad*, weshalb ich mir diese Tatsache so gut merken konnte? Also wird es sicher nicht auf die einfachste Art hergestellt, was dann doch das Wissen eines Chemikers erfordert. Oder etwa nicht?

»Ich weiß nicht«, sage ich so leichthin wie möglich und hebe die Augenbrauen. »Es war ein aufregender Tag, wie du schon sagtest.«

Anita lacht keckernd los. »Ja, Liebes. Und er ist noch nicht einmal vorbei.« Während sie das sagt, studiert sie mich wie ein Forscher sein Objekt. Ich erinnere mich unweigerlich an Lous Gesichtsausdruck, als sie letzte Woche im Garten Ameisen piesackte und letztlich zerdrückte, und mir wird schlecht.

»Wo du recht hast«, antworte ich tonlos und stehe auf. Ich muss unbedingt handeln. Verstärkung holen. Die Kavallerie, die Feuerwehr oder einfach nur Lars. »Darf ich mal auf die Toilette? Der Tee …« Ich deute zum Flur.

»Die erste Tür links«, erklärt Anita, und ich fluche innerlich, als sie sich ebenfalls erhebt und mir meine Tasche abnimmt. »Die kannst du ruhig hierlassen. Das Bad ist klein.« Ich bin so froh, dass mein Handy in der Hosentasche steckt.

»Gute Idee«, sage ich, und sie folgt mir mit dem Tablett in den Flur, der mir jetzt plötzlich sehr dunkel vorkommt.

»Magst du nachher meinen Obstgarten sehen? Ich habe ganz viele reife Johannisbeeren – die kannst du für deine Tochter pflücken, Kinder lieben doch Obst.«

»Das wäre toll«, antworte ich und überlege, ob ich gerade total falsch kombiniere. Möglicherweise hat der Doktor in Chemie, mit dessen Wissen man mit Sicherheit in der Lage ist, anständiges Crystal Meth zu kochen, gar nichts zu bedeuten. Genauso wenig wie der blaue Gel-Nagel, den ich im Büro neben den Blutspritzern gefunden habe, die tatsächlich von Irina stammen, wie wir inzwischen wissen. Und die Tatsache, dass Anita am Tag meines Arbeitsbeginns Irinas Medaillon in den Händen hielt, war sicher nur ein blöder Zufall. Sie besitzt vielleicht einfach genau das gleiche, wie hunderte andere Frauen, die bei Bijou Brigitte einkaufen. Lars sagte doch, es sei Massenware.

Das Gästeklo liegt neben der Kellertreppe, deren Tür offen steht, sodass ich ins Dunkel hinabsehen kann. Als ich die Klinke zum Bad drücke, fallen mir auf der obersten Stufe zwei Kanister mit unbekannten Inhalt und ein kleiner Karton mit der Aufschrift NaOH für Natriumhydroxid auf, aus dem man entweder Seife herstellen kann oder ... Crystal Meth.

Jetzt nur nicht kotzen, Miss Marple. Lass dir lieber was einfallen, raune ich mir selbst zu, betrete das kleine Bad und schließe mich ein. Unzählige Quietscheentchen sind hier zu Hause: Krankenschwesterentchen, Brautentchen, Feuerwehrentchen, Marylin-Monroe-Entchen. Die meisten von ihnen stehen auf der Fensterbank und schauen mich vorwurfsvoll an, als ich sie runternehme. Ich klappe den WC-Sitz nach unten, stelle mich drauf und öffne das viel zu schmale Fenster. Da kriege ich meinen Hintern niemals durch ... Zum ersten Mal in meinem Leben hadere ich aufrichtig mit meiner Figur. Wer konnte denn auch damit rechnen, dass es womöglich mal lebensrettend sein könnte, so gar keine Kurven zu haben? Ich werde ein ernstes Wort mit Herrn Helmke über seine Mohnschnecken führen müssen.

»Kindchen, alles in Ordnung?«, fragt Anita vor der Tür, als ich fast vom Sitz abrutsche und die Klobürste durch die Gegend schieße.

»Ja-ha, alles gut. Ich komme gleich«, trällere ich, zücke mein Handy und wähle Lars' Nummer. Nichts passiert, und ich schaue aufs Display. Weniger Empfang wäre nur noch gar keiner. Ich beginne zu schwitzen, als Anita erneut klopft.

»Mein letzter Mann Arthur hatte auf dem Thron einen Schlaganfall«, erzählt sie ungerührt, und ich höre sie leise kichern. »Ist sowas zu fassen?«

»Hähä«, lache ich gequält, und mein Gehirn zwitschert mir ungeniert zu: Sie weiß, dass du es weißt! Ich klettere wieder auf den Klodeckel und hoffe, dort Netz zu bekommen. Fehlanzeige. Also öffne ich WhatsApp und beginne zu schreiben. Manchmal reicht ja der Hauch einer Funkwelle, um wenigstens eine Nachricht zu transportieren.

SOS Anita ist die Köchin. Ich sitze in der Patsche, Mieze.

Ich warte auf das Bestätigungshäkchen. Vielleicht sollte ich Anita nach dem WLAN-Passwort fragen? Während ich gegen meinen pochenden Herzschlag anatme, drängt sich mir die Frage auf, wie gefährlich die Situation eigentlich für mich werden kann. Im Grunde ist Anita doch eine ziemlich zierliche Person, die ich vermutlich leicht überwältigen und festnehmen kann, um dann übers Festnetzt Hilfe anzufordern. Hätte ich doch nur Handschellen dabei.

»Yay«, stoße ich aus, als das ersehnte Häkchen endlich erscheint. Die Nachricht ist unterwegs. Jetzt muss Lars sie nur noch lesen.

»Du kannst nicht ewig dort drinnen bleiben«, sagt Anita vor der Tür, und jegliche Hoffnung, dass sie meine Gedanken nicht erraten hat, ist dahin.

»Einen Moment noch«, rufe ich und stelle den Wasserhahn an. Ein Quietscheentchen rutscht ins Becken und taucht unter den Strahl. Ich tippe eine Nachricht für Fabian.

Mein liebster Schatz, verzeih mir, dass ich nicht brav zu Hause bleiben konnte wie andere Frauen. Ich hätte dankbarer sein sollen, dass ich nicht gezwungen war, Geld zu verdienen. Sei Lou weiterhin ein so großartiger Vater. Ich liebe euch beide über alles.

Ich sende sie ab, und mir fallen noch so viele Dinge ein, die ich meinen beiden Liebsten schreiben muss. Große Gefühle brauchen große Worte.

Falls mir etwas geschieht, dann vergesst nie, dass ihr meine Sonne und meine Sterne seid. Wenn Lou groß ist, bring ihr bei, gegen den Strom zu schwimmen, und verleihe ihr Flügel, damit sie über die Widrigkeiten des Lebens hinwegsegeln kann. Ich liebe euch so sehr!

Komisch, was der Gedanke, alsbald auf dem Friedhof zu landen, für Poesie in einem auslösen kann.

Ich schaue meinem Spiegelbild fest ins Gesicht und wappne mich. Meine Finger finden eine Flasche Haarspray. Wie doof, dass ich nicht rauche – ein Feuerzeug wäre jetzt nützlich, um das Spray zu entzünden und als Waffe zu benutzen. Ich lasse meinen Blick weiter wandern, öffne hektisch Schubladen und Schränke. Kloreiniger, Toilettenpapier, eine Haarbürste, aber nichts, um mich zu verteidigen. MacGyver hätte daraus längst ein ganzes Waffenarsenal mit

Zeitzünder, Ablenkungsmanöver und K.-o.-Funktion gebaut, während mir nur mein Mut bleibt, den ich mühsam bei der Stange halte.

Ich male mir aus, wie ich tapfer den Schlüssel drehe, Anita sich vor mir aufbaut und mich nicht entkommen lassen will. Geistesgegenwärtig stürme ich vorwärts, sprühe einen Ladung Haarspray in ihr Gesicht und werfe gleich noch eines der Entchen nach ihr. Sie taumelt, tritt Kater Gisbert auf den buschigen Schwanz, und ich weiche der alten Dame aus, renne durch den Flur zur Haustür, drücke auf die Klinke und stelle erschrocken fest, dass das Tor zur Freiheit verschlossen ist. Durch das Glas hindurch kann ich den Weg und das Gartentor erkennen. Ich wirble herum, hechte in die Küche. Anita, die sich unterdessen von meiner Haarsprayattacke erholt hat, packt mich am Arm, und ich knalle der Länge nach hin. Der blöde Gisbert flieht über mich drüber und entwischt durch die Katzenklappe nach draußen. Anita stürzt sich auf mich, und es gibt einen Kampf, bei dem ich die Oberhand gewinne.

»Anita, du bist vorläufig festgenommen«, presse ich angestrengt hervor und ringe die erstaunlich kräftige Dame nieder. Vier zu null für Mieze!

16

Holy shit

Tatsächlich kommt alles ganz anders. Ich drehe den Schlüssel des winzigen Badezimmers im Schloss und öffne die Tür. Meine Hand hält die Haarsprayflasche, ich bin bereit, sie zu Verteidigungszwecken einzusetzen und … schaue in die Mündung einer Waffe!

Holy shit!

»Hände hoch, Mieze.« Jegliche Herzlichkeit ist aus Anitas Gesicht verschwunden, und ich gehorche.

»Anita, du machst einen Fehler«, versuche ich mein Glück, während ich mich von ihr in den Flur dirigieren lasse. Sie zieht mein Handy aus meiner Hosentasche und wirft es an die nächste Wand. Autsch! Und schon wieder geht ein liebstes Gerät dahin …

»Süße, den Fehler hast *du* gemacht, als du nicht aufhören wolltest, herumzuschnüffeln. Warum zum Teufel musstest du unbedingt hierherkommen?«

Ja, das habe ich mich auch schon gefragt.

»Ich wollte nur nett sein«, erwidere ich. »Ich hatte ein schlechtes Gewissen.« Gisbert sitzt seelenruhig vor der Kellertreppe und leckt sich die Pfoten.

»Das glaubst du doch selbst nicht.«

Tja, das mit dem verrückten Gewissen ist halt so eine Sache. Bei dem einen ist es übermütig, bei dem anderen unterentwickelt. Sieht man schon im Kindergarten.

»War aber so«, sage ich frustriert.

»Was mach ich jetzt bloß mit dir?« Mit einer hektischen Bewegung wischt sich Anita eine Locke aus der Stirn.

»Du kannst mich einfach gehen lassen«, schlage ich vor. »Wir müssen es ja nicht schlimmer machen, als es eh schon ist.«

Sie lacht so laut los, dass der Kater zusammenzuckt und verdutzt zu uns guckt. Seine Zunge hängt noch von der Körperpflege aus dem Maul heraus, als würde er mich verhöhnen.

»Du hast ja keine Ahnung, Liebes.«

»Dann klär mich doch auf. Vielleicht kann ich dir helfen.«

»Nichts da«, meint Anita, und ich starre wie hypnotisiert in den Lauf der Pistole, die sich vor meiner Nase hin und her bewegt.

»Ab in den Keller mit dir«, befiehlt die alte Dame. »Und nimm die beiden Kanister mit. Muss ja nicht sein, dass ich mich mit meinem schlimmen Rücken damit abmühe, wenn du es genauso gut machen kannst.«

»Im Ernst?«, frage ich, und sie spannt den Abzug.

»Ernster geht gar nicht.«

Okay, überredet. Ich greife nach den Behältern und gehe die steilen Stufen hinab, bis ich an ein Regal komme, das schrägstehend halb einen Durchgang verdeckt. Wenn man es gerade rückt, ist der Durchgang verschwunden.

»Mhm, also hast du die Meth-Küche hier unten?«, stelle ich fest, um es für meinen aufgewühlten Geist, der mich fragt, ob ich gerade in einem Albtraum festsitze, wahrwerden zu lassen. Ich rieche Rauch und etwas leicht Fischiges. So viel zum Thema Räucherlachs.

»Du bist ja ein ganz helles Köpfchen.«

»Ja, wenn die Sonne drauf scheint«, gebe ich zurück, weil: Wäre ich wirklich clever, hätte ich die Puff-Omi doch schon eher durchschauen müssen. Dann wäre ich jetzt nicht hier. Das kommt davon, wenn man unbedingt etwas leisten will in der Gesellschaft und über seinen Schatten springt. Man landet direkt auf der Fresse und versaut sich die perfekt gemalte Lipline.

291

Wir bücken uns durch den Durchgang und treten in einen ziemlich großen Raum mit wenigen kleinen, vergitterten Kellerfenstern mit Lichtschacht und drei ziemlich großen Kühlschränken. Zu meiner Rechten stehen zwei Tische, auf denen Schalen, Töpfe und andere Laborgegenstände lagern.

»Rüber zur Gefriertruhe«, kommandiert Anita und fährt sich fahrig über ihren verkniffenen Mund. An einer der Wände entdecke ich Brandflecken – es dürfte gar nicht so lange her sein, dass es hier kräftig gerumst hat. Ich kann es fast vor mir sehen, wie die Chemikalien auf unerwünschte Weise miteinander reagierten und in einer Explosion endeten. Anita interpretiert meinen Blick richtig.

»Ich war etwas mitgenommen, nachdem ihr hier wart, um meinen dämlichen Sohn zu verhaften«, erklärt sie angefasst.

»Na ja, Verbrechen zahlen sich eben nicht aus«, klugscheiße ich. »Du hättest damit rechnen müssen.« Ich zucke zusammen, als sich der Lauf ihrer Waffe wieder auf meinen Kopf richtet.

»Das ist nicht ganz richtig«, meint Anita. »Genausgenommen war mein kleines Geschäft mehr wert als Alex' ganzer Kram zusammen. Seine Bar läuft bescheiden, die kleinen Koksgeschäfte fangen gerade mal die Verluste auf, und die illegalen Glücksspiele sind nur ein kleines Zubrot.«

Glücksspiele? Davon wussten wir ja noch gar nichts …

»Dann hat Alex ja gut von Mami profitiert.«

Anita verengt die Augen. »Nur dass er nichts von alldem weiß und ich bestimmt nicht mit ihm teilen würde«, knurrt sie und fügt hinzu, als sie meinen überraschten Blick bemerkt: »Ja, da staunst du, was?«

»Irgendwie schon. Wie passt Irina in die ganze Sache?«

»Das kleine Miststück konnte die Finger nicht von Alex lassen und hat dadurch alles verkompliziert.«

Anita lehnt sich an die Kellerwand mir gegenüber, die Waffe immer schön auf mich gerichtet. Ich werfe einen Blick in das Regal neben mir, in dem zig Beutelchen mit rosafarbenen Crystal Meth lagern. Meine Fresse, hier liegt mehr als mein ganzes Jahresgehalt herum!

»Und Alex hat sie verschwinden lassen?«

»Herrgott, nein.« Anita fuchtelt ungehalten mit der Hand, als hätte ich behauptet, Alex sei der Weihnachtsmann. »Er hat ihr gar nichts getan. Der Trottel fraß ihr aus der Hand und hat sie nach ihrem Verschwinden überall gesucht. Immer und immer wieder fuhr er durch die Weltgeschichte, um den Spuren, die wir gelegt haben, zu folgen, bis zum Erbrechen.« Sie stößt einen Laut des Abscheus aus.

»Wir? Lass mich raten: Frederik, Natascha und du.« Anita macht sich nicht die Mühe zu antworten, also habe ich wohl recht. »Ihr habt eine falsche Fährte gelegt? Aber warum?«

»Ist doch ganz logisch, damit man uns mit Irinas Verschwinden nicht in Verbindung bringen kann. Und Alex bestenfalls auch nicht. Aber es kam ja alles anders.«

»Wie stehen Natascha und Irina zueinander?«

»Rina ist Nataschas Halbschwester – ihr gemeinsamer Vater muss es ziemlich wild getrieben haben in ihrem Heimatdorf. Jedenfalls ist sie einfach hier aufgetaucht und suchte Kontakt zu Natascha, die dumme Nuss.« Anita schüttelt verärgert den Kopf, als könne sie immer noch nicht fassen, dass Irinas Auftauchen alles durcheinandergebracht hatte.

»Wo ist Irina?«, will ich in einem Anflug von Größenwahn wissen, weil ich so begeistert darüber bin, dass ich recht hatte, was die beiden Tschechinnen angeht.

Anita kommt auf mich zu, ihre Schuhe machen auf dem Boden quietschende Geräusche, als sie vor der Gefriertruhe stoppt. Mit einer schnellen Bewegung öffnet sie den Deckel, und ich schreie auf.

»Was zur Hölle!« Ich erstarre vor Schreck. Irinas Blick geht ins Nichts, ihre Haut ist bläulich verfärbt und von Reif überzogen. Sie sieht beinahe unversehrt aus, wenn man davon absieht, dass sie einmal in der Mitte geteilt wurde und ihr Unterleib und die Beine etwas versetzt hinter dem Rumpf liegen, damit sie in die Truhe passt. Eisbeutel verdecken die hässlichen Details, trotzdem sehe ich lieber nicht so genau hin und starre weiterhin bloß auf Irinas Gesicht. Eine kleine Unterblutung mitten auf dem Schädel, die durch ihr Haar schimmert, lässt auf einen Schlag vermuten.

»Hier ist sie. Unsere Irina in ihrer ganzen Schönheit und ihrer vorerst letzten Ruhestätte«, sagt Anita und klappt den Deckel wieder zu. Ihre Gelassenheit jagt mir eine Heidenangst ein, und für einen kurzen Moment wird mir schwarz vor Augen. »Sie hätte wissen müssen, dass ihre Familie ihr nur Unglück bringt. Immerhin hatte ihr eigener Vater dafür gesorgt, dass ihre Mutter stirbt, damit er die Firma allein erbte. Eine Anverwandte brachte die kleine Katharina in Sicherheit, bevor der Mistkerl sich auch ihr widmen konnte«, erzählt Anita die grausige Geschichte.

Ich beginne zu zittern. »Und ich soll dazu, wenn ich recht verstehe, sonst würdest du mir das alles hier nicht zeigen und mir so viel erzählen.« Meine Stimme klingt erstaunlich ruhig, während ich innerlich hysterisch darum bete, dass meine WhatsApp-Nachrichten meine Lieben erreichen mögen.

»Papperlapapp«, antwortet Anita, und ich atme kurzzeitig auf, bis sie weiterspricht: »Da passt du ganz sicher nicht auch noch rein. Selbst dann nicht, wenn man dich zerlegen würde. Und so eine Sauerei brauche ich kein zweites Mal. Hast du eine Ahnung, wie viel Bleiche man braucht, um großflächige Blutspuren zu beseitigen?

Teufelszeug, sage ich dir, wenn man es richtig anstellt, findest du kein Fitzelchen DNA mehr.«

Ich schlucke schwer, ein Kloß steckt in meinem Hals, und ich spüre, wie Tränen in meine Augen schießen. Verdammt! Ich will nicht sterben. Nicht so! Nicht jetzt!

»Anita, vielleicht gibt es eine andere Möglichkeit. Du kannst unmöglich noch mehr Schuld auf deine Schultern laden wollen.«

Sie hebt eine ihrer feinen Augenbrauen und sieht mich an, als wäre ich tiefbegabt. »Ich habe kein Problem mit Schuld, Süße«, lässt sie mich wissen. »Das mit Irina war ein Unfall.« Bedauernd hebt sie die Schultern und lässt die Waffe etwas sinken. »Ihr dämlicher Köter hat uns ein halbes Vermögen weggefressen und dann ist die dumme Kuh auch noch mit ihm zum Tierarzt gerannt. Mein lieber Herr Gesangsverein, wie doof muss man denn sein?« Anita macht in diesem Moment ein so trübsinniges Gesicht, dass ich einen Augenblick lang glaube, sie bedauere Irinas Tod. Doch dann wird mir klar, dass es ihr um das verlorene Geld geht.

»Wenn das nicht passiert wäre, hätte ich längst genug Kohle zusammen gehabt, um endlich nach Mexiko zu gehen.«

»Anita in Mexiko?« Wie in dem Lied von Costa Cordalis? Ich komme mir gerade vor wie Alice im Wunderland auf der verrückten Teegesellschaft. Nur ohne Tee. Und ohne viel Gesellschaft.

»Ich hab schon eine Wohnung gekauft und wollte meinen Lebensabend dort verbringen. Endlich ein wenig Spaß haben, nur für mich. Meinen Traum leben, verstehst du?«, fragt sie eine Spur verzweifelt und tigert jetzt im Keller auf und ab. So wie Alex es tut, wenn er sauer ist, mit dieser angespannten Körperhaltung – eine Hyäne auf dem Sprung.

»Viele Leute leben ihren Traum, Anita. Aber nicht jeder braucht im Nachhinein einen Anwalt.« Ich werfe einen Blick zur Tür, die mir von hier aus ganz schön weit weg vorkommt.

Anita lässt angestaute Luft zischend aus ihrer Lunge entweichen und angelt Klebeband aus einer Schublade. »Glücklicherweise hat Irina Natascha eine Sprachnachricht geschickt, als ihr Köter durch das Meth im Bauch abdrehte und zusammenbrach. Natascha hat geistesgegenwärtig reagiert und Irina aus der Praxis bestellt. Leider ist die Sache später im Büro eskaliert, weil sie zurück zu ihrem Hund wollte. Sie war so neben der Spur, dass Frederik befürchtete, sie würde sich verplappern, sollte sie von der Polizei befragt werden. Es war ja klar, dass der Veterinär Meth finden und sofort die Bullen verständigen würde.« Anita zuckt die Achseln, als sei Mord die folgerichtige Reaktion in so einer Situation. Ich weiche noch weiter zurück, spüre, wie sich ein Spinnennetz in meinem Haar verfängt, und pralle mit dem Rücken gegen die Wand.

»Was ist passiert?«, frage ich tonlos und denke an das ganze Blut, mit dem Irinas Kleid förmlich getränkt war.

»Nicht viel. Eigentlich ist sie nur unglücklich gestürzt, als es eine weitere Auseinandersetzung gab, und stieß sich den Kopf.«

»Ich will der Gerichtsmedizin ja nicht vorausgreifen«, werfe ich ein, denn solange wir uns so nett unterhalten, bin ich noch nicht tot. »Aber ich denke nicht, dass die Verletzung durch einen Sturz verursacht wurde. Da hat jemand ordentlich zugeschlagen mit einem stumpfen Gegenstand.«

»Wenn, dann war es Natascha.« Anita fuchtelt unwirsch mit der Pistole herum, sodass ich den Kopf einziehe, falls sich ein Schuss lösen sollte. »Frederik ist ein Weichei. Der hat mir noch den Boden vollgekotzt an dem Abend, als wir sie hierherbrachten. Hast du schon mal Totes zersägt?«

Das Klebeband in der Hand tritt Anita neben mich und fordert mich auf, meine Hände auf den Rücken zu legen. Während sie meine Handgelenke mit dem Tape umwickelt, wandern gruselige Bilder vor meinen Augen entlang, wie sie die junge Frau entzwei geteilt haben. Gott, das werde ich nie mehr aus dem Kopf kriegen, denke ich, und gleichzeitig durchzuckt mich die Erkenntnis, dass das keine Rolle mehr spielt.

»Irina könnte noch leben, wenn ihr doofer Hund nicht gewesen wäre.« Soll das vielleicht eine Entschuldigung sein? Vielleicht kotze ich auch gleich. »Ich hab gleich geahnt, dass es eine schlechte Idee ist, einen Köter ins Haus zu lassen. Und Gisbert fand es auch bescheiden.« Anita durchtrennt das Klebeband mit einer Schere, tritt einen Schritt zurück und begutachtet ihr Werk. »Das reicht«, sagt sie, geht hinüber zu einem der vollgestellten Tische und greift nach dem Hörer eines Telefons. »Ich war ja so erleichtert, als Natascha herausfand, dass Irina nichts Unbedachtes beim Tierarzt geäußert hat«, erzählt sie, während sie eine Nummer wählt, und ich habe die Bestätigung, was Natascha an jenem Tag in der Tierklinik wollte, an dem Lou und ich mit Rosi vorstellig waren.

»Alles schien gut auszugehen – und dann kamst du.« Anita wirft mir einen bitteren Blick zu, bevor sie in den Hörer sagt: »Wir haben ein Problem.«

Ich sinke auf die Knie, meine Beine sind einfach zu weich, als dass sie mich noch länger senkrecht halten können.

»Nein – Mieze ... Ja, genau die – oder wie viele Miezen kennst du? ... Das ist nicht witzig ... Was soll das heißen, ich soll allein klarkommen? Du vergisst dich gerade!« Anita fuchtelt mit der Waffe durch die Luft. »Nein, sie ist noch nicht tot.«

Das letzte Wort löst einen Fluchtimpuls aus, und ich springe auf die Beine. Die Tür fest im Blick werfe ich mich vorwärts, als plötzlich eine Kugel im Regal vor mir einschlägt. Holz splittert, und ich komme schlitternd zum Stehen.

»Nein, jetzt auch noch nicht«, höre ich Anita sagen. »Okay. Aber dann kannst du deinen Anteil geschmeidig vergessen. Wir sehen uns in der Hölle.« Sie knallt den Hörer auf die Gabel und zielt nun direkt auf mich.

»Bitte, Anita, ich habe ein Kind. Du willst ihm doch nicht die Mutter nehmen«, flehe ich, weil es nichts mehr gibt, das ich sonst tun könnte.

»Jammere nicht, diese Suppe hast du dir selbst eingebrockt, meine Liebe, denn wenn du nicht Frederik ins Visier genommen hättest, wären wir ganz in Ruhe fertig geworden, hätten das Feld geräumt, und ich wäre mit den Taschen voller Gold einfach abgereist. Aber nein, ein Stein nach dem anderen begann zu rollen und wir brauchten einen Schuldigen.«

»Den eigenen Sohn«, stelle ich fest.

»So ist es.«

»Wie konntest du nur?« Ich würde mein Kind niemals opfern, eher umgekehrt. Für Lou würde ich Granaten fangen, falls nötig.

»Ich tue es nicht gern, aber wenn die Umstände ein Bauernopfer brauchen, ist er einfach der Beste, um seinen Kopf hinzuhalten – da ist nämlich nicht viel drin, oder wie Frederik es ausdrückt: Alex' Hirn ist nur eine Sicherungskopie vom Arsch. Und schließlich hat er ja auch schon Übung darin, in den Knast einzufahren. Es tut mir wirklich leid, Herzchen.« Anita greift nach dem Klebeband und pappt mir einen Streifen auf den Mund, bevor sie mich wieder in die Ecke dirigiert. »Weißt du, das Leben ist eines der härtesten Prüfungen und die Menschen unbeständig. Mein Vater hat mich, als ich klein war, in eine Waschmaschine gesteckt, in der ich fast erstickt wäre, bis eine Nachbarin mich durch Zufall entdeckt hat. Meine

Mutter hat mich verlassen, als ich elf war, und mich bei einem Onkel untergebracht.« Während sie plaudert, tritt Anita an eines der Regale heran, zerrt eine große Rolle Plastikfolie heraus und beginnt damit, sie auf dem Boden auszulegen.

»Willst du mich jetzt echt umbringen?«, will ich fragen, bringe jedoch nur ein Grunzen zustande.

»Was soll ich dir sagen? Wenn ich jemals unschuldig war – an diesem Tag war es vorbei.«

Mir läuft es kalt den Rücken hinunter. Teils wegen ihrer Geschichte, teils aus Angst vor dem, was sie vorhat. Ich ziehe den Kopf ein und mache mich klein, als könnte das irgendetwas nützen.

»Ich lernte tanzen und meinen Körper einzusetzen. Du musst wissen, wenn man weiß wie, kann der eine echte Waffe sein.«

»Mhmhe«, sage ich und sehe Anita vor mir, als junge Frau, vom Schicksal gebeutelt, wie sie versucht, das Beste aus ihrem Leben zu machen.

»Summa summarum investierst du immer zu viel in die Leute in deiner Umgebung: Liebe, Zeit, Geld, Müllsäcke, Klebeband und ein Stück deiner Seele.« Sie schaut mich mitleidig an. »Herzchen, wenn ich dich laufen lasse, muss ich alles stehen und liegen lassen, aber ich bin einfach noch nicht so weit.«

»Mhmmh.«

»Du möchtest mir jetzt bestimmt sagen, dass du mich nicht verrätst.« Ich nicke so eifrig, wie Lou es tut, wenn man sie fragt, ob sie ein Eis möchte. »Das Problem ist, selbst wenn du es jetzt noch ernst meinst, so hast du es spätestens vergessen, wenn du in deiner kleinen sicheren Welt angekommen bist.«

Ich protestiere laut. Komm schon, Anita, du kannst nicht so grausam sein! Ich werfe den Kopf hin und her in der verzweifelten Hoffnung, dass sich dadurch das Klebeband löst. Dabei fällt mir ein

Schatten auf, der sich vor einem der Kellerfenster bewegt, und mein Herz tut einen aufgeregten Satz. Sollte es möglich sein, dass Hilfe im Anmarsch ist? Mich erfasst eine Art Energiewelle, möglicherweise der nackte Überlebenswille, und ich rapple mich auf, lasse meine Schulter an das Regal zu meiner Linken krachen und kippe es um. Scheppernd geht es zu Boden, Töpfe und deren Deckel rollen über den Boden.

Einem der Geschosse weicht Anita gerade so aus. »Du dummes Ding!«, faucht sie und sieht sauer zu mir herüber. »Komm gefälligst hierher und lass den Unsinn.« Sie deutet auf die Folie.

Ich denke ja gar nicht daran! Sie spannt den Abzug. Ich schließe die Augen, mein Herz rast in meiner Brust, und alle möglichen Gedanken rasen durch meinen Kopf. Ich sehe Lou vor mir, wie sie nach ihrer Geburt auf meinem Bauch liegt, ich sehe meine Mutti, wie sie strahlt, als ich das erste Mal gerechnet habe. Und Paps, als er mir das Fahrradfahren beibrachte. Fabian! Unser erster Kuss kommt mir in den Sinn, und dann zerreißt ein kreischendes Geräusch die Stille in meinem Kopf, als die Kellertür auffliegt.

»Waffe weg«, fordert Lars Anita auf, doch sie ist viel zu schnell bei mir und drückt die Pistole an meine Schläfe. Seine Augen weiten sich, und ich sehe, wie er erstarrt.

»Noch einen Schritt und die Kleine ist hinüber.« Anitas Finger graben sich in das Haar in meinem Nacken, und sie schiebt mich als lebenden Schutzschild vor sich.

»Lass sie gehen, Anita. Es ist vorbei«, sagt Lars, und ich möchte lachen, weil es sich so gar nicht nach einem Ende anfühlt. Zumindest nach keinem guten.

»Vorbei ist es erst, wenn ich tot bin, du kleiner Scheißer«, spuckt Anita aus. »Nimm endlich die Knarre runter, oder ich verpasse Mieze ein hübsches Loch.« Sie reißt meinen Kopf so weit in den Nacken, dass ich mir einen Nerv einklemme und aufstöhne vor Schmerz. Lars zuckt kurz, als überlege er zu schießen. Doch dann lässt er die Waffe sinken und hebt ergeben die Hände. Schade nur, dass Gesichtsausdrücke harmlos sind, sonst wäre Anita jetzt tot.

»Komm schon, Anita, sei vernünftig!«

Sie lockert ihren Griff, lässt mich jedoch nicht los. »Schieb die Knarre zu mir rüber«, fordert sie und zeigt auf den Kellerboden. Lars gehorcht, fixiert mich mit seinem Blick.

»Alles wird gut.«

»Bloß für wen, steht noch nicht fest«, brummt Anita und stoppt seine Waffe, die über den Boden schlittert, mit dem Fuß. Langsam und mit Blick auf Lars geht sie hinter mir in die Hocke und hebt die Pistole auf. »Zeit für eine Planänderung«, meint sie und winkt Lars zu uns heran.

»Anita, das ist doch Irrsinn«, beschwört Lars sie, während er sich in Bewegung setzt. »Wir können jetzt noch auf mildernde Umstände hoffen, wenn du kooperierst und dich stellst.«

»Halt den Mund und hol das Seil dort aus dem Schrank«, bellt Anita, und ich spüre den Lauf ihrer Waffe an meinem Kopf. Lars gehorcht.

»Fessle die kleine Mieze an den Heizkessel dahinten, und keine Tricks, sonst endet ihr wie Romeo und Julia – mausetot.«

»Nur die Ruhe, ich mache ja, was du sagst.« Mir fällt auf, dass Lars langsam und bedächtig spricht und seine Schritte klar und kontrolliert setzt, während er auf uns zukommt. Seine professionelle Ruhe strahlt auf mich aus, und ich spüre, wie sich mein Herzschlag allmählich beruhigt.

Anita tritt von mir zurück und nimmt uns beide ins Visier. »Wirklich schade, in einem anderen Leben hätten wir Freunde sein können«, meint sie bedauernd.

Lars legt seinen Arm um mich, und ich atme erleichtert auf. Jetzt, wo er da ist, fühle ich mich seltsam sicher. Und das, obwohl der Lauf der Waffe unverändert auf mich zeigt. Rückwärts manövriert Lars mich zum Heizkessel.

»Würdest du dich bitte setzen, Mieze?«, fragt er, und mir schießen Tränen in die Augen, nur weil er »Mieze« gesagt hat. Als mein Hintern den Boden berührt, schlingt Lars das Seil um meine verklebten Handgelenke und fesselt mich.

»Etwas fester, wenn ich bitten darf«, meldet sich Anita zu Wort, und ich jaule auf.

»Tut mir leid«, flüstert Lars. »Aber keine Angst, ich habe alles unter Kontrolle.«

Ich denke darüber nach, dass ich das auch gern behaupte, wenn es brenzlig wird, und werfe ihm einen zweifelnden Blick zu. Er streicht mir eine verschwitze Strähne aus meinem Gesicht.

»So, mein Lieber, und jetzt du«, kommandiert Anita, und Lars legt die Hände auf den Rücken und lässt sich von ihr neben mich ans Heizungsrohr fesseln. Auch er kann zumindest ein Stöhnen nicht unterdrücken, als sie die Knoten festzieht.

»Hübsch, hübsch«, verkündet sie zufrieden. »Ich hätte nicht gedacht, dass mein Notfallplan je zum Einsatz kommt, aber es ist immer gut, vorbereitet zu sein, nicht wahr?«

Ich nicke bestätigend, und Lars guckt mich komisch von der Seite an. Ich beobachte, wie Anita zwei Taschen aus einem Schrank angelt und dabei singt: »Viva la noche, viva la fiesta, viva l'amor, viva l'amor.« Sie stopft die Tütchen mit dem Meth aus dem Regal in die eine Tasche und Geldbündel aus einem Safe in die andere. Krass! Ich hab noch nie so viele Scheine aus der Nähe gesehen. Ich blicke zu Lars, und erst jetzt fällt mir auf, wie blass er ist.

»So, ihr Süßen. Ich kümmere mich gleich um euch«, flötet Anita. »Ich hole nur schnell den Schalldämpfer, sonst ruft noch jemand die Polizei, wenn's zweimal laut kracht.« Sie trällert ihr Lied eine Spur lauter und verschwindet aus dem Kellerraum.

Mithilfe einer anatomisch unmöglichen Verrenkung seines Oberkörpers gelingt es Lars, mit seinen Händen den Klebestreifen vor meinem Mund zu erwischen und abzureißen, und ich atme erleichtert auf.

»Na, steckst du etwa in Schwierigkeiten?«, fragt er.

»Nein, eigentlich nicht«, antworte ich. »Ich brauche solche Einlagen manchmal, um fit zu bleiben, so als Undercover-Agentin. Aber du siehst etwas mitgenommen aus, wenn du mich fragst.« Die Worte kommen so locker aus meinem Mund, dass es mich selbst erstaunt. Wie heißt es so schön: Wer zuletzt lacht, stirbt wenigstens fröhlich.

Ein Lächeln zuckt in Lars' Mundwinkel. »Ich frag dich aber nicht.«

»Kannst du ruhig zugeben. Man wird schließlich nicht jeden Tag umgebracht.« Ich will ebenfalls lächeln, kriege aber nur ein Gesichtszucken hin und spüre, wie sich Tränen in meinen Augen sammeln. Ich zerre an meinen Fesseln, und der Schmerz gibt mir einen guten Grund, wirklich loszuheulen.

»Hey, Mieze«, flüstert Lars sanft, »nicht weinen.«

»Harte Schale, weicher Kern, was?«, schluchze ich, und er schüttelt den Kopf. »Und überhaupt: Du nennst mich doch nur bei meinem echten Namen, weil es aufs Ende zugeht.«

»Hörst du das?«, fragt er. Ich halte die Luft an und lausche. Jemand kreischt. Zuerst denke ich, es ist Gisbert, der Kater, doch ich merke schnell, dass Anita herumkrakeelt, als mache ihr jemand den Gar aus.

»Ach, wir sind gar nicht allein?«

Lars grinst. »Wo denkst du hin? Ich sagte doch, ich habe alles unter Kontrolle – mein kriminalistisches Gespür hat mich die richtigen Vorbereitungen treffen lassen.« Er sieht so selbstzufrieden aus, dass ich ihn nur anstarren kann, während seine Arroganz Stück für Stück zurückkehrt. »Vielleicht hörst du das nächste Mal trotzdem einfach mal auf mich, wenn ich sage, keine Alleingänge.«

»Ich wollte ihr nur Blumen bringen, weil … na ja, weil ich sie angelogen habe. Niemals hätte ich gedacht …«

»Aha, du gibst also zu, dass deine Intuition hinkt«, fällt er mir ins Wort.

»Nö, das würde ich jetzt nicht sagen …«

Oben schreit Anita noch eine Oktave höher, und ich kann hören, wie jemand versucht, ihr die Rechte zu verlesen. Da spüre ich etwas an meiner linken Hand.

»Oh nein«, stöhne ich, und Lars' Gesichtsausdruck versteinert.

»Was?!«, fragt er alarmiert.

»Mein Fingernagel ist abgebrochen.«

Er schüttelt den Kopf. »Du bist das unmöglichste Weibsbild, das mir je begegnet ist«, grumpft er.

»Aber du magst mich«, sage ich und lächle ihn breit an. Er stößt die Luft laut aus und lässt seinen Kopf an den Kessel fallen.

»Man gewöhnt sich an dich, würde ich sagen.«

Schritte nähern sich, und Herr Legert erscheint mit gezückter Waffe im Durchgang. »Heilige Scheiße, das nenn ich mal 'ne hübsche Kochecke!«, entfährt es ihm, und er sieht sich erst mal ganz in Ruhe um. »Eigentlich ein Unding, dass wir darauf nicht gekommen sind«, stellt er schließlich fest. »Da musste sich erst Mieze drum kümmern und den Fall lösen.«

»Was nicht zu ihrem Tätigkeitsfeld gehört«, wirft Lars ein.

»Kollege, schön Sie zu sehen, würden Sie mich mal losbinden?«, frage ich nett, und er hockt sich zu uns und löst unsere Fesseln.

Als Lars mir die Hand reicht, um mir aufzuhelfen, zucke ich zusammen. Seine Finger sind eiskalt, was mich zum nächsten, sehr viel eisigeren Thema führt.

»Meine Herren, ich muss euch ... dort ...« Ich bringe die Worte nicht über mich und wanke stattdessen zur Tiefkühltruhe. Ich will sie öffnen, wage es im letzten Moment aber doch nicht und überlasse den finalen Akt den beiden Männern, die sich ernst anblicken, als ahnten sie, was sie erwartet.

»Da ist sie ja«, murmelt Lars, nachdem er den Deckel aufgeklappt hat.

»Tiefgekühlt.« Herr Legert hält sich die Hand vor den Mund.

»Ein trauriges Ende«, sage ich heiser und spüre, wie Lars tröstend den Arm um mich legt.

»Die Gerichtsmedizin soll sie abholen«, sagt er zu Herrn Legert, während er die Truhe schließt.

17

Ende gut, die Katz war gut.

Ich schlafe mit dem Kopf an Lars' Schulter gelehnt auf der Rückbank eines Einsatzfahrzeuges ein und erwache erst, als wir am Revier ankommen. Lars streicht mir über die Wange und raunt mir leise etwas zu. Es dauert eine Weile, bis ich seinen Scherz über Sabber auf seiner Schulter verstehe und beschämt Abstand nehme. Einen Wimpernschlag später sind die Ereignisse der letzten Stunden wieder präsent und lassen mich seufzen.

»Alles in Ordnung?«, fragt Lars sanft. In seinem Blick liegt das Wissen darüber, wie schwer es ist, alles zu sortieren, was geschehen ist, und ich antworte, dass er sich keine Sorgen zu machen braucht.

Es ist bereits später Abend, auf den Straßen ist nicht viel los. Wir waren noch ewig am Tatort. Ich habe beobachtet, wie ein Gerichtsmediziner Irina aus der Truhe barg, wie Beweise sichergestellt und nummeriert wurden. Und jetzt frage ich mich das erste Mal, ob Fabian meine Nachrichten eigentlich bekommen hat und schon auf dem Weg zu mir ist. Seit dem Tod meines neuesten Handys fühle ich mich wie amputiert. Die Tatsache, dass ich mich nicht mit meiner Familie in Verbindung setzen kann, macht mich nervös, und ich schwöre mir selbst, dass ich zumindest Fabians Nummer auswendig lernen werde.

Lars hält mir die Autotür auf, und ich torkle mehr ins Büro, als dass ich gehe.

»Mieze, meine Güte. Brauchen Sie etwas? Einen Arzt vielleicht?«, fragt mich Revierleiter Helmke besorgt, als wir in sein Büro wanken. »Wieso ist sie nicht im Krankenhaus?« Er klingt angefasst, und Lars hebt beschwichtigend die Hände.

»Es geht ihr gut. Sie ist ausgiebig gecheckt worden«, sagt er, und ich denke an den gutaussehenden Notarzt, der meinen Blutdruck maß und ausschloss, dass ich unter Schock stehe. »Und außerdem hat sie sich geweigert, ins Krankenhaus zu fahren.« Lars verdreht seine grauen Augen, und ich weiß, dass in seinem Kopf noch einmal unsere Diskussion darüber abläuft, ob ich in den Krankenwagen steige oder nicht.

»Das war auch nicht nötig«, melde ich mich zu Wort, und Lars wirft Herrn Helmke einen vielsagenden Blick zu.

»Sie ist ziemlich eigensinnig«, meint er so leise, dass ich es fast nicht höre, während Herr Helmke mich zu seinem Chefsessel manövriert, der mit Sicherheit der gemütlichste Stuhl weit und breit ist.

»Ihr Vater ist bereits auf dem Weg hierher, Mieze«, erklärt er mir und drückt mich nieder.

»Er weiß also Bescheid?«

Herr Helmke nickt, und ich nehme die Anspannung wahr, die seinen Körper vibrieren lässt. Er legt mir eine dünne Decke um die Schultern. »Der gute Mann hat ein Gemüt wie eine Supernova.« Herr Helmke bekreuzigt sich. Wie bei unserem ersten Treffen erinnert er mich dabei an meinen Opa, der jedes Mal ein Kreuz schlug, nachdem er einen derben Scherz gemacht oder geflucht hatte. »Nehmen Sie eine Mohnschnecke, liebe Frau Mieze, damit Sie wieder zu Kräften kommen.«

Er hält mir seine obligatorische Bäckertüte vors Gesicht, und obwohl ich in Anitas Gästeklo noch Abstinenz geschworen habe, greife ich zu. Mir schießen ihre Worte durch den Sinn: *Das hast du spätestens vergessen, wenn du in deiner kleinen sicheren Welt angekommen bist.*

»Ich hoffe ja, dass Sie Ihren Vater ein bisschen beruhigen können«, murmelt Herr Helmke, während er mir auch noch eine Tasse Kaffee in die Finger drückt.

Ich lächle. »Keine Sorge, das wird schon«, erkläre ich und verstecke meine eigene Unsicherheit, indem ich einen großen Schluck nehme.

»Gut, gut. Sehr schön.« Herr Helmke setzt sich auf einen wackeligen Bürostuhl und eröffnet die Besprechung. »Meine Herren, die Dame, dann wollen wir mal. Der glückliche Umstand, dass Frau Mieze ihrem Instinkt gefolgt ist, hat zur Lösung des Falls Meth-Küche-Köln geführt. Herzlichen Glückwunsch an dieser Stelle.« Er nickt mir aufmunternd zu.

Ich schaue zu Lars, der nichts dazu sagt, sich nur entspannt zurücklehnt und die Hände im Nacken faltet. »Danke, aber das war nur Zufall, und ich habe es Lars zu verdanken, dass ich …«, beginne ich und werde von Herrn Helmke unterbrochen, der einfach weiterredet.

»Frau Herbig hat gestanden und außerdem ihren Sohn Alex Herbig voll entlastet.«

»Es geschehen Zeichen und Wunder«, hauche ich. »In ihrem Haus klang sie noch ganz anders – abgebrüht und kaltblütig.«

»Sie hat einen Deal gemacht«, erzählt Herr Legert, der die Vernehmung geleitet hat. »Frau Herbig will eine Einzelzelle und wünscht sich Pay-TV. Verrückt, nicht wahr? Außerdem haben wir in Erfahrung gebracht, dass sie schwer krank ist und keine zwei Jahre mehr zu leben hat. Möglicherweise wird sie also nicht lange einsitzen müssen.«

»Die Arme«, rutscht es mir raus, und ich vergesse für einen Moment, dass sie mich vor einigen Stunden noch über den Jordan schicken wollte.

»Alex Herbig hat nichts geahnt. Laut Anita riecht und schmeckt der Gute seit einem Chemieunfall bei einem früheren Arbeitgeber nichts mehr, weshalb ihm der eigentümliche Geruch, der beim Meth-Kochen entsteht, nie auffiel, wenn er seine Bügelwäsche abholte«, fährt Herr Legert fort. »Der ist aus allen Wolken gefallen, als er die Wahrheit erfahren hat.«

»Wie passt Chantal ins Bild?«, will ich wissen.

»Sie war nicht involviert«, sagt Herr Legert, und ich blicke zu Lars, der meinem Blick ausweicht.

»Aha«, antworte ich und trage das dickste Triumphlächeln auf, zu dem ich in der Lage bin.

»Sie hat nur so viel damit zu tun, dass der Straftatbestand der Erpressung sie selbst erpressbar machte. So kamen Frederik und Natascha an Herbigs Haustürschlüssel – sie zwangen Chantal, ihn ihnen auszuhändigen, um das blutige Kleid, die Kette und die Meth-Rückstände dort zu platzieren und Herbig damit zu belasten.« Herr Legert strahlt. »Seit klar ist, dass Frederik und Natascha wegen gemeinschaftlichen Mordes einsitzen werden, singt Frau Müller wie ein Vögelchen.«

»Habt ihr sie denn gefasst? Frederik und Natascha?«

»Ja, die Kollegen haben sie vor etwa einer Stunde an der deutsch-tschechischen Grenze erwischt«, antwortet Herr Legert.

»Na sauber«, sagt Lars zufrieden.

»Irina hat Herbig im Auftrag von Anita und Natascha, die eindeutig die Köpfe des Ganzen waren, nach Strich und Faden manipuliert und über ihn Kontakte zu Dealern hergestellt. Ohne dass er es bemerkt hat, ist sie über seine eher kleineren Fische an einen Großen im Business herangekommen, der das Meth in rauen Mengen abgenommen hat und den Stoff über die Stadtgrenzen hinaus verkaufen wollte«, erzählt Kollege Legert weiter.

»Wie viel ist denn sichergestellt worden?«, erkundigt sich Lars.

»Ungefähr neunhundert Gramm.«

Lars pfeift anerkennend. »Das sind locker zweiundsiebzigtausend Euro – beachtlich. Wenn Anita damit los wäre, hätte sie in den letzten beiden Jahren ihres Lebens eine ganz schöne Sause machen können.«

Und da ist es wieder. Das dumme Mitleid. Ich seufze leise.

»Dazu kommen noch mal rund vierzigtausend Euro in bar«, entnimmt Herr Legert dem Bericht, der auf seinem Schoß liegt.

»Nicht schlecht«, murmelt Herr Helmke, der wie bei allen Besprechungen die meiste Zeit über schweigend dasitzt und sich nur ab und an etwas notiert.

Lars steht auf, um sich Kaffeenachschub zu organisieren. »Irina ist also eigentlich nur zufällig in diese Angelegenheit hineingestolpert?«, fragt er, während er an das Sideboard herantritt, auf dem die Thermoskanne steht.

Ich stütze meinen müden Kopf auf meine Hand und bemerke, dass meine ganze Maniküre umsonst war. Ich muss unbedingt einen neuen Termin machen.

»Wie wir bereits vermuteten, handelt es sich bei Irina Kaminski um Katharina Bianaci, die Halbschwester von Natascha, die auf unschöne Art um ihr rechtmäßiges Erbe in Tschechien gebracht wurde«, höre ich Herrn Legert zu. »Sie hat Natascha in Deutschland ausfindig gemacht und sich mit ihr ausgesöhnt. Dabei ist sie ziemlich schnell in die Machenschaften verwickelt worden. Eigentlich sollte sie nur Alex Herbig im Auge behalten und geschickt lenken, hat sich dann jedoch ernsthaft in ihn verliebt.«

»Tja, sowas kommt eben dabei heraus, wenn man Berufliches mit Privatem vermengt«, sinniert Lars, während er sich Kaffee einschenkt.

»Gut, dass das hier niemanden passieren kann«, murmle ich und schaue mich zu ihm um. Er verbrennt sich an seinem Kaffee und flucht leise. »Im Übrigen kann sowas auch gut gehen: Meine Freundin Ilka zum Beispiel hat ihren Chef geheiratet und ist sehr glücklich und sogar quicklebendig.«

Lars hat sein Pokerface aufgesetzt. »Eine Ausnahme vielleicht?«

»Wer war denn eigentlich die Frau, die in Alex' Wohnung gesehen wurde?«, wechsle ich das Thema.

»Laut Phantombild war es Natascha. Sie muss sich ziemlich mit Frederik gestritten haben, während sie die falschen Beweise in Herbigs Haus deponierten.«

»Ah, das ergibt Sinn.« Ich denke an die Kampfspuren im Haus. »Ich wette, er hat Irina erschlagen und gegenüber seiner Frau behauptet, sie wäre unglücklich gestürzt.«

»Mir kommt es eher so vor, dass Frau Mildner die schlagfreudigere von beiden ist«, mischt sich Herr Legert in meine Überlegung ein.

»Also war es Natascha, die Lars eins übergebraten hat?«, frage ich.

»Offensichtlich«, brummt Lars. »Aber ich weiß immer noch nicht, was Alex in dieser Nacht in sein Auto lud.« Er setzt sich wieder und trommelt mit den Fingern auf den Tisch.

»Oh, da kann ich weiterhelfen«, sagt Herr Legert und blättert kurz durch seine Mappe. »Natascha hatte Herbig dazu überredet, einige ihrer Waren aus Tschechien für sie auszuliefern. Das meiste davon waren Chlorreiniger und Putzmittel. In einigen dieser Flaschen befand sich jedoch eine Lieferung Crystal, die über die holländische Grenze sollte. Und da eine falsch gelegte Fährte zu Irina dort hinführte, erklärte sich Herbig dazu bereit, die Fahrt zu übernehmen.«

»Die haben den armen Kerl also nicht nur zum Bauernopfer gemacht, sondern auch noch als Drogenkurier missbraucht?«, frage ich. »Der arme Kerl kann einem ja fast leidtun.«

»Du leidest eindeutig an zu viel Mitleid, Mieze.« Lars wirft mir einen seltsamen Blick zu. »Das wird dich noch in Teufels Küche bringen.«

»Da kommen wir doch gerade her. Und außerdem wäre der Fall immer noch nicht gelöst, wenn ich Anita keine Blumen gebracht hätte und genauso das Gefühlsleben eines Felsblocks hätte wie du.«

Lars setzt zu einer Erwiderung an, doch Herr Legert unterbricht unsere Kabbelei, bevor wir richtig in Fahrt kommen können. »Kurzum: Die drei planten, so viel Geld in so kurzer Zeit wie möglich zu scheffeln und sich abzusetzen. Die Firma in Tschechien steht vor dem Konkurs und das Haus von Anita ist hochverschuldet, also wollten sie im Ausland einen Neuanfang wagen.«

»Ohne Alex«, sage ich.

»So sieht's aus. Der wird sich jetzt für seine eigenen krummen Geschäfte verantworten müssen, kommt aber sicher schnell wieder auf freien Fuß. Laut seiner Aussage will er sein Leben radikal verändern.« Herr Legert macht ein zweifelndes Gesicht.

»Jemand wie Alex ändert sich nicht«, meint Lars, und Herr Helmke stimmt ihm zu.

»Wer weiß.«

»Wir können ja drauf wetten«, schlägt Lars vor.

»Genau, und ganz nebenbei machen wir hier im Revier ein Wettbüro auf.«

»Meine Herren, die Dame«, Revierleiter Helmke hebt die Hände und blickt in die Runde, »schließen wir also die Akte Meth-Küche-Köln und gehen ab morgen zur Tagesordnung über.«

»Ende gut, alles gut«, meint Lars sarkastisch und gähnt herzhaft, was mich ansteckt.

In diesem Moment klopft es an der Tür und Paps kommt mit Fabian im Schlepptau hereingeplatzt.

»Schatz«, stoße ich aus und springe vom Stuhl, was meinem Kreislauf gar nicht schmeckt und mir eine Sternenpracht vor den Augen beschert. Er fängt mich auf, bevor ich gegen den Tisch taumeln kann, drückt mich fest an sich, und ich atme seinen Duft tief in meine Lungen. Gott, wie hat er mir gefehlt! Und plötzlich ist mir zum Weinen zumute. Die Ereignisse der letzten Stunden schlagen wie eine Welle über mir zusammen und nehmen mir den Atem.

»Mieze, was machst du bloß! Horst hat mir alles erzählt«, flüstert mein Mann nahe an meinem Ohr.

»Es tut mir alles so leid«, flüstere ich zurück und versuche, mich zusammenzureißen. Nichts ist blöder, als vor Kollegen zu flennen.

»Alles in Ordnung, Liebes. Ich bin froh, dass es dir gut geht.«

»Wo ist Lou?«

»Zu Hause. Oma ist bei ihr.«

»Gut.«

»Sie haben da eine ganz taffe Frau, Herr Moll«, verkündet Herr Helmke und stellt sich meinem Mann vor. »Revierleiter Helmke. Freut mich, Sie kennenzulernen.« Er reicht Fabian, der mich nur zögerlich loslässt, die Hand.

»Ich hoffe, in Zukunft wird Michaelas Job ungefährlicher«, verlangt mein Mann ernst.

»Sicher, sicher. Wir haben allerlei Papierkram, der auf Ihre Frau wartet. Keine Sorge.«

Während Fabian zufrieden nickt, macht Paps einen schnellen Schritt auf Herrn Helmke zu, der reflexartig einen Schritt zurückweicht.

»Gratulation zum Erfolg«, sagt Paps und tätschelt seinem Angelfreund anerkennend die Schulter.

Herrn Helmkes Lächeln friert ein. »Danke, danke …«

»Wir müssen unbedingt einen darauf heben«. Paps tritt an Herrn Helmkes Schreibtisch heran und legt seine großen Hände auf die Platte, während er den Revierleiter mit seinem Blick durchbohrt.

»Ich geh dann mal, Chef«, sagt Lars und schlendert zur Tür. Kollege Legert murmelt etwas, und auch ich verabschiede mich und gehe mit Fabian schon mal zum Auto. Paps wird sicher gleich nachkommen – sobald er sich Luft gemacht hat.

Am nächsten Abend – ich habe fast den ganzen Sonntag verpennt – machen wir es uns mit Döner und einem Kinderfilm auf dem Sofa gemütlich. Rosis Meerschweinchenbabys schlafen in meiner Armbeuge, und Fabian massiert mir die Füße. Ich fühle mich wie im Himmel auf Erden, als Lou zu mir kommt.

»Mama, musst du morgen wieder arbeiten?«, fragt sie gedehnt und nimmt Rosi, die das Tutu einer Puppe trägt, höher auf ihren Arm.

»Na klar, du gehst ja auch in den Kindergarten«, antworte ich.

»Aber warum?«

»Weil Kindergarten schön ist«, sage ich, und sie guckt mich unzufrieden an.

»Nee, warum gehst du arbeiten?«

»Weil Mama ein Dickschädel ist«, mischt sich Fabian ein.

»Hey, wir sind uns doch einig, oder?«, erinnere ich ihn an die Diskussion, die wir am Morgen über mein Arbeitsverhältnis und dessen nicht kalkulierbare Gefahren geführt haben. Fabian wollte, dass ich kündige und bei ihm in der Firma als Sekretärin beginne.

»Den Trenchcoat kannst du da genauso tragen«, meinte er mit Blick auf den Mantel, der nun offiziell in unserer Garderobe hängt und mit dem mich Fabian seitdem aufzieht. Für mich kommt ein Jobwechsel trotzdem nicht infrage, weil ich Gefallen an meinem Erfolg gefunden habe (der ja nun wirklich nichts mit dem Trenchcoat zu tun hatte), auch wenn – oder vielleicht gerade weil – ich mich schon zusammen mit Irina in der Kühltruhe sah: Mich hat der Ehrgeiz gepackt. Und wenn ich schon nicht die Welt retten kann, so doch zumindest unsere schöne Vorstadt – und die Zimmerpflanzen von Revier 43.

»Weil ich Geld verdienen möchte«, antworte ich meinem Kind und weiß, dass diese Aussage nur die Spitze des Eisberges ist.

»Geld?«, fragt Lou und schlägt ihre kleinen Beine graziös übereinander. »Kannst du aus mein Sparswein nehmen.«

»Nein, das ist deins, mein Schatz.«

»Macht Ilka bei Lotta auch mansmal«, behauptet Lou und schaut mich abwartend an, als wolle sie eine Bestätigung, dass das in Ordnung geht.

»Aber ich mache das nicht«, antworte ich schnell.

Lou guckt wieder zum Fernseher, in dem Bambi umherspringt, und Fabian rückt etwas näher an mich heran.

»Und wir sind uns einig, dass du dich, wenn du den Job weitermachst, ab sofort eher der Schreibarbeit zuwendest, ja?«

Ich lächle und gebe ihm einen dicken Kuss. »Natürlich. Ich habe ja auch erstmal genug Aufregung gehabt. Mal sehen, wie lang das vorhält«, antworte ich grinsend und streiche Lou durch ihre dunkelblonden Haare.

»Warn mich doch dann aber bitte rechtzeitig vor, ja?«, meint Fabian und bedenkt mich mit einem schiefen Blick - stolz und besorgt zugleich.

In diesem Moment klingelt das Telefon. Es ist Ilka.

»Hey, wie geht's?«, frage ich in den Hörer und setze mich ruckartig auf, als ich bemerke, dass sie weint. Die kleinen Schweine werden umgehend wach und purzeln eines nach dem anderen von meinem Bauch.

»Bist du verrückt?«, nörgelt Fabian und sammelt die Tierchen mit etwas spitzen Fingern wieder ein – er hat sich immer noch nicht an sie gewöhnt.

»Was ist los?«, frage ich Ilka.

»Mein Bruder Norbert liegt im Krankenhaus – im Koma. Jemand hat ihn angefahren und Fahrerflucht begangen«, sagt sie, und ich ziehe scharf die Luft ein. »Und ich weiß auch, wer das war. Kannst du mir helfen, du bist doch bei der Kripo!«

Äh ...

»Komm doch morgen ins Revier, und wir sehen, was zu machen ist«, schlage ich mit einem unsicheren Seitenblick auf Fabian vor. Doch der ist gerade aufgestanden und in der Küche verschwunden. Als ich auflege, kommt er zurück, eine große Packung und drei Löffel in der Hand.

»Eis?«, fragt er.

»Oh danke, mein Schatz«, sage ich und kuschle mich an ihn.

Ende

Danksagung

Der Zufall kennt Wege, da kommt die Absicht gar nicht hin. Dieser Spruch ist der wahrste, den ich zurzeit kenne. Und wie es der Zufall so wollte, bekam ich die Chance von meinem Verlag Eden Books, mich einem ganz besonderen Projekt zu widmen: einem Krimi. Ich freue mich riesig, dass ich Mieze Moll kreieren und mich in diesem Genre austoben durfte. Und dass die fabelhafte Daniela Katzenberger tatsächlich die Schirmherrschaft dafür übernommen hat, ist für mich immer noch unglaublich!

Nichtsdestotrotz hätte ich die Geburt dieses Buchbabys nicht ohne meine Lektorin Friederike Haller überlebt, die mir eng zur Seite stand. Sie trocknete Tränen und brachte ganz viele Ideen, Witz und handwerkliches Geschick mit ein. Hey, Friederike, danke dafür! I love your shit!

Vielen Dank auch an Eden Books und das ganze Team für euer Vertrauen in mich. <3

WEITERE FÄLLE FÜR MIEZE MOLL

Daniela Katzenberger (Hrsg.)
Mina Teichert
MIEZE AUF HEISSER FÄHRTE
Die Daniela Katzenberger Krimi-
Edition: Der 2. Fall für Mieze Moll
Ca. 320 Seiten | Taschenbuch mit
Klappen |
12,5 × 21 cm
12,95 € (D) / 13,40 € (A)
Auch als E-Book erhältlich
ISBN: 978-3-95910-142-4

Erscheint im Oktober 2018

Michalela »Mieze« Moll hat ihren ersten Undercover-Einsatz gerade verdaut und genießt nun den gepflegten Behördenalltag auf dem Polizeikommissariat. Als sie und ihr Vorgesetzter Lars Baum zu einem Routineeinsatz fahren, kommt aber plötzlich alles anders als erwartet: Lars Baum wird entführt. Mieze stürzt sich in die Ermittlungen und liefert sich in Band 2 der Katzenberger Krimi-Edition einen Wettlauf mit der Zeit und ihren Fans wieder charmante und spannende Krimiunterhaltung!

WEITERE FÄLLE FÜR MIEZE MOLL

Daniela Katzenberger (Hrsg.)
Mina Teichert
MIEZE UNTER VERDACHT
Die Daniela Katzenberger Krimi-
Edition: Der 3. Fall für Mieze Moll
Ca. 320 Seiten | Taschenbuch mit
Klappen |
12,5 × 21 cm
12,95 € (D) / 13,40 € (A)
Auch als E-Book erhältlich
ISBN: 978-3-95910-141-7

Erscheint im Oktober 2019

Michaela »Mieze« Moll begleitet Lars Baum zum Tatort eines Mordfalls. Zu ihrem Entsetzen kannte sie die junge Frau, die das Opfer eines Gewaltverbrechens wurde! Und plötzlich gerät Mieze selbst in den Strudel der Verdächtigungen: Ist schon blöd, wenn man eine der letzten Personen war, die mit dem Opfer gesehen wurde. In Band 3 der Katzenberger Krimi-Edition muss Mieze nicht nur ihre Unschuld beweisen, sondern gleichzeitig den wahren Mörder finden!

Impressum

Daniela Katzenberger (Hrsg.)
Mina Teichert
Mieze Undercover
Die Daniela Katzenberger Krimi-Edition
Der 1. Fall für Mieze Moll
ISBN: 978-3-95910-139-4

Eden Books
Ein Verlag der Edel Germany GmbH
Copyright © 2017 Edel Germany GmbH, Neumühlen 17, 22763 Hamburg
www.edenbooks.de | www.facebook.com/EdenBooksBerlin | www.edel.com
2. Auflage 2017

Projektkoordination: Svenja Monert und Nina Schumacher
Lektorat: Friederike Haller
Umschlaggestaltung: Katja Vogt, www.katjavogt.de
Umschlagfoto: © Sebastian Knoth Fotografie, Bildbearbeitung: Picture Puzzle Medien GmbH und Co. KG
Satz: Datagrafix GmbH, Berlin
Druck und Bindung: optimal media GmbH, Glienholzweg 7, 17207 Röbel/Müritz

Das FSC®-zertifizierte Papier *Holmen Book Cream* für dieses Buch lieferte Holmen Paper, Hallstavik, Schweden.

Printed in Germany

Dieses Buch ist auch als E-Book erhältlich.

Um die kulturelle Vielfalt zu erhalten, gibt es in Deutschland und in Österreich die gesetzliche Buchpreisbindung. Für Sie, liebe Leserin und lieber Leser, bedeutet das, dass Ihr verlagsneues Buch jeweils überall dasselbe kostet, egal, ob Sie Ihre Bücher gern im Internet, in einer großen Buchhandlung oder beim kleinen Buchhändler um die Ecke kaufen.